명문당

머리말

'괴담'이라고 하면 대개는 예로부터 전해오는 무섭고 으스스한 옛날 이야기인 것이 대부분이다. 프랑스에도 그런 유(類)의 이야기는 많이 있다. 예를 들면 무서운 빨간 승려(僧侶)의 이야기라든가 술창고 속에 있는 술통이 여자로 둔갑했다는 이야기 등등 아주 많이 있다. 또 한여름의 달밤에 피리를 불어서 사람으로 둔갑하는 두꺼비, 밤중에 부엌에 있는 빵을 꺼내가는 요정(妖精) 이야기 등도 유명하다.

이런 구비전설(口碑傳說)은 어느 나라에도 있으며 괴담이라고 할 경우 그런 것들이 주종을 이루어 왔는데, 프랑스에서는 그런 것 외에도 '누베르'라 하여 새로운 이야기, 즉 옛날이 아닌 동시대(同時代)의 사건, 혹은 소문난 이야기 따위의 체재를 갖춘 괴담도 많이 있다.

다시 말해서 소설 형식을 빌어, 괴담 이야기를 창작 집필해낸 경우이다. 이런 괴기 소설에는 두 가지 형태의 작가가 있는데 그중 한 가지는 무서운 이야기만을 전문적으로 쓰고 있는 작가이다. 또 한 가지는 여러 장르의 소설을 쓰지만 그중에 무서운 이야기도 쓰는 작가이다. 후자(後者)의 예(例)로는 프로스페스 메리메와 아나토르 프랑스 등이 있으며 그들의 작품은 이 책에도 수록했다.

그 유명한 《카르멘》을 써낸 메리메는 19세기의 작가이자 유명한 고고학자(考古學者)이기도 한데 여기에 실은 〈비너스의 영(靈)〉은 그의 괴담 소설 중 대표작이라고 할 수 있는 명작이다. 아나토르 프랑스는 메리메와 같은 아카데미 회원이었는데 주로 장편소설을 많이 써낸 작가이다. 1921년에 노벨 문학상까지 받은 그는 세련된 취미와 박식(博識)으로 신랄한 풍자를 특색으로 《붉은 백합》《천사(天使)의 반역》 등의 명작을 많이 남겼는데 이 책에서는 단편인 〈성모(聖母)의 보증〉을 수록했다.

그밖에도 낭만주의파 작가인 고티에의 〈영혼과의 사랑〉을 비롯하여 모두 9편의 프랑스 괴담을 수록하였는데, 그 방면의 프랑스 작품 감상에 도움이 되었으면 하는 마음 간절하다.

끝으로 졸편역을 허물치 않고 상재(上梓)해 주신 명문당(明文堂) 김동구(金東求) 사장님과 관계직원 여러분께 깊은 감사를 드린다.

2000년　월
編譯者 識

차 례

머리말 — 3

영혼과의 사랑 — 7
어느 정신이상자 — 55
성모(聖母)의 보증 — 62
대서사(代書士) — 72
비너스의 영(靈) — 98
진홍색 커튼 — 150
옥색 눈 — 229
미라를 만드는 여인 — 236
저승의 열쇠 — 244

● 원작품명과 작가 — 332

영혼과의 사랑

　나에게 사랑을 한 적이 있느냐고 묻는 겁니까? 동문(同門) 여러분, 그런 일이 없지는 않습니다. 그것도 실로 기묘한 사랑, 무서운 사랑이었습니다. 그일을 생각하면 66세가 된 지금도 온몸에 소름이 끼칠 정도입니다.
　그대의 질문에는 무엇이든지 숨김없이 대답하고 싶은데, 이런 이야기를 하면 세상 물정에 어두운 사람들은 도저히 이해가 안될 것입니다. 실은 나 자신에게 그런 일이 일어났었다는 것을, 나도 믿어지지 않는, 아주 기괴한 사건이었습니다.
　3년 이상이나 악마적인, 그리고 괴이한 환상에 사로잡혀 있었으니까요. 보잘것없는 시골뜨기였던 나는 밤마다 꿈속에서 — 아아, 그것이 꿈이었더라면 얼마나 좋았을까 — 지옥에 떨어지는, 세속의 냄새가 나는, 지겨운 생활을 하고 있었던 것입니다. 한 여성에게 단 한 번, 끊을 수 없는 사랑의 눈길을 돌렸을 뿐인데 그토록 혼을 허물어뜨리고 말았습니다.
　그러나 하느님과 성스러운 구주(救主)의 덕택으로 내 영혼을 꽉 사로잡았던 악의 정령(精靈)을 겨우 뿌리칠 수 있었습니다. 내 생활은 밤과 낮이 완전하게 다른 양상으로서, 그야말로 복잡기괴의 극치였답니다.

낮에는 신앙심이 두터운 주님의 종으로서 기도와 성무(聖務) 외에는 여념이 없었습니다만, 해가 지고 눈을 감을까말까 할 때까지는 여심(女心)을 꿰뚫어보는 젊은 성주(城主)가 되어, 숱한 개와 말[馬]을 기르며, 도박도 하고 술도 마시는 파계무참(破戒無慚)한 행동을 했던 것입니다. 밤이 새고 눈을 뜨면 오히려 깊은 잠속에 빠져 있는 것처럼, 사제(司祭)로 일하는 것이 꿈속과 같기만 했습니다.

그리고 꿈속에서의 생활은, 내 가슴에 사실이라든가 언어의, 잊혀지지 않는 추억을 남겨주었습니다. 나는 사제관(司祭館)의 담장 밖으로는 한걸음도 나간 일이 없는데 내 이야기를 듣는 사람은, 모든 방탕을 일삼다가 세상에서 버림받은 사나이가 수도(修道)하러 들어갔고, 그 어수선했던 일생의 여생을 하느님만 마음속에 모시고 끝내려는 사람으로 생각할는지도 모릅니다.

이 사람이 숲속 깊은 곳, 일반사람의 생활은 전혀 모르는 사제관 안에서, 당세(當世)의 일하고는 완전히 담을 쌓고 살아온, 가련한 신학생(神學生) 고참자라고는 도저히 상상도 할 수 없을 것입니다.

그렇습니다. 나는 세상 사람들로서는 누구 한 사람 알 까닭이 없는, 아주 특별한 사랑을 했던 것입니다. 부조리하고 미친 사람과 같은, 그리고 용케도 그런 가운데서도 내 가슴이 터지지 않은 것을 나 자신이 놀랄 만한, 그런 사랑을 했었습니다. 아아, 그 얼마나 가슴 벅찬 사랑이었던가!

나는 아주 어렸을 때부터 하나님 섬기는 것을 천직으로 받아들이기로 마음먹었습니다. 그래서 공부도 그 방면의 것에만 열중했었고, 생활도 24세가 될 때까지는 수업(修業)으로 날이 밝고 밤이 어두웠습니다. 신학(神學) 과정을 끝낸 다음 작은 품급(品級)을 차례차례로 수월하게 넘겼습니다.

그래서 상급자 분들은 내가 아직 그 나이도 되기 전에 최후의 무서운 단계를 한달음에 넘길 자격이 있다고 생각했었습니다. 그리고 내 서품식(敍品式)은 부활절 주간에 행하기로 정해졌습니다.

그때까지 나는 한 번도 세상에 나간 적이 없었습니다. 세상이라고 하면 나에게는 중학교라든가 신학교의 담장 안쪽뿐이었습니다. 나는 이 세상에 여자가 있다는 것을 어렴풋이 들어 알고 있기는 했지만 별다르게 신경을 써가며 생각하지는 않았습니다. 즉 순결, 바로 그 자체였던 것입니다. 연로하고 병이 든 어머니는 1년에 한두 번밖에 만날 수가 없었는데 외부와의 교섭은 단지 그것뿐이었습니다.

그러므로 나는 되돌릴 수 없는 서약을 할 때도 미련이 남는 마음이라고는 추호도 없었고, 더구나 주저하는 일은 전혀 없었습니다. 마음속에는 기쁨과 기대가 가득 차있었습니다. 아무리 젊은 신랑이라 하더라도 그토록 신바람이 나서 시간가기를 손꼽지는 않을 것입니다. 나는 잠도 제대로 자지 못했지만 미사를 인도하는 꿈까지 꾸었습니다.

하느님에게 이 한몸 바친다는 것은, 세상 어떤 일과도 비교할 수 없이 훌륭한 일이라고 생각했습니다. 임금님이나 시인(詩人)이 되라고 했어도 나는 거절했을 것입니다. 내 야심은 다른 것을 전혀 생각해 본 적이 없습니다.

이런 얘기를 하는 것도, 그 이후로 내 신상에 일어났었던 일이 얼마나 예기치 않았던 일이었는지, 그리고 내가 얼마나 불가해(不可解)한 환상에 사로잡히어 고통을 받았었는지를 알려주고 싶기 때문입니다.

어느 맑은 날이었습니다. 나는 공중에 붕 떠있는 것 같았고, 또 어깨에 날개라도 달려 있는 것처럼 발걸음도 가볍게 교회로 향했습니다. 마치 천사(天使)가 된 기분으로 말입니다. 동료들이 어둡고 괴로운 표정으로 동행하는 데는 놀라지 않을 수 없었습니다. 왜냐하면 서품식에 나가는 사람이 5, 6명 있었기 때문입니다.

 전날 밤은 기도로 밤을 새웠는데 거의 법열(法悅)이라고 해도 좋을 기분으로 밤을 보냈습니다. 연로하신 신부(神父)님은 몸을 숙이고 내 영생(永生)을 기도해 주었는데 하느님 아버지처럼 느껴졌습니다. 그리고 나는 교회의 원형(圓形) 천장을 통해 하늘을 올려다보았습니다.

 그 의식(儀式)은 여러분도 잘 알고 있으리라 믿습니다. 수복식(授福式)과 두 종류의 성체(聖體) 배령(拜領)과 세례 지원자의 성유(聖油)를 손바닥에 문지르고 말유식(沫油式), 그리고 끝으로 신부님과 함께 떼는 미사의 성찬(聖餐) —. 이런 것들은 너무 상세하게 이야기할 것도 없겠습니다.

 그러나 〈욥기〉에 나오는 욥의 말은 진리를 담고 있었습니다. 자기 눈과 계약을 맺는 것은 실로 경솔하다고 하지 않으면 안됩니다. 나는 지금까지 감고 있던 눈을 무심코 떴는데 그순간, 바로 앞에, 거의 손이 닿을 만한 곳에 — 이렇게 말을 하기는 하지만 실제로는 상당히 떨어져 있었고, 손잡이 건너편이었는데 — 공주님 같은 젊은 부인을 보았던 것입니다. 그 부인은 세상사람이라고 하기에는 너무 너무 예쁘고 훌륭한 여인이었습니다.

 그때의 기분을 말한다면 눈에 붙어 있던 비늘이 떨어지는 것 같았다고나 할까요, 마치 장님이 돌연 눈을 뜬 것과 같았습니다. 지금까지 환하게 빛을 발하고 있던 신부님은 어디론가 사라지고, 황금 촛대의 큰 양초도 아침 햇살에 빛을 잃는 별처럼 희미해졌으며, 교회 안은 구석에서 구석까지 캄캄해진 것 같았습니다.

 그 어둠 속에서 이 아름다운 부인만이 천사의 모습처럼 확연하게 보이는 것이었습니다. 그 모습은 자기자신이 발하는 빛에 비춰지고 있었지요. 즉 다른 조명기구의 빛을 받는다기보다 오히려 그 자신이 내는 빛으로 주변을 환하게 비춰주고 있는 것 같았습니다.

　나는 눈을 감았습니다. 외물(外物)의 영향을 받지 아니하도록 두 번 다시 눈을 뜨지 않겠노라고 마음속으로 굳게 맹세했습니다. 왜냐하면 나는 점점 산만해져서 자신이 하고 있는 짓조차 잘 모르게 되었기 때문입니다.

　그러나 1분도 채 안되어 나는 다시 눈을 떴습니다. 예의 부인이 일곱 색깔 무지개를 두르고 태양을 바라볼 때처럼 빨간 후광(後光)에 싸여진 것처럼, 내 속눈꺼풀에 나타났기 때문입니다.

　아아! 그 부인은 얼마나 아름다웠던가 —. 빼어난 화가(畵家)들은 이상적(理想的) 미인을 하늘에서 찾아 마돈나의 그 거룩한 모습을 지상(地上)으로 가져왔거니와 그와 똑같은 — 이 세상의 현실로는 도저히 따를 수 없는 아름다움이 그녀에게는 있었습니다. 시인(詩人)의 문구도, 화가의 붓끝도 그 여인을 상상해낼 수는 없을 것입니다.

　키도 상당히 크고, 태도이든 말씨도 모두가 여신(女神)과 같은 사람이었습니다. 머리는 다소 흐린 금발인데 그것을 정수리에서부터 둘로 나누어 마치 황금물결이 치는 것처럼 양쪽 뺨에 늘어뜨리고 있었습니다. 왕관을 쓴 여왕님과 같다고 해도 좋을 정도였습니다.

　이마는 엷게 푸른 기를 띠고 있는데 비칠 정도로 하얗고, 활 모양을 한 두 개의 눈썹 위에 낙낙하고 시원스럽게 펼쳐져 있었습니다. 그 속눈썹은 또 이상하게도 거의가 다갈색을 띠고 있었는데, 바라볼 수 없을 정도로 생생한 빛을 발하는 해록색(海綠色) 눈동자를 한층 더 돋보이게 했습니다.

　그 아름다운 눈! 단 한 번 쳐다보아도 상대방의 운명을 바꾸어 놓고 마는 눈, 지금까지 어떤 사람에게서도 발견하지 못했던, 활력과 시원스러움과, 열기와, 촉촉한 물기를 가진 눈이었습니다. 그리고 그 눈에서 화살과 같은 빛이 튀어나오고 그것이 내 가슴에 명중되는 것을 나는 분명히 보았습니다. 그 눈을 빛내는 빛이, 천국에서 온 것인지, 아니면 지옥에서 온 것인지는 알 수 없지만 분명 그 두 군데 중 한 군데에서 온 것만은 틀림없습니다. 그 부인은 천사가 아니라면 마귀입니다. 어쩌면 양쪽 모두였는지도 모릅니다.

분명, 인류 공통의 어머니인 이브의 태(胎) 속에서는 태어나지 않았을 것입니다. 아름다운 진주와 같은 이가 새빨간 입술의 미소 속에서 반짝이고 입술이 움직일 때마다 귀여운 볼의 복숭아빛 융단에는 조그마한 보조개가 몇개씩이나 생기는 것이었습니다. 마노(瑪瑙) 구슬이, 반쯤 드러난 어깨의 부드럽고 품위있는 피부에서 희롱하는 듯하고, 희미한 갈색으로서 거의 칼라 색깔과 같은 색깔의 진주 목걸이가 가슴에까지 늘어져 있었습니다.

그 여인은 이따금 얼굴을 들었는데 그 동작이 또한, 목을 돌리는 공작(孔雀)이라든가 대가리를 쳐드는 뱀처럼 부드러웠습니다. 그리고 은빛 격자(格子)처럼 목을 두르고 있는 투명한 무늬의 수놓은 주름 칼라를 가볍게 흔들고 있었습니다.

등홍색(橙紅色) 벨벳 긴옷의, 담비 안감을 댄 넓은 소매에서는 최상의 귀족풍인 손이 드러나 보이고 있었구요. 손가락은 길고 부드러우며 오로라 여신(女神)의 손가락처럼 햇빛을 투과시킬 만큼 맑았습니다.

내 눈에는 그런 자질구레한 것까지 마치 어제 있었던 것처럼, 지금도 확실하게 비쳐집니다. 그때 나는 마음이 몹시 어지러웠지만 모든 것을 확실히 볼 수 있었습니다. 아련한 뺨의 색깔이라든가 아래턱 한 귀퉁이의 작고 검은 점이라든가 입술 가장자리에 있는 귀여운 솜털이라든가, 윤기나는 얼굴이라든가 볼에 비치는 눈썹의 그늘이라든가…… 나는 놀랄 정도로 분명히 보았던 것입니다.

그 부인을 그런 식으로 바라보고 있는 동안에 나는 지금까지 달고 있던 마음의 문을 차례로 열어나가고 있다는 생각이 들었습니다. 굳게 닫혀 있던 하늘 창문이 모두 넓게 열려져서 꿈에도 몰랐던 조망(眺望)을 할 수 있었습니다. 인생은 완전히 다른 모습으로 내 눈앞에 나타났고, 새로운 사상의 세계로 거듭 태어난 것 같았습니다.

그렇게 되자 무서운 고민이 심장을 짓누르기 시작했고 흘러가는 1분 1분이, 아니 1초 1초가 1세기(世紀)처럼 느껴지는 것이었습니다. 그러는 가운데서도 의식(儀式)은 진행되었습니다. 그리고 새로 생겨난 욕망이 필사적으로 발버둥치는데도 불구하고 나는 이 세상에서 멀리, 아주 멀리 떠밀려 가는 것이었습니다. 나는 신부님의 질문에 '예'라고 대답했습니다. 사실은 '아닙니다'라고 대답하고 싶었지만요.

그러한 내 말이, 내 영혼을 향하여 휘젓는 폭력에 대하여, 마음속의 모든 것이 심하게 반항하며 이의(異義)를 제기하는 것이었습니다. 무엇인지 모를 힘이 내 목구멍에서 본의아니게 말을 억눌러 떼놓는 것이었습니다. 생각컨대 숱한 젊은 아가씨가, 남이 강요하는 신랑감을 분명하게 거부하려고 굳은 결심을 하면서 제단(祭壇)으로 걸어가지만 누구 한 사람 그런 계획을 실행할 수 없는 것도, 어쩌면 그때의 나와 똑같은 처지가 아닐까 하는 생각이 듭니다.

그리고 또 숱한 수련자(修練者)가 서약을 할 때가 되면 갈기갈기 찢어 버리고 말겠다고 생각하면서도 역시 건네주는 베일을 뒤집어 쓰고 마는 것도 그런 것입니다. 많은 사람들이 보는 앞에서 큰 소란을 떤다든가, 숱한 사람들의 기대를 저버리는 일은 할 수가 없는 것이니까요. 주변 사람들의 의지라든가 눈초리가 마치 납으로 만든 외투처럼 무겁게 짓눌러 오게 마련이지요.

그리고 만전의 준비, 정해놓은 식순(式順), 누가 보더라도 판에

영혼과의 사랑 13

박은 듯하여 함부로 움직일 수 없는 분위기이므로, 당사자의 생각 따위는 그러한 주변의 압력에 따라가는 수밖에 없습니다.

예의 그 아름다운 부인(婦人)의 눈초리는 의식이 진행되어감에 따라 차츰 표정을 바꾸어 갔습니다. 처음에는 부드럽고 안정되어 있었지만, 나중에는 자기 마음을 알아주지 않는다 하여 불만과 경멸을 나타냈습니다.

나는 신부(神父)가 되기 싫노라고 소리치기 위해 산을 움직일 정도로 노력을 했습니다. 그러나 그것은 생각일 뿐 입밖으로 나오지 않았습니다. 혀가 입 천장에 달라붙어서 단 한마디도 내 기분을 표현할 수 없었습니다. 마치 눈은 뜨고 있으면서 악몽에 시달리는 것처럼—. 한마디만 하면 살아날 수 있을 것이라고 생각을 하면서도 그 한마디를 도저히 내뱉을 수 없었던 것입니다.

그 부인은 그러한 내 괴로움을 알아차렸다는 듯이, 고상한 약속이 담겨있는 표정으로 곁눈질을 했습니다. 그 눈은 마치 시(詩)와 같았고 눈길 하나하나가 노래가 되는 것처럼 생각되었습니다.

그 여인은 나에게 이런 말을 하는 것 같았습니다.

'만약 내 것이 되고 싶은 생각이 있으시다면 나는 하느님께서 당신을 천국으로 맞아들이시는 경우보다 훨씬 더 행복하게 해드리겠습니다. 천사(天使)들조차도 부러워하는 신분으로 만들어 드리겠습니다. 당신의 몸을 감싸려고 하는 그 불길(不吉)한 수의(壽衣)를 찢어 버리세요.

나는 미(美)와 젊음과 생명입니다. 나에게로 오십시오. 두 사람이 사랑, 그 자체가 되자구요. 여호와는 헌신(獻身)의 대상(代償)으로 무엇을 주실는지 알 수 없습니다. 그런데도 우리의 생활은 꿈처럼 흘러가고 영원과의 키스밖에 안될 것입니다. 그 성배(聖杯)의 포도주를 쏟아 버리시라구요. 그러면 곧 자유의 몸이 될 수 있습니다. 그런 연후에 당신을, 사람들이 모르는 섬으로 데려가겠습니다.

　당신은 금으로 만든 침대에서 은으로 만든 천장 아래서, 내 가슴을 베개로 삼고 잠을 잘 것입니다. 나는 당신을 좋아하는 나머지, 당신을 하느님으로부터 빼앗고 싶습니다. 지금까지 얼마나 많은 숭고한 마음들이 하느님 앞에서 사랑의 눈물을 흘렸는지 모르건만, 그 눈물은 하느님에게까지 도달하지 못했답니다.'

　나에게는 이런 말이 한없이 미묘한 운율(韻律)을 타고 들려오는 것 같았습니다. 왜 그렇게 생각되었는가 하면, 그 사람의 눈길은 틀림없이 소리를 싣고 있는 것처럼 느껴질 정도였고, 그 눈길이 나에게 보내고 있는 말은 마치 눈에 보이지 않는 입이 마음속에 불어넣는 것처럼, 내 가슴속 깊은 곳에서 울려퍼졌기 때문입니다.

　나는 하느님을 버릴 각오가 완전히 되어 있다는 생각이 들었습니다. 그러나, 그럼에도 불구하고 의식의 순서를 기계적으로 마쳤습니다. 그 미인은 다시 한번, 애원하는 듯한, 필사적인 눈길을 보내왔습니다. 나는 날카로운 칼로 심장을 찔린 것 같았는데, 고뇌하는 성모 마리아보다도 더 숱한 검(劍)이 내 가슴을 찌르는 것 같았습니다.

　그러나 만사는 끝이 나 버렸습니다. 나는 신부가 되었으니까요.

　그 어떤 사람의 얼굴도 그토록 아픈 고뇌에 찬 얼굴은 없을 것입니다. 신랑이 돌연 발밑에서 쓰러져 죽는 것을 본 신부라 하더라도, 비어 있는 아들의 요람 곁에 서있는 어머니라 하더라도, 낙원에서 추방당한 이브라 하더라도, 지갑 대신 돌멩이를 찾아낸 수전노라 하더라도, 소중한 걸작 원고를 불속에 떨어뜨리고 만 시인(詩人)이라 하더라도 그토록 심각하고 슬픈 모습을 짓지는 못할 것입니다.

　아름다운 얼굴에서는 핏기가 싹 가시고 대리석처럼 하얗게 되었으며 매력적인 팔은 힘줄이 모두 빠져 버린 것처럼 축 늘어져 있었습니다. 그리고 비틀거리며 기둥에 기대섰습니다. 다리의 힘이 빠져 버린 것이겠지요. 그래서 서있을 수 없게 된 것이겠지요.

내 얼굴도 창백해졌으며 아마 골고다 언덕에서 십자가에 못박히신 예수님보다 더 피와 땀투성이가 되어 비틀거리며 현관 쪽으로 걸어갔습니다. 숨이 막히고 둥근 천장이 어깨 위로 짓눌러오는 것 같은데, 나는 머리만으로 그 무게를 지탱하고 있다는 생각이 들었습니다.

현관을 나서려고 했을 때 뜻밖에도 누군가가 내 손을 잡았습니다. 여성의 손! 그때까지 나는 여성의 손에 내 손을 대본 적이 없었습니다. 그 손은 뱀 가죽처럼 차가웠는데 나에게는 빨갛게 달아오른 쇳덩이처럼, 잡혔던 자국이 언제까지나 화끈거리고 있었습니다. 그 여성이었던 것입니다.

"정말로 박정한 분이로군요! 사람을 이토록 놀릴 수가 있습니까?"

그 여성은 작은 목소리로 이렇게 말하더니 그대로 사람들 물결 속으로 사라졌습니다. 그곳에 노(老) 신부님이 지나가다가 매서운 눈초리로 나를 노려보았습니다. 나는 그때 사실, 세상에 드문, 아주 기묘한 모습이었던 것입니다. 얼굴이 창백해졌는가 하면 금방 빨개지고, 눈먼 장님처럼 비틀거리고 있었으니까요. 한 동료가 보다 못하여 내 팔을 잡고 데려갔습니다.

혼자서는 도저히 신학교에 가는 길조차도 제대로 찾아갈 수 없는 상황이었나 봅니다. 그런데 길 모퉁이에서 나를 부축하고 가던 동료가 잠깐 한눈 파는 틈을 타서, 묘한 옷차림을 한 검둥이 소년이 내 옆으로 다가오더니, 발길도 멈추지 않은 채, 금조각(金彫刻)이 귀퉁이에 달려 있는 조그마한 지갑을 건네주고 얼른 감추라는 신호를 보내는 것이었습니다.

나는 그것을 옷소매 속에 집어넣고 내 방에 들어와 혼자 남을 때까지 그대로 두었습니다. 혼자 남게 된 뒤에야 나는 그것을 열어 보았는데 '콘티니궁(宮)에서, 크라리몬드'라는 글자를 쓴 종이 한 장밖에 들어 있지 않았습니다. 그당시 나는 세상사를 전연 모르고 살았기 때문에 그토록 평판이 높은 크라리몬드란 사람을 알지 못했고, 또 콘티니궁이 어디에 있는지 그것도 전연 알 수가 없었습니다.

그래서 나는 점점 묘한 생각에 빠져들었고 수없는 억측을 하게 되었는데, 사실을 말한다면 그녀를 한 번이라도 볼 수만 있으면 그녀가 귀부인이든 창녀이든 신경쓰지 않겠다는 심정이었습니다.

이처럼 갓 싹이 튼 사랑은, 곧바로 내 가슴속에서 뽑아낼 수 없는 뿌리를 내리고 말았습니다. 더구나 나는 도저히 이룰 수 없는 사랑이라며, 그 사랑을 체념하려고 하지도 않았습니다. 그 사랑은 내 마음을 완전히 사로잡았습니다. 단 한 번 나라는 인간을 바라봄으로써 내 인간성을 완전히 바꾸어 놓았던 것입니다.

그리고 자신의 의지를 나에게 불어넣었기 때문에 나는 더 이상 내 마음으로 살아갈 것을 포기하고, 그 사람에 따라 살아가는 꼭두각시가 되고 말았습니다.

나는 엉뚱한 짓을 수도 없이 했습니다. 그녀가 잡았던 내 손자국에 입술을 대보기도 하고, 몇시간씩이나 그 사람의 이름을 불러대기도 했는데, 눈을 감으면 마치 실제로 눈앞에 있는 것처럼 그녀의 모습이 분명하게 나타나는 것이었습니다. 그리고 '정말로 박정한 분이로군요! 사람을 이토록 놀릴 수가 있습니까?'라며 그 사람이 교회 현관에서 했던 말을 몇번이나 반복하여 말하는 것이었습니다.

나는 내 자신의 한심스러움을 충분히 이해하고, 나 자신이 스스로 선택한 직업의 슬프도록 무서움이 눈앞에 나타났습니다. 나는 신부가 되고 말았습니다!

그것은 두말할 것도 없이, 동정(童貞)을 지키고, 여성을 사랑하지 않고, 성별(性別)도 연령도 안중에 두지 않고, 모든 미인에게서 눈길을 돌리고, 수도원이라든가 교회의 얼어붙은 어둠 속을 두루 돌아다니며, 죽기 직전의 인간만을 상대하고, 누군지도 모르는 시체 옆에서 밤을 새우며, 자기자신도 검은 법의(法衣)를 입고, 내 상(喪)을 당해도 스스로 복상(服喪)해야 하는 — 따라서 평생을 두고 입는 옷이 그대로 수의가 되는 것입니다.

더구나 나는 목숨이 — 시시각각으로 물이 불어나서 봇둑을 넘쳐 호수처럼 가슴속에 높아지는 것을 느꼈습니다. 피는 혈관 속에서 힘차게 맥박치고, 오랫동안 억눌려 있던 젊음은, 마치 꽃을 피우는 데 백년의 세월을 요하는 알로에가 — 우레가 울려퍼지는 소리를 내면서 피어나는 것처럼 일시에 폭발했습니다.

크라리몬드를 이제 한 번이라도 보기 위해서는 어떻게 해야 좋을까? 나는 도시 안에 아는 사람이라고는 한명도 없었기 때문에 신학교 밖으로 나갈 구실이라곤 없었습니다.

그러나 언제까지나 신학교 안에 있을 수는 없는 일이고, 머지않아 어디론가 사제관(司祭館)으로 배치될 것인즉 단지 그것만을 마음속에 간직하고 기다리는 수밖에 없었습니다. 창문의 쇠창살을 뜯고 나갈 생각도 해보았습니다만 창문은 아주 높은 곳에 있어서 사닥다리가 없이는 감히 꿈도 못꿀 일이었습니다.

비록 빠져나간다 하더라도 그것은 밤이어야 할 것인데 그물눈처럼 멋대로 나있는 길을 어떻게 어디로 가야 할지 알 까닭이 없었습니다. 이처럼 곤란한 점들은 다른 사람들이라면 아무것도 아닐는지 모르겠지만 사랑의 눈만이 갓 뜬 가련한 신학생으로서는 — 경험도, 돈도, 입을 옷도 없고, 나로서는 감히 상상도 할 수 없는 일이었습니다.

아아! 만약 신부만 되지 않았더라면 매일 그녀와 만나고 연인이 될 수도 있을 것이고, 남편이 될 수도 있을 것이 아닌가—. 나는 사랑에 눈이 어두워져서 그런 독백을 자주 했습니다. 이런 모양새 없는 수의(壽衣) 대신 비단과 벨벳 옷을 입고 금고리를 늘어뜨리고 검(劍)을 차고, 훌륭한 깃털을 모자에 꽂고, 젊고 아름다운 기사(騎士)처럼 되었을 것입니다.

머리도 체발식(剃髮式) 큰 가위로 보기 싫게 깎아 버리는 것이 아니라, 파도치는 곱슬머리를 목에까지 늘어뜨리고 있었을 것입니다. 밀랍을 먹인 멋진 수염도 달고 남성다움을 자랑할 수도 있었을 게 아니겠습니까.

그러나 제단(祭壇) 앞에서 보낸 1시간과 우물쭈물 중얼거린 두어 마디의 말이 나를 영원히, 그런 인간다운 생활로부터 단절시켰습니다. 나는 스스로 자신의 묘혈(墓穴)에 돌을 봉(封)하고 뇌옥(牢獄)의 문을 자신의 손으로 닫아 버린 것입니다!

나는 창문에 기대보았습니다. 하늘은 황홀할 만큼 푸르고 나무들은 봄의 치장을 하고 있었습니다. 자연은 온통 기쁨을 만끽하며 이것 보라는 듯이 자랑하고 있었습니다.

광장(廣場)은 인산(人山)을 이루고 있는데, 가는 사람이 있는가 하면 오는 사람도 있고, 젊은 신사와 아름다운 아가씨가 쌍을 이루어서 잔디밭으로 혹은 정자로 걸어가고 있었습니다. 친구들끼리 손을 맞잡고 가는 사람들도 있고 술에 취하여 노래를 부르며 가는 사람도 있었습니다.

그야말로 청신발랄(淸新潑剌)한 움직임이었으며 생명이었으며, 기쁨이었으며 즐거움이었으며—내 고독과 괴로움은 더욱 두드러지는 것이었습니다. 젊은 엄마가 문앞에서 아들을 데리고 놀고 있었습니다. 그리고 아직 젖방울이 묻어서 반짝이는 그 아기의 장미빛

작은 입술에 키스를 하며 아기를 어르고 있는 — 엄마만이 느낄 수 있는 그 숭고한 일을 수도 없이 하고 있었습니다.

아빠는 두어 발짝 떨어진 곳에 서있으면서 두 사람의 사랑스러운 모습을 은은한 미소를 띠며 바라보고 있었는데 팔짱을 끼고 있는 그 가슴은 기쁨으로 가득 차있는 것 같았습니다.

나는 그런 정경을 보고 있을 수가 없어서 창문을 쾅 닫고, 침대 위에 쓰러지듯 누웠는데 심장은 미움과 질투로 떨 뿐이었습니다. 그리고 사흘씩이나 먹이를 먹지 못한 호랑이처럼 손톱을 씹으며 이부자리를 마구 걷어찼습니다.

며칠동안이나 그렇게 지냈는지 기억이 안납니다만 미친듯이 몸부림치고 있을 때, 문득 올려다보니 감독 세라피온 선생님이 방 한복판에 서있으면서 나를 노려보고 있는 것 같았습니다. 나는 나 자신이 부끄러워서 머리를 숙인 채 두 손으로 눈을 가렸습니다.

세라피온 선생님은 잠시 입을 열지 않다가 드디어 말했습니다.

"로뮤오군, 자네 마음속에서는 무언가 이상한 것이 일어나고 있는 게 틀림없어. 자네 행동은 도무지 이해가 안되네. 그토록 신앙심이 깊고 조용했으며 온순했던 자네가, 마치 야수(野獸)처럼 방 안에서 소란을 떨다니 —. 조심하고 또 조심하여 마귀의 속삭임에 귀를 기울이지 말아야 해!

마귀는 자네가 영원히 주님을 위해 살겠다는 결심에 노하여 마성(魔性)의 이리처럼 자네 신변을 맴돌면서 자네를 타락시키기 위해 최후의 발악을 하고 있는 거야. 로뮤오군, 그놈에게 그런 식으로 넘어가지 말고, 기도의 갑옷을 입고 인내의 방패를 들고 용감하게 마귀와 맞서 싸우도록 하게.

반드시 승리할 수 있을 것이야. 시련은 미덕에 이르는 길일세. 황금은 용광로를 거쳐야 비로소 순수한 금이 되는 것이야. 그런즉 함부로 두려워한다든가 실망을 할 필요는 없네. 지조가 견고하여 바르게 지켜낸 영혼에도 그런 시기는 있었다네. 기도를 하거나, 그리고 단식(斷食)도 하고, 명상을 하게. 그러면 마귀는 퇴치할 수 있어. 알겠나?"

세라피온 선생님의 훈계는 나로 하여금 제정신을 차리게 해주어서 다소 마음의 안정을 찾을 수 있었습니다.

"오늘 온 것은 자네가 오라는 곳의…… 사제(司祭)로 임명된 것을 알려주기 위함일세. 선임(先任) 사제가 최근에 승천(昇天)했기 때문에 사교(司敎)님은 자네를 그곳에 보내라고 나에게 말씀하셨어. 내일 출발하도록 준비를 하게."

"예, 알겠습니다."

내가 대답하자 선생님은 방에서 나갔습니다. 나는 미사의 기도문집을 펴놓고 읽기 시작했습니다. 그러나 기도문의 행(行)과 행이 금방 눈앞에서 붙어버리면서, 생각의 맥락이 머리속에서 헝클어졌고 책은 무의식중에 손에서 미끄러져 떨어졌습니다.

그녀와 만나지 못한 채, 내일은 출발을 해야 한단 말인가? 두 사람 사이에 산처럼 쌓여 있는 불가능에, 또 다시 불가능을 더 쌓아놓는단 말인가! 기적이라도 일어나기 전에는 그녀와 만날 희망은 영원히 잃게 되는 것인가! 편지를 써볼까? 쓴다면 누구에게 부탁하여 그 편지를 전한단 말인가?

나처럼 신성한 신분이 된 이상, 사정을 털어놓고 부탁할 사람도 없습니다. 나는 심히 괴로웠습니다. 그리고 세라피온 선생님이 마귀의 책략에 대하여 들려주신 말씀이 상기되었습니다. 불가사의한 사건과 크라리몬드의 빼어난 미모와, 인광(燐光)을 띤 눈의 반짝임과, 타는 듯한 손의 느낌과, 내가 빠져 버린 이 혼란과, 내 마음에 생겨난 급격한 변화와, 쉽게 사라져 버린 신앙심 — 이 모든 것들은 마귀의 존재를 확실하게 증명해 주는 것이었습니다.

그 비단과 같은 손은 아마도 마귀가 손톱을 감추는 장갑이었을 것입니다. 그렇게 생각하니 나는 그만 공포에 싸이게 되었고, 무릎에서 방바닥으로 떨어진 기도문집을 주워올려 다시 기도하기 시작했습니다.

이튿날 아침, 세라피온 선생님이 데리러 왔습니다. 두 마리의 당나귀가 빈약한 행리(行李)를 싣고 기다리고 있었습니다. 우리 두 사람은 당나귀에 올라탔습니다. 도심을 지나가면서 나는 크라리몬드의 모습이 보이지 않을까 하여, 길 양쪽의 창문과 발코니를 하나하나 주의해가며 바라보았습니다. 내 눈은 지나치는 집들의 창틀과 장막 뒤까지 살피려고 애를 썼습니다.

세라피온 선생님은 그러는 나의 호기심을 보고, 건물의 아름다움에 감탄하는 것이라고 생각했을 것입니다. 그는 일부러 당나귀를 멈추고 구경할 시간을 만들어 주었습니다. 마지막으로 우리는 도시 성문(城門)에 도착하여 언덕을 오르기 시작했습니다. 그리고 정상(頂上)에 올라갔을 때 나는 크라리몬드가 살고 있는 도시를 다시 한번 보아두어야겠다는 생각에 머리를 돌렸습니다.

구름의 그림자가 도시 전체를 싸고 있었습니다. 파란색·빨간색 지붕이 모두 뿌옇게 잠겨있고, 이곳저곳에서 마치 하얀 거품 방울처럼 아침 짓는 연기가 피어오르고 있었습니다. 그러나 이상한 광선(光線)의 장난이라고나 할까요. 아침 이슬 속에 가라앉아 있는 주변의 집들보다 한층 높게 치솟은 건물이 구름을 흐트리는 한 줄기 빛 아래에서 반짝이는 금색(金色)으로 빛나고 있었습니다.

그것은 4km 이상이나 떨어져 있는 것 같은데, 마치 손에 잡힐 것처럼 보였습니다. 작은 탑(塔)과 발코니, 창문과 제비꼬리 모양을 한 풍향계(風向計) 등등, 세세한 것들까지 손에 잡힐 듯, 확실하게 볼 수 있었습니다.

"저기 저쪽 햇빛을 받고 있는 궁전(宮殿)은 무엇입니까?"

나는 세라피온 선생님에게 물었습니다. 세라피온 선생님은 손을 들고 한참 바라보다가,

"저것은 옛 궁전이며, 콘티니공(公)이 창녀 크라리몬드에게 준 것이라네. 그곳에서는 엄청난 일들이 일어나고 있다더구먼."
이라고 대답했습니다.

그때 꿈인지 생시인지 분간이 안되었지만 아름답고 하얀 모습이 테라스 위를 미끄러져 가는 것을 본 것 같았습니다. 그 모습은 한 순간 반짝 빛났다가 금방 사라지고 말았는데 분명 크라리몬드였을 것임에 틀림없습니다.

아아! 그때 그 언덕 위에서 그 사람과 나를 가로막은 그 언덕, 다시 내려갈 수 없는 그 언덕 위에서, 내가 그 사람이 사는 궁전을 애처로운 마음으로 바라보았던 것을 그 여인이 어찌 알 수 있겠습니까? 그 궁전은 변덕스러운 광선의 장난으로 인하여 마치 나에게 주인(主人)의 자격으로 서서 들어오라는 듯, 아주 가까이에서 뚜렷하게 보냈던 것입니다.

아니, 그것은 그 사람도 알고 있었을 것입니다. 왜냐하면 그 사람의 마음은 내 마음과 굳게 연결되어 있어서, 내 마음의 미세한 진동까지도 감지하고 있었을 것이기 때문입니다. 그랬기에 그는 아직 밤의 베일을 두른 채, 차가운 아침 이슬을 밟고 테라스의 꼭대기까지 올라왔을 테니까요.

그러나 궁전은 금방 구름 그림자에 싸였고 눈 아래로는 지붕과 지붕들의 대해원(大海原)이 펼쳐졌으며 단지 먼산처럼 윤곽만 희미하게 보였습니다. 세라피온 선생님은 당나귀에게 채찍을 가했는데 내 당나귀도 같이 따라갔습니다. 그리고 길이 꼬부라지는 모퉁이에

서 영원히 — 이렇게 말하는 것은 이곳에 나는 두번 다시 돌아올 수 없을 것이기 때문인데 — 내 눈에서 그 도시가 사라져 가고 말았습니다.

그로부터 3일 동안, 어쩐지 서글퍼 보이는 들길을 간 다음 우리는 내가 대리사제(代理司祭)로 근무해야 하는 교회 종루 옆에 있는 수탉을 나무 사이로 멀리서 바라보았습니다. 그리고 농가라든가 채소밭 양쪽으로 구불구불 나있는 시골길을 몇개인가 빠져나가서 허름한 교회 앞에 섰습니다.

무늬 없이 조각한 아치형 사암(砂巖) 기둥 두세 개와 기와 지붕에, 기둥과 마찬가지로 사암의 벽채인 교회였습니다. 왼쪽은 그 중앙에 커다란 철(鐵) 십자가를 세운 묘지인데 풀이 수북하게 나있고, 오른쪽에는 교회에 딸린 사제관이 서있었습니다. 사제관은 극히 질소하여 덤덤했지만 청결한 집이었습니다.

우리는 정원으로 들어갔습니다. 대여섯 마리의 암탉들이 보리를 쪼아먹고 있었는데 신부의 시커먼 옷에 익숙해 있는 듯 조금도 놀라지 않았으며 우리가 지나가자 길을 터주는 것이 고작이었습니다.

그러자 쉰 듯한 개짖는 소리가 들려왔고, 늙은 개 한 마리가 달려왔습니다. 그 개는 선임 신부가 기르던 개였습니다. 하얀 털을 가진 이 개는 눈꼽이 끼어 있는 것으로 보아 개로서는 최고 수명에 도달한 것 같았습니다. 그 머리를 쓰다듬어 주자 만족하다는 듯 금방 내 옆을 따라 걷기 시작했습니다.

그리고 선임 사제의 가정부였던 중노인이 마중을 나왔습니다. 그 여인은 나를 천장이 낮은 방으로 안내하더니, 지금까지와 마찬가지로 고용해 줄 것이냐고 물었습니다.

나는 그 여인을 비롯하여, 개도 암탉도 그리고 선임 신부가 남기고 간 모든 가구들도 전부 인수하겠노라고 대답했습니다. 그뿐 아니라 세라피온 선생님이 원하는 대로 급료를 인상해 주기로 약속하자 그 여인은 아주 기뻐했습니다. 내가 일단 그곳에 자리를 잡자 세라피온 선생님은 신학교로 돌아갔습니다. 그래서 나는 홀로 남게 되었고 나 이외에는 의지할 것이 없어졌습니다.

그러자 크라리몬드에 대한 생각이 다시 떠올랐는데 아무리 떨쳐버리려고 노력을 해도 잘 되지 않았습니다. 어느 날 저녁때, 좁다란 정원의 회양목을 심어놓은 길을 산책하고 있노라니 성울타리 너머에서 어떤 여성이 나를 물끄러미 바라보고 있는 것 같은 마음이 들었습니다. 나는 나뭇잎 사이로 해록색(海綠色)의 두 눈동자가 반짝이고 있는 것을 본 것 같았습니다.

그러나 그것은 환영에 지나지 않았습니다. 가로수 건너편까지 가 보았지만 어린이 발자국 같은 작은 발자국이 모래 위에 나있을 뿐이었습니다. 정원은 높직한 담에 싸여 있었는데 구석구석까지 찾아보아도 사람이라곤 없었습니다. 나로서는 그때의 경위를 도저히 파악할 수 없었는데, 그것도 그뒤로 내 신상에 일어났던 사건에 비한다면 아무것도 아니었습니다.

나는 그로부터 1년 동안, 직업상의 모든 의무를 완벽하게 수행했습니다. 기도를 하고 단식을 하고 마귀를 쫓고 환자를 도와주었고, 없어서는 안될 돈까지 꺼내어 은혜를 베풀었습니다. 그러나 마음속은 바싹 말라가는 것만 같았고 성총(聖寵)의 샘은 굳게 닫혀 있었습니다. 성스러운 사명의 달성이 가져다 주는 그 행복감을 도저히 맛볼 수가 없었습니다.

마음은 온전히 딴 곳에 있었던 것입니다. 크라리몬드의 그 말이 이따금 내 입술에서 튀어나오는 것이었습니다. 아아, 동문(同門) 여러분! 이 점을 좀 고려해 주십시오. 단 한 번 여인이 눈길을 주었기 때문에 — 그리고 언뜻 보기에는 아무런 변화도 없는 실수로 인하여 — 나는 몇년씩이나 무참할 만큼 번민을 해야 했던 것입니다. 내 일생은 영원히 혼란스러워지고 말았습니다.

나는 언제까지나 여러분에게 내 내심(內心)의 패배라든가 승리를, 더구나 그때마다 한층 더 깊은 몰락으로 빠져들었던 이야기를 시시콜콜하게 이야기할 생각은 없습니다. 그럼 이제 어떤 결정적인 사건의 이야기를 하겠습니다.

어느 날 밤, 문을 심하게 두드려대는 사람이 있었습니다. 나이가 든 가정부 발바라가 문을 열어주려고 가자, 불그스레한 얼굴의 사나이가 멋스러운, 그러나 기묘하기도 한 옷을 입고, 단도를 찬 모습으로 그녀가 들고 있는 등불 앞에 불쑥 나서더란 것입니다.

발바라는 깜짝 놀라서 도망치려고 했는데 그 사나이는 가정부를 달래면서 신부님을 만나고 싶다는 말을 했습니다. 그래서 발바라는 그 사나이를 2층까지 데려왔구요. 나는 마침 잠자리에 들려고 하다가 그를 만나보았는데 그 사나이는 신분이 높은, 자기 여주인(女主人)이 지금 빈사상태인데 신부님을 꼭 만나뵙고 싶어한다는 것이었습니다.

나는 곧 함께 가겠다고 대답하고 종유(終油)를 뿌리는 데 필요한 것들을 챙겨들고 아래층으로 내려갔습니다. 문앞에는 캄캄한 밤만큼이나 새카만 말 두 필이 있었습니다. 말들은 머리를 주억거리며 저희들 가슴 앞에 두 줄기 콧김을 뿜어대고 있었습니다.

그 사나이는 그중 한쪽 말의 등자(鐙子)를 잡으며 내가 올라탈 수 있게 도와주더니, 자기는 다른 말의 안장에 한쪽 손을 올려놓고 가볍게 올라탔습니다. 그리고 말의 배를 두 무릎으로 조이면서 고삐를 느슨하게 잡았다가 당기자 말이 쏜살처럼 달리기 시작했습니다.

내 말의 고삐도 그 사나이가 잡고 있었는데 역시 달리기 시작했고 그쪽 말과 보조를 맞추는 것이었습니다. 우리는 마치 공중을 날

듯 달려갔습니다. 지면(地面)은 회색 주름을 그리며 우리 발 밑을 뒤쪽으로 달려갔고 시커먼 가로수들의 그림자는 패주하는 군대처럼 뒤로 흘러갔습니다.

어느 때는 몽롱하게 안개가 낀 것 같고, 얼음처럼 싸늘하며 음울한 숲을 가로지르기도 했는데 그런 곳에서는 미신적인 공포의 전율이 등골을 오싹하게 했습니다.

말발굽이 자갈을 걷어찰 때 생기는 불꽃은 도깨비불이 꼬리를 끌고 나는 것처럼 길게 뒤쪽으로 이어졌습니다. 그런 한밤중에 나와 안내인이 달리는 모습을 본 사람이 있다면, 두 개의 망령(亡靈)이 달려가고 있다는 생각을 했을 것임에 틀림없습니다.

이따금 실제로 도깨비불이 길을 가로질렀고 까마귀가 숲속에서 맥없이 울어대는가 하면 산고양이의 새파란 눈이 이곳저곳에서 반짝이고 있었습니다. 말의 갈기는 흩어질대로 흩어지고 땀이 배에서 폭포처럼 흘러내리는가 하면 콧구멍으로는 숨가쁜 숨을 토해내고 있었습니다.

안내하는 사나이는 말이 지쳐 있는 것을 보자, 인간의 목소리라고는 생각되지 않는, 째지는 듯한 목소리로 고함을 지르며 말을 독려했습니다. 그러자 말은 다시 달리기 시작했습니다.

그러나 이런 회오리와 같은 질주도 마침내 끝이 났습니다. 창문 대여섯 개에서 밝은 빛이 스며나오는 시커먼 건물이 우리들 앞에 갑자기 나타나더군요. 말발굽이 도개교(跳開橋)의 철판 위에서 요란하게 멎었고, 우리는 두 개의 대형 탑 사이로 입을 시커멓게 벌리고 있는 둥근 천장 밑으로 들어갔습니다.

저택 안은 심히 시끄러웠습니다. 손에 손에 횃불을 든 하인들이 안뜰을 종횡으로 누비며 돌아다녔고, 촛불이 이 무도장에서 저 무도장으로 수도 없이 오르내리고 있었습니다. 나는 호화로운 건물과 원주(圓柱)와 계단과 난간과 둥근 천장과 그밖에도 왕족에게나 어울릴 것 같은 분위기를 어렴풋이 살펴보고 있는 기분이 들었습니다.

이때입니다. 작년에 크라리몬드의 편지를 내게 전해주었던 검둥이 소년과 똑같은 소년이 — 나는 금방 그라는 것을 알아차렸습니다만 — 내가 말에서 내리는 것을 도와주는 것이었습니다.

그리고 검은색 벨벳 옷을 입고 칼라에 금고리를 늘어뜨리고 상아 지팡이를 짚은 집사(執事)가 마중나왔습니다. 그의 눈에서는 굵은 눈물방울이 흘러내리어 볼을 적시고 하얀 수염에까지 흐르고 있었습니다. 집사는 고개를 가로저으면서 말했습니다.

"늦으셨습니다! 너무 늦었어요! 신부님. 하지만 비록 영혼을 구원시키실 수는 없다 하더라도 가엾은 유해(遺骸)를 위해 밤샘이라도 꼭 해주십시오."

집사는 내 팔을 부축하며 유해를 안치해둔 방으로 안내했습니다. 나는 집사와 마찬가지로 슬프게 울었습니다. 고인이 그처럼 미치도록 사랑했던 크라리몬드, 그 사람이란 것을 알았기 때문입니다. 침대 옆에 기원대(祈願臺)가 마련되어 있었습니다. 청동(靑銅) 접시 속에서 피어오르는 파란 불꽃이 방안의 희미한 불빛보다 강하게 비추어 어둠에 싸여있는 가구들을 비춰주고 있었습니다.

테이블 위에는 조각한 항아리 속에 시든 백장미가 꽂혀 있었는데 그 꽃송이는 아직 몇개의 꽃잎이 달려 있는 것말고는 모두 향기로운 눈물처럼 항아리 밑에 흩어져 있었습니다. 검은색 가면(假面)과 부채와 각종 변장도구(變裝道具)가 팔걸이 의자 위에 흩어져 있어서, 죽음이 불의에, 예고도 없이, 이 호화로운 저택에 엄습해 왔음을 말해 주고 있었습니다.

나는 침대 쪽으로 눈을 돌릴 수조차 없어서, 그대로 무릎을 꿇은 채 열심히 〈시편(詩篇)〉을 암송하기 시작했습니다. 마음속에서는 앞으로 내 기도에 그 사람의 이름을 더 넣을 수 있도록, 그리고 그 사람에 대한 추모와, 그 사람과 나 사이에 묘(墓)가 끼어들게 해준 것을 하느님께 감사했습니다.

그러나 그런 열정도 점점 가라앉았고 나는 깊은 상념에 빠져들었습니다. 뜨뜻미지근한 방안에는 밤샘할 때 흔히 나게 마련인 그 기분나쁜 시체의 냄새 대신, 근동풍(近東風)의 향수 냄새가 정을 듬뿍 담은 여인의 냄새처럼 풍겨오는 것이었습니다.

또 예의 희미한 불빛은 유해 옆에서 깜빡이는 노란색 불빛인 철야등이라고 하기보다 쾌락을 부채질하기 위한 박명(薄明)처럼 생각되었습니다. 나는 영원한 이별의 찰나에 다시 크라리몬드와 대면케 해준, 기묘한 우연을 생각하며 가슴속 깊은 곳에서 애석함의 한숨을 몰아쉬었습니다. 그러자 누군가가 뒤에서 똑같이 한숨을 내쉬고 있는 것 같아서 나도 모르게 뒤를 돌아보았습니다. 그러나 그것은 내 목소리의 반향에 지나지 않았습니다.

내 눈길은 그바람에, 지금까지 피하고 있던 침대 위로 쏠려졌습니다. 커다란 꽃을 속속들이 물들이고 금실로 꽃술을 장식한, 진홍빛 호박단 천이, 똑바로 누워서 두 손을 가슴에서 마주잡고 있는 유해를 덮고 있었습니다. 유해는 눈부실 정도로 새하얀 아마포 베일에 싸여 있었는데 그 베일은 짙은 빨간색 벽포(壁布)의 반사로 한층 더 선명하게 보였습니다.

그러나 또 너무 얇기 때문에 그 여인의 아름다운 몸을 조금도 감추지 않고 있었습니다. 죽음도 경직시키지 못한 백조의 목과 같은 아름다운 목의 선이 그대로 드러나고 있었던 것입니다. 그것은 마치 여왕의 분묘 위에 세우기 위해 숙달된 조각가가 새겨놓은 설화석고상(雪花石膏像)이든가 아니면 젊은 아가씨의 침대 위에 눈이 내려 쌓인 것이 아닌가 생각될 정도였습니다.

나는 더 이상 참을 수가 없었습니다. 그 방의 규방풍(閨房風) 모습이 나를 취하도록 만들었고 은은히 나는 장미 냄새가 내 머리를 어지럽혔습니다. 그래서 나는 방안을 뚜벅뚜벅 걷기 시작했는데 한 바퀴 돌 때마다 침대 앞에서 발길을 멈추고 투명한 수의 속의 아름다운 유해를 들여다보곤 했습니다. 기묘한 생각이 내 마음속에서 용솟음쳤습니다.

즉, 이 사람은 진짜로 죽은 것이 아니라 나를 이 저택으로 불러들이어 사랑을 속삭이기 위해, 일부러 죽은 시늉을 내는 게 아닌가 생각했던 것입니다. 그럴 때면 새하얀 베일 아래에 있는 다리가 조금씩 움직이고 수의의 똑곧은 주름을 밀어내는 것같이 보이기도 했던 것입니다.

그 이후로 나는 혼자서 그 방을 지켰습니다. 그리고 생각했습니다. '과연 이 여인은 크라리몬드일까? 그 증거가 있는 것일까? 그 검둥이 소년은 다른 애인의 심부름을 온 것이 아닐까! 이렇게들 모두 슬퍼하다니 그것도 이상한 일이야.'

그러나 마음이 심히 설레면서,

'분명, 그 사람이야. 확실히 그 사람이라니까.'

라고 대답하는 것이었습니다. 그래서 나는 침대 옆으로 다가가 유해를 유심히 살펴보았습니다.

사실 그대로를 자백할까요? 그 완전무비(完全無比)한 모습은, 죽음의 그림자에서 깨끗이 성화(聖化)되어 있었는데 괘씸할 정도로 내 정념(情念)을 뒤흔들어서 나로서는 그저 조용히 잠을 자고 있다고밖에 생각할 수가 없었습니다.

나는 장례식을 집례하기 위해 왔다는 것도 잊은 채, 젊은 신랑의 신분으로서 수줍어 얼굴을 가리고 있는 신부의 방에 들어온 것으로 상상하고 있었습니다.

이렇게 해서 나는 고민으로 괴로워하면서도 기쁨으로 나 자신을 잊고, 공포와 쾌락에 떨면서 그 사람 위에 몸을 숙이고 베일 끝을 잡았습니다. 그리고 잠을 깨게 해서는 안된다며 숨을 죽이고 조용히 베일을 벗겼습니다. 혈관이 관자놀이에서 욱신거리는 것을 느낄 수 있을 정도로 심장은 심하게 고동을 치고, 이마에서는 대리석 포석(鋪石)을 움직이게 할 정도로 땀이 흘렀습니다. 그런데 그 여인은 과연 서품식 때 교회에서 본 그 크라리몬드였습니다.

크라리몬드는 이전과 변함없이 아름다워서, 죽음이 아니라 화장을 더했다고밖에 할 수 없었습니다. 헬쑥한 볼, 다소 엷어진 입술의 장미빛, 하얀 피부에 다갈색을 띠고 있는 기다란 속눈썹—. 그런 것들은 말로 표현할 수 없는 매력의 힘을 가지고 어쩐지 서글픈 정숙(貞淑)과 깊은 고민의 표정을 풍기고 있었습니다.

늘어뜨린 기다란 머리에는 아직도 조그마한 파란색 꽃이 두어 개 섞여 있었는데 머리카락은 베개를 벤 머리를 받치면서 드러낸 어깨를 감싸주고 있었습니다.

성찬식(聖餐式)의 빵보다도 깨끗하고 투명해 보이는 아름다운 손이 한가로운 휴식과 무언의 기도를 드리는 형태로 모아져 있었는데 아직도 진주 팔찌를 빼지 않은 팔목의, 상아처럼 부드러움과 조화를 이루며, 죽었다 해도 아직 너무나 매혹적인 형태를 어느 정도 진정시켜 주는 것 같았습니다. 나는 한참동안 말없이 황홀경에 빠져서 바라보았는데 보면 볼수록 생명이 이 아름다운 육체를 영원히 버렸다고는 생각되지 않았습니다.

이것이 과연 내 환상이었는지 아니면 램프빛의 반사에 의한 것이었는지 알 수 없지만 염기(艶氣)를 띤 창백한 피부 밑으로 피가 순환하기 시작한 것처럼 보였습니다. 그러나 그 사람은 변함없이 미동도 하지 않고 있었습니다. 나는 살며시 그 팔을 잡아 보았습니다.

팔은 차가웠는데 그 교회 현관에서 내 손을 잡았던 그날만큼 차갑지는 않았습니다.

나는 다시 몸을 세웠다가 그 사람 얼굴 위에 내 얼굴을 갖다대면서 뜨거운 눈물 방울을 떨어뜨렸습니다. 아아! 그때 나는 그 얼마나 절망감을 느꼈으며 또 그 얼마나 자신의 무력함을 느꼈는지 모릅니다. 그날 밤, 밤을 샌다는 것은 또 얼마나 큰 괴로움이었는지 모릅니다.

나는 내 생명을 한 덩어리의 돌처럼 손에 들고, 그 사람에게 보낼 수만 있다면 — 그 사람의 차디찬 시체에 이 가슴을 불태우고 있는 불꽃을 불어넣을 수만 있다면 — 이런 바람을 얼마나 갈망했는지 모릅니다.

밤이 샜습니다. 나는 영원한 이별의 시각이 다가오는 것을 알고는, 전심(全心)으로 사랑을 바치어 그 사람의 생명없는 입술에 키스를 하고 싶은, 슬프고도 그 이상 없을 기쁨을 억제할 수 없었습니다. 그런데 이때 아주 불가사의한 일이 일어났습니다.

내가 내쉬는 한숨에 섞이어 희미한 한숨 소리가, 내가 내민 입술 가에서, 크라리몬드의 입술이 응해왔던 것입니다. 그리고는 눈을 뜨는데 그 눈에 희미한 빛이 되살아나는 것이었습니다. 그 사람은 한숨을 쉬었고 팔을 움직이면서 황홀한 모습으로 내 목에 팔을 감았습니다. 그리고 수금(竪琴)의 마지막 전동음(顫動音)과 비슷한, 가냘픈 목소리로 말했습니다.

"아아, 당신이었군요? 로뮤오님. 나는 실로 오랫동안 기다렸었습니다. 그러나 기다리다 지쳐서 이렇게 죽고 말았습니다. 하지만 이제야말로 우리는 부부가 되었으니, 언제라도 당신을 볼 수가 있고 또 당신 집에도 갈 수 있게 되었습니다. 그럼 안녕! 로뮤오님. 안녕! 언제까지라도 사랑하겠습니다. 나는 그말만큼은 꼭 하고 싶었다구요. 키스로 한순간이나마 되살려주신 이 생명을 당신에게 바치겠습니다. 그럼 가까운 장래에……!"

그 사람의 머리는 다시 뒤로 젖혀졌습니다. 그러나 팔은 나를 놓치지 않겠다는 듯, 언제까지나 나를 끌어안고 있었습니다. 그런데 돌연 심한 바람이 창문을 찢으며 방안으로 불어닥쳤습니다.

흩어진 백장미의 꽃잎들이 마치 새의 깃털처럼 줄기 끝에서 잠시 흔들렸는데 이윽고 줄기에서 떨어지자 찢겨진 창문으로, 크라리몬드의 영혼과 함께 날아가 버렸습니다. 램프불이 꺼지고, 나는 아름다운 시체의 가슴 위에, 정신을 잃고 넘어졌습니다.

제정신을 차리고 보니 나는 사제관의 작은 방에서 바닥에 누워 있었습니다. 선임 신부가 기르던 개가 이불 밖으로 내민 내 손을 핥고 있었습니다. 가정부인 발바라는, 경험이 많은 노파답게, 내 몸을 흔들어 보기도 하고 앞자락을 풀어헤치기도 하고, 가루약을 컵에 담아서 먹이기도 하는 등 안절부절못하며 방안을 오가고 있었습니다.

내가 눈을 뜨자 발바라는 기쁨의 환호성을 질렀고 개도 킁킁거리며 꼬리를 흔들어댔습니다. 그러나 나는 기진맥진하여 말을 할 수도 없었고 수족을 움직일 수도 없었습니다. 그후에 들은 이야기입니다만 나는 가냘픈 호흡만 하고 있을 뿐, 그밖에는 살아 있는 징후라고는 보이지 않으면서 만 3일 동안 누워 있었다고 합니다. 그 사흘은 나에게 있어 완전히 공백(空白)의 사흘이었던 것입니다.

그러는 동안에 내 정신은 어디에 가있었는지 전연 기억이 나지 않습니다. 발바라의 이야기로는 한밤중에 데리러 왔던 그 얼굴이 불그스레한 사나이가 새벽에 발이 드리워진 바구니에 나를 태워가지고 와서 내려놓고는 곧 돌아갔다는 것입니다.

제정신이 든 나는 그 무서운 하룻밤의 일을 이것저것 생각해냈습니다. 처음에 나는 괴상한 환상의 장난감이 되었던 것으로 생각했었는데 현실의 명백한 사실이 그런 추측을 부숴 버리고 말았습니다. 발바라는 나와 마찬가지로 그 두 마리의 말을 끌고 온 사나이를 보았고, 그 복장이라든가 인상에 대해서 정확하게 말하고 있으니, 일장춘몽으로 돌릴 수는 없는 일이었습니다. 그러나 그 근방에는 내가 크라리몬드와 재회(再會)했던 그 저택과 부합되는 저택은 아무도 아는 사람이 없었습니다.

어느 날 아침, 세라피온 선생님이 찾아오셨습니다. 발바라가 내 병세(病勢)를 알렸기 때문에 그분은 부랴부랴 문병하러 온 것입니다. 그분의 마음 씀씀이는 나에 대한 애정과 관심을 그대로 나타내고 있었습니다. 그러기에 나는 그분의 문병을 진심으로 감사해야 했지만 실제로는 그다지 고맙게 생각하지 않았습니다.

세라피온 선생님의 눈은 무언가 사람 마음속을 꿰뚫어보는 힘이 있었습니다. 그러므로 그분의 잔소리가 듣기 싫었던 것입니다. 그분 앞에 있자니 나는 아무래도 주눅이 들어서 죄인처럼 되어 버리는 것이었습니다. 왜냐하면 그분은 내 혼란스러운 마음을 꿰뚫어보고 있는 분이었으므로 나는 줄곧 그분의 시선을 피하려고 했었으니까요.

세라피온 선생님은 위선자처럼 달콤한 어조로 내 용태(容態)를 물은 다음, 예에 따라 사자와 같이 노란 두 눈으로 나를 노려보면서 내 영혼 속을 천착하는 것이었습니다.

그리고 교구(敎區) 신자들을 어떤 방법으로 인도하고 있는지에 대하여 두어 가지 질문을 했습니다. 신자들은 즐거워하고 있는가, 근무 중 여가 시간은 어느 정도나 할애하고 있는가, 지방 사람들 중 사귄 사람은 몇사람이나 되는가, 어떤 책을 주로 읽고 있는가……. 이런 종류의 질문을 꼬치꼬치 하더군요.

그것에 대해서 나는 가급적 짤막하게 대답했는데 그분은 내 대답이 채 끝나기도 전에 화제를 다른 것으로 바꾸는 것이었습니다. 그러나 그런 이야기는 그분이 하고자 하는 것과는 아무 상관도 없는 이야기였습니다. 그분은 아무런 전제도 없이, 마치 문득 생각난 것을 잊어버리기 전에 이야기해야겠다는 식으로 이런 이야기를 하기 시작했습니다. 그 목소리는 최후의 심판 때 부는 나팔 소리처럼 내 귀에 들려왔습니다.

"그런데 그 유명한 탕녀, 크라리몬드가 죽었다네. 무려 8일 밤낮 동안 계속되었던 대향연 뒤에 죽은 것 같은데, 그 향연이란 것이 글쎄…… 지옥처럼 화려하기만 했다는 거야. 클레오파트라가 누렸던 파렴치한 환락을 재현했던 거라구. 대체 이런 시대에서 우리가 살고 있다니……. 급사(給仕)로는 사람들이 지껄이는 말을 제대로 이해하지 못하는 검둥이 노예를 썼다고 하니, 흡사 마귀의 행위와 같지 않았겠는가. 더구나 그 노예 중, 제일 하급자까지도 황제의 예복과 같은 옷을 입혔다는 게야.

그 크라리몬드란 여자에 대해서는 지난날부터 기괴한 소문이 따랐었는데 연인(戀人)이란 연인은 모두 비참하게 최후를 마쳤거나 아니면 무참하게 죽었다고 하더군. 밤중에 시체를 먹어치우는, 동양의 큰 박쥐라고도 하고, 잠자는 사람의 피를 빨아 먹는 흡혈귀라고도 하는 등 세상에서는 그녀에 대한 말도 많은데, 나는 《신약성경(新約聖經)》에 나오는 마귀의 두목 바알세불 바로 그것이라고 지적하고 싶네."

세라피온 선생은 입을 다물고, 이 말이 나에게 끼친 영향을 살피려고 눈을 더 크게 뜨면서 나를 노려보았습니다. 나는 크라리몬드란 이름을 듣고는 깜짝 놀라 어깨를 움츠리지 않을 수 없었는데 그 사람이 죽었다는 소식은, 나 자신과 재회했었던 그날 밤의 장면과 기묘하게 부합된 데서 느끼는 고통 이외로 나를 심한 혼란과 공포 속에 빠뜨렸습니다.

그리고 그런 마음의 동요를 아무리 숨기려고 해도 끝내는 얼굴에 나타나고 말았던 것입니다. 세라피온 선생님은 걱정된다는, 매서운 눈초리로 나를 노려보았습니다. 그리고 이렇게 말하는 것이었습니다.

"로뮤오 신부! 나는 자네에게 충고를 하지 않을 수 없는데…… 자네는 지금 심연(深淵)에 발을 들여놓고 있어. 빠지지 않도록 충분한 주의를 해야겠네. 사탄은 기다란 손톱을 가지고 있지. 묘지(墓地) 또한 믿을 만한 것이 못되네. 크라리몬드의 묘는 이중으로 봉인(封印)해 놓지 않으면 안돼. 세상 소문에 의하면 그녀가 죽은 것은 이번이 처음이 아니라는 게야. 로뮤오군! 그대에게 하느님의 가호가 내리시기를 빌겠네."

이렇게 말한 다음 세라피온 선생은 천천히 문쪽으로 걸어갔습니다. 그러나 그후로는 두번 다시 모습을 나타내지 않았습니다. 그길로 S교회……로 떠난 것입니다.

이윽고 나는 기운을 완전히 회복했고 지금까지 해온 일들을 하기 시작했습니다. 크라리몬드의 추억과 노(老)스승의 말씀이 계속해서 내 마음속에 남아있었습니다.

그러나 세라피온 선생님의 불길한 예언이 실현되는 괴상한 사건이 일어나지 않았기 때문에 나는 노스승의 걱정과 나 자신의 공포가 모두 지나갔을 것으로 생각하기 시작했습니다. 그런데 어느 날 밤, 꿈을 꾸었습니다.

아직 비몽사몽간인데 침대 커튼이 젖혀지는 소리가 들려왔습니다. 나는 얼른 한쪽 무릎을 세우며 일어났는데 살펴보니 여자의 유령이 눈앞에 서있는 게 아니겠습니까. 그것이 크라리몬드라는 것은 금방 알 수 있었습니다.

그 사람은 묘(墓) 위에 세워놓은 것과 똑같은 모양의 소형 램프를 손에 들고 있었습니다. 그리고 그 빛이 갸름한 손가락은 투명하게 장미빛으로 물들이고 있었는데 그 색깔이 점점 희미해지더니 팔 살갗의 불투명한 유백색으로 스며들어갔습니다.

옷은 마지막 침대에서 걸치고 있었던 수의만 입고 있었습니다. 그 사람은 입고 있는 그 얇은 옷이 부끄럽다는 듯 가슴 쪽을 여미고 있었는데 그 작은 손으로는 제대로 여며지지가 않았습니다. 그녀의 몸은 새하얬는데 램프의 희미한 불빛 밑에서는 옷의 색깔과 구별이 안될 정도였습니다.

그런 식으로 몸의 윤곽까지 훤하게 드러나는, 얇은 옷으로 몸을 싸고 있으니 생명을 갖춘 여성이라기보다 고대의 어느 목욕탕에서 목욕을 하는 여자의 대리석 조각와 흡사했습니다. 죽은 사람이든 살아있는 사람이든, 알몸이든 조각상이든, 또는 유령이든 시체이든 간에 아름답기는 변함이 없었습니다.

다만 눈동자의 그 녹색으로 빛나는 빛이 다소 희미해졌고, 전에는 새빨갛던 입술 색깔이 볼의 색깔과 같을 정도로 복숭아빛으로 변한 것뿐이었습니다. 내가 그녀의 머리카락 속에서 발견했던 그 작은 파란색 꽃은 이미 시들어 버렸고 꽃잎도 거의 떨어졌었습니다.

그러나 그럼에도 불구하고 그 사람은 아주 사랑스러워서, 사건의 불가사의라든가 또 그 사람이 어떻게 해서 이 방안에 들어왔는지조차 알 수 없으면서도 나는 무서움을 조금도 느낄 수 없었습니다.

그 사람은 램프를 테이블 위에 놓고 침대 옆에 와서 앉았습니다. 그리고 내가 있는 쪽으로 몸을 숙이면서, 그 사람에게서밖에 들은 일이 없는 그 은방울을 굴리는 것 같은, 또 벨벳을 만지는 것 같은 부드러운 목소리로 말하는 것이었습니다.

"많이 기다렸습니다, 그리운 로뮤오님. 필시 당신을 잊었으리라고 생각하셨죠? 하지만 나는…… 너무너무 먼곳에서…… 지금까지 누구 한 사람, 되돌아온 적이 없는 그런 곳에서 돌아왔답니다. 내가 갔던 나라는 달님도 해님도 없습니다. 넓은 장소와 어두운 어둠뿐입니다. 길거리도 없으려니와 산길도 없습니다. 발로 밟는 땅바닥도, 날개로 나는 공중도 없습니다.
　하지만 나는 어찌어찌해서 이곳에 왔습니다. 사랑은 죽음보다 강하기 때문입니다. 죽음 따위는 이제 사랑의 힘으로 퇴치할 수 있을 것입니다. 아아! 여행하는 도중에 얼마나 음침한 얼굴과 무서운 일들을 보았는지 모릅니다. 의지력 하나만으로 이 세상에 되돌아온 내 영혼이 몸이 있는 곳을 찾아내고 원상복귀하기까지 얼마나 고생을 많이 했는지 모릅니다.
　보십시오. 가련한 내 이 손바닥이 이처럼 상처를 입지 않았습니까. 자아, 키스해 주세요. 어서요, 사랑하는 로뮤오님!"
　그 사람은 차디찬 손바닥을 몇번이고 내 입에 댔습니다. 나는 그 손에 키스를 해주고 또 해주었습니다. 그 여인은 형언할 수 없는 기쁨의 미소를 띠면서 나를 바라보았습니다.
　말하기도 부끄럽습니다만 나는 세라피온 선생의 충고와 내 자신이 맡고 있는 업무를 완전히 잊고 말았습니다. 나는 팔짱을 낀 채, 이 마귀의 마지막 공격에 그만 말려들고 만 것입니다. 마귀의 유혹을 뿌리치려는 생각조차 하지 않았습니다. 크라리몬드의 차디찬 살갗이 내 몸속에 배어들었는데 나는 온몸에서 쾌락의 전율을 느꼈습니다.
　가련한 여자여! 여러 가지 행위를 보여주었지만 나로서는 상대방이 마귀라고는 도저히 믿을 수가 없었습니다. 그 사람은 적어도 마귀와 같은 행동을 조금도 보여주지 않았으니까요. 그것이 사탄의 화신(化身)이라면 아주 재치있게 손톱이라든가 뿔을 숨긴 것입니다. 그 사람은 무릎을 굽히면서 침대 곁에 쭈그리고 앉았는데 그 모습은 매력에 넘쳐 있었습니다.

그리고 이따금 그 작은 손으로 내 머리를 쓰다듬으며 머리카락에 이상한 모양을 만들려는 듯, 손가락으로 감곤 했습니다. 나는 죄의식과 기쁨을 동시에 느끼면서 하는 대로 내버려 두었습니다. 그런데 그 여인은 그런 행동을 하면서도 사랑을 속삭이는 말을 그치지 않았습니다.

그날 밤, 꼭 한 가지 두드러졌던 일은 내가 이 어이없는 사건에 대하여 조금도 놀라지 않았었다는 일입니다. 아무리 기묘한 사건이더라도 꿈속에서는 지극히 평범하게 마련이어서 이상하게 생각되지만, 그것과 마찬가지로 안이하게, 그리고 지극히 자연스럽게 나는 받아들였던 것입니다.

"나는 당신을 만나기 훨씬 전부터 당신을 사랑하고 있었답니다. 사랑하는 로뮤오님! 그리고 방방곡곡을 찾아헤맸습니다. 당신은 나의 꿈이었던 것입니다. 교회에서 다급한 가운데 당신을 처음 보았을 때 나는 '저 사람이다!'라고 첫마디를 내뱉었습니다.

그래서 당신에 대하여 그때까지 기다렸고, 지금도 기다리고 있으며 장래에도 기다릴 것이 틀림없는 ― 모든 사랑을 담은 눈길을 보냈던 것입니다. 신부님이더라도 지옥으로 떨어뜨리고, 임금님까지도 궁궐에서 나와 사람들이 지켜보는 가운데 무릎을 꿇고야 말, 그런 사랑의 눈길을 보냈었답니다. 그런데도 당신은 모르는 체하며 돌아섰습니다. 나보다도 하느님을 선택하신 거지요.

아아! 나는 정말로 하느님이 원망스럽습니다. 하지만 하느님은 일찍부터 당신의 사랑을 받으셨고, 지금까지도 나보다 더 사랑을 받고 계십니다. 나같이 불행한, 그리고 불운한 여자도 없을 것입니다.

한 번 죽은 나를 당신은 키스로 되살려 놓았습니다. 그런데도 나는 당신의 마음을 사로잡을 수가 없군요. 크라리몬드는 당신을 위해 묘지의 문을 밀어서 부수고 당신을 행복하게 해드리고 싶어서 되돌려 받은 생명을 당신에게 바치러 온 것입니다!"

그녀는 이런 말을, 마음이 녹아 버릴 것 같은 애교를 섞어서 말했습니다. 나는 몸도 마음도 완전히 녹아드는 것 같았습니다. 그리고 그녀를 위로해 주기 위해 겁도 없이 무서운 말을 입밖에 내놓았습니다. 하느님과 똑같을 정도로 그녀를 사랑한다고요.

그러자 그 사람의 눈동자가 생생하게 되살아나면서 에메랄드처럼 빛났습니다.

"정말? 정말이죠? 하느님과 같을 정도로!"

라며 그녀는 아름다운 팔로 나를 포옹했습니다.

"그렇다면 나와 함께 가시는 거지요? 내가 가는 곳에 따라오는 거지요? 그 보기 싫은 검은 옷은 벗어 버리세요. 그리고 제일 멋진, 남들이 모두 부러워하는 기사(騎士)가 되어 주세요. 그러면 내 훌륭한 연인이 되는 겁니다. 교황(敎皇)님조차도 거들떠보지 않았던 크라리몬드의 멋진 연인이 되다니 이 얼마나 좋은 일입니까! 아아! 이제 행복한 나날을, 눈이 부실 정도의 아름다운 생활을 우리는 해나갈 것입니다. 그럼 언제 떠날까요? 존경하는 기사님!"

"내일 떠납시다, 내일."

나는 자신을 망각한 채 소리쳤습니다.

"내일요? 좋습니다!"

그 여인은 대답했습니다.

"그러면 옷을 갈아입을 시간도 있겠으니까요. 이 옷은 너무 조잡하고 여행하는 데는 어울리지 않거든요. 그리고 내가 정말로 죽은 줄 알고, 몹시 슬퍼하는 하인들에게도 알리지 않으면 안됩니다. 돈과 의복과 마차는 곧 준비될 것입니다. 그럼 오늘 이 시간쯤에 모시러 오겠습니다. 안녕! 사랑하는 로뮈오님."

그렇게 말하면서 그 여인은 혀 끝으로 내 이마에 키스를 했습니다. 램프불이 꺼지고 커튼이 닫히자 내 눈에는 아무것도 보이지 않았습니다. 납덩어리처럼 무거운 비몽사몽이 이번에는 나를 잠속에 깊이 빠뜨렸습니다. 잠을 푹 잔 나는 평소보다 늦게 일어났는데 그 기묘한 환상의 추억이 온종일 가슴속에서 맴돌았습니다. 그리고 마침내는, 그 일은 내가 너무 열렬하게 했던 공상(空想)의 결과에 지나지 않는다는 생각을 하기에 이르렀습니다.

그러나 그렇게 생각하기에는 너무나 인상이 깊어서 어디까지나 현실이 아니겠느냐는 생각도 들었습니다. 이처럼 갈피를 잡을 수가 없어서 나는 이런 생각을 떨쳐 버리고 편안하게 잠을 자게 해줍시사고 하느님께 기도 드린 다음 잠자리에 들었습니다. 그러나 잠자리에 든 후로는 한밤중에 일어나게 될 일이 자꾸만 신경을 건드리는 것이었습니다.

그런데도 불구하고 나는 곧 깊은 잠에 빠져들었고 어젯밤과 같은 꿈을 꾸기 시작했습니다. 커튼이 열리고 크라리몬드가 들어왔습니다. 그러나 어제 처음 왔을 때처럼 하얀 수의에, 다갈색의 사색(死色)을 띤 유령의 얼굴이 아니었습니다. 멋진 여행 복장을 갖춘 그녀는 쾌활하고 아리따웠습니다.

옷은 녹색 벨벳인데 금으로 장식한 띠를 두르고 공단 스커트가 보이도록 옆구리를 조금 터놓았습니다. 금발이 깃털을 장식한 검은색 펠트 모자 아래에서 풍성하게 찰랑거리고 있었습니다. 손에는 금(金) 호루라기가 달려 있는 조그마한 채찍이 들려 있었습니다. 그 여인은 그 채찍 끝으로 가볍게 내 몸을 찌르며 말했습니다.

"정말로 잠꾸러기군요. 이렇게 잠만 자면 준비는 언제 할 겁니까? 나는, 일어나 계신 줄 알았는데…… 자, 어서 일어나세요. 시간이 없으니까요."

나는 침대 밑으로 내려왔습니다.
"어서 옷을 갈아입고 출발해요."
그 사람은 자기가 가지고 온 조그마한 보따리를 가리키면서 말했습니다.
"바깥에서 기다리는 말이 지루함을 못참아 재갈을 갉고 있습니다. 이 시간쯤에는 벌써 40~50km쯤 가있어야 하거든요."
나는 서둘러 옷을 주워입었습니다. 그녀는 내가 입을 옷을 차례로 챙겨 주면서 옷입는 솜씨가 서투른 나를 보고 깔깔 웃었습니다. 또 내가 실수를 하면 얼른 바로 입혀주기도 했습니다. 그뿐 아니라 내 머리까지 손질해 주었는데 준비가 다 되자, 은(銀)으로 테두리를 두른, 소형 베네치아 유리 거울을 나에게 내밀면서,
"이 거울로 비춰 보세요. 그 당당한 모습을 어떻게 생각하십니까? 나를 하녀로 고용해 주지 않으시렵니까?"
라고 말했습니다.
나는 전연 딴 사람으로 변해 있었습니다. 내가 내 자신을 못 알아 볼 정도였으니까요. 완성된 조각상(彫刻像)이 원석 덩어리와는 전연 다르듯이 본디의 나와는 완전히 달라져 있었습니다. 원래의 모습은 지금 거울이 비춰주고 있는 모습의 밑그림에 지나지 않았습니다. 나는 무척 아름다웠습니다.
내 허영심은 그런 변화에 우쭐대며 기뻐하게 만들었습니다. 우아한 옷이라든가 가장자리를 장식한 조끼 등은 나를 완전히 다른 사람으로 만들어 놓았는데 불과 몇가지의 천이 이런 힘을 가지고 있을까라며 나는 감탄해마지 않았습니다. 그리고 복장이 나에게 주는 기분이 나도 모르는 사이에 몸속에 배어들어, 10분도 채 되기 전에, 자만심을 가지게 되었습니다.
나는 새 의복에 익숙해지기 위하여 방안을 빙빙 돌며 걸었습니다.

크라리몬드는 어머니처럼 기뻐하며 나를 바라보았는데 자신이 한 행동에 만족하고 있는 것 같았습니다.

"아이와 같은 장난은 이제 그만 하세요. 자아, 로뮤오님, 나가시지요. 길이 머니까 서둘러야 합니다. 우물쭈물하다가는 시간에 대갈 수가 없으니까요."

그 사람은 내 팔을 잡았습니다. 그런데 그 사람이 손만 대면 어떤 문도 자동적으로 열렸습니다. 개집 앞을 지나갔는데 개는 눈도 뜨지 않는 것이었습니다.

문앞에는 마르그리투느가 기다리고 있었습니다. 전에 나를 안내했던 그 마부 말입니다. 그 사나이는 처음 보았을 때와 마찬가지로 세 마리의 검은말 앞에서 그 고삐를 모두 잡고 있었습니다. 세 사람이 한 마리씩 타고 갈 계획인 것 같았습니다.

그 말은 서풍(西風)을 배고 있는 암말에게서 태어난 스페인종(種)임에 틀림없었습니다. 왜냐하면 바람처럼 빠르게 달렸으니까요. 출발할 때 우리들의 길을 밝혀 주기 위해 떠오른 달이, 마치 수레에서 떨어져 나온 수레바퀴처럼 하늘에서 굴러갔습니다. 달은 오른쪽에서 이 나무 저 나무 사이를 비집고 굴러갔는데 이윽고 우리를 따라오기가 힘에 겨운 듯 숨을 헐떡이고 있었습니다.

얼마 안가서 넓은 광장에 도착했습니다. 그곳에는 나무숲이 있었고 바로 그뒤에 늠름한 네 마리의 말이 끄는 마차가 기다리고 있었습니다. 우리가 그 마차에 올라타자 마부는 미친 사람처럼 말을 몰았습니다.

나는 한쪽 팔을 크라리몬드 등에 돌려 올려놓았는데 반쯤 드러난 그녀의 팔이 내 팔에 닿는 것을 느꼈습니다. 나는 그토록 생생한 행복감을 느껴본 적이 없었습니다. 행복한 나머지 나는 모든 것을 다 잊어버렸습니다.

그리고 내가 신부의 신분이란 것 따위는 어머니의 태(胎) 속에 있었던 일처럼 까맣게 잊고 있었습니다. 그만큼 마귀의 힘은 컸었던 것입니다. 그날 밤 이후로 나는 어느 정도 이중인격적인 사람이 되었으며 우리집에서는 전혀 면식(面識)이 없는 두 명의 인간이 살게 되었습니다.

어느 때는, 나는 신부로서 매일 밤마다 성주(城主)가 되는 꿈을 꾸는 것으로 생각되었고, 또 어느 때는 성주로서, 꿈속에서 신부가 되는 것으로 생각되었습니다. 나로서는 꿈과 현실과의 구별이 되지 않았습니다. 어디서부터 현실이 시작되고 어디서 환상이 끝나는지 알 길이 없었다구요. 자만하여 스스로 타락한 성주는 신부를 경멸하고, 신부는 젊은 성주의 방탕을 미워했습니다.

서로 뒤엉키어 혼동하면서도 결코 섞이는 일이 없는 두 개의 나선형(螺旋形)이 있다면 나의 양두사(兩頭蛇)와 같은 생활을 충분히 표현해낼 수 있을 것입니다. 그러나 나는 이런 기묘한 처지에 놓여 있으면서도 미쳤다는 생각은 한순간도 해본 적이 없습니다. 이중생활의 의식이 언제나 아주 분명해 있었기 때문이지요.

단 한 가지, 나로서도 까닭을 알 수 없는 불합리한 일이 있었습니다. 그것은 그처럼 다른 두 인간 속에, 똑같은 자아(自我)의 감정이 그대로 남아있다는 점입니다. 이것은 작은 C라는 마을의 신부로서도, 그리고 크라리몬드의 공인(公認)된 연인(戀人)인 시뇨르 로뮤오로서도, 도저히 이해가 안되는 이상사(異常事)였습니다.

어쨌든 우리는 베네치아에 도착했습니다. 적어도 도착한 것으로 생각되었습니다. 이 기묘한 사건 속에서 어디까지가 환상이고 어디까지가 현실이었는지 나는 아직도 짐작조차 못합니다. 우리는 카날레이오 운하(運河)에 면한, 큰 대리석 궁전에서 살았습니다. 벽화와 조각상들이 여기저기 장식되어 있고, 크라리몬드의 침실에는 티치아

노의 그림 두 점이 걸려 있었습니다. 실로 왕이 사는 궁전과 같았습니다.

우리는 각각 자기 곤돌라와 정복을 입은 선장(船長)과 음악가와 시인(詩人)을 거느리고 있었습니다. 크라리몬드는 세상사를 너그럽게 대했지만 다소 클레오파트라 비슷한 성질이 있었습니다. 나는 명문가요 재산가의 아들처럼 생활했는데 마치 베네치아 공화국의 12사도(使徒)라든가 네 명의 복음서(福音書) 저자 중, 누군가의 집 아들인 양 비단옷으로 차려입었습니다.

나는 리도트에 가서 크게 도박을 했습니다. 그리고 상류사회에서 노닐며, 파산한 명문가의 자제와 연극배우, 사기꾼, 식객(食客)들, 무뢰한들과도 만나서 놀았습니다. 그런데 그런 방탕한 생활을 하는데도 불구하고 크라리몬드는 나를 굳게 믿고 여전히 사랑해 주는 것이었습니다. 그녀는 여자에게 질려 버린 사나이라 하더라도 욕정을 일으키게 할 수 있었을 것이고, 바람난 도락자(道樂者)라 하더라도 조신한 성질로 바꿔놓을 수 있었을 것입니다.

크라리몬드를 연인으로 삼는 사람은 20명이나 되는 여자를, 아니 모든 여자를 정부(情婦)로 거느린 것과 같을 것입니다. 그만큼 그녀는 변화에 능통하면서도 그런 티를 내지 않는 여자였습니다. 실로 카멜레온과 같은 여자였답니다. 그래서 남성이 좋아할 것 같은 성격이라든가 몸매라든가 미(美)를 완전하게 흉내내어, 그 남성으로 하여금 마치 딴 여자와 부정(不貞)을 저지르는 느낌을 맛보게 해주는 것이었습니다.

그 여인은 내 사랑을 백 배로 갚아 주었는데, 젊은 귀족이라든가 10인회(十人會)의 장로들이 요구하는 것쯤은 아예 상대도 하지 않았습니다. 포스카리가(家)의 어떤 사나이는 그녀를 아내로 맞아들이려고 했는데 그것도 단호하게 거절했습니다. 그녀는 충분한 돈이 있었으므로 오직 사랑만을 구했는데, 그 사랑도 젊고 청순한 사랑, 그녀에 의해서 눈이 뜬 사랑, 그리고 최초이자 최후의 사랑이 아니면 안되었습니다.

나는 만약 매일 밤 반복되게 마련인 지겨운 악몽이 없었다면, 더없이 행복했을 것입니다. 그런 꿈속에서 나는 마을의 신부가 된 것으로 생각했고, 밤마다 낮이 되면 극단적인 향락을 누리기 위해 고행(苦行)을 쌓지 않으면 안되었습니다.

나는 그 사람과 함께 살아가는 데 익숙해지자, 그 사람과 알게 되었을 때의 기괴한 사건은 거의 생각해보는 일조차 없었습니다. 그러나 세라피온 선생님이 한 말이 이따금 기억 속에 되살아나서 나를 불안하게 만드는 것이었습니다.

그런데 얼마 후부터 크라리몬드는 왠지 건강이 안좋아져 안색이 날로 나빠졌습니다. 몇명의 의사를 불러 진찰을 시켰지만, 질병의 정체를 전혀 밝혀내지 못하여, 손을 쓸 수가 없었습니다. 그래서 아무 도움도 안되는 처방전이나 써놓고 갈 뿐, 두번 다시 왕진을 안하는 것이었습니다. 그러는 사이에 그녀는 눈에 띌 정도로 얼굴이 창백해지고 몸도 점점 차가워졌습니다.

그리고 그 처음 가보았던 저택에서 일어났던 잊지 못할 밤의 사건 때처럼 창백해진 얼굴에는 생기라고는 찾아볼 수 없게 되었습니다. 나는 그 사람이 그런 식으로 쇠약해져 가는 것을 보고 슬픔을 참아낼 수가 없었습니다. 크라리몬드는 내가 비탄에 빠져 있는 것을 보고 감동하여, 죽어가는 것을 자각한 사람의 그 애처로운 미소를 조용히 띠는 것이었습니다.

어느 날 나는 크라리몬드의 침대 옆에 앉아서 작은 테이블을 마주하고 식사를 하고 있었습니다. 단 1분간도 그녀에게서 시선을 떼기가 싫었던 것입니다. 그런데 과일을 벗기던 나는 그만 실수하여 손가락에 약간의 상처를 입고 말았습니다. 상처에서 나온 빨간 피가 두세 방울 크라리몬드 쪽으로 튀었습니다.

그러자 그녀의 눈이 돌연 빛나면서, 그 얼굴이 지금까지 본 적이 없는, 잔인하고도 야성적인 기쁨으로 충만해졌습니다. 마치 고양이나 원숭이와 같은 동물적인 신속성으로 침대에서 뛰어내린 그녀는 내 상처에 달려들더니 흐르는 피를 빨기 시작했습니다.

그 사람은 술꾼들이 쿠세레스나 시라쿠사주(酒)를 맛보듯이 아주 천천히, 그러나 아주 소중하다는 듯이 피를 쭉쭉 빨아 마셨습니다. 눈은 반쯤 감았는데 그때까지 둥글었던 녹색 눈의 동공(瞳孔)도 가늘어졌습니다. 그리고 이따금 내 손에 키스를 하기 위해 입을 뗐는데 새빨간 핏방울을 빨기 위하여 다시 입술을 상처에 대는 것이었습니다.

그러다가 더 이상 피가 안나오는 것을 확인하자, 물기 먹은 눈을 반짝이면서 5월 새벽의 장미색으로 볼을 물들였습니다. 그녀의 얼굴은 달덩이 같았고 손은 촉촉해지면서 따뜻해졌습니다. 요컨대 지금까지 보지 못했던 아름다움과 건강에 찬 그녀의 모습으로 바뀌어 있었던 것입니다.

"나는 안죽어요! 나는 죽지 않는다구요!"
라며 그녀는 기쁨으로 미친 것처럼 외치더니 내 목을 감싸안으며 이렇게 말했습니다.

"나는 더 오래 당신을 사랑할 수 있게 되었습니다. 내 생명은 당신의 생명 안에 있다구요. 내 힘은 모두 당신에게서 옵니다. 당신의 그 고상하고 풍부한 피가 이 세상 어느 양약(良藥)보다도 귀하고 효과가 있습니다. 그 피가 내 생명을 되살려 준 것입니다."

이 장면을 나는 두고두고 잊지 않는데, 그때 나는 크라리몬드에 대하여 어떤 의심을 품기 시작했습니다. 그리고 어느 날 밤, 꿈속에서 내가 사제관(司祭館)으로 돌아갔을 때 언제나 엄격한 세라피온 선생을 만났습니다. 노스승은 일단 나를 주의깊게 노려본 다음 말했습니다.
"자네는 영혼을 잃게 된 것도 모자라서 몸까지 잃어버리려고 하는가? 이 불운한 젊은이여! 자네는 대체 어떤 덫에 걸려있는 거야?"
선생이 말한 이 짧은 한마디는 내 마음을 강하게 내리쳤습니다. 그러나 그런 격렬한 말씀에도 불구하고 그런 인상은 이윽고 사라져 버리고 천만가지 잡념들이 그 대신 내 마음속에 자리잡는 것이었습니다.
그런데 어느 날 밤, 크라리몬드가 식사 후에 평소처럼 향료(香料)를 가미하는 술컵 속에 무슨 가루를 살며시 넣어서 섞는 것을 나는 거울 속으로 보았습니다. 거울이 그런 배신적 행위를 하는 위치에 있으리라고는 생각하지 못했던 그녀였습니다. 나는 그 컵을 들고 입에 대는 척하다가,
"남은 것은 나중에 마시겠소"
라며 가구 위에 놓아두었습니다. 그리고 그 사람이 등을 돌리는 틈을 타서 컵에 담겨 있는 내용물을 바닥에 쏟아 버렸습니다. 그런 다음 나는 침실로 가서 잠자리에 들었습니다. 그러나 나는,
'오늘 밤에는 잠을 자지 말고 일이 되어가는 꼴을 지켜보아야겠다.'
라며 굳게 결심했습니다. 그다지 기다릴 것도 없이 크라리몬드가 잠옷으로 갈아입고 베일을 벗은 다음 침대로 돌아와 내 옆에 누웠습니다. 그리고 내가 깊은 잠에 빠져든 것으로 착각한 그녀는 내 잠옷 소맷자락을 걷어올리더니 머리에서 금(金)핀을 뽑아들고 조용히 중얼거리기 시작했습니다.
"한 방울만…… 빨간 것 한 방울만…… 이 핀 끝에 조금만 그 빨간 것을 묻혀서…… 당신은 아직도 나를 사랑해 주시니까 나는

죽을 수가 없습니다……. 아아! 가엾은 연인(戀人)! 빨갛게 빛나는, 그 아름다운 당신의 피를 나는 마셔야 돼요. 그냥 주무세요 당신의 그 보물! 주무십시오. 나의 하느님, 나의 사랑스런 분! 결코 당신을 괴롭히고자 하는 것이 아닙니다. 단지 내 생명을 잃지 않기 위해서 당신의 생명을 조금만 나누어 가지자는 것입니다.

당신을 그토록 사랑하지 않았더라면 달리 연인을 만들어서 생혈(生血)을 빨아 마실 결심도 할 수 있었을 것이지만, 당신을 알고부터는 그 어느 누구도 싫어졌답니다……. 아아, 이 아름다운 팔! 이 희고 둥그스름한 팔! 이처럼 아름다운 팔에 바늘을 꽂다니…… 나는 차마 꽂지 못하겠네."

그렇게 말하면서 그 사람은 소리내어 울었습니다. 두 손으로 감싸고 있는 내 팔에 눈물이 비오듯 떨어지는 것이 느껴졌습니다. 그러나 그녀는 억지로 결심을 한 듯, 내 팔에 핀을 꽂아 상처를 내고 흘러내리는 피를 빨기 시작했습니다.

그러나 겨우 대여섯 방울을 빨고 나서 그녀는 내 생명을 좀먹게 하는 것을 걱정하는 나머지 상처에 연고를 바르고 작은 붕대를 정성껏 감아놓았습니다. 연고 덕택에 상처는 금방 아물었습니다.

더 이상 의심하고 말고 할 필요가 없어졌습니다. 세라피온 선생의 말이 맞는 것이었습니다. 그러나 나는 그런 확신을 가지고 있으면서도 크라리몬드를 사랑하지 않고는 살 수가 없었습니다. 그 사람의 가공적(架空的) 생명을 지탱해 주는 데 필요하다면 온몸의 피를 다 줘도 아깝지 않았을 것입니다.

그리고 나는 두렵다는 생각도 하지 않았습니다. 상대가 비록 흡혈귀라 하더라도 그 여성다운 마음가짐으로 볼 때 엉뚱한 짓을 저지르리라는 걱정은 할 필요가 없었던 것입니다.

실제로 보고 듣고 한 것이 나를 안심시켜 주었던 것이지요. 당시 내 혈관에는 피가 남아돌 만큼 흐르고 있었으므로 한 방울 한 방울의 목숨을 아끼고 싶은 생각이 아니었습니다. 오히려 내 팔을 걷어 올리고,

"자, 얼마든지 먹으오. 내 사랑이 이 피와 함께 당신의 몸안으로 흘러들어가도록 어서 먹으오"

라고 말해 주고 싶을 정도였습니다. 따라서 나는 그 사람이 마취제를 술에 섞는다든가, 핀으로 팔을 찌르는 짓 따위에는 신경도 쓰지 않고 사이좋게 지냈습니다.

그러나 나는 신부로서 직무상 최선을 다하지 못한 점으로 인하여 점점 괴로워하게 되었습니다. 그래서 육체를 쳐 복종시키기 위해 어떤 새로운 고행(苦行)을 발명해야 할지를 생각하게 되었지요. 그런 환상은 모두 자발적인 것이 아니어서 내 자신의 힘으로는 도저히 해결할 수 없는 것이었습니다.

나는 꿈인지 생시인지 분간할 수 없는, 일락(逸樂)으로 더럽혀진 내 마음과 손으로는 그리스도상(像)에 가까이할 수가 없었습니다. 그리고 이제 몸도 마음도 지칠대로 지치게 만드는, 매일 밤의 환각을 피하기 위해 단연코 잠을 안 자기로 결심을 했습니다.

손가락으로 눈꺼풀을 치받치고는 온몸의 힘으로 수마(睡魔)와 싸우면서 벽에 기대어 서있었습니다. 하지만 눈꺼풀이 금방 납덩이처럼 무겁게 짓누르는 것이었습니다. 그래서 절망과 피로감에 못이겨 주주물러 앉자 격류(激流)가 나를 금방 부정(不淨)의 늪으로 끌고 가는 것이었습니다.

이때 세라피온 선생은 나에게 엄격한 훈계를 하면서, 나의 우유부단함과 신앙에 대한 불성실함을 꾸짖었습니다. 그리고 이튿날, 내가 평소보다도 더 들떠 있는 것을 보고는,

"그 망집(妄執)을 떨쳐 버리는 데는 단 한 가지 방법밖에 없네.

극단적인 방법이긴 하지만 꼭 실천하지 않으면 안돼. 큰 병에는 극약이 좋다고 했어. 그래서 말인데 나는 크라리몬드를 장사지낸 묘지를 알고 있은즉, 일단 그것을 파내어 자네의 연애 상대가 얼마나 비참한 상태에 있는지를 보여주겠네.

그렇게 하면 구더기에게 먹히고 진흙으로 변하려는 그 더러운 시신을 위해 영혼을 팽개치려는, 바보 같은 짓은 하지 않을 것이야. 그리고 틀림없이 제 정신을 차리게 될 것이고 —."
라고 말했습니다.

나는 이중생활에 완전히 지쳐 있던 터라 그자리에서 승낙했습니다. 그리고 신부와 성주(城主) — 이 두 가지 가운데 어느 쪽이 환상인지를 분명하게 밝혀내야겠다는 생각을 했습니다. 즉 내 몸속에 있는 두 사나이 가운데 한쪽을 죽이고, 다른 한쪽을 살리도록 하자, 그것이 뜻대로 되지 않는다면 양쪽 모두를 죽이고 말 결심을 했습니다. 그런 생활을 언제까지 계속해 나갈 수는 없었으니까요.

그래서 세라피온 선생님은 곡괭이와 지렛대와 각등(角燈)을 준비하여 한밤중에 나를 데리고 예의 묘지로 향했습니다. 선생은 그곳 지형과 묘지의 배치상황을 잘 알고 있었던 것입니다. 여러 묘지의 비명(碑銘)을, 각등의 빛으로 비춰보면서 돌아다녔는데 우리는 한참 만에야 한 길이나 되는 풀에 덮여 있는 묘석(墓石) 앞에 가서 섰습니다.

묘석은 이끼와 기생목(寄生木)에 싸여 있었는데 그래도, '이곳에 잠들다. 살아 있을 때는 여러 괴로움을 주었던 크라리몬드……'라는 비명(碑銘)의 첫 문구를 읽을 수 있었습니다.

"바로 이것이야!"

세라피온 선생은 말했습니다. 그리고 각등을 땅바닥에 내려놓자 돌 틈에 쐐기를 박고 돌을 밀어올렸습니다. 돌이 이윽고 움직이자

노선생은 곡괭이질을 하기 시작했습니다. 나는 어두운 밤보다 더 어두운 표정으로 망연히 바라보고 있을 뿐이었습니다.

노스승은 이 꺼림칙한 일에 정력을 쏟았습니다. 그의 이마에서는 땀이 비오듯 흘러내렸고 괴로운 숨소리는 듣기에도 민망했습니다. 선생의 가뿐 호흡은 거의 빈사상태인 사람과 같았습니다. 그것은 실로 이상한 광경이었습니다. 만약 이때 우리를 본 사람이 있었다면 하느님의 종들이라기보다 오히려 묘를 파헤치고 뭔가를 훔쳐내려는 도굴꾼으로 생각했을 것입니다.

세라피온 선생의 열의(熱意)에는 어쩐지 무정하고, 야만스러운 면이 있어서, 사도(使徒)나 천사(天使)라기보다는 마귀와 같기도 했습니다. 그 엄숙한 얼굴도 각등불에 비추어 주름진 곳이 드러나는 곳은 결코 선량해 보이지 않았습니다.

나는 온몸에서 얼음 같은 땀이 흘렀고 머리털이 곤두서는 것을 느꼈습니다. 그리고 마음속으로는 이 엄격한 세라피온 선생의 행위를, 무서운 모독이라고 생각하는 한편, 때마침 머리 위를 무겁게 흘러가는, 시커먼 구름 속에서 벼락이라도 떨어져 이 노인을 가루로 만들었으면 하는 생각까지도 들었습니다.

가까이에 있는 사이프레스 나뭇가지에 앉아 있던 올빼미가 각등 빛에 겁을 먹고 먼지투성이의 날개를 퍼덕이며 날아왔다가 각등 유리에 부딪치고는 슬픈 소리로 울어댔습니다. 그리고 또 여우가 멀리서 쉰목소리로 울어대는가 하면 여기저기서 무서운 소리가 어둠 속에 울려퍼졌습니다.

최후로 세라피온 선생의 곡괭이가 관(棺)에 닿자 관의 널빤지가 둔탁한 소리를 냈습니다. 공동(空洞)에 돌을 던졌을 때의 그 무서운 소리와 같았습니다. 그리고 노스승이 관 뚜껑을 들어올렸는데 나는 가슴에 두 손을 모았습니다. 크라리몬드의 대리석 같은 창백한 모습이 그 속에 있었습니다.

그녀는 정수리에서 발끝까지 새하얀 수의로 싸여져 있었는데 풀어보니 퇴색한 입 가장자리에 새빨간 방울이 장미꽃처럼 반짝이고 있었습니다. 세라피온 선생은 그것을 보더니 성화같이 화를 내는 것이었습니다.

"아아! 이곳에 있었구나! 마귀! 부끄러움을 모르는 매음부! 피와 돈에 환장을 한 요부!"

노스승은 그렇게 외치면서 시신 위에 성수(聖水)를 뿌리고, 관수기(灌水器)로 관 위에 십자가를 그었습니다. 가엾은 크라리몬드! 그녀에게 성수 방울이 떨어지자 아름다운 몸은 금방 부서지고 말았습니다. 그리고 남은 것은 단지 재와, 반쯤 석탄으로 변한 뼈만이, 보기에도 무섭게 섞여 있었습니다. 냉혹하고 무정한 노스승은 그 가엾은 유해를 가리키며 나를 비웃는 것이었습니다.

"자네의 연인이 이것일세. 로뮤오군! 이것을 보고도 자네는 이 연인을 데리고 놀러다니겠나?"

나는 머리를 숙이고 있었습니다. 마음속에서는 무엇인가 커다란 것이 일거에 무너져 내리는 것 같았습니다.

나는 사제관으로 돌아왔습니다. 크라리몬드의 연인인 로뮤오 신부는 그토록 오랫동안 기묘한 인연을 맺어왔던 빈곤한 신부와 작별을 고하고 말았습니다. 그러나 그 다음날 아침, 나는 다시 크라리몬드를 보았습니다. 그녀는 처음으로 교회 현관에서 했던 말과 마찬가지로,

"정말로 박정한 사람이로군요! 무슨 짓을 한 겁니까? 왜 그 바보같은 영감의 말을 듣는 겁니까? 정말로 행복했었는데……. 그리고 대체 나와 무슨 원수가 졌다고 불쌍한 묘를 파헤치고 가련한 시체까지 파낸 겁니까? 우리의 혼과 몸을 연결시켜 주었던 실은 이제

완전히 끊어지고 말았습니다. 그럼 안녕! 하지만 틀림없이 당신은 영원토록 나를 사랑하고 싶어서 견딜 수 없게 될 것입니다."
라고 말하는 것이었습니다. 그리고 연기처럼 공중으로 사라지더니 두번 다시 모습을 나타내지 않았습니다.

아아! 그 사람이 한 말은 그대로 적중되었습니다. 나는 몇번이고 그 사람의 이름을 불렀는지 모릅니다. 지금도 그 사람을 잊을 수가 없습니다. 영혼의 평화를 구하기 위해 나는 너무나 비싼 것을 내던지고 말았습니다.

하느님의 사랑도 그 사람의 사랑을 대신할 수는 없습니다. 동문(同門) 여러분! 이것이 내가 젊었을 때의 추억담입니다. 결코 여성을 보아서는 안됩니다. 언제나 땅바닥만 보고 걸으십시오. 제아무리 사심(邪心)이 없는 깨달음을 얻었다 하더라도 한순간의 정신적 이완이 영생을 잃는 실마리를 만드는 법이니까요.

어느 정신이상자

  그는 심술사납지도 않고, 그렇다고 해서 잔인혹독한 사나이도 아니었다. 다만 아주 이상한 도락(道樂)을 가지고 있었을 뿐이다. 그러나 그 도락도 대개는 써먹은 것이어서 이제는 그런 것에도 아무런 발랄한 흥미를 느낄 수 없게 되었다.
  그는 자주 극장에 갔다. 하지만 그것은 연기를 감상한다거나 오페라 글라스로 좌석을 두리번거리는 것이 목적이 아니라, 그렇게 자주 가는 사이에 돌연 극장에서 실화(失火)와 같은 진귀한 사건이라도 만나게 될지 모른다는 일종의 기대감에서였다.
  또 누이에시(市)에 나가서는 여러 가설 흥행장을 모조리 찾아다녔는데 그것도 어떤 돌발적인 재난, 예컨대 맹수 조련사가 맹수에게 물리는 등의 진귀한 사건을 예측했기 때문이다.
  어떤 때는 투우(鬪牛) 구경에 열중했었던 때도 있었는데 금방 싫증을 내고 말았다. 소를 죽이는 그 방법이 너무나도 규칙적인데다가 너무나도 자연스럽게 보이는 것이 싫었기 때문이다. 그리고 부상당한 소가 괴로워하는 것을 보기가 싫기도 했다.
  그가 진심으로 원했던 것은 뜻하지 않았을 때 돌연 일어나는 참사, 혹은 무언가 신기한 사건에서 일어나는 발랄하고 첨예한 고뇌 — 바로 그런 것이었다. 실제로 오페라코믹관(館)이 불탄 대화재가 있었던 날 밤에 그는 우연히 그곳에서 오페라를 감상하고 있었는데 그 표현할 수 없는 대혼잡 속에서, 이상하게도 상처 하나 입지 않았던 것이다. 그리고 유명한 맹수 조련사인 프레드가 사자에게 잡혀 먹혔을 때는 사자우리 바로 곁에 있으면서 그 참극을 세세히 구경했던 것이다.

그런데 그 이후로 그는 연주회라든가 동물 구경에 흥미를 완전히 저버리고 말았다.

원래 그런 것에만 열중하고 있던 그가 갑자기 냉담해진 것을 보고 이상하게 생각한 친구들이 그 까닭을 묻자 그는 이런 식으로 대답했다.

"그런 곳에는 더 이상 내 구경거리가 없어졌어. 그래서 흥미가 없단 말야. 나는 남들과 함께 깜짝 놀랄 만한 것을 보고 싶어."

연극과 곡예 등, 두 가지의 도락 — 더구나 10년 동안이나 찾아다닐 만큼 갈망했던 그 즐거움이 없어지게 되었다는 것은 그가 정신적으로도 육체적으로도 심히 침쇠(沈衰)되었다는 증거로서, 그후 그는 몇달 동안 외출조차 그다지 안하고 있었다.

그런데 어느 날, 파리의 거리거리마다 색색으로 인쇄한 포스터가 나붙었다. 그 포스터의 도안은 짙은 남색을 배경으로 하여 한 명의 자전거 명수를 재미있게 그려놓은 것이었는데, 우선 한 개의 궤도가 아래쪽으로 몇번이나 구부러져 있고, 마지막에는 리본을 늘어뜨린 것처럼 수직으로 지면에 떨어져 있었다. 그리고 그 궤도 정상에는 자전거의 명수가 곧 출발하라는 신호를 기다리고 있는데, 궤도가 너무 높았기 때문에 그 자전거 명수는 하나의 점으로밖에 보이지 아니했다.

이 포스터는 자전거 곡예단의 광고였던 것이다.

그 날짜의 각 신문은 이 아슬아슬하고 기발한 광고를 기사화했고 포스터의 설명까지 해놓았는데, 그것에 의하면 이 곡예사는 그 착종(錯綜)한 환상(環狀)의 궤도를 쾌속력으로 바람처럼 돌다가 최후에는 지면으로 뛰어내리는데, 그는 대담하게도 그 위험이 극에 달하는 도중에 자전거 위에서 물구나무서기를 한다는 것이었다.

곡예사는 신문기자를 초대했을 때 궤도와 자전거를 실제로 검사토록 하여 특별한 부착물이 없다는 것을 확인시켰다. 그리고 자신의 기발한 곡예는 극도로 정확(精確)한 산수(算數)에 의한 것이며, 정신 집중작용이 완벽한 한, 만에 하나도 실수하는 일은 없을 것이라고 단언했다는 것이다.

그러나 가령 인간의 생명이 정신집중 하나로 보지되어야 하는 경우, 그것은 상당히 불안정한 모험이라고 할 수도 있다.

그런데 이 부착되어 있는 포스터를 본 정신이상자(이 글의 주인공)는 다소 기운이 회복되었다. 그는 거기에서 어떤 새로운 자극이 자기를 기다리고 있을 것임에 틀림없다는 확신을 가지고,

"좋다, 구경하러 가야지."

라며 친구들에게 공언을 하기도 했다. 그래서 그는 공연 첫째날 밤부터 관객석에 자리를 잡고 이 곡예를 열심히 구경하게 되었다.

그는 바로 궤도 하강구(下降口) 정면에 좌석을 하나 잡고 그곳을 혼자서 점령했다. 다른 사람이 함께 있으면 주의력이 산만해질 염려가 있다면서 일부러 혼자만 있기로 했던 것이다.

제일 기발한 곡예는 단 5분만에 끝났다. 처음에는 하얀 궤도 위에 검은 점 한 개가 불쑥 나타나는가 했더니 그것이 무서운 기세로 돌진하고 선회했으며 그런 다음 대도약을 했다. 그것으로 모두가 끝이 났다. 마치 전광석화라고밖에 할 수 없는 신속한 곡예요, 그래서 발랄하다는 감격을 그에게 주었던 것이다.

그러나 그는 곡예가 끝난 다음 여러 관객들과 함께 가설극장을

나오면서 생각했다.

'이런 감격도 두세 번은 괜찮겠지만 결국에는 연극이나 다른 구경거리처럼 싫증이 날 거야.'

그는 아직 자신이 진짜로 찾는 것을 발견하지는 못했지만 문득 이런 생각을 해보았다.

'정신집중이라고 하더라도 인간의 기력(氣力)에는 한계가 있다. 자전거의 힘도 비교적인 것이며, 궤도도 역시 그것이 아무리 완벽한 것처럼 보이더라도 언젠가는 망가질 것이고.'

그래서 한 번쯤은 틀림없이 사고가 날 것임에 틀림없다는 결론에 그는 도달했다.

이 결론에 따라, 그 일어날 사고를 지켜보아야겠다는 결심을 한다는 것은 당연한 일이었다.

"매일 밤 가봐야지."

그는 마음속으로 단단히 굳혔다.

'그 곡예사의 두개골이 두 쪽 날 때까지 구경하러 가자. 그래, 파리에서 흥행하는 도중, 3개월간 사고가 나지 않는다면 나는 그 사고가 일어날 때까지 어디라도 따라갈 거다.'

그로부터 두 달 동안 그는 하루도 빠지지 않고 같은 밤 시각에 가서 같은 좌석에 앉아 있었다. 그는 결코 이 좌석을 바꾸지 않았기 때문에 주최측에서도 금방 그를 알아보게 되었다. 그러나 주최측 사람들은 비싼 관람료를 매일 밤 끈질기게 내면서 똑같은 곡예를 보러 오는 그의 도락을 아무래도 이해할 수 없었다.

그런데 어느 날 밤, 곡예사는 평소보다 일찍 그 곡예를 끝냈는데 바로 그날 복도에서 우연히 그를 만났다. 대화를 나누는 데 자기를 소개할 필요 따위는 없었다.

"안면이 있습니다만……"

곡예사가 인사를 했다.
"선생은 단골손님이시지요. 매일 밤 오시더군요."
그러자 그는 깜짝 놀랐다.
"나는 당신의 그 곡예에 굉장한 흥미를 가지고 있소이다. 그래서 매일 밤 오기는 합니다만…… 누구에게 들으셨소? 내가 매일 밤 온다는 것을—."
곡예사는 빙그레 웃었다.
"누구에게 들은 게 아닙니다. 제 눈으로 본 것이지요."
"그것 참 이상하다…… 그렇게 높은 곳에서…… 그런 위험한 곡예를 하면서…… 당신은 관객의 얼굴을 바라다볼 여유가 있으시오?"
"그럴 여유가 있겠습니까? 저는 아래쪽 관객석을 바라보는 일이 없습니다. 계속해서 움직이는 끊임없이 떠들어대는 관객에게 조금이라도 신경을 쓴다는 것은 위험하기 짝이 없는 일이지요. 그런데 우리 직업에서는 기예라든가 이론이라든가 숙련도 외에 더욱 중요한 것이 있습니다…… 말하자면 트릭과 같은 것인데요……"
"뭐, 뭐라구요? 트릭이란 것이 있었단 말이오?"
그는 깜짝 놀랐다.
"오해하지는 마십시오. 트릭이라 하더라도 내가 쓰는 트릭은 속임수 따위는 결코 아닙니다. 내 트릭은 관객들로서는 전혀 알아차리지 못하는 것이며, 더구나 그것은 아주 어려운 것이기도 합니다. 말하자면 이런 것입니다……. 실제로 우리는 머리를 완전히 비우고 오로지 한 가지 생각만 해야 하는데, 그것은 대단히 어려운 일입니다. 즉 한 가지 일에 정신을 집중시키는 것, 그것이 매우 어렵다는 말입니다.

그러나 기발한 곡예를 할 때에는 어차피 완전한 정신집중이 필요하므로 나는 어떻게든 관중석에 목표를 정해놓고 그것만을 바라보곤 합니다. 절대로 다른 것에 신경을 뺏기는 짓은 안합니다. 그리고 그 목표 위에 시선을 보내는 순간부터 모든 것을 잊어버리곤 하지요.

안장에 올라타고 두 손으로 핸들을 잡으면 더 이상 아무 생각도 안합니다. 밸런스도 방향도 생각하지 않지요. 나는 내 근육을 믿습니다. 그것은 강철처럼 확실하니까요. 단 한 가지 위험한 것이 눈인데, 방금 말했듯이 일단 무언가를 찾아내면 그것으로 충분합니다.

그런데 나는 공연 첫날 밤, 곡예를 시작할 때 우연히도 선생의 좌석에 시선을 보냈으며 선생의 모습을 뚫어지라고 바라보았습니다. 선생은 자신도 모르는 사이에 내 눈에 사로잡히게 되었습니다. 이렇게 해서 선생은 내 목표물이 되었는데 이틀째 되던 날 밤, 역시 같은 장소에서 선생을 발견했습니다. 그뒤로도 나는 궤도의 정상에 올라서면 본능적으로 눈이 선생 쪽으로 향했습니다. 즉 선생은 나를 도와주기 위해서 오신 결과가 되었으며 이제 선생은 내 곡예에 있어, 빼놓을 수 없는 소중한 목표물이 되었답니다. 이처럼 매일 밤 뵙고 있었는데…… 그런즉 내가 선생을 알아보는 이유를 이제 이해하실 수 있으시겠지요."

그 다음 날 밤도 정신이상자는 예의 좌석에 앉아 있었다. 관객들은 기대를 모으며 날카로운 눈초리로 바라보았고 이곳저곳에서 수군거리며 왔다갔다했다.

그때 돌연 물을 끼얹은 듯 조용해지기 시작했다. 관객들이 숨을 죽이면서 깊은 침묵에 빠져든 것이다.

곡예사가 자전거에 타고, 두 조수의 도움을 받으면서 출발 신호를 기다리고 있었던 것이다. 그는 이윽고 밸런스를 완전히 잡자 두 손으로 핸들을 잡았다. 그리고 목을 쭉 뻗으며 시선을 정면으로 보냈다.

"얍!"

곡예사가 기합을 넣자 자전거를 잡고 있던 두 명의 조수가 살며시 좌우로 비켜섰다.

그순간 그 정신이상자는 아주 자연스럽게 일어나자 슬며시 뒷걸음질을 치어 관객석 한쪽 편으로 걸어갔다. 그러자 궤도 위에서 무서운 사건이 일어났다. 곡예사의 몸이 돌연 공중에 뛰어오르는가 했더니 거꾸로 추락했다. 그와 동시에 달리기 시작한 자전거가 튕기면서 관중석 한복판으로 떨어졌다.

관객들은,

"앗!"

소리를 지르면서 모두 일어섰다.

그때 정신이상자는 어깨를 한번 으쓱하더니 외투를 주워입고 옷소매 끝으로 실크해트에 묻은 먼지를 털어내며 자못 만족한 표정으로 돌아갔다.

성모(聖母)의 보증

　베니스의 모든 상인(商人)들 가운데 파비오 뮤치넬리만큼 약속을 잘 지키는 사람도 없었다. 그는 모든 기회, 특히 부인들이라든가 교회에 소속되어 있는 사람들 앞에서는 자유롭고 화려하게 행동했다. 그의 고상한 기풍과 성실성은 모든 공화국(共和國) 내에 소문이 자자했다.
　그리고 그가 원로의원(元老議員) 아렛소 코르나로의 아내인 미녀 카테리느 마뉴에 대한 사랑 때문에 성녀(聖女) 카테리느에게 바친 생 조니보로의 황금 제단에 사람들은 경탄의 눈길을 주었다.
　그는 뛰어난 부자였으므로 숱한 친구들을 가지고 있었다. 그리고 그들을 위해 축제를 열어주었고 그들의 지갑을 채워주었다. 그런데 그는 제노바인(人)과의 회전(會戰)과 나폴리의 소란에 말려들어 큰 손실을 보고 말았다. 30척이 넘는 그의 소유 선박들은 같은 시간에 우스코크인(人)에게 약탈당하거나 혹은 바다 속에 침몰당하고 만 것이다.
　그가 거액의 돈을 빌려 주었던 교황은, 다소의 반제도 거부했다. 이렇게 해서 화려하게 살던 파비오는 순식간에 지니고 있던 재물 모두를 털리고 만 것이다. 당좌수표 결재를 위해 저택과 심지어는 식기(食器)마저 팔아야 했던 그는 모든 것으로부터 절리(切離)된 자신을 느꼈다.

그러나 기민하고 용감하며 거래 경험이 풍부한 데다가 기운찬 장년(壯年)이었던 그는 자기 사업을 다시 부활시켜야겠다는 생각밖에 하지 않았다.

그는 머리속으로 이것저것 계산을 했다. 그리고 다시 해상(海上)을 보유하고 누비며 확실한 행복과 성공을 되찾을 수 있는 새 계획을 실행하기 위해서는 5백 듀카의 돈이 필요하다는 결론에 도달했다. 그는 공화국 제1의 부호인 아렛소 본튜라를 찾아가서 5백 듀카를 빌려 달라고 간청했다.

그러나 선인(善人)으로 소문이 나있는 본튜라는 만약 대담해서 막대한 재산을 획득한다면 그것을 보관하는 데는 오로지 신중뿐이라는 생각을 하는 사람이었기 때문에 거액의 돈을, 바다와 돈벌기 모험을 하려는 자에게 꾸어줄 수는 없다며 거절했다. 파비오는 다음으로 지난날 여러 모로 돌봐준 일이 있는 안드레아 모로지니를 찾아갔다.

"사랑하는 파비오여."

안드레아의 대답은 이러했다.

"자네가 아니고 딴 사람이라면 나는 기꺼이 그 정도의 돈을 빌려 주었을 것이야. 나는 돈에 애착을 가지고 있지는 않네. 그런 점에서는 풍자시인(諷刺詩人)인 호라티우스의 교훈을 몸에 익히고 있어. 그러나 자네의 우정은 나에게 있어 대단히 소중하네. 파비오 뮤치넬리여, 그리고 나는 자네에게 돈을 꾸어줌으로써 그것을 잃게 될 것을 두려워하고 있네. 왜냐하면 종종 마음의 교섭은 채무자와 채권자 사이에서 험악하게 되기 때문일세. 나는 그런 예를 너무 많이 보아왔거던."

이렇게 말한 안드레아는 파비오에게 애정을 가지고 대하는 척했다. 그리고 파비오 바로 코앞에서 문을 닫아 버리는 것이었다.
 다음날, 파비오는 롬바르디아인(人)과 피렌체인(人)의 은행가(銀行家)를 방문했다. 그러나 모두 무담보로는 비록 20듀카도 빌려줄 수 없다고 했다. 그는 어디를 가나 이런 대답만 들을 뿐이었다.
 "파비오씨, 나는 당신이 이 도시에서 제일 성실한 상인(商人)이라는 것을 잘 알고 있습니다. 그리고 당신이 원하는 것을 거절할 수밖에 없는 것이 심히 유감스럽습니다. 하지만 우리 사업이 그것을 강요하기 때문에 어쩔 수가 없군요."
 저녁때, 그가 무거운 걸음으로 자기 집을 향하고 있을 때, 운하(運河) 속에서 목욕을 하고 있던 창녀 자네타가 곤돌라 뱃전을 잡으면서 파비오를 은근히 바라보았다.
 그가 부유했을 때 그는 어느 날 밤, 그녀를 자기 저택으로 부른 일이 있었고 친절하게 예우해 주었었다. 왜냐하면 그는 인정많은 사람이었기 때문이다.
 "존경하는 파비오님!"
 그녀는 말했다.
 "나는 당신이 불행해진 것을 알고 있습니다. 그것은 요즘 이 도시에서 큰 화젯거리가 되어 있으니까요. 제 말 좀 들어 보세요 나는 부자는 아닙니다만 장롱 밑바닥에 보석을 몇개 숨겨둔 것이 있습니다. 혹 그것을 가져다가 요긴하게 쓰신다면…… 착하신 파비오님, 하느님도 성모님도 나를 긍휼히 여겨주실 것입니다."
 젊은 청춘의 몸에 미모를 갖춘 자네타이긴 했지만 그녀가 빈곤하게 산다는 것은 사실이었다.
 파비오는 대답했다.
 "동정심이 많은 자네타여! 그대가 살고 있는 오두막 안에는, 베니스의 어떤 궁전(宮殿) 안보다도 훨씬 고귀한 것이 있구려."

그리고 나서도 사흘 동안 —. 파비오는 자기에게 돈을 꾸어주겠다는 사람을 찾지 못한 채 은행과 돈이 있을 만한 집을 방문하여 돌아다녔다. 가는 곳마다 부정적인 대답만 들었는데 이런 말까지 들었다.

"당신은 부채를 정리하기 위해 식기까지 팔았다고 하더군요. 그건 아주 어리석은 짓이었습니다. 사람들은 빚이 있는 사람에게는 돈을 꾸어주지만 가구도 식기도 없는 사나이에게는 돈을 꾸어주지 않는 법입니다."

닷새째 되던 날 —. 실망한 그는 루 게트라는 유태인 거주구역라 콜트 델 가리까지 갔다.

"누가 나를 알아보겠는가?"

그는 혼잣말로 중얼거렸다.

'만약 기독교인들이 나에게 거절한 것을 할례(割禮)를 받은 인간(유태인을 가리킨다)에게서 얻는다면……'

매일 밤, 원로원(元老院)의 명령에 따라 입구를 사슬로 막아 버리는 생 제레미아가(街)와 생 질로라모가(街) 사이의, 좁고 냄새나는 운하를 따라 그는 곤돌라를 몰고 있었다.

그리고 우선 어느 고리대금업자를 찾아가야 할지 망설이다가, 막대한 부(富)와 이상할 정도로 빈틈이 없기로 소문난 엘리에셀 메모니드의 아들인 엘리에셀에 대하여 들었던 일이 떠올랐다. 이 사람은 이스라엘 사람이었다.

그래서 그 유태인인 엘리에셀의 주소를 물어본 그는, 그의 곤돌라를 그곳에 멈추었다. 문 위에는 잿더미 속에서 다시 세운 저택에 대한 희망의 표시로, 피할례자(被割禮者)가 조각한 7개의 가지를 가진 촛대가 보였다.

파비오는 12개의 심지가 그을어 있는 동제(銅製) 촛대의 불빛을 받으며 거실로 들어갔다. 유태인 엘리에셀은 그의 저울 앞에 앉아 있었다. 그는 불신앙인이었기 때문에 그의 집 창문은 모두 벽에 가리어 있었다.

파비오 뮤치넬리는 그에게 이런 식으로 이야기를 시작했다.

"엘리에셀이여, 나는 종종 그대를 개라든가, 버려진 이교도(異敎徒)처럼 취급했었네. 내가 젊었을 때, 혈기로 불타고 있었을 때 — 그것에 의해 자네의 친구나 혹은 자네 자신을 알 수 있게 된 — 그 황색(黃色) 고리 모양을 어깨에 붙이고 다니는 사람이 운하 옆을 지나갈 때면 돌이라든가 진흙을 집어던진 일이 있었어.

내가 이 이야기를 자네에게 하는 것은 자네를 부끄럽게 하기 위함이 아닐세. 그런 것이 아니라 나는 중대한 용건을 가지고 왔으며 이런 기회에 성실성을 다해서 이야기하는 것뿐이야."

유태인은 포도나무를 받치는 기둥처럼 바싹 마르고 마디투성이인 팔을 공중에 똑바로 들어올렸다.

"파비오 뮤치넬리여, 하늘에 계신 아버지는 우리 한 사람 한 사람을 심판하실 것임일세. 어떤 용건을 나에게 부탁하려고 왔나?"

"5백 듀카를 1년 기한으로 꾸어주게나."

"남에게는 무담보로 돈을 꾸어주는 게 아닐세. 자네는 물론 무엇이든 자네 소유물을 담보로 가지고 왔을 테지. 자네의 담보는 무언가?"

"엘리에셀이여, 나에게는 1도니도, 한 개의 금주전자도, 한 개의 은찻잔도 남아있지 않다는 것을 자네는 알고 있어야 하네. 나에게는 한 명의 친구도 남아있지 않다네. 모든 사람이 내가 자네에게 부탁하는 용건을 거부했어. 나는 지금 내가 상인(商人)으로서 누렸던 행복도, 기독교도로서의 신앙도 가지고 있지 아니하네. 나는 자네에게 담보로 동정녀 마리아와 그분의 신성한 아드님을 내놓기로 하겠네."

이 대답에 유태인은 머리를 숙이고 깊이 생각하다가 잠시 후 흰 수염을 쓰다듬으며 말했다.

"파비오 뮤치넬리여, 자네의 담보 앞으로 나를 데리고 가게. 돈을 꾸어주는 사람으로서는 그 담보를 눈으로 확인해야 하니까."

"그것은 자네의 권리이지."

파비오는 이렇게 말하며 일어섰다.

"어서 나를 따라오게."

그래서 그는 모르인(人)의 들판이라고 불리는 장소 가까이에 있는 데르올트 성당으로 엘리에셀을 데리고 갔고, 그곳에서 이마에 보석이 박힌 왕관을 쓰고, 금실로 수놓은 망토를 어깨에 걸치고, 두 팔 사이에 아기 예수를 받든 어머니처럼 치장을 한 제단 위에 서있는 성모의 상(像)을 보여주면서 유태인에게 말했다.

"이것이 내 담보일세."

엘리에셀은 교활한 눈으로, 기독교도인 이 상인과 성모와, 아기 예수의 상을 번갈아가며 보더니 고개를 잠깐 숙였다. 그리고 이 담보를 승인하겠다는 뜻을 말했다.

그는 파비오를 집에 데리고 와서 무게가 꽤 나가는 5백 듀카를 그에게 건네주었다.

"이것은 앞으로 1년 동안 자네 것일세. 만약 1년이 되는 기한일에 베니스의 규정과 롬바르디아의 습속에 의해 정해진 이자를 합치어 이 돈을 나에게 갚지 않는다면 파비오 뮤치넬리여, 기독교 상인과 그의 담보에 대하여 내가 어떤 일을 할지, 자네 자신이 생각해 보는 게 좋을 것이야."

파비오는 시기를 놓치지 않고 배를 샀고, 소금과 기타, 그가 막대한 이익을 얻으며 아드리아해(海) 연안의 여러 도시에 팔 수 있는 갖가지 상품을 그 배에 실었다. 그리고 이 새로 산 짐들을 가지고 콘스탄티노플을 향해 출범했다.

그는 그곳에서 융단과 향유, 공작의 깃털과 상아, 흑단(黑檀) 등을 다시 사가지고 달마티아 건너편에 갔고, 그곳에서 그의 단골들에 의해 판 다음 다시 목재를 사가지고 베네치아로 돌아왔다.

이런 방법으로 그는 6개월 후에 빌린 돈의 10배를 벌어들였다.

그런데 보스포루스에 배를 띄우고 그리스 여인들과 놀이에 빠져 있던 어느 날, 해적에게 피습당하여 생포된 그는 이집트로 끌려갔다. 다행스러웠던 것은 돈과 상품은 피해를 보지 않았다는 점이다.

해적들은 그를 추장(酋長)에게 팔아넘겼고 그는 발에 차꼬가 채워진 몸으로 이 나라의 보리밭에서 경작을 하는 노예로 전락하고 말았다.

파비오는 그 주인에게 거금을 몸값으로 내놓을 테니 풀어 달라고 제안했다. 그러나 추장의 딸이 그를 점찍고 있었던 터라 그녀가 원하는 곳으로 그를 데려갈 생각이었다. 그래서 아무리 많은 돈을 준다 해도 추장은 듣지를 않았다.

그는 자신의 힘으로 어떻게든 이곳을 빠져나가야겠다는 것을 알아차리고는 경작용 농구(農具)로 차꼬를 갈아서 푼 다음 그곳에서 도망쳤다.

그는 나일강에 도착하여 한 척의 작은 배에 뛰어올랐다. 이렇게 해서 그는 가까운 바다로 흘러나올 수 있었는데 며칠동안 그 바다에서 표류하는 바람에 기아와 갈증으로 다 죽게 되었을 때, 제노바로 가는 스페인선(船)에 의해 구조되었다.

그런데 8일간의 항해를 끝낸 다음 그 배가 폭풍우를 만나 달마티아 쪽으로 밀려갔다. 육지에 닿기 전에 배는 암초에 걸려 파선되었고, 승무원은 모두 익사했다.

파비오는 병아리 광주리를 붙잡고 구사일생으로 바닷가에 떠밀려 왔다. 그는 그곳에서 정신을 잃고 쓰러졌는데 로레타라는 예쁜 과부에 의해 구조되었다. 과부의 집은 해안에서 멀지 않는 곳에 있었다. 이 부인은 그를 자기 집으로 데려다가 자기 방에 눕히고 지극정성으로 간호했다.

제정신을 차렸을 때 그는 향나무와 장미 향기를 느꼈다. 창문으로는 층계를 통하여 바다에까지 내려갈 수 있는 정원이 보였다. 로레타 부인은 그의 베개맡에 서서 칠현금(七絃琴)을 들고 부드럽게 연주했다.

파비오는 감사했다. 또 만족스러운 나머지 그녀의 손에 여러 차례나 키스를 했다. 그는 그녀에게 감사하다는 말을 했고, 자기가 목숨을 되찾은 것은, 미녀를 만나게 된 것에 비하면 아무것도 아니라고 말했다.

그는 일어서서 그녀와 함께 정원을 산책했다. 향나무가 우거진 벤치에 앉아서 젊은 과부를 끌어안고 포옹을 함으로써 감사한 마음을 전했다. 그는 그녀야말로 센스가 있는 여인이라고 생각했다. 그리고 그녀 옆에서 몇시간이나 유쾌하게 시간을 보냈다. 그런 다음 그는 걱정이 되어 그날이 몇월 몇일인지 여주인에게 물었다.

그녀가 날짜를 알려주자 그는 유태인 엘리에셀에게서 5백 듀카를 꾼 지, 만 1년이 되는 날이 내일, 즉 24시간밖에 남지 않았음을 깨닫고 탄식했다. 약정을 위반하여, 담보물을 할례받는 자로 하여금 욕보이게 하는 것은, 그로서는 참을 수 없는 일이었다.

로레타 부인이 그가 절망하는 이유를 물었고 그는 그 사건 일체를 이야기했다.

그녀는 신앙심이 돈독했으며 성모에 대하여 지극히 경건한 여인이었으므로 그와 함께 괴로워했다. 어려운 일은 5백 듀카를 마련하는 일이 아니었다. 파비오는 그곳에서 멀지 않은 도시의 은행에 이 일에 대비하기 위하여 6개월 전에 5백 듀카를 맡겨놓은 것이 있었다. 그는 여러 은행에 5백 듀카씩을 예금하고 있었던 것이다.

문제는 역풍(逆風)이 부는 저 거친 바다 위를, 달마티아로부터 베니스까지 24시간 안에 간다는 것은 도저히 상상할 수 없는 일이었다.

"우선 돈부터 찾아와야겠습니다."

파비오는 그렇게 말했다. 그리고 여주인의 하인이 그 돈을 찾아오자 파비오는 해안에 나가서 작은 배 한 척을 수배했다. 그는 그 속에 듀카 화폐가 담긴 자루를 실었다.

그리고 그는 로레타 부인의 기도소에 가서 아기 예수를 안고 있는 성모상(聖母像)을 들고 왔다. 그것은 삼나무로 만들어진 것이었는데 보기에도 성스러웠다. 그는 그것을 배 뒤쪽 키가 있는 곳에 내려놓으며 말했다.

"성모님, 당신께서는 저의 담보물이십니다. 내일 유태인 엘리에셀에게 꾼 돈을 주지 않으면 안됩니다. 그것은 성모님의 명예와 제 명예, 그리고 아드님의 명예와 관계됩니다. 저같은 죄인이야 어떻게 되든 상관없습니다만 바다 위를 걸으셨던 분을, 젖을 먹이시어 키우신 성모님께서 봉변을 당하신다면 저는 도저히 견뎌낼 수가 없습니다.

성모님께서 담보가 되셨다고 하는 이 사실이, 할례받은 유태인의 입에서 나오지 않도록 베니스의 게트에 사는 유태인 엘리에셀에게 이 돈을 전해 주십시오."

그리고 배를 파도 위에 밀어내면서 그는 모자를 벗더니 조용히 말하는 것이었다.

"그럼 성모님!"

배는 바닷가를 떠났다. 한참동안 파비오와 과부는 그 배를 전송했다. 밤이 되었다. 배가 지나간 자리에는 한 줄기 광명(光明)이 조용해진 바다 위에 남아있었다.

한편 그 다음날, 엘리에셀은 자기네 집 문을 열자 루 게트의 좁은 운하 속에 자루와 검은 나무 소상(小像)을 실은 배 한 척이 아침 햇살을 받으며 떠있는 것을 발견했다. 배는 7개의 촛대를 조각한 자기 집 앞에까지 와서 멎었다.

엘리에셀은 기독교도 상인이 담보라고 말했던 아기 예수를 안고 있는 성모마리아를 그곳에서 발견하게 되었다.

대서사 (代書士)

　그무렵, 나는 나자레가(街)에 거처를 정하고 있었다. 적막한 마을 변두리로서 마을을 둘러싼 낡은 옛 성벽(城壁)이 가까운 곳이었다. 그 변두리에는 사람들도 그다지 살고 있지 않았으므로 나무와 풀이 마음껏 자라나 있었는데, 그것은 마을 밖으로 쫓겨나 있던 들판의 자연이 이제 성벽 너머로 빼앗겼던 토지를 되찾은 것처럼 생각되기도 했다.
　이 부근은 걸어다니는 경우 미로(迷路)와 같다. 지붕이 낮은 집들이 즐비하게 늘어선 가운데로 나있는 좁은 노지(路地)들은 구불구불 뻗어 있으며, 혹은 집 대신 창이 없는 벽이 끝없이 이어지고 있어서 나중에는 어디를 걷고 있는지 짐작조차 할 수가 없게 되는데 그런 미로 덕택에 함부로 발길을 들여놓으려는 사람도 없다.
　이 고색이 창연한 구역 전체는 주위를 온통 벽이 둘러싸고 있는, 광대한 땅으로서 그 주변은 놀랄 만큼 쥐죽은 듯 조용했다. 길가에 나무문이 있는 것을 시험삼아 밀어보면 그것이 열리면서, 눈앞에 녹색 목장이 펼쳐진다. 그리고 양떼가 지나가는 것이 보이는가 하면 또 가까이에 있는 고아원의 소녀들이 바쁘게 일하고 있는 모습도 보인다.
　이 주변 일대를 지배하는 고요함은 어쩐지 현실에서 멀리 떨어진,

그래서 하느님의 은총이라고도 할 수 있는 곳으로서, 이곳에서는 새들이 지저귀며 싸움을 시작하면 그것이 곧 시끄러움이라고 할 수 있는 것이었다.

나로서는 이 평화로운 지역이 언제까지나 그대로 남아있기를 원했지만 이 주변의 집들이 비둘기의 무게에도 지붕을 지탱할 수 없다는 점을 생각하면 그것조차 심히 불안했다.

단, 여기서는 시간이란 것이 거의 존재하지 않는다고 말할 수도 있었다. 나무들 사이로 들려오는 종탑(鐘塔)의 종소리도, 전혀 시간을 분별할 수 없도록 변덕스럽게 울리고 있다는 생각밖에 들지 않았다.

해가 뉘엿뉘엿 넘어갈 무렵 나는 어슬렁거리며 나가는 일이 있었는데 그런 때면 발길은 자연스럽게 건물 방향으로 가곤 했다. 그 건물은 수도원풍(修道院風)의 외관이었으며, 그무렵에는 아직 베긴회 수도원이란 이름으로 불리고 있었다. 단 그곳에는 이미 수도녀(修道女)의 모습은 없었으며, 빨간 벽돌의 박공(牔栱) 지붕으로 둘러싸인 건물은 보기에는 당당했지만 그것에 인접된 장려(壯麗)한 포치는 문이 닫혀 있는 채로 열리는 일조차 없었다.

나는 열쇠를 가지고 있었기 때문에 그곳에 가면 꽤 무거운 열쇠를 사용하여 시대가 다른 이 저택 안에 들어가는 것을 특별히 허락받고 있었다.

이 속이 실은 수수하면서도 함부로 볼 수 없는 소형 미술관으로 되어 있으며, 민속·민예(民藝)에 관계되는 물품들을 보관하는 곳임을 아는 사람은 나말고 별로 없었다. 세상에 널리 알려지지 않은 이 미술관은 통행인들에게 그것을 알려주는 간판조차 걸려 있지 않았는데, 나는 창설할 때에 몇가지 기증품을 낸 적도 있고 또 무상으로 무엇인가 도운 일이 있었으므로 자유롭게 출입할 수 있도록 해주었던 것이다.
 건물의 열쇠를 내줄 정도로 나를 신용해 준 이 미술관의 창설자는 백발에 언제나 상냥한 친구로서 교회 집사인 듀메르시씨라고 했다. 미술관 측에서는 이미 상당히 오래 전부터 준비가 끝났는데도 불구하고, 이 집사는 이런저런 구실을 대면서 개관을 미루면서, 언제 열는지조차 결정하지 않고 있었다.
 그것은, 소박한 수집품들이 잘 보관되도록, 즉 그것들이 한가하게 잠자고 있는 이른바 이 피난처가 세상 사람들에 의해 오염되지 않을까 하는 걱정 때문이었다. 나는 이 노인의 연기 이유에 타당성이 있다고 보았는데 이 노인은 언제나 꼭 이런 이야기를 하는 것이었다.
 "우리 미술관에 관객이 없는 건 아니지요. 당신이 있잖소. 그것으로 충분합니다."
 이렇게 해서 나는 오랫동안 이 미술관의 유일한 관객이었는데 그 점에 대해서는 상당한 자랑도 있었다. 내가 받아가지고 있던 이 열쇠는 신비스런 문을 여는 것은 아니었지만, 어떤 신비적인 장소 — 대부분의 사람들이 보는 눈에는 그렇게 비쳤을 것이다 — 에 들어갈 수 있는 열쇠가 아니던가. 그런 생각만 해도 나는 행복한 기분이 드는 것이었다.
 포치를 지나니 정원이 눈에 들어왔다. 직사각형으로서 세 방향이 수도원의 주랑(柱廊)으로 막혀진 형태로 되어 있었는데, 이 정원은 실로 대단한 것이었다. 정원이라고 하기보다 처녀림(處女林)이라고 하는 편이 더 잘 어울릴 정도로 싱싱한 생명력을 자랑하는 식물군(植物群)이 풀기 어려울 정도로 뒤엉켜 있으며 끝날 줄 모르는 싸움을 연출해 내고 있었다.
 뻗고 싶을 대로 뻗은 풀 사이로 해시계의 문자판(文字板)이 얼굴을 드러내기도 하고 돌 원주(圓柱) 위에 얹혀 있는 조상(彫像)이 지금은 몸체만 남아있는 채로 모습을 드러내고 있었다. 이 밀생(密生)한 식물들의 그늘에서는 또 대단한 수의 생명이 빼곡하게 자라나고 있었다. 한편 저택을 둘러싸고 있는 낡은 외벽은 이 무성한 식물들의 힘에 눌리어 당장에라도 무너지는 게 아닌가 걱정될 형편이었다.

그렇기는 하지만 정원 전체가 일단 정비된 체재를 보이고 있는 것은, 철제(鐵製) 우물이 있어서, 정원 중심의 표지로 되어 있는 것과, 정원 네 귀퉁이에 높이 자라나 있는 포플러가 날개 모양으로 보이기 때문이었다.

안으로 들어가면 언제나 기분 나쁜 절규가 우선 나를 맞는다. 어치 한 마리가 볏을 곤두세우고 당장에라도 덤벼들 기세로, 내가 다가가는 것을 새장 속에서 노려보는 것이다. 이 불경스런 새가 실을 서툰 개보다도 문지기 역할을 하며, 내가 찾아오면 그즉시 주인에게 그 사실을 알리는데, 그렇게 하면 진짜 문지기인 다니엘이 수위실에서 모습을 나타내는 것이었다.

수위실이라고는 하지만 본체 건물에 달아낸 것으로서 정확하게 표현한다면 반(半) 오두막과 같은 것이었으며 이 다니엘의 뒤를 보아주는 예의 집사가 그곳에 살도록 배려해 준 것이다.

문지기 다니엘은 좀 이상한 사람이었다. 한마디로 어떻다고 표현하기는 어려운 그런 사람이었다. 벌써 70세가 넘은 노인인데 고상한 태도를 취하는 그는 지금의 사교(司敎)와 신학교 동기 사이였다고 한다. 그리고 보니 소극적이고 옛스러운 행동거지는 틀림없이 성직자처럼 보였다.

독신으로 햇볕이 내려쪼이면 몇시인지도 모르는 이 정원 안에서 담배를 피우고 꿈을 꾸면서 오직 어치만을 반려로 삼고 살아가는데,

이렇게 하여 체관(諦觀)의 철학을 실천하는 노인에게 나는 존경의
마음을 가지고 있었다. 이렇게 해서 미술관의 문지기 겸 감시인의
몸이 되기까지는 어떤 불운(不運)을 겪어 왔을까?

운명에는 운명의 생각이 있을 것임에 틀림없다. 이 노인에게는 이
곳에서 이렇게 살아가는 것이 제일 잘 어울릴 것 같았다. 시대에 뒤
진, 그래서 고색이 창연한 이곳은 자기가 지키기에 안성맞춤이었고,
귀중하면서 매력에 넘치는 물품 역시 그가 지키기에 잘 어울린다고
생각되었다.

다니엘은 내가 표하는 경의에 응하여 나에게도 경의를 표해 주었
다. 방문할 때마다 노인은 예의를 갖추어,

"바라건대, 내 집처럼 생각하시고 마음대로 구경하십시오."

라며, 몇번이고 가볍게 머리를 숙이었고 뒷걸음쳐서 문지기 오두막
으로 돌아가곤 하였다.

노인의 말대로 이 고풍스러운 미술관은 나에게 있어 내 집과 같
은 곳이었다. 스테인드글라스를 통해서 들어온 햇빛이 실내를 부드
럽게 비쳐주는 가운데 그 조용함과 박명(薄明)을 나만큼 깊이 맛본
사람은 없었을 것이다.

나는 회랑(回廊)에서 회랑으로, 오두막에서 오두막으로 일정한
목적지도 없이 돌아다녔는데 어떤 포석(鋪石)이 어떤 소리로 울리
는지, 어떤 문을 나서면 어떤 냄새가 나는 방이 있는 것까지도 알
수 있었다. 집사가 이 추억어린 미술관 문을 열지 않고 닫아둔 채로
있는 점에 대하여 나는 마음속으로 얼마나 갈채를 보냈는지 모른다.

어린이가 단번에 나이를 잔뜩 먹은 느낌의 이 수집가(收集家)는
모아놓은 것을 어떤 계통을 세워서 분류하는 점에는 거의 신경을
쓰지 않고 있었다. 그 대신 현재 있는 것을 그냥 배경으로 사용하여
갖가지 실내 장면을 재현코자 했으므로 방안은 옷가지를 입은 인형

으로 가득 차있었다.

그런 까닭에 이곳을 찾아오는 사람은 레이스 짜는 바느질꾼이라든가 기직(機織) 직공의 작업장에 발을 들여놓게 마련인데, 그런 작업장은 지금까지 보아온, 장날 가설극장의 가슴 설레는 무대라든가, 컴컴한 지하실에서 하는 인형극 따위와는 아무 맥락도 없으면서도 연관성이 있는 그런 곳이었다.

이런 것들 모두가 지금 살아 움직이지 않는 것들이라 해도 나는 상관없었다. 이곳에 있으면 언제든 어느 사이엔가 밤이 찾아와서 난롯가에 앉아 있을 때라든가 몸을 구부리고 종교화(宗敎畵)를 구경할 때 등에는 문득 밤이 된 것을 알아차리고 깜짝 놀라곤 했다.

나는 그럴 때마다 일어나서 이 꿈과 추억이 어려 있는 미술관에서 나가 집으로 돌아가는 것이었다. 어치 새장은 이미 들여놓은 후이며 문지기 오두막 창문을 통해 꾸벅꾸벅 졸고 있는 다니엘의 모습이, 램프불에 비추고 있다.

머리를 끄떡그떡하고 있는 그 모습은 방금 보고 온 인형들과 똑같아서, 지금은 다니엘도 진열품의 하나가 되었고, 머리 위에 걸려 있는 괘종만이 둥근 눈을 빛내며 지키고 있는 것같이 보였는데 시계추는 바닥까지 닿아 있었고 시계는 이미 멈추어 있었다.

그러나 이 수도원에서 하루하루를 보내고 있는 여러 사람들 가운데 내 마음을 가장 사로잡고 있는 사람은 이 문지기가 아니었다. 모든 것이 색채를 잃어가는 이 어스름 초저녁에 내가 찾아오는 것을 즐기고 있는 또 한 사람이 있었다.

이 인물 역시 집사의 도움이 없었더라면 이미 이 세상에 존재할 수 없었을 것이다. 피라츠라는 이름으로 불리고 있었는데 이것은 본명(本名)이었고 그는 실제 살아가는 동안 이 이름을 사용했었다.

이러구러 100년 전의 일인데 건물 뒤쪽에 작은 안뜰이 있었고 그곳을 가로질러 정면으로 가면 그곳에는 원래 예배당이었던 건물이 있다. 피라츠는 그곳에 놓여 있었다. 페인트 칠을 한 간판이 있었고 그 간판에는 다음과 같은 내용이 적혀 있었다.

'대서사(代書士). 능서(能書). 편지. 신청서 및 특수청원. 각종 명부. 각종 원고 산문(散文) 및 운문(韻文). 비밀 엄수. 맹세. 운운.'
예배당에 있으면서 시문(詩文)을 짓고 맹세할 줄 아는 사람이 이런 식의 호객을 하는데 어찌 그대로 지나칠 수가 있겠는가. 단, 그의 모습을 보기 위해 문을 두드린다거나 안으로 들어갈 필요도 없었다. 건물 옆에 비스듬히 나있는 창문이 있는데 그곳으로 돌아가기만 하면 되었다.

그리고 들여다보면 바로 눈앞에 피라츠가 책상 앞에 앉아 있는 모습이, 창문으로 스며드는 햇빛을 받아 선명하게 보이는 것이었다.

나이는 알 수 없지만, 불그스름한 갈색으로 퇴색된 의복과 몸맵시의 세세한 특징으로 판단하건대 18세기 말에 태어났을 것으로 생각되었다. 한 세대(世代) 전과 같이 가발을 쓰고 있지는 않았지만 회색 머리카락은 아직도 장발로 기르고 있었다.

검은색 비단 넥타이를 세 번 돌려서 매고 있었는데 그것은 에큐 금화(金貨)가 아직 양질(良質)의 금으로 만들어지고, 토지가 봉토(封土)였던 무렵의 공증인(公證人) 서생(書生)을 떠올리게 했다.

단, 내가 피라츠의 인상을 말한다면 현재의 서먹한 경우, 소극적인 태도에도 불구하고 옆에 실제로 살아 있는 것만 같았다. 그도 그럴 것이 다니엘과 상통되는 미묘하게도 성직자 타입의 인상을 받았기 때문이다.

다니엘처럼 수염이 없는 순진한 얼굴, 얇고 침착해 보이는 입술, 고개를 다소 숙이는 것은 남의 이야기에 귀를 기울일 수 있는 인물임을 나타내고 있었다. 그 유리같은 눈동자는 사려가 매우 깊은 것을 나타내고 있었다. 어쩌면 꿈이 가득한 사람이라고나 할까 —.

어쨌든 타원형으로 엷은 구름을 띠고 있는, 이 눈길 속에는 자비가 번쩍이는 빛을 띠고 있었는데 그것은 모든 것을 보고 모든 것을 알고 있는 노인의 혼이 가지는 부드러움을 비장하고 있었다. 한마디로 말해서 그것은 참회하는 성직자의 눈초리였다.

피라츠도 이전에는 신학생이었는데 어떤 불운을 만났든가 혹은 어떤 고상한 정열을 가슴에 안았다가, 성직자의 길에서 벗어난 것이 아닌가 하는 생각을 왜 했는지는 몰라도 나는 상상했다.

집사 듀메르시씨는 이러한 내 추측을 듣자, 농담치고는 재미있지만, 그러나 대서사가 된 것은, 이 사나이에게 있어서는 출세를 한 것인지도 모른다고 말했다.

"대서사라고 해서 함부로 볼 게 아니지요. 이 사람이 쓴 것 가운데는 당시의 우스꽝스런 일들에 관계되는 라틴어의 풍자시(諷刺詩)가 남아있습니다. 그리고 잉크병 옆에 쌓여 있는 책들을 살펴보십시오. 표지는 이미 색이 바랬지만 호메로스라든가 오비디우스의 이름이 인쇄되어 있지 않습니까?"

집사는, 그러나 그 이상 조사해 볼 생각이 들지 않았던 것 같다. 만약 더 조사해 보았더라면 갖가지 사전이라든가 연감(年鑑)과 함께 '염서(艶書)'란 부제가 붙여진 책과 '교황 호노리우스의 마법서(魔法書)'란 종류의 가철(假綴) 책도 그의 눈에 띄었을 것이다.

그래서 마음 산란한 규방(閨房)의 향기와 이단의 냄새가, 사라져 간 세월을 넘어, 그곳에서 피어오르는 것을 그 역시 냄새로 맡을 수 있었으리라.

이 인물 가까이에 있는 것만으로도 나는 마음이 황홀해졌는데, 이 황홀감이 깨지는 것을 두려워한 나는, 바깥에서 이런 식으로 코를 창문 유리에 대고 바라보는 것만으로, 오랫동안 만족하고 있었다.

대서사의 생활을 그대로 보존시켜 주기 위하여, 그가 평소 사용하고 있는 물품들이 주변에 놓여 있는 것들을, 나는 비끼는 석양빛에 한 가지씩 헤아려 보았다.

밀짚방석을 깐 팔걸이 의자에 대서사가 앉아 있고 그 옆에는 비어 있는 채인 의자가 손님을 기다리고 있다. 손님은 대개 부인이든가 젊은 아가씨들로서 그는 그런 여성들의 탄식과 달콤한 한숨을 들어주는 역할을 하고 있었다.

누런 종이가 오른손이 닿을 장소에 쌓여져 있으면서 사용될 순번을 기다리고 있고, 그쪽에 깃털 펜과 글자를 짓는 나이프, 그리고 촛대가 놓여져 있으며 봉랍(封蠟)이 놓여져 있다.

그런데 그의 손, 그 손이 실로 홀딱 반할 만한 것이었다. 그런 손으로 본을 떠서 조각가의 명성을 올릴 수 있는 그런 멋진 손이었다. 이 사람의 뾰족한 얼굴도 그러하려니와 이 손이 한층 더 내 마음을 사로잡아놓고 놓아주지 않았다.

상당히 길고, 또 투명한 것처럼 보인다. 어디에서나 볼 수 있는, 그런 손과는 다르며 실로 작가(作家)의 오른손, 아니면 학식이 풍부한 사람의 오른손 — 그리고 판화(版畵)라든가 고전(古錢)을 잘 다루는, 그런 오른손이었다.

손이 사나이의 성격이라든가 취미를 단적으로 말하고 있는 까닭에 금반지를 끼고 그렇게 하고 있는 것만 보더라도 그것이 정신의 고양(高揚) 없이는, 글을 쓸 수 없다는 것을 나는 알 수가 있었다. 손은 하얀 종이 위에서 공중에 뜬 채로 펜을 잡고 당장에라도 아래쪽으로 내려오든지, 위쪽으로 올라갈 태세였다.

그러나 동시에 달필(達筆)을 휘두를 것으로 보이기도 하는, 이 오른손에는 무엇인가 또 다른 기묘한 행위가 엿보이기도 했다. 그것은 흥분한 나머지 몸을 앞으로 내미는 여자 손님을 원위치로 밀어내려고 하든지, 아니면 창문을 가로막고 있는 구경꾼들을 쫓아버리려고 하는 것 같았다. 그때문에 나는 꽤나 마음이 동하면서도 처음 몇주 동안은 안으로 들어가기를 주저했었던 것이다.

  피라츠 선생을 처음으로 찾아갔을 때는 기분이 나빠졌을 때인데 이 이야기는 그냥 하더라도 그다지 수치가 되지는 않을 것이다. 어느 날 밤, 나는 마음을 굳혔던 것이다. 속마음을 억제함과 동시에, 완벽하게 무언(無言)을 지키면서, 특히 고상하게 부동(不動)을 유지하는 인간에게 방해를 해서야 쓰겠느냐며 주저되는 마음도 억제하지 않으면 안되었었는데, 결국에는 손님을 맞는 것이, 이 사나이의 일거리가 아니겠느냐고, 나는 나에게 들려주었다.

  예배당 안으로 들어가 한 바퀴 돌면서 가구를 구경한 다음 나는 인사를 했는데 이것은 상대방이 실제로 살아있는 것과 똑같은, 진지하고 또한 성실한 인사였다. 그뿐 아니라 나는 단도직입적으로 그에게 이야기를 걸었는데 그것은 다분히 그 장소의 정적을 다소라도 해소시키기 위함이었으리라.

  "피라츠 선생, 잘 부탁합니다. 선생에 대해서는 줄곧 존경해 왔습니다. 뭐 별다른 것을 부탁하려는 것은 아니고, 단지 선생을 천천히 뵙게 해주시면 됩니다. 즉 그 연애 따위의 편지를 써달라는 것은 아닙니다. 하긴 나는 글쓰는 솜씨가 없어서 글을 쓴다는 것은 보통 일이 아닙니다만······.

  그러나 나는 그저 선생 옆에 앉아 있으면서 선생과 같은 태도를 취하고 싶을 뿐입니다. 나 자신이 옛날 인간이 되되 지금도 계속 살아 있는 것처럼 말입니다. 나는 선생 옆에 있으면서 잠자코 선생처럼 있고 싶습니다."

  이렇게 해서 허락을 받는 동안, 피라츠는 순간적으로 나만이 알 수 있는 방법으로 상냥하게 미소를 머금는 것같이 보였다. 내 이야기가 어느 정도 진전되었을 때, 그는 다시 아래쪽을 내려다보고 있는 것 같았으므로 나는 내 부탁이 받아들여진 것을 알아차렸다.

나는 그곳에서 잠자고 있는 물품들의 잠을 방해하지 않기 위하여, 공중에 떠있는 은빛깔의 먼지조차도 흐트리지 않도록 주의하며 인형 옆쪽 '무필자(無筆者)'가 앉는 의자에 앉았다.

이 피라츠는 단지 보통인 인형일 뿐인 것일까? 상식적으로 생각하면 아마 그것은 단지 인형으로서 인형을 만들었을 때의 밀랍(蜜蠟)이 불가사의한 질감(質感)을 가지고 있기 때문이었다. 밀랍으로 채색된 그 얼굴도, 그리고 그 손도 어쩐지 무서워질 것 같은 박진성(迫眞性)을 가지고 있었다.

최초에 보았을 때는 묘한 생각에 사로잡히어 내가 지금 앉아 있는 이자리에 있는 것이, 실은 죽은 사람으로서 예배당 안에 안치된 지 이미 몇년 몇해 동안이나 되었는데, 아무도 들어온 일이 없는 이곳에 온 내가 발견한 게 아닌가, 그 시체는 공기가 건조하기 때문에 기적적으로 보존되어 있는데 이것이 약간의 충격, 또는 내 숨길이 닿아서 가루로 부서지는 게 아닌가 — 그런 식의 걱정을 할 정도였다.

이토록 나는 환상의 노예가 되어 있었으며, 또 환상을 찾아 즐기기도 했었기 때문에 다소 기분이 나빠지는 일이 있더라도 불평할 처지가 아니었지만 그때는 실제로 기분이 나빴었다. 그것이 조금도 나아지지 않았으므로 대화를 계속하다 보면 — 대화라고는 하지만 지껄이는 것은 나 혼자뿐이었다 — 그런 기분이 사라질 것으로 생각했다.

"피라츠 선생, 선생은 바깥의 간판에서 비밀을 엄수하겠다고 맹세하고 있는데 그것은 실로 훌륭한 일입니다. 입이 무겁다는 것은 미덕(美德) 가운데서도 여간 힘든 게 아닙니다. 그리고 맹세라는 의식(意識)을 가지고 계십니다. 신의(信義), 이것은 아주 멋진 것이어서 우리는 그 말을 듣기만 해도 감동하고 있습니다. 오호! 선생은 행복하십니다. 이처럼 벽으로 둘러싸여 있는 유일한 사람, 현대의 세상에서 일어나고 있는 일 따위는 무엇 한가지 모르고 계십니다.

오늘날에는 이제 아름다운 문자(文字)를 써내려고 하지 않습니다. 야만스런 도구라든가 기계를 사용해서만 글들을 쓰고 있답니다. 어디 그뿐입니까. 어리석기 짝이 없는 사람들까지 교양을 몸에 익히고 있습니다. 실은 교육만을 받고 나서 졸업증서를 받아가지고 있습니다. 그런데 최소한의 읽기와 쓰기, 말하기를 제대로 하는 인간은 거의 없는 것입니다."

이런 식으로 두서없이 이야기하면서 겉으로는 침착한 척하고 있었다. 그러자 피라츠의 미소가 이번에는 입술에 떠오르기보다 오히려 눈동자 속에서 떠올랐다. 나는 대각선 쪽에서 그 모습을 관찰하고 있었는데, 상당히 가까운 거리였으므로 착각한다는 생각은 하지 않았다. 나는 말을 계속했다.

"결론적으로 나는 선생이 좋다는 것입니다. 선생은 많은 비밀을 간직하고 있으니까요. 그렇기는 하지만 지난날의 연인(戀人)들 사이에도 지금에 와서는 언제 그랬었더냐란 식입니다. 선생이 보아온 숱한 눈물들도 지금은 형적도 없이 사라져 버렸습니다. 고민스러운 일이든 가슴 부푼 일이든 이곳으로 털어놓기 위해 올 사람은 이제 없습니다. 이처럼 괄시받고 있으니 적적하시겠지요. 그러시다면 누군가가 이따금 찾아오는 것도 그다지 나쁘지 않으시겠네요.

만약 그러는 것이 마음에 드신다면 내가 그 누군가가 되어드리고 싶습니다. 추억이 내 가슴에 몰려와서 괴로워지는 날에, 만약 그런 것을 종이에 기록이라도 하면 해방될 것 같은 그런 날에 말입니다. 아니, 그것을 써주지 않으셔도 됩니다. 그럴 필요까지는 없습니다. 단지 내 얘기를 들어만 주시면 그것으로 좋습니다. 선생의 그 예술성, 선생의 그 천재성이라고 할 수 있는 것은 그처럼 들어주고 또 이해해 주는 재능이었으니까요."

모든 것을 포용하는 박명(薄明) 때문이었을까. 나에게는 이 노인이 끄덕이며 동의해 주는 것처럼 보였다. 언짢은 기분은 단숨에 몇 단계나 뛰어올라서 최고조에 달했다. 너무 오래 있었던 것 같았다. 때는 벌써 사물의 경계가 확실치 않게 보이고 있었으므로 나는 당장에라도 그 인형이 무언가 전기(電氣) 현상 같은 것으로 움직여지고 어서 돌아가라는 몸짓을 하는 게 아닌가 두려워졌다.

그토록 나는 환상 속에 빨려들어가 있었고, 내 머리는 박명(薄明)의 마법에 걸려 있었던 것이다. 동요되는 마음을 겉으로 나타나지 않도록 하면서 나는 밀랍 인형에게 한번 고개 숙여 인사를 한 다음 그곳에서 나왔다. 곤혹은 상당한 수준에까지 올라 있어서 자신이 하고 있는 행동이 우스꽝스럽다는 등의 생각을 할 여유가 없었다.

두 번째부터의 방문에서는 이처럼 애매모호한 면은 없었다. 서먹서먹한 점도 풀어졌고 피라츠 선생으로부터는 예의 현실감에서 동떨어진 모습이 사라졌으므로 언짢은 기분도 해소되었다. 처음으로 얼굴을 대했을 때 내가 착각을 했던 것은 밀랍이, 즉 밀랍으로 만든 인형이 가지는 독특한 표정을 잘 몰랐었기 때문이라고 생각되었다.

하늘의 사귀(邪鬼)로 볼 뿐, 피라츠라고 하는 인물이 만들어진 인형이라고 인정하지는 않았지만 그래도 전에 왔을 때처럼 무섭지는 않았다. 나는 그의 주위를 한바퀴 돌면서 모든 면으로 관찰해 보았는데, 그결과 몇가지 사실을 확인해 냈다. 아무래도 '이곳에 있는 이

것'은 내가 이곳에 있는 것을 허락해 주는 것 같았다.

또 예민하고 섬세한 이 사나이에 대해서는 아무 말도 하지 않고 옆에서 골똘히 생각만 하더라도 어떤 정신감응(精神感應)과 같은 형식으로 그것이 이 사나이에게 들릴 것임에 틀림없었다.

나는 얼른 그것을 실행해 보았는데, 상대방은 비밀 엄수의 맹세까지 한 처지이므로 더욱 마음속을 털어놓을 수가 있었다. 그토록 털어놓고 싶은 중대한 비밀이 나에게 있었느냐고 묻는다면 그 대답은 No이다.

그러나 내가 들려주고 싶은 것들은 통상의 언어로는 도저히 말하기 어려운 것들이었다. 내 신상에서 일어난, 그런 일들은 머리속으로는 생각해낼 수 있는 것들이지만 입으로 표현하기는 어려운 것들이다.

피라츠가 내 이야기에 어느 정도의 무게를 두고 있는지는 알 수가 없다. 놀라는 표정 한번 지은 일이 없었으며, 그렇다고 해서 건성으로 듣고 있지는 아니했다.

그러나 그것만으로도 내 마음은 평안함을 느낄 수 있었다. 이 기분 좋은 인물에 대하여 나는 깊은 감사를 드리는 것이었다. 그래서 중국의 인형 도자기를 가져다가 그에게 선물하기로 했다. 그 다음에는 담배 케이스를 갖다 주었는데 이것은 마음에 썩 들었던 듯, 그후로도 줄곧 책상 위에 놓여 있게 되었다.

우리 사이에는 친애하는 정이 싹터서 나는 언젠가 한번 내 손을 과감하게 그의 손 위에 올려놓은 적이 있을 정도이다. 그는 손을 빼지 아니했다. 단 반투명한 그 손은 희미하나마 흔들리고 있었다. 벌써 오랫동안 인간의 손이 닿지 않았던 손인 것이다.

그 손은 차디찬 망인(亡人)의 손과는 달랐다. 단지 선뜩했고 다소 습했다. 이렇게 해서 우리는 친해졌다. 그후로는 기이하다는 생각이

드는 일이 일어나지 않았으며 나는 저녁때 다시 찾아왔다.
 나는 이 새친구와의 교제를 남들이 알아차리지 못하도록 신경을 썼다. 그런데 어느 때, 잉크병이 선명한 검은색 잉크로 가득 차있고, 펜 끝을 새로 깎아 끼워져 있는 것을 나는 알아차렸다.
 '이는 그 율례자(律禮者)인 다니엘의 짓임이 분명해!'
라고 나는 생각했다.
 '내가 예배당에 있는 것을 보고는 내 행동을 따르려는 것이겠지. 미술관과 그리고 나에 대하여 헌신적인 면을 보여주고 싶어하는 거야.'
 그날 밤, 수도원에서 나오려고 하는데 문지기가 가까이 다가와서 교제하는 상대방은 마음에 들더냐며 장난스럽게 물었다. 나는 마음에 든다고 대답했고 포플러 사이로 4월의 작은 별을 바라보았다.
 왜 한숨을 쉬느냐고 다니엘이 다시 물었다. 나는 별로 숨길 생각도 없었으므로 피라츠같이 되어 영원의 침묵 속에서 살고 싶다는 말을 했다. 피라츠는 사람들에게 잊혀져 가면서 사는 사람이다. 글을 멋지게 쓸 수 있건만 결코 쓰고자 하지 않는다. 모든 것이 허탄하다는 것을 알고 있기 때문에ㅡ. 나는 그렇게 대답했다.

 말하자면 자신이 자신을 속이는 이 연극은 봄철 내내 계속되었다. 5월이 찾아오자 돌연 눈부신 햇빛이 땅 위에 넘쳐흘렀다. 생명의 힘이 눈을 뜨게 만드는 때는 언제나 그러했거니와, 이 계절의 재생(再生)은 나에게 가벼운 현기증과 배멀미와 비슷한 기분이 들게 했다. 배멀미가 바다에서 나는 것이라면 이것은 오히려 하늘에서 나는 것이라고 할 수 있겠다.
 나는 초췌한 모습으로 피라츠를 찾아갔는데, 당분간은 방문하기를 중단하고 집에서 계절이 바뀌기를 조용히 기다리기로 했다.

이때 방문했던 일은 기억 속에 남아있다. 연보랏빛의 황혼이 질 무렵, 그 긴장된 모습은 마치 자연이 자기(磁氣)를 띠고 사물이 전자파(電磁波)를 내뿜는 것처럼 생각되었다.

태양의 첫 번째 일격(一擊)에 녹초가 되어 버린 나는 하루 진종일 어렸을 때의 추억을 되씹으며, 별로 즐거운 마음이 아니었는데, 그런 기억이 차츰 마음속에 가라앉아 있는 채로 쇠약해진 마음에는, 그것을 뿌리칠 힘조차 없었다.

나는 수도원 안으로 들어갔다. 그곳에 있는 모든 것들도 또한 연보라 일색이었다. 나는 의자에 기대려는 듯 힘없이 몸을 던졌다. 나는 내 나이가 피라츠와 같을 정도로 든 것 같은 느낌이 들었다. 피라츠와 마찬가지로, 기나긴 과거의 여행으로부터 되돌아온 자가 느끼는, 괴롭고 착잡한 생각이 가슴에 넘쳐오르는 것을 느꼈다. 나는 슬픈 나머지 마음을 털어놓을 수 있는 친구의 어깨에 머리를 기댔다.

마음을 가라앉히고 기분 좋은 황혼이 몸안에 스며드는 것을 느끼면서, 떠오르는 몽상(夢想)을 의식 속에 담아나가노라니 그 몽상까지 연보라색으로 물들고 있었다.

이렇게 해서 꿈을 의식적으로 꾸고 있자니, 그것에 따라 괴로움이 사라지면서, 반대로 청신함이 가슴을 채워주고 있었다. 나는 몽상에서 서서히 해방되었고, 어린 날들의 추억은 그 도원(桃源)에 사는 망령(亡靈)들의 모습과 함께 나에게서 멀어져 갔다.

이때만큼 고백하기에 좋은 시간은 지금까지는 없었다. 내가 마음속으로 하는 이야기를 피라츠가 이토록 경청해 주는 모습을 본 적은 일찍이 없었다. 이 노인에게도 먼 옛날에 어린 시절이 있었을까? 나를 떠난 흥분이 지금은 피라츠를 사로잡고 있는 것 같았다. 두 사람의 혼이 서로 통하고 있는 것처럼 —

그의 눈은 촉촉해졌고 당장에라도 눈물이 반짝이지 않을까 걱정이 되었다. 대서사의 볼을 흘러내려야 했을 눈물은, 그러나 나 자신의 눈가에서 반짝였다. 내 눈에는 지금까지 보이지 않았던 것이 보이기 시작했고 나는 뭐라고 말할 수 없는 환희와 함께 피라츠가 나 자신과 마찬가지로 살아 있다는 것을 알아낸 것이다. 단, 그것을 예측하고 있기라도 했다는 듯, 나는 조금도 놀라지 않았다.

이제 그의 손이 움직이기 시작했다. 손만이 움직이고 있다. 종이 쪽지 위에 놓여진 그 손이 문자를 서서히 만들어 나가고, 종이 위를 달리는 펜 소리도 들려온다. 실로 이것이 기적인지 무엇인지 — 감미(甘美)로운 환각인지도 모른다는 생각은 하지도 않았다.

오래 전부터 이순간은 준비되어 있었던 것이다. 이 오랫동안에 내 사고(思考)가 불가사의한 힘으로 이 마법(魔法)의 손을 조금씩 충실하게 해온 것이다.

여름철의 날씨는 무서운 더위로 변했다. 피로감은 날로 더해갔는데 나는 마침내 한발짝도 밖에 나가지 않게 되었다. 나자레가(街)는 한증막 속 같았으며 모든 것들이, 심지어는 새들까지 꼼짝도 않게 되었다. 쳐다보기도 무서운 태양 — 그 태양의 승리이며 존재하는 모든 것들의 숨통을 끊어놓은 모습이었다.

나는 방문을 꼭 닫아 외부로부터의 반사(反射)를 막으면서 고통을 견디어 내고 있었다. 식물(植物)이라든가 돌과 마찬가지로 강렬한 하늘의 푸르름에 중독된 나는, 선선한 그늘을 찾았지만, 그늘은 딱딱한 땅속 깊은 곳에밖에 없고, 그 샘솟는 암흑 세계는 단지 동경의 대상일 뿐 달리 어떻게 할 수가 없었다.

태양의 운행에 따르도록 나는 애썼지만 해가 지지 않으면 괴로움도 진정되지 않았다. 나는 이것에게 저항을 하기 위해 공상(空想)을 했다.

즉 들판에 눈이 쏟아져서 쌓인 곳이라든가, 빙산(氷山)이 떠다니는 차가운 바다, 또는 서쪽에서 먹구름과 함께 점점 다가오는 대홍수와 태풍 등등의 것을 떠올리는 데 보통 이상의 노력을 경주했다. 몸은 초췌해지고 머리만 살아있는데 대기의 습도가 상승함에 따라서 내 사고(思考)도 열을 띠는 것이었다.

여름은 좀처럼 끝나지 않아서 나는 자신이 조금씩 죽어서 화석(化石)이 되어가는 것처럼 느끼고 있었다.

사람은 죽기 전에 자신의 일생이 파노라마처럼 화하여 보이는 수가 있다는데 내 경우도 자신의 그 숱한, 인생의 한 컷 한 컷이 — 먼 옛날의 것으로부터 최근의 것까지, 가차없이 빛에 비추어 떠오르는 것이었다. 나에게는 양심에 가책을 받을 만한, 중대한 과오는 없었지만 나 자신이 나에 대하여 행하는 이 죄상(罪狀)의 고발에 수족을 묶인 채 맞서지 않으면 안되었다.

나는 조사관(調査官) 이상으로 엄격하게 나 자신을 향하여 질문을 던지되, 자신도 행복해지지 못했을 뿐만 아니라 남을 행복하게 해줄 수도 없었지 않느냐, 그리고 천성이 선량했는데도 불구하고 — 아니 그 선량 따위가 무슨 도움이 되었느냐며, 나 자신을 책망했다.

눈부시게 질주하는 나 자신의 생각을 멈추지 못한 채, 나는 괴로워하다가 차라리 실신을 하든지, 뇌일혈과 같은 것이라도 일어나서 의식이 돌연 사라져 버렸으면 좋겠다고 원할 정도였다.

아아! 생각하는 괴로움을 그칠 수는 없을까, 아니면 눈이 부시도록 빙글빙글 돌아가는 레코드판처럼 선회하는 이 사고(思考)를 머리 밖으로 빼 버릴 수는 없을까.

그러나 저녁때가 되면 이 미친 듯이 달려가는 질주도 그 속도를 늦추고 뇌수(腦髓)를 씌우고 있던, 작열(灼熱)의 투구도 서서히 식어서 머리속은 불투명해진다. 이때가 되어서야 겨우 나는 자신이 얼마나 쇠약해졌는지를 알게 되는 것이다.

나는 망연자실의 상태에서 몸을 빼내어 어둠을 만나러 가고자 한다.

"나가지 않으면 안된다. 예배당의 피라츠가 있는 곳으로 가야 해. 피라츠를 어찌 방치할 수 있을까? 피라츠라면 이야기를 들어주고 이해해 줄 것으로 믿고 있으면서……. 새벽녘서부터 줄곧 속을 썩여온 추억을 모두 털어놓으러 가는 거다. 모두 털어놓는다면 괴로워할 거리도 없어지는 법이야. 만약 피라츠가 받아 써두더라도 그런 것이 있다는 것을 누가 알겠는가. 누가 읽는단 말인가.

이렇게 해서 오늘 밤 안으로, 오늘 하루의 앙분(昻奮)을 머리속에서 빼어 버리면, 내일 찾아올 망상(妄想)에게 또 장소를 내어줄 수가 있다. 자아, 그러지 않으면 두개(頭蓋)가 태양에 의해 쩽쩽 내려쪼이다가 쪼깨지고야 만다. 그리고 이 타는 듯한 날들이 종언을 고할 무렵에는 정신이 미치고 불모(不毛)에다가 바싹 마른 목우(木偶)처럼 되고 말 것이다."

나는 몇번이고 자신에게 이런 말을 들려주었는데 그것도 아무 소용이 없었다.

나에게 있어 고문(拷問)의 방밖에는 아무 의미가 없는, 이 거처에서 그때마다 내 몸을 끌어내려고 했으나, 나에게는 그것을 실천할 힘이 없었다.

마치 의사(醫師)라든가 사제(司祭)를 만나러 갈 필요성을 느끼는 자가 무기력한 탓에 하루하루 연기하는 것과 비슷하여 언제나 이 외출을 연기하고 마는 것이었다. 그것은 황혼이 이미 내 영혼 속에 작용하기 시작하여, 잠이 별 사이에서 춤추고 내려와 가까이로 다가

오는 까닭이기도 했다.

　슬픔은 사라져 간다. 내가 말을 하지 않고 움직이지도 않게 되었을 무렵, 잠이 그 밀랍 인형 사나이에게로 스며들어가듯이 내 집에도 살며시 스며들어온다. 아마도 잠은 나 역시, 똑같은 밀랍 인형의 하나라고 생각하는 것임에 틀림이 없다. 그만큼 나는 여위어 있고 퇴색되었으며 체형(體型)까지도 모두 바뀌어 있었다.

　여름은 용암(溶岩)이 흘러가듯 흘러가 버렸다. 단 한번도 나는 피라츠를 찾아가지 않았는데 하루하루 이 방문을 연기해 나가는 것이 언제나 마음에 걸리고 후회스러웠다. 단, 황혼이 가까워지면 나갈 준비를 하는 것이었다.

　특히 그날 하루 나를 둘러싸고 있던 갖가지 환상을 마음속에서 요약하고 그 중요한 점을 가까스로 몇가지의 불완전한 문장으로나마 정리하기 위해 노력을 쏟았다. 나는 이 기묘한 이야기의 주제가 되는 것을 전해주면, 그 다음의 부족되는 부분을 자기 아량으로 보충해서 이야기를 전개해 주는 것은 피라츠의 의무이리라.

　그것이 그의 작업이 아니겠는가. 일단 여기까지는 준비를 하는데, 그로부터 나는 더 이상 움직이려고 하지 않았다. 팔걸이 의자에 앉은 채로 있는 편이 즐거웠으며, 그렇게 하고 있으면 이윽고 잠이 온다는 것을 알고 있었다. 나는 나 자신을 향하여 말하는 것이었다.

　'도대체 내 몸이 친구 옆에 꼭 있지 않으면 생각조차도 전할 수 없다는 것인가? 우리 사이에 있는 공간의 거리가 대체 무엇이기에……? 내 정신은 친구 곁으로 갈 수 있는 것이 아닐까?'

　마음을 이렇게 정하자 나는 항상 내가 다니던 길을 따라서 피라츠에게로 가는 행동을 머리속에 강력히 떠올렸다. 나는 그 조그마한 방에 들어가 피라츠 옆에 앉는다. 그리고 나는 내가 생각하는 바를 털어놓는다.

피라츠는 그 영매(靈媒)와 같은 손으로 내 생각을 받아들인다. 그리고 그 손은 이윽고 움직이어 종이 위에 아라베스크를 그려간다. 잠들기 직전의 행복감도 있어서 열락의 지경을 헤매다가 나도 모르는 사이에 현실 세계에서 떠나는데 이윽고 나는 밤중의 어둠 속에서 인간의 형태만을 가진, 텅 비어 있는 존재에 지나지 않게 되어 있었다.

한밤중에 나는 때마침 깊은 잠속의 바닥에서 떠올라와, 자기가 다시 팔걸이 의자에 앉아 있는 것을 알아차리게 되는데 그런 때 나는 진짜로 밤중의 산책을 끝내고 돌아온 것처럼 평온한 기분에 싸이는 것이다. 그런 식으로 해서 나는 빈번히 피라츠를 만났는데, 집에서는 한발짝도 나가는 일 없이, 내 정신만 몸으로부터 쉽게 빠져나갔다가 돌아오곤 하는 것이었다.

8월이 끝날 무렵에 기관(汽罐)은 파열했다. 뇌우(雷雨)의 폭발이 계속해서 이어졌다. 공간은 며칠 사이에 깨끗해졌고 쇠약해졌던 마을은 숨을 되돌렸다. 나는 무기력에서 벗어나, 방학을 해서 자유의 몸이 된 어린이처럼 신바람이 나서 냄새가 나는 오솔길을 돌아다녔다. 그 보기에도 가련한 은둔자 생활은 종언을 고한 것이다.

나는 곧바로 약속된 장소에 가기 위해 수도원으로 발걸음을 재촉했다.

빨간 정면(正面)은 니스를 약간 칠한 것처럼 보였다. 합각(合閣) 머리들이 파란 하늘에 또렷하게 떠있어서 델프트의 페르메르 그림에서 볼 수 있는 배경을 떠올리게 했다.

나는 포치의 문을 열었는데 그것은 어쩐지 이 세상 것이 아닌 저택의 입구인 것 같았고, 나는 더 앞으로 나아갈 자격이 없는 것처럼 생각되었다. 정원 안으로 몇발짝 들어가자 예의 어치가 무서운 소리를 질러대고 있었다.

내 모습을 보고 미친듯이 울어대는 이 어치 —. 새장 문에 몸을 받고 죽는 게 아닌가, 걱정될 정도여서 나는 새장을 뒤로 하고 건물 쪽으로 향했다. 문지기는 미술관 쪽에 용무라도 있었는지, 문지기 오두막에는 없는 것 같았다.

나는 내 친한 친구인 대서사가 기다리고 있을 예배당으로 발길을 옮겼다. 내가 두려웠던 것은, '이제서야 겨우 왔군'이라는 비난과 놀라움이 뒤섞인 눈길로 나를 바라보는 게 아닌가 하는 점이었다.

그러나 그곳에 도착했을 때의 내 놀람은 그정도의 것이 아니었다. 유리창 너머, 책상 앞에 앉아 있어야 할 밀랍 사나이 — 책상 위에 있는 것들은 조금도 달라진 것이 없건만 그의 모습은 그곳에 없었기 때문이다.

그 대신 밀짚 방석이 깔려 있는 팔걸이 의자에 파이프를 문 채, 기분 좋다는 듯 앉아 있는 것은 살아있는 사나이로서, 그는 나를 발견하자 잘왔다는 표정을 짓고 있었다. 나는 불만스런 말로 물었다. 그 사람은 다니엘이었기 때문이다.

문지기 다니엘은 내가 들어감과 동시에 일어나서 나에게 인사를 하자, 한쪽 구석, 어둠침침한 곳에 천에 싸여 누워있는 것을 손가락으로 가리켰다. 너무나 놀란 나머지 나는 목소리도 낼 수가 없었다. 다니엘은 내 입술의 움직임을 보고 '죽었나?'란 의미를 읽어낸 것 같았다. 그는 미소를 지으며 입을 열었다.

"죽지는 않았습니다. 상태가 좀 나쁠 뿐입니다. 햇볕이 워낙 강해서……"

그리고 그는 씌워진 천을 벗겼다. 피라츠는 벌렁 누워 있었다. 아마도 수족을 움츠리고 있는 것이 의자에서 무너져내린 그대로의 자세로서, 무릎을 세우고 오른손은 가슴 위에서 옥죄어 있었는데 그

너무나도 늙고 가련한 모습에 나는 돌연 복받쳐오르는 오열을 가까스로 참아야 했다.

이런 광경이 내 마음속에 이것저것 바보스럽다는 생각을 떠올리게 했는데 그런 것을 입밖에 내지 아니하는 자제심은 남아있었다.

나는 인형 위에 몸을 숙이고 그 부상의 원인을 알아보려고 했다. 안색은 아주 나빴고 우수의 빛을 띠고 있었다. 눈 언저리는 검푸른 빛을 띠고 있었고 눈동자도 반짝이지 아니했다. 오른손은 오므라져 있었으며 굳어 있었다. 그 손에 심한 부상을 입었고 심히 아팠을 것임에 틀림없다.

'가엾게도 —.'
나는 마음속으로 중얼거렸다.

'내가 무리하게 당신으로 하여금 글을 쓰게 해서 — 당신을 해치고 만 것이오. 아마도 처음에는 호의와 동정에서, 내 고백을 들어주었었는데, 그러는 동안에 내 사고(思考)가 당신의 사고를 가로막는 데 반발을 했을 것임에 틀림없습니다. 멀리 떨어진 곳에서 당신을 포로로 삼아 버리는 이 힘에, 당신은 저항하고자 했지만 끝내 당신의 힘이 이것을 능가하지 못했으며 펜을 잡을 힘조차 없어서 당신의 손이 그 구부러진 펜을 놓칠 때까지 당신은 계속 써나가지 않으면 안되었습니다.

용서해 주시구려. 나는 내가 무슨 짓을 하고 있는지조차 모르는 채 오직 당신에 대해서 생각했으며 이 가련한 내 뇌 속에서 곪아 터지고 참기 어려운 환상을 당신이 있는 곳으로 향하여 계속 보내고 있었던 것입니다.'

다니엘의 양식(良識) 있는 목소리가 나로 하여금 제정신을 차리게 만들었다.

"아니, 어떻게 된 겁니까? 이렇게 놀라시다니……. 석 달 전, 그러니까 5월 말경부터 줄곧 피라츠 선생은 이렇게 누워 있으면서 불평 한마디 하지 않고 있었는데요. 어찌하여 그 모습을 보시고 깜짝 놀라는 겁니까?"

나는 아무래도 납득이 안간다는 눈초리로 문지기를 바라보았다. 문지기 다니엘은 조용히, 그러나 나에게서 눈길을 떼지 않고 말을 계속했다.

"더위가 시작되자마자 있었던 일입니다. 나는 집사님의 의견도 미처 들어보지 않은 채, 이 밀랍 인형을 그 맹렬한 태양열이 쬐지 아니하는 곳으로 이동시켰던 것입니다. 금년에는 전시품들이 태양열에 의해 꽤 많이 손실되었습니다. 그 손은 다시 녹여서 고치기로 하고 얼굴은 화장을 시키면 충분할 것으로 생각됩니다. 피라츠도 머지않아 기운을 되찾아서 이전처럼 될 것입니다. 계절도 선선해지니까요."

나는 입을 다문 채 아무것도 묻지 않았는데, 도무지 이유를 알 수가 없었다. 그렇다고 언제까지나 잠자코 있을 수만은 없었다. 문지기 다니엘은 나에게 신경을 몹시 쓰고 있었다. 그런 사실을 안 나는 입을 열었다.

"나도 금년 여름에는 고통을 받았었소. 지난 봄에 만났을 때하고는 딴 사람이 된 것 같지요?"

이번에는 내가 상대방의 낭패스러워하는 모습을 볼 차례였다. 깜짝 놀라는 표정으로 힐끗힐끗 곁눈질을 하는 다니엘은 너무나도 동요된 나머지 얼른 말을 하지 못하는 것 같았다.

"아니...... 아니, 무슨 말을 하는 겁니까?"

그렇게 말하면서 다가오자 내 팔을 잡았다. 그리고 이번에는 분명한 목소리로 말하는 것이었다.

"예, 아프시다는 말은 들어서 알고 있었습니다. 몇번이나 문병을 같까 했었는데 혼자 계신 것을 방해하는 것은 안좋을 것 같아서……"

그는 여기서 일단 말을 끊자 내 모습을 살피었다. 내가 약간 이상하긴 했지만 침착성을 잃지 않고 있음을 확인하자 다음 말을 계속했다.

"여름 내내, 거의 매일 저녁때면 이곳에 오셨던 것을, 설마 잊으신 것은 아니겠지요? 바로 엊그제도 뵈었습니다……"

나로서는 이 말이 꿈속에서 들려오는 것처럼 생각되었다. 나는 이마에 손을 대고는 아지랭이와 같은 것, 아니 어쩐지 지는 해의 마지막 반영(反映)과 같은 것을 털어 버리려고 했다.

다니엘은 이 손 동작을 보고, 내가 병 때문에 상대방이 하는 말을 제대로 이해하지 못하는 것으로 생각한 듯, 동정하는 눈초리로 이렇게 말했다.

"나는 그것을 습관처럼 생각하고 있었기 때문에 매일같이 뵙더라도 별로 이상하게 생각하지 않았습니다만 아무래도 태도가 심상치 않아서 ― 그래도 실은 멀리서 바라보고만 있었습니다. 그러나 목소리를 내어 묻는 것은 예의가 아닐 것 같아서 참고 있었구요. 예배당 안에 들어와서 살펴보기로 했습니다.

피라츠 자리에 앉아서 몽상(夢想)에 잠겨 있는 모습도 여러번 보았습니다. 대개는 펜을 들고 무엇인가를 쓰고 계시었습니다. 그것도 상당히 많은 분량을 쓰는 것 같았어요……. 그결과 매일 아침 펜촉을 새것으로 갈아놓아야 할 정도였습니다. 때로는 저녁때가 지나 어둠이 깔릴 때까지 쓰고 계셨습니다.

그런 다음 유령처럼 돌아가시곤 했습니다. 뒤도 안돌아보고 곁눈질도 하지 않으면서 천천히 돌아가셨습니다. 내가 인사를 해도 답례를 하지 않으셨는데 그런 일은 상관하지 않았습니다. 나는 선생과 같은 분들을 존경하고 있으니까요."
나는 그저,
"그래?"
라든가,
"아아!"
라며 중얼거리고 있을 뿐이었다. 나는 자신이 여러번 앉아 있었다는 그 책상과 의자를 물끄러미 바라보았다. 그것은 나 자신이 모르는 사이에, 아니 나 자신이 집에서 한발짝도 밖으로 나간 일이 없는 사이에 일어났다는 일들이다.

나는 숨을 헐떡이면서 문 쪽으로 갔다. 신비로움이 지배하는 이 장소에서 빨리 도망치고 싶은 생각도 들었다. 내가 이제 돌아가야겠다는 생각을 한다는 것을 알아차린 문지기 다니엘은 책상 위에 놓여 있는 종이 다발을 모아서 나에게 건네주었다.

"이것을 가지고 가십시오. 이곳을 정리해야겠고, 또 이것을 가져 가시면 서로 이 원고가 있었다는 것을 잊게 될 테니까요."

원고란 도대체 무엇인가? 나는 설명해 줄 것을 요구하지 않은 채, 그 종이 다발을 받아들었다. 다니엘은 마치 내 그림자처럼 따라왔고 포치에서 나를 배웅해 주었다. 그의 그늘진 얼굴에, 이야기하지 않았더라면 좋았을 걸하는 표정이 나타나 있었다. 나를 번민케 만들고 나를 피로하게 만들었다고 자책하는 것 같았다.

나는 정신을 바싹 차리고 호의에 가득 찬 인사를 나누자, 도망치듯 그자리를 떠났다. 갓 떠오른 둥근달이 사프란 색깔의 빛을 쏟고 있었다.

비너스의 영(靈)

> '잘 부탁합니다'라고 말하고 싶다. 힘도 있는
> 것 같지만 마찬가지로 깊은 자비도 있었으면
> 좋겠다'라고 나는 말했다.
> — 루키아노스 작 《거짓말쟁이》1)

나는 카니그 언덕의 마지막 한 개를 내려가고 있었다. 해는 이미 떨어진 다음이었는데 들판 가운데 있는, 아담한 이르 마을의 집들이 지호지간(指呼之間)에 바라다 보인다. 이 마을이 가고자 하는 목적지이다.

"지금 페이레오라드씨가 사는 곳은 어딘가? 물론 알고 있겠지?"

전날부터 길 안내를 해주고 있는 카타로뉴(카탈루냐)의 사나이에게 나는 물었다.

"알고 있을 정도가 아닙니다."

---

1) 루시안 루키아노스는 기원전 2세기경의, 그리스 풍자작가(諷刺作家). 메리메가 애독했던 작품의 작가이다. 이 《거짓말쟁이》대화 속에 나오는 입상(立像)이 밤마다 대석(臺石) 위에서 내려와 걸어다니는 이야기는 메리메로 하여금 이 작품 〈La Vénus d'Ille〉를 착상하는 데 어느 정도의 힌트를 주었던 것은 의심할 여지가 없다.

라며 그 사나이는 큰소리쳤다.

"그 나리댁이라면 마치 우리집과 마찬가지로 알고 있습니다. 이렇게 어둡지만 않았더라면, '저기 저 집입니다'라며 가리켜 드릴 수 있는데요…… 집이 좋기로 말한다면 이르 마을에서 최고입니다. 돈이 많으시니까요, 페이레오라드 나리는……. 더군다나 그분의 자제는 그분보다 더 부잣집과 혼담이 이루어졌다고 합니다."

"그 혼인 날짜는 가까운가?"

"가깝고 말고요! 벌써 혼례식 악대(樂隊)와 계약도 맺었답니다. 오늘 밤이라든가 아니면 내일, 내일도 아니면 모레일 것입니다. 혼례식은 퓨이가리그에서 한다는군요. 아드님이 맞아들이는 분은 퓨이가리그의 따님입니다. 이것은 짐작이 아니라 사실입니다!"

나는 친구인 드 페에2)로부터 페이레오라드씨 앞으로 쓴 소개장을 받아가지고 오는 중이었다. 이 친구의 말에 의하면 그 신사는 학식이 풍부한, 비전문(非專門) 고대학자(古代學者)로서, 보증할 수 있는 친절한 사람이라고 했다. 사방 1백 리에 걸친 폐허란 폐허는 하나 남김없이 안내해 주되, 아주 기꺼이 해줄 것이라는 말도 덧붙였다.

그래서 고대(古代) 및 중세(中世)의 유적들이 풍부하다는 것을 알고 있는, 이르 마을 부근을 구경하는 데 나는 이 신사의 도움을 받기로 했다. 그런데 처음으로 듣는 이 신사의 집 혼례 이야기는 내 계획을 완전히 혼란에 빠뜨리고 말았다.

남의 경사에 방해가 되는 것이 아닐까 하여 나는 마음속으로 생각했다. 하지만 상대방이 기다리고 있을 것은 확실하며, 드 페에의

---

2) 메리메의 친구인 Francois Jaubert de Passa(1784~1855년)를 가리키는 게 분명할 것 같다. 지방에 주재하던 고고학자로서 어쩌면 이 작품의 주인공인 페이레오라드씨의 모델일 것이라고도 하는데 이 설은 의문의 여지가 있다 하겠다.

부탁도 있었을 것이니 아무래도 얼굴을 내밀지 않을 수 없을 것 같았다.
"나리, 저와 내기를 하실까요?"
언덕을 내려와 평지를 걸어갈 때 안내인이 말했다.
"시거 한 개만 걸기로 하시죠. 페이레오라드 나리댁에, 나리께서 가시는 이유가 무엇인지 제가 맞춰볼까요?"
"그것을 맞춘다고 해도 대단치 않은 것이 아니겠나."
시거 한 개를 상대방에게 건네주면서 나는 대꾸했다.
"카니그 산속을 60리나 걸은 끝에 — 그리고 이런 시각이 되었을 때 — 무엇보다 중요한 것은 저녁 식사를 드시는 것이겠지요."
"하긴 그렇네만은……."
"그건 그렇고 내일 일을 맞춰보겠습니다……. 나리께서는 틀림없이 우상(偶像)을 보시러 이르 거리로 나가실 것입니다. 셀라보나 성인(聖人)의 상(像) 얼굴을 스케치하시는 것을 보고 그렇게 생각했습니다."
"우상이라니? 어떤 우상이길래?"
우상이란 말은 내 호기심을 자극했다.
"예 —, 페르피냥에서 듣지 못하셨습니까? 페이레오라드 나리께서 땅속에 묻혀 있던 우상을 발견하신 전말에 대해서 누가 얘기해 드리지 않던가요?"
"자네가 말하는 우상이란, 흙을 구워서 만든, 즉 점토(粘土)로 만든 입상(立像)을 가리키는 것이겠지?"
"그렇지 않습니다. 재료는 동(銅)인 걸요. 녹여서 동전을 만들어도 꽤 될 것입니다. 성당의 종(鐘)만큼 크니까요. 우리가 그것을 발견한 곳은 감람나무 뿌리가 박혀 있는 땅속이었습니다."
"그럼 자네도 그것을 발견할 때 그곳에 있었다는 건가?"

"그렇습니다. 2주일쯤 전의 일이지요. 페이레오라드 나리께서 장 코르와 저를 부르셨습니다. 지난해 얼어서 죽은 감람나무 고목을 뽑아내라고 명령하셨지요. 아시다시피 작년은 무척 추웠잖습니까. 그래서 기꺼이 나선 장 코르가 작업에 착수했고 곡괭이질을 한 번 하자 '퓨웅' 소리가 나는 것이었습니다…… 마치 종을 치는 소리가 났던 것입니다. '아니 뭐지?' 제가 외쳤습니다. 그리고 점점 파들어갔지요. 그러자 시커먼 손이 하나 나오지 뭡니까. 땅속에서 불거져 나오는 죽은 사람의 손과 똑같더라구요.

저는 무서워서 벌벌 떨었습니다. 그래서 나리에게로 달려가 보고했습니다 —. '나리 감람나무 밑에 죽은 사람의 시체가 있습니다! 사제(司祭)님을 모셔와야 하지 않겠습니까?'라고요. 그러자 나리께서는 '죽은 사람이라니? 대체 누구 시체란 말인가?' 나리께서는 그렇게 말하면서 쫓아오셨는데 그 한쪽 팔을 보자마자 큰 소리로 외치셨습니다 — '고대(古代)의 것이다! 고대의 것이야!'라구요.

그때 나리의 표정을 살펴보니, 마치 보물이라도 발견한 것 같았습니다. 그리고 손수 곡괭이를 들고 파시다가 손으로 흙을 긁어내시는데 땀이 비오듯 쏟아지더군요. 나리는 우리 두 사람의 몫과 같을 정도의 일을 혼자서 해내시는 것이었습니다."

"그래서? 결국에는 무엇을 발견했다는 건가?"

"새카만 성인 여자였습니다. 그리고 나리 앞에서, 저어…… 반(半) 이상을 발가벗은 채로요. 전부가 동(銅)이었습니다. 페이레오라드 나리께서는 말씀하시기를, '아무래도 이교도(異教徒) 시대의 우상 운운' 하시더니 '아니야, 샤를마뉴 시대'라고 하셨는데…… 아무튼 그런 것이었습니다."

"으음…… 그렇겠군. 파괴된 어느 수도원(修道院)의 청동제(靑銅

製) 성모상(聖母像)이든가 아니면……."
"성모상이라니요? 천만에요. 성모상이라면 저도 금방 알아볼 수 있습니다. 그것은 우상이었다구요. 그렇습니다. 나리, 그 모양으로 알 수 있었다니까요. 커다랗고 하얀 눈으로 노려보고 있는 모습이었으니까요……. 구멍이 뚫릴 정도로 노려보고 있었습니다. 거짓말이 아닙니다. 그것을 바라보자니, 이쪽에서 자연히 눈을 감아야 할 판이었거든요."
"하얀 눈? 틀림없이 청동 속에 그런 눈이 박혀 있었다 이거지? 그렇다면 아마 로마시대의 어떤 입상이겠지."
"로마시대요? 그래요, 그렇습니다. 페이레오라드 나리께서도 로마시대의 여인이라고 말씀하셨습니다. 맞는다니까요. 알겠습니다. 나리께서도 그 나리와 마찬가지로 학자시군요?"
"그 상은 완전한가? 어느 한군데도 결함이 생기지 않은 채, 잘 보관되어 있나?"
"그렇고 말고요, 나리! 어느 한군데도 망가지지 않았습니다. 시청 앞에 놓여져 있는, 석고(石膏)에 색칠을 한, 루이 필립 흉상보다 훨씬 더 깨끗하고 또 고급스럽습니다. 그런데도 그 우상의 얼굴 표정만큼은 아무래도 호감이 가지를 않습니다. 심술 사나운 얼굴을 하고 있어서 아주 싫더라구요……. 하기야 나쁜 짓을 했으니까요."
"나쁘다? 어떤 나쁜 짓을 했기에?"
"그 이유는 확실히 모르겠습니다. 그러나 지금부터 드리는 말씀을 들으시면 이해가 되실 겁니다. 잠자고 있는 것을 일으켰거든요. 모두가 있는 힘을 다해서 일으켰습니다. 페이레오라드 나리께서도 줄을 잡아당기셨는데, 그분은 암탉 한 마리만한 힘도 없으시면서요…… 정말로 좋으신 분이긴 하지만요! 우리는 겨우 똑바로 세울 수 있었습니다. 저는 그것을 괴어놓으려고 벽돌 조각을 주으러 갔었는데 그 큰 우상은 흔들리다가 벌렁 누워 버리는 것이었습니다. 저는 '정신차려! 어서 비켜!'라고 소리질렀는데 이미 때는 늦었습니다. 장 코르란 놈은 다리를 빼낼 틈이 없었지요."
"그래서 상처를 입었나?"
"가엾게도 그녀석의 다리는 덧방나무처럼 부러졌답니다! 불쌍하게 되지 않았습니까? 그것을 보는 순간 저는 부아가 치밀더군요. 곡괭이를 휘둘러서 그 우상의 대갈통에 구멍을 내주고 싶었는데 페이레오라드 나리께서 말리시어 참았습니다.
 장 코르에게는 돈을 좀 주었는데, 그래도 그놈은 그 사건이 있은 후로 2주일 동안이나 병상에 누워 있었답니다. 의사 선생님은 다친 다리로는 건강한 다리처럼 걷기는 틀렸다고 말했습니다. 애석한 일이지요. 달리기에서는 언제나 1등을 하는 선수였고, 나리의 아드님 다음으로 포옴의 명인이었거든요.
 그랬으므로 페이레오라드 나리의 아드님인 알퐁소 도련님은 수심에 싸여 있습니다. 이 도련님의 상대는 으레껏 장 코르였었거든요. 두 사람이 공을 치고받을 때는 실로 멋졌습니다. 공이 한번도 땅바닥에 떨어지지 않았으니까요."
 이런 이야기를 하는 동안에 우리는 이르 마을로 들어섰다. 잠시 후 나는 페이레오라드씨와 만났다. 나이보다 젊게 보이는 활기에 찬, 작은 키의 노인으로서 머리에는 붓가루를 바르고 빨간 코에 쾌활한 인상인데 농담하기를 좋아하는 것 같았다. 드 페의 소개장을 받자 그것을 뜯기도 전에 진수성찬이 차려져 있는 식탁 앞에 나를 앉히더니 아내와 아들을 향하여 나를 소개했다. 뭐라고 소개하는지 들어 보니, 학자들의 무관심 속에 방치되어 있는 르송[3]을 발굴·연구할

---

3) 스페인과 경계를 이루고 있는 페르피냥, 이르 지방을 중심으로 하

사명을 가지고 있는 고명한 고고학자라는 것이었다.

 탐식(貪食)하듯 먹으면서(대저, 다소 몸이 오싹해질 것 같은 산속 공기 이상으로 식욕을 증진시켜 주는 것도 없을 것이므로), 나는 주인쪽 사람들을 서서히 관찰했다. 페이레오라드씨에 대해서는 앞에서 잠깐 설명했었는데 이 노인은 활기, 그 자체라는 것을 덧붙이지 않으면 안되겠다.

 이야기하다가는 먹고, 일어서서 서재에 가서는 책을 가지고 오고, 판화(版畵)를 펼쳐보이는가 하면 포도주를 따라주고 — 단 2분도 가만히 있지를 못하는 것이다. 아내는 40세를 넘긴, 카타로뉴 부인들 대부분이 그러한 것처럼 다소 비만체인데, 내 눈에는 한마디로 가사에 몰두하고 있는 전형적인 시골 여자로 보였다.

 저녁 식사는 대충 가늠을 해도 6인분이 충분할 것 같은데, 그녀는 부엌으로 달려가서 비둘기를 몇마리나 잡고, 밀랴츠 열매를 뽑는가 하면, 잼 항아리를 몇개씩이나 가져다가 열어놓는 것이었다.

 순식간에 식탁은 요리 접시와 병으로 가득 찼다. 권하는 음식을 모두 맛만 보더라도 나는 분명 소화불량으로 빈사상태에 빠질 것이 뻔했다. 그런데 내가 요리접시를 사양할 때마다 새로운 이유를 만들어 내며 다시 권해왔다. 손님이 이르 지방에 왔다가 기분이라도 상해서 가지 않을까 걱정이 되어 견딜 수가 없다는 것이었다.

 부모가 잠시도 앉아 있지 아니하며 왔다갔다하는 동안 알퐁소 드 페이레오라드군은 테름신(神)4)처럼 몸을 꼼짝도 하지 않았다. 26세의 키가 큰 청년으로서 이목구비가 반듯한 얼굴인데 표정이 없는 얼굴이기도 했다. 이 청년은 그 큰 키하며, 운동가다운 체격하며, 지

  는 남프랑스 일부의 옛이름.
 4) 로마인의 경계신(境界神). 라 퐁텐의 《우화(寓話)》 제9, 19행에 근거한 표현.

칠 줄 모르는 포옹의 명수라고 하는, 이 지방에서의 그에 대한 평판을 충분히 반증하고 있었다.

그날 밤의 몸치장은 상당히 신경을 쓴 것으로서 유행잡지 최근호의 삽화를 정확하게 참고한 것이었다. 그렇기는 했지만 내 눈에는 그가 입고 있는 옷이 꽤나 불편할 것 같았다. 벨벳 칼라를 달고 있어서 말뚝처럼 딱딱해 보였고 돌아볼 때에는 몸까지 돌리지 않고는 목만 돌릴 수는 없었다.

햇볕에 탄, 거대한 두 팔과 짧은 손톱은 입고 있는 의상과 기묘한 대조를 이루고 있었다. 그것은 신사복(紳士服)의 자락에서 얼굴을 내밀고 있는 농군의 손이었다.

그뿐 아니라 이 청년은 호기심이 아주 많아서, 파리지안인, 나의 정수리에서부터 발끝까지 꼼꼼히 살펴보았음에도 불구하고 그날 밤에는 단 한마디밖에 나에게 말을 걸지 않았다. 그 말은 무엇인고 하니 시계줄을 어디에서 샀느냐고 물은 것이었다.

"무슨 말씀을 하시는 겁니까? 손님."

저녁 식사가 끝나갈 무렵, 페이레오라드씨가 말했다.

"당신은 내 것입니다. 우리집에 계신 이상은 안됩니다. 이 산악지방의 진귀한 것들을 모두 구경하실 때까지는 놓아드리지 않을 것입니다. 우리 르숑 지방을 무슨 일이 있더라도 파악하시지 않으면 안됩니다. 정당한 평가를 내려주시기 바랍니다. 어떤 것을 보여드려야 할지…… 여간해서는 그 전부는 추측이 가지 않습니다만……. 페니키아, 켈트, 로마, 아라비아, 비잔틴의 기념비를 구경시켜 드리겠습니다. 있는 것 모두를, 세도르의 나무로부터 히소프의 풀에 이르기까지 구경시켜 드리겠습니다. 구석구석까지 이끌고 다니면서 기와 한조각도 놓치는 것을 허용하지 않을 테니까요."

기침이 나서 말을 중단하는 수밖에 없었다. 나는 그 틈을 이용하여, 한가족에게 있어 이처럼 중대한 경우에, 주인의 시간을 뺏음으로써 방해가 되게 하는 것은 심히 마음 아픈 일이라는 요지의 말을 했다. 내가 할 조사 여행에 관하여 귀중한 교시(敎示)만 해준다면 굳이 동행을 하지 않더라도 나 혼자 충분히……:
"알겠습니다! 이녀석 혼례 일을 말씀하시는군요"
라며 나의 말을 끊은 상대방은 언성을 높였다.
"그런 걱정일랑 하지 마십시오. 모레는 다 끝이 날테니까요. 아참, 식장에도 같이 가시지요. 집안사람들만 모입니다. 며느리감이 백모(伯母)의 상중(喪中)인지라, 그 상속인이기도 하지요. 그래서 잔치로 소동을 떠는 일도 없을 것이고 무도회도 열지 않기로 했습니다……. 유감입니다……. 카타로뉴 부인들의 춤추는 모습을 구경하실 뻔했는데…… 참으로 아름답습니다. 아마도 우리 아들 녀석인 알퐁소를 흉내내고 싶다는 생각이 일 것임에 틀림없을 것입니다만……

혼례식이 한 번 있으면, 두 번째, 세 번째의 혼례식이 이어진다는 말까지 있을 정도랍니다……. 토요일에 아이들이 한가정을 이룬 다음에는 나는 자유의 몸이 될테니까요. 나하고 같이 돌아다니시기로 하지요. 시골의 혼례에 관계하신다는 것은 지루하시겠지만 바라건대 나쁘게 생각하지는 마십시오. 축제 소동에 머리를 휘저을 것인 파리지안에게는 말입니다……. 그리고 무도회는 빼는 혼례니까요!

그야 어쨌든 신부는 구경하실 수 있으십니다…… 신부를요…… 보신 다음에 평판을 해주시기 바랍니다……. 선생은 진실된 신사이시며 부인네들 따위는 안중에도 없으시겠지만…… 그렇습니다. 그 이상으로 멋진 것을 보실 수 있습니다. 있는 것을 보여드리겠습니다……. 멋진 것을 발굴했는데 그것을 보시면 깜짝 놀라실 겁니다. 자아, 내일까지는 보류해 두겠습니다."

"그러시겠습니까? 어쨌든 집안에 보물을 두고 있으면서 세상에 알리지 않는다는 것은 결코 쉬운 일이 아닐 것입니다. 나를 위해 잔칫상을 차려 주시겠다는 것도 깜짝 놀랄 일이긴 합니다. 하지만 그 깜짝 놀랄 일이 당신께서 가지고 계신 입상(立像)이라면, 안내인이 해준 설명은 — 단지 그것만으로도 내 호기심을 자극하여 찬탄하게 만들었습니다."

"그래요? 벌써 그 우상에 대한 얘기를 들으셨습니까? 하여간 속인(俗人)들은 우상, 우상한답니다. 나의 소중하고 아름다운 베뉴스(비너스) 튜르……인데 이것은 아직 뭐라고 말씀드릴 수가 없습니다. 내일 아침, 날이 밝으면 구경하십시오.

그리고 내가 이것을 걸작품이라고 믿는 것이 옳은지 어떤지 말씀해 주시기 바랍니다. 전혀 생각하지도 않았던 좋은 기회에 와주셨습니다! 명(銘)이 새겨져 있기는 합니다만…… 보시다시피 나는 무학자(無學者)이어서…… 내 방식대로 해석을 하고 있습니다만…… 그러나 파리에서 친히 오신 학자님께서는…… 다분히 내가 한 해석을 비웃으실 것입니다만…….

나는 그저 비망록에 메모를 해둔 것에 지나지 않습니다. 아시다시피 나는 시골에 파묻혀 사는 늙은이요, 또 비전문(非專門) 고대연구가에 지나지 않는데, ……생각나는대로 적어놓은 것에 불과합니다……. 신문사로 하여금 깜짝 놀라게 하고 싶은 마음에서…… 그러니 읽어보신 다음 질정(叱正)을 해주시기 바랍니다. 예를 든다면 그 대석(臺石)에 새겨져 있는, 이런 명(銘)을 어떻게 해석해야 좋겠습니까? 이런 단어입니다. CAVE…… 아니, 그만두겠습니다. 모든 것은 내일로 미루지요 오늘은 비너스에 대한 얘기를 더 이상 다루지 않겠습니다."

"그게 좋겠군요. 우상 따위는 더 이상 말씀하지 않는 게 좋겠다구요."
라며 아내가 말참견을 했다.
"손님께서 식사하시는 데 방해가 된다는 것은 당신도 잘 아실 게 아닙니까? 무슨 말씀을 하시는 거예요? 손님은 파리에 계신 학자시니, 당신과는 비교도 할 수 없을 만큼 훌륭한 조각 작품을 많이 보셨을 것입니다. 튜이루리에 가면 수십 개나 있다구요. 더구나 그것들 모두가 청동으로 만들어졌다니까요."
"이사람이야말로 무지한 말을 하고 있군. 그게 성스러운 전원(田園)의 기지(機智)란 게요?"
페이레오라드씨가 아내의 말문을 막았다.
"그 훌륭한 작품을 쿠토우5)가 만든 평판(平板) 조각에 비교하다니? '그 무슨 무례한 짓이요! 신(神)들과 대화라도 하는 마누라6)여.' 어떻습니까? 내 아내는 나를 보고, 그 입상을 녹여서 이곳 교회의 종을 만들라고 했답니다. 그 종의 대부(代父)가 되고 싶었던 모양입니다. 미로의 걸작을 말입니다!"
"걸작! 걸작! 정말로 걸작이네요. 남의 다리를 부러뜨려 놓았으니!"
"여보! 말을 함부로 하는 게 아냐!"
페이레오라드씨는 결연한 어조로 말하면서, 비단 색실로 뜬 양말을 신고 있는 발 한쪽을 아내 쪽으로 내밀었다.

---

5) 쿠토우란 이름의 조각가는 18세기 프랑스에 여러 명 있었다. 모두 부자(父子)·형제·숙질 관계인 한가족들이다. 여기서는 니콜라 쿠토우의 아들인 Guillaume Ⅱ Coustou(1716~1777년)를 가리키는 게 아닌가 생각된다.
6) 몰리에르 작 《앙피트리온》의 제1막, 제2장에서 메르큐르가 앙피트리온의 하인 쇼지에게 말하는 대사(臺詞). '그 무슨 무례한 짓일고! 신(神)들을 말하는 이놈아!'를 비꼰 것.

"비록 내 비너스가 내 이 다리를 부러뜨렸다 하더라도 나는 괘씸하다는 생각을 하지 않을 거라구!"
"질렸다니까요! 어떻게 저런 말을 할 수가 있을까요? 다행스럽게도 그 다리 다친 사람은 점차 회복되어간다고 합디다만…… 그래도 그런 피해를 준 조각품을 존경한다니 나는 도저히 참을 수가 없습니다. 다친 사람만 불쌍하지. 가엾은 장 코르!"
"비너스에게 부상을 당한 것은……."
페이레오라드씨는 웃으면서 말했다.
"비너스에게 부상을 당한 것을 속물이 항변할 수 있을까요. Veneris nec Præmia noris(너는 비너스의 선물인 '사랑의 기쁨'도 모른다구)7). 비너스에게 상처입은 것은 영광이 아니겠습니까? 안그렇습니까?"
라틴어보다 분명 프랑스어 쪽을 잘 해석하는 알퐁소군은 낭패했다는 표정으로 눈짓을 하더니 '어떻습니까? 파리의 신사 양반, 아시겠습니까?'라고 묻고 싶은 듯 나를 바라보았다.
저녁 식사가 끝났다. 내가 음식을 먹지 않게 된 지도 어언 한 시간이나 지났다. 피곤했으므로 무의식중에 자주 나오는 하품을 도저히 참을 수가 없었다. 페이레오라드 부인이 제일 먼저 그것을 눈치채고 이제 그만 잘 시각이 되었다고 주의를 환기시켰다. 그러자 내가 이곳에서 묵을, 허름한 방에 대하여 새로이 해명과 함께 변명이 시작되는 것이었다.
나는 파리에 있을 때와 같은 것을 바라면 안될 것이다. 시골은 심히 불편하다! 르송 지방 사람들에 대하여 관대한 마음을 가지지 않으면 안된다. 산속을 헤매다 돌아온 터이니, 한다발의 짚이라도 충

---
7) 베르길리우스의 《아이네이스》 제34가(歌), 33행.

분히 잠을 잘 잘 수 있는 잠자리라고 아무리 말해도 소용이 없었다. 마음뿐일 뿐 바라는 바대로 충분한 대접을 해줄 수가 없는 이 가엾은 시골 사람들의 충정을 이해하고 용서해 달라며 여전히 사정을 하는 페이레오라드씨였다.

그런 말이 한참동안 오고간 다음에야 나는 겨우 페이레오라드씨의 안내를 받으며 나에게 배당된 방으로 향했다. 그 방으로 올라가는 계단은, 위쪽 것은 목조(木造)로 되어 있는데 복도 한복판으로 이어져 있었다. 여러 개의 방문들이 그 복도에 면하여 나란히 나있었다.

"오른쪽 방을 미래의 알퐁소 부인 방으로 내줄 생각입니다. 선생의 방은 반대쪽 복도 맨끝에 있습니다."

그리고 완곡한 말투로 돌리면서 주인은 이렇게 덧붙였다.

"아무래도 젊은 신혼부부는 격리시킬 필요가 있으니까요. 선생은 집 한쪽 끝방에, 그리고 그놈들은 그 반대쪽 끝방을 쓰게 하자는 거지요."

우리는 멋진 가구들이 즐비한 방안으로 들어갔다. 그 방에서 처음으로 내 눈에 들어온 것은 길이 7자, 폭 6자는 될 것 같은 침대였다. 그뿐 아니라 높이도 상당히 높아서, 그 위에 올라가려면 의자를 이용하지 않으면 안되는 대단한 것이었다.

주인은 초인종의 위치를 나에게 가르쳐 주었다. 설탕 항아리에는 설탕이 가득 담겨 있었고, 코로뉴수(水) 병이, 마땅히 놓여 있어야 할 화장대 위에 놓여 있는 것을 스스로 확인하자,

"뭔가 부자유스런 것은 없습니까?"

라며 벌써 몇번이나 물어본 다음,

"그럼 편히 쉬십시오"

라는 말을 하고 나 혼자 남겨둔 채 방에서 나갔다.

창문은 닫혀 있었다. 옷을 갈아입기 전에 나는 밤중의 차가운 공기를 마실 생각에 그 창문 중 한 개를 열었다. 긴긴 시간의 저녁 식사를 하고 난 다음의 차가운 공기는 실로 기분이 좋다. 건너편 카니그 산들이 조용히 누워 있는 것 같았다. 언제 보아도 멋스러운 산 모습이었는데 이날 밤은 특히 세상에서 제일 아름다운 산으로 보였다.

그 산들은 환하게 맑은 달빛을 받고 있었던 것이다. 몇분 동안 나는 그 멋진 그림에 사로잡히어 꼼짝도 하지 않고 있었다. 그런 다음 창문을 닫으려다가 문득 아래를 내려다보니, 집에서 20칸 정도 떨어진 곳에 입상(立像)이 서있었다. 그 입상은 대석(臺石) 위에 세워져 있었다.

입상이 세워져 있는 위치는 작은 뜰과 평탄한 직사각의 지면(地面)을 이루고 있는 생울타리의 구석진 곳이었다. 그 평탄한 지면이 이 마을의 포옴 코트인 것은 나중에서야 알았다. 그 땅은 페이레오라드씨의 소유인데 아들의 간청으로 그가 마을에 기증했다는 것이다.

내가 있는 거리에서는 입상의 자세를 분간하기가 어려웠다. 가까스로 그 높이를 판단할 수 있을 뿐이었다. 약 6자 정도일까?

마침 그때 이 마을에 사는 두 젊은이가, 아름다운 르숑의 속요(俗謠)인 '아, 아름다운 산'이란 노래를 휘파람으로 불면서 생울타리 가까운 곳, 포옴 코트 위를 지나가고 있었다.

두 사람은 가던 발길을 멈추고 입상을 바라보았는데, 그중 한 사람이 입상을 향하여 기세 좋게 뭔가 큰 소리로 이야기를 걸었다. 그 사나이는 카타로뉴어(語)로 뭐라고 지껄였는데, 나는 이 지방을 여행한 일이 많아서 그 사나이가 하는 말을 이해할 수 있었다.

"보기도 싫구나! 이 빌어먹을 것(카타로뉴어로는 좀더 강력한 것이었다). 보기도 싫어!"

그는 반복해가며 말했다.
"장 코르의 다리를 부러뜨렸겠다! 이 나쁜 놈! 어디 내 다리도 부러뜨려 봐라! 네 놈의 목을 잘라 버리고 말 것이니!"
"바보 같은 소리 작작해라!"
동행하던 사나이가 말했다.
"이것봐. 그것은 동(銅)이라구! 굉장히 단단하단 말야. 에티엔느! 이것을 부수려면 줄로 갈기라도 해야 돼. 이교도(異敎徒) 시대의 동(銅)이라니까! 알지도 못하면서 떠들어대긴……!"
"내 끌만 있었더라면(그는 자물쇠집 견습공 같았다) 당장에 저 놈의 하얀 눈동자를, 편도(扁桃)를 껍질 속에서 빼내듯, 파낼 수 있는데……."
이렇게 내뱉듯 말하면서 대여섯 걸음 걸어가다가, 키가 큰 자가 돌연 멈춰서더니 이렇게 중얼댔다.
"우상에게 잘 자라고 인사를 해야지."
그리고 그는 몸을 구부렸다. 아마 돌을 주우려고 하는 것이리라. 그 젊은이가 팔을 뻗으며 무엇인가를 던지는 것이 보였다. 그리고 곧이어 청동에 맞는 소리 같은 것이 들려왔고, 그와 동시에 그 젊은이의 비명 소리가 들려오더니 손을 이마에 대는 것이 보였다.
"이 빌어먹을 것이 되던졌어!"
그런 말을 했는가 했더니, 예의 두 젊은이는 꽁지가 빠지게 도망치고 말았다. 분명 그 돌은 다시 튕겨 왔고 그들이 여신(女神)에게 모욕을 준 대가의 벌을 내린 것이다.
나는 마음속으로 웃으면서 창문을 닫았다.
'비너스에게 벌을 받았단 말인가? 하기야 우리나라의 옛 기념물을 파괴하려는 자는 저런 식으로 머리가 터져야 해!'
그런 생각을 하면서 나는 잠에 빠져들었다.

눈을 떴을 때는 해가 이미 높이 떠있었다. 내 침대 옆, 한쪽에는 페이레오라드씨가 잠옷을 걸친 채로, 그리고 그 반대쪽에는 그의 아내가 보낸 하인이 손에 초콜릿차 주전자를 들고 서있었다.

"자아, 이제 그만 일어나십시오. 파리에서 오신 선생! 도시 양반들은 잠이 많으십니다그려!"

내가 서둘러 옷을 갈아입는 사이에 주인은 쉴새없이 이런 말을 하는 것이었다.

"8시입니다. 그런데도 아직 잠자리에 계시다니요. 이렇게 말하는 나는 벌써 6시에 일어났답니다. 벌써 세 번씩이나 깨우러 왔었는데 살금살금 문앞에까지 와보니 아무도 없는 것 같았습니다. 살아 있는 사람이 방안에 있는 기척이 없더라니까요. 선생 같은 나이에 너무 많이 잠을 자면 그것은 독(毒)이 됩니다.

그리고 우리의 비너스를 아직 구경하지 못하셨잖습니까. 자아, 어서 서두르십시오. 그 바르셀로나의 초콜릿차 한잔 쭈욱 드시구요. — 그것은 진짜 밀수품입니다 — 파리에서는 좀처럼 마실 수 없는 것이지요. 그리고 어서 힘을 내십시오. 이런 말을 하는 것은 우리 비너스 앞에 가서 그것을 움직여 보려고 해도 선생 자신이 움직이지 못할 것 같아서입니다."

5분 사이에 내 준비는 끝이 났다. 면도는 얼굴 반쪽만 하고, 되는 대로 옷 단추를 끼웠으며, 뜨거운 초콜릿차를 한입에 쭈욱 마셔서 위(胃)가 깜짝 놀라고 마는 형편이었다. 나는 뜰로 내려갔고 멋진 입상 앞에 가서 섰다.

그것은 틀림없는 비너스였다. 말 그대로 눈이 부실 정도로 아름다웠다. 상반신은 나체였다. 이것은 고대인이 높은 신분의 신(神)들을 표현할 때 흔히 쓰는 방법이다. 유방(乳房) 높이까지 들어올린 오른손은 손바닥을 안쪽으로, 그리고 엄지와 검지·중지를 뺀 나머지 두 개의 손가락을 가볍게 구부린 자세였다.

또 한쪽 손은 허리 가까이에서 하반신을 싸고 있는 옷을 잡고 있다. 이 입상의 자세는 어떤 이유에서인지 게르마닉스라는 이름으로 불리는 '이탈리아 권투를 하는 사나이'의 자세를 연상케 하는 면이 있었다. 아마도 이탈리아 권투를 하는 여신의 자세를 표현코자 한 것이리라.

그야 어쨌든 이 비너스의 육체 이상으로 완전한 것을 보고자 해도 그것은 불가능할 것이다. 그 육체의 선(線) 이상으로 감미롭고 또한 자극적인 것은 다른 데서 찾아볼 수 없을 것이다. 그 의복의 주름선이 나타내고 있는 만큼 전아(典雅)하고 고귀한 것은 다시없을 것이다.

나는 제정(帝政) 말기의 작품이든가 그 시대 안팎의 것이리라고 기대하고 있었다. 나는 실로 입상 제작의 최성기의 걸작을 눈앞에 두고 감상하고 있었던 것이다. 무엇보다도 나를 놀라게 한 것은 무엇이라고 말할 수 없는 선(線)의 진실성이었다. 현실의 인간에게서 직접 모형을 취한 것이 아닐까하는 생각이 들 정도였다. 단 이것은 자연이 이 정도로 완전한 모델을 만들어 낼 수 있다는 가정하에서 하는 말이지만 ─ .

이마 위에서 빗어넘긴 머리카락은 지난날에는 도금을 했었던 것 같았다. 머리는 거의 모든 그리스 조각(彫刻) 머리가 그런 것처럼 작았는데, 앞으로 가볍게 숙이고 있다. 안면(顔面)은 나로서는 도저히 그 이상한 특징을 필설로는 설명할 수가 없다. 그 틀은 내가 상기할 수 있는 한, 그 어떤 고대의 조각들과 흡사한 점이 전혀 없는, 그런 것이었다.

그것은 그 방식면으로 볼 때 모든 안면(顔面)의 선(線)에 장엄한, 부동(不動)의 기분을 준, 그리스 조각가 특유의 조용하고 엄숙한 미

(美)라고 할 수는 없었다. 도리어 여기서는 그 반대로 예술가가 고의적으로, 거의 사악(邪惡)에 가까운, 장난기가 많은 듯한 얼굴을 표현코자 한 의도가 분명하다는 것을 간파할 수 있어서, 나는 뜻밖이란 생각을 했다.

안면의 모든 선은 가볍기는 했지만 짜임새가 있었다. 눈은 다소 감고 있는 듯했고 입의 양쪽 끝이 치켜 올라갔으며, 콧구멍은 어느 정도 부풀어 있었다. 경멸과 잔인성이 엿보이는데, 그런데도 불구하고 믿어지지 않을 만큼 예쁘다는 인상을 이 얼굴에서 받았다.

사실 이 경탄할 정도의 입상을 바라보면 바라볼수록 그런 멋진 아름다움이, 사람들의 고뇌에 동정을 보내는 것 같은 기분의 완전한 결함과 어떻게 연결이 될까 하는 이상한 생각에 점점 가슴이 압박당하고 마는 것이다.

"만에 하나라도 모델이 존재했었다고 하면……."

나는 페이레오라드씨에게 말했다.

"나로서는 하늘이 이런 여인을, 설마하니 만들어 냈으리라고는 믿어지지 않습니다만 — 만약 그랬다고 한다면 이 여인의 연인(戀人)들이야말로 불쌍하다는 생각이 듭니다. 절망한 나머지 목숨을 끊토록 만들고, 즐거워했을 것임에 틀림없었을 테니까요. 표정 가운데는 어떤 흉악한 것이 있는데, 그런데도 불구하고 이처럼 아름다운 것을 나는 지금까지 본 적이 없습니다."

"이것이야말로 자신의 미끼에 마음을 뺏긴 여신의 모습8)이지요." 라고 페이레오라드씨는 내가 말한 감탄사에 만족한다며 외쳤다.

이 마성(魔性)을 띤 아이러니한 표정은 번쩍번쩍 빛나는 은상감

---

8) 라신 작, 〈페드르〉 제1막 제3장의 페드르 대사(臺詞). 이것은 다시 호라티우스 작 〈오드〉 제1편의 19 속에서 취한 것이다. '비너스, 그의 온몸으로 나에게 엄습해온다.'

(銀象嵌)의 그 눈과 힘이 입상 전체에 주고 있는 암록(暗綠)의 녹청(綠靑)과 대조되기 때문에 더욱 돋보이는 것 같았다. 빛나는 그 두 눈은 현실을 떠올리게 하고 생명을 느끼게 하는 일종의 환각을 자아내 주고 있었다. 보는 사람의 눈을 감게 만든다고 안내인이 했던 말을 나는 상기했다. 그것은 거의 진실에 가까웠다.

이 청동의 조각과 마주하고 있자니, 무엇이라고 말할 수 없는 숨막히는 것 같은 느낌이 들어서 나는 나 자신에 대하여 화가 치밀어 오르는 것을 억제할 수 없었다.

"그런데 세부적인 것까지 하나 남기지 않고 감상하시고 아낌없이 검토하셨을 것이니, 친애하는 고대연구의 동료에게 말씀드리겠습니다만 어떻습니까? 이곳에서 학술회의를 한번 개최해 보지 않으시렵니까? 참, 아직 알아차리지 못하신 것 같은데 이 명(銘)에 대해서는 어떻게 생각하십니까? 무슨 의견이라도 가지고 계신 것은 없으신지요?"

주인은 입상의 대석(臺石)을 가리켰다. 거기에는 다음과 같은 글이 새겨져 있었다.

CAVE AMANTEM

"Quid dicis doctissime?(어떻습니까? 뭐라고 쓰여 있습니까? 석학(碩學)님)"

주인은 두 손을 비비면서 이렇게 물었다.

"이 Cave amantem의 의미에 대하여 우리 두 사람의 의견이 일치되는지 어떤지 한번 비교해 보지 않으시렵니까?"

"그런데…… 의미는 두 가지가 있겠습니다. '너를 사랑하는 사람에게 정신차리라. 연인들에게 마음을 주지 마라'라고 번역할 수도 있습니다. 하지만 이 의미는 아무래도 Cave amantem으로는 훌륭한 라틴어라고 할 수 있을는지 의문이 갑니다. 이 여성의 악마적 표정을 보면 오히려 예술가가 감상하는 사람을 향하여 이 무서운 아름다움에 주의하라고 경고를 하고 있는 것으로 믿고 싶어집니다. 그러므로 이렇게 번역을 해보겠습니다. '만약 이 여인이 너를 사랑한다면 정신을 바싹 차리는 것이 좋다'라고 번역하면 어떻겠습니까?"

"흠……, 과연 그런 의미로도 해석이 되겠군요. 그러나 언짢게 생각하시지 않는다면 나는 앞의 번역을 채택하고 싶습니다. 다소 의미를 넓히어 생각하자는 것이지요. 비너스의 연인을 알고 계시지요?"

"여럿 있지요."

"그렇습니다. 그러나 그 첫손가락은 불카누스 9)입니다. 그런즉 이럴 생각이 아니었을까요? '네가 아무리 예쁘더라도, 남을 무시하더라도, 너는 대장간 추한 절름발이를 연인으로 가질 것이다.' 이것이야말로 사나이들에게 의미심장한 교훈이 아니겠습니까?"

나는 미소를 금할 수 없었다. 아무리 생각해 봐도 무서운 억지라고밖에 생각되지 않았다.

"라틴어는 실로 까다로운 말이군요. 너무나 간결해서……."

정면으로 우리 고대 연구의 달인에게 반대하는 것을 피하기 위해 나는 다만 이렇게 말한 다음, 입상을 좀더 잘 관찰하기 위해 대여섯 발짝 뒤로 물러섰다.

---

9) 그리스 신화의 헤파이스토스. 불과 대장간의 신(神). 부모인 제우스와 헤라에게서 미움을 받아, 하늘에서 떨어져 절름발이가 되었다고 전해진다. 비너스(아프로디테)의 남편으로서 비너스의 부탁을 받고 아이네이아스의 무기를 만들었다.

"잠깐 기다리십시오, 동학(同學)님!"

그는 내 팔을 잡으면서 말했다.

"아직, 전부를 보시지 못했습니다. 또 한 군데의 명(銘)이 있답니다. 대석 위로 올라와서 오른쪽 팔을 살펴보십시오."

페이레오라드씨는 그렇게 말하면서 내가 대석 위로 올라서도록 손을 빌려 주었다.

나는 진정으로 용서를 빌며, 비너스의 목덜미를 붙잡았다. 점점 이 여신에게 가까워지고 있었던 것이다. 약간의 간격이 있기는 했지만, 문자 그대로 코앞에서 여신상을 바라볼 정도의 곡예까지 하고 있었다. 그렇게 해서 바싹 다가가 보니 더욱 심술궂어 보였고 또 한편으로는 더욱 아름답다고 느껴졌다.

그리고 팔에 무엇인가가 새겨져 있음을 나는 확인했다. 그것은 내가 본 느낌으로는 고대의 초서체(草書體)였다. 안경의 힘을 빌어서10) 나는 다음과 같은 글을 주워 읽었다. 한편 페이레오라드씨는 내가 읽을 때마다 그 한마디 한마디에 같은 발음을 되풀이하면서 몸짓과 목소리로 찬성의 뜻을 나타냈다. 나는 이렇게 읽어 나갔던 것이다.

VENERI TVRBVL······
EVTYCHES MYRO
IMPERIO FECIT

---

10) 이 부분은 메리메가 애독했던 작가 라블레 작 《가르강튀아》 제1장의 문구를 차용한 것이다. 그 유명한 《가르강튀아》의 계도(系圖)도 역시 '감람나무' 밑에서 파낸 것인데 작자는 '안경의 힘을 빌어서' 계도를 판독하는 것이다.

1행째의 TVRBVL이란 말 다음에 또 어떤 글자가 있었는데, 지워져 버린 것인지 알 수는 없으나 TVRBVL까지는 완전히 판독되었다.

"어떤 의미일까요?"

주인은 기분이 좋은 듯 미소를 띠면서 물었다. 이 TVRBVL만은 쉽사리 해결될 것으로 생각했던 것이다.

"아직 설명할 수 없는 말이 한 가지 있기는 하지만 그 나머지는 쉽습니다. 그 명령에 의해 오이페이케스 미로, 이 작품을 비너스에게 바치다."

"알았습니다. 맞았어요. 그러나 TVRBVL는 어떻게 풀이합니까? TVRBVL이란 무엇일까요?"

"TVRBVL은 어렵군요. 뭔가 잘 알려져 있는 비너스의 성질을 나타낸 말로서, 도움이 될 만한 것은 없나 하여 아까부터 찾고 있습니다만, 생각이 나질 않는군요. 어떻습니까? TVRBVLENTA 라면 어떨까요? 사람의 마음을 흔들어서 어지럽히는 비너스……란 의미인데……? 보시는 바와 같이 언제까지나 저렇게 심술궂은 표정이 아무래도 신경이 쓰여서 견딜 수가 없습니다. TVRBVL-ENTA, 이것이라면 비너스의 형용사로서는 그다지 나쁜 것만은 아닙니다."

겸손한 말로 나는 이렇게 덧붙였다. 나 자신도 자기 설명에 그다지 만족할 수 없었던 것이다.

"남의 마음을 어지럽히기 좋아하는 비너스라니요? 덜렁대는 비너스란 말입니까? 놀랐습니다! 내 비너스가 술집의 비너스라고 하는 겁니까? 천만의 말씀입니다. 출신성분이 좋은 비너스라구요. 그럼 여기 TVRBVL의 설명을 해볼까요? 그런데 한 가지 약속을 해야겠습니다. 내 비망록이 인쇄되기 전까지는 내가 발견한 것을 절대로 비밀에 붙이고 싶습니다만…… 즉 저어, 이 발굴물을 나로서는 한평생동안 명예로 마음속에 간직해 두고 싶으니까요…… 우리에게도, 시골에 묻혀서 사는 가엾은 우리에게도 이삭쯤은 남겨두었다가 줍도록 해주십시오. 선생같은 분들은 많이 가지고 계실 테니까요. 안그렇습니까? 파리의 선생님!"

여전히 나무에 올라앉은 새와 같은 자세로 올라서 있던 대석 위에서 나는 페이레오라드씨를 향하여, 그가 발견한 것을 도둑질하고, 비열한 짓은 절대로 하지 않겠다는 요지를 엄숙하게 서약했다.

"TVRBVL……은,"

그는 다가서면서, 나말고는 누가 들을세라 목소리를 낮추면서 말했다.

"TVRBVLNERAE라고 읽어 주기 바랍니다."

"점점 모르겠는걸요."

"그럼 설명을 하겠습니다. 이렇습니다. 이곳에서 10리쯤 가면 산자락에 브루페르네르란 이름의 마을이 있습니다. 이것은 곧 라틴어의 TVRBVLNERA(튜루브르네라)의 사투리입니다. 이런 종류의 음(音)의 위치전환(位置轉換)은 아주 흔하니까요. 브루페르네르는 실은 로마의 한 도시였었습니다. 실은 진작부터 그럴 것으로 생각하고 있었습니다만…… 그 분명한 증거가 없었던 것입니다.

그런데 그 증거가 여기에 있습니다. 이 비너스는 브루페르네르 마을의 수호신이었던 것입니다. 그리고 이 브루페르네르라는 글자에 대하여 지금 나는 고대에 기원(起原)을 가지고 있다는 것을 증명했습니다만 더한층 호기심을 자아내게 하는 사실을 증명하고 있는 것입니다. 즉 브루페르네르는 로마의 한 도시이기 이전에 페니키아의 도시였던 것입니다!"

그는 잠시 말을 끊고 숨을 돌리면서 내가 놀라는 것을 즐기려고 했다. 나는 나오는 웃음을 억지로 참았다.

"사실, TVRBVLNERA는 순수한 페니키아어(語)입니다."
라며 그는 말을 이었다.

"TVR(튜르)를 TOUR(토울)이라고 발음해 주십시오……. TOUR, 그리고 SOUR은 같은 말입니다. 그렇지요? SOUR은 테일의 페니키아 이름입니다. 그 의미를 지금 새삼스럽게 설명할 필요는 없을 것입니다. BVL은 바르입니다. 바르, 베르, 브루, 발음만 약간씩 다를 뿐입니다. NERA에 이르러서는 — 이것은 다소 어렵습니다만 — 즉 이것은 그리스어(語)의 NEROS, 습기가 차다라든가 소택(沼澤)이 많다는 의미의 말에서 온 것입니다.

즉 이것은 혼성어(混成語)지요. 네로스가 바로 그런 의미란 것을 증명하기 위해 브루페르네르에 가보면 산에서 흘러내려 오는 냇물이 있고, 그곳에서 악취가 나는 소택을 형성하고 있음을 볼 수 있을 것입니다. 다른 한편으로 이렇게 생각할 수도 있습니다. NERA란 말은 훨씬 후세에 페토릭스의 아내인 네라 비베비아의 이름을 존중하여 기념하기 위해 붙여진 것인지도 모릅니다.

이 여인은 튜루브르 마을에 뭔가 큰 도움이 되는 일을 한 것이겠지요. 하지만 소택지(沼澤地)가 있으니 나는 네로스의 어원설(語原說) 쪽을 취하겠습니다."

그는 한줌의 코담배를 코에 대면서 만족스럽다는 듯 빨아들였다.
"페니키아인은 그정도쯤 해두기로 하고 명(銘) 쪽으로 되돌아가 볼까요. 그것을 나는 이렇게 번역합니다. '그 명령에 따라 브루페르네르의 비너스에게 미로는 그 작품인 이 상(像)을 바치다.'"

나는 그의 어원설을 비평하지 않기로 했다. 그러나 이번에는 나 자신 쪽에서도 한 가지 통찰력이 있었음을 증명하고 싶어져서 이렇게 말해 보았다.

"잠깐 기다려 주십시오. 미로가 뭔가를 바쳤던 것은 사실인데 그것이 이 상(像)이었을 것으로는 아무래도 생각되지 않는데요."

"뭐라구요? 미로는 유명한 그리스 조각가가 아닙니까? 조각가로서의 재능이 오랫동안 그의 집안에 이어져 왔었고 이 상을 만들었던 것은 아마도 그 자손 중 한 사람이었을 것입니다. 그만큼 확실한 증거는 없습니다."

"하지만 이 팔에 조그만 구멍이 보이지요? 그것은 뭔가 — 예를 들자면 팔찌라든가 아니면 그런 종류의 것을 끼는 데 사용되었을 것으로 생각됩니다만, 그것을 미로라는 사나이가 면죄(免罪)받는 상납품으로 바쳤던 것입니다. 미로는 은총 입은 연인이었던 것이라구요.

비너스가 이 사나이에 대하여 격노하고 있었구요. 그래서 이 사나이는 금팔찌라든가 그 무엇을 바치어 여신의 분노를 가라앉혔던 것입니다. fecit가 consecravit의 의미가 되는 일이 종종 있다는 점에 주의해 주십시오. 똑같은 의미의 말입니다.

이곳에 그류테르11)든가 오렐리우스12)가 있었더라면 얼마든지 예를 들 수 있을 것입니다. 사랑을 하고 있는 사나이가 꿈에서 비너스를 봅니다. 그리고 여신이 자신의 상(像)에 금팔찌를 바치라는 명령을 했다고 생각합시다. 이것은 아주 자연스러운 일입니다. 미로는 여신에게 금팔찌를 바쳤던 것입니다……. 그것을 그후에, 예술의 미(美)를 모르는 놈이든가 불경스런 도둑놈이……."

"아이구, 알겠습니다. 대단한 소설(小說)을 쓰고 계시는군요."

---

11) 그류테르(1556~1629년)는 벨기에의 고대어(古代語) 학자.
12) 오렐리우스(1787~1849년)는 유명한 스위스의 고대어 학자.

내가 대석에서 내려오려고 하자 손을 빌려주면서 주인은 이렇게 소리쳤다.

"단연코 이것은 미로의 영향을 받은 파(派)의 작품입니다. 이 만듦새만 보더라도 금방 짐작할 수 있을 것입니다. 어떻습니까? 가타부타할 것 없이 승복하실 것입니다만……."

완고한 고대 애호가 무리들에게 논리적으로 대항하는 것은 시간 낭비임을 잘 알고 있는 나는, 꿈에서라도 그런 짓을 하지 않는 것을 금과옥조(金科玉條)로 삼고 있는 터라 머리를 숙이면서 이렇게 말했다.

"정말로 멋진 작품입니다."
"아니! 이것은!"
페이레오라드씨가 고함을 질렀다.
"돌을 던진 자국이 있습니다. 내 상(像)에 누가 돌을 던진 것 같습니다!"

그는 비너스의 가슴, 약간 윗부분에서 하얀 상흔(傷痕)을 발견했던 것이다. 나 역시 같은 상흔을 오른손 손가락 위에서 확인했다. 이때 상상한 것인데 그것은 돌이 날아오는 도중에 닿은 것인지, 아니면 부딪치면서 생긴 파편이 날아와서 이 손에 맞았던 것이리라.

나는 주인을 향하여 내가 목격한, 여신에 대한 모독행위와 뒤이어 일어났던 천벌(天罰)에 대해서 이야기했다. 그는 재미있어하며 크게 웃었다. 그리고 그 대장간 견습공들을 디오메데스13)에 비교하면

---

13) 그리스 신화의 영웅. 트로이 공격의 용사. 예의 목마(木馬) 속에 들어갔었던 용사 중 한 사람인데 아이네이아스의 어머니인 비너스를 해쳤기 때문에 시종 이 여신으로부터 박해를 당했다. 전설에 의하면 만년은 고향 사람들과 불화(不和)한 끝에 이탈리아로 건너갔다고 했다. 그의 동료들은 그 때문에 모두 백조가 되어 버렸

비너스의 영(靈) 123

서 이 그리스의 영웅과 마찬가지로 그놈들도 모두 백조(白鳥)로 화(化)하는 것을 보았으면 좋겠다고 말했다.
 점심 시간을 알리는 종소리가 고대 예술에 대한 대화를 중단시켰다. 어제 저녁과 마찬가지로 나는 또 잔뜩 먹지 않으면 안되었다.
 그리고 페이레오라드씨네 소작인들이 모여들었다. 페이레오라드씨가 그들을 만나고 있는 동안에, 그의 아들은 나를 잡아끌면서 미래의 신부(新婦)를 위해 트루즈에서 산 마차를 구경시켜 주었다. 나는,
 "정말로 멋지고 훌륭한 마차로군."
이라며 찬사를 보내 주었다. 물론 그것은 맞는 말이었다. 그리고 함께 마구간으로 들어갔는데 그곳에서 그는 30분 동안이나 나를 붙들어 놓고 말을 자랑했다. 말의 계도(系圖)를 설명해 주었고 이 현(縣)의 경마(競馬)에서 이겼을 때의 상금 액수가 얼마였다고 일러 주는 것이었다.
 끝으로 미래의 신부 이야기를 했는데 이 이야기는 신부의 말로 정해둔 회색 암말 이야기를 하다가 자연스럽게 그 이야기로 이어진 것이다.
 "오늘은 보시게 될 겁니다. 선생께서 보시고 예쁘다고 생각하실지는 모르겠습니다만은…… 파리에서는 선생님이 좋아하시는 수준이 어느 정도인지 알 수 없는 일이지만요……. 하지만 여기서도 페르피냥에서도 모두들 예쁘다고 말합니다. 고마운 것은 그녀가 대단한 부자란 점입니다. 프라드 백모(伯母)가 그녀에게 재산을 남겨주게 되었으니까요. 나는 행운아가 되는 것입니다."
 젊은이가 미래 신부의 맑은 눈동자보다도 지참금에 마음이 끌려

던 것이다. 베르길리우스의 《아이네이스》 제11가(歌), 243행, 오우디우스의 《메타몰포즈》 제14가, 415행에 있다.

있는 것을 보고 나는 마음이 아팠다.
"선생님께서는 보석에 대해서 잘 아시지요?"
라며 알퐁소군은 말을 이었다.
"어떻습니까? 이것은? 내일, 신부에게 줄 반지입니다."
이렇게 말하면서 새끼손가락에 끼었던, 다이아몬드가 번쩍번쩍 박혀 있는 반지를 빼서 보여주었다. 두 손을 마주잡고 있는 형태로 만들어진 것으로서, 암시(暗示)는 아주 시적(詩的)인 것이기에 나는 크게 감동했다. 세공(細工)은 구식이었지만 다이아몬드를 끼기 위해 나중에 손을 본 것임을 나는 알아차렸다. 반지 안쪽에는 고딕체 문자로 다음과 같은 내용이 새겨져 있었다.
'Sempr ab ti!'
즉, '영원히 너와 함께'라고 새겨져 있었던 것이다.
"훌륭한 반지로군. 그런데 이 다이아몬드를 박은 것은…… 그 특질을 다소 상실케 했는걸."
"천만에요! 이렇게 함으로써 훨씬 더 멋집니다."
상대는 빙그레 웃으면서 대답했다.
"1천2백 프랑어치의 다이아몬드가 박혀 있습니다. 어머니가 준 것이지요. 먼 옛날부터 우리집에 전해내려오던 반지입니다. 기사도(騎士道)가 한창이던 시대에서부터요. 할머니가 가지고 있던 것으로, 할머니도 그것을 시할머니로부터 물려받았던 것이라고 합니다. 언제부터 내려온 것인지는 아무도 모른답니다."
"파리의 관습으로는 아무것도 장식하지 않은 반지를 선물로 주는 것이 통례이지. 그리고 이 통례에는 두 가지 금속, 예를 들면 금과 프라치나란 식으로 두 가지의 다른 금속으로 만들고 있어. 가만있자. 또 다른 쪽의 반지, 그 손가락에 끼고 있는 것이 더 적절한 것 같은데. 이쪽은 다이아몬드와 조각한 것이 손가락에 방해가

비너스의 영(靈) 125

되고 또 너무 크기 때문에 장갑도 끼기 어렵겠어."

"아아, 그것이야 뭐 마담 알퐁소가 적당히 하겠지요 뭐. 뭐니뭐니 해도 이것을 가지고 있으면 그녀는 크게 만족할 것으로 생각합니다. 손가락에 1천2백 프랑을 끼고 있다는 생각을 하면 기분 나쁘지는 않을 겁니다. 이 작은 반지는……."

라며 그는 손에 들고 있던 납작한 반지를 만족스런 얼굴로 들여다 보면서 덧붙였다.

"이것은 사육제(謝肉祭) 마지막 날, 파리에 있는 여자가 준 것입니다. 파리에 있을 때는 나도 좋았었지요. 벌써 2년 전의 일입니다만! 역시 노는 데는 파리가 좋지요……."

이렇게 말한 다음 그는 옛날이 그립다는 듯, 한숨을 길게 내쉬었다.

그날은 퓨이가리그의 미래 신부 부모 집에서 만찬이 있는 날이었다. 우리는 마차를 타고 이르에서 15리 정도 떨어진 그 저택으로 향했다. 나는 페이레오라드가(家)의 친구로 소개받았다. 만찬 때의 일도, 그후에 이어지는 대화 때의 일도 필자는 여기에 적지 않겠다. 실은 그 대화 시간에 나는 거의 끼어들지 않았던 것이다.

알퐁소군은 미래 신부 옆에 자리잡고 앉아 있으면서 15분쯤마다 뭔가 한마디씩 귓가에 속삭이고 있었다. 그녀 쪽은 거의 눈을 아래에 깔고 있었다. 그리고 약혼자가 이야기할 때마다 얌전하게 얼굴을 붉혔는데, 그러면서도 기죽지 않고 대답은 하는 것 같았다.

마드모아젤 드 퓨이가리그는 18세였다. 아주 부드러우면서도 호리호리한 몸매는 미래 남편의 근골형에 우락부락한 모습과 현저하게 대조를 이루고 있었다. 예쁠 뿐만 아니라 어딘가 모르게 사람을 끄는 힘이 있었다. 나는 그녀가 하는 대답 모두가 완전히 자연스런 어조를 갖추고 있음에 감탄했다. 그리고 선량해 보이는 그 모습에도 마음이 끌리는 것이었다.

하지만 어딘지 모르게 악의(惡意)를 띠고 있는 것 같아서, 나는 나도 모르게 주인의 비너스를 상기했다. 나는 마음속으로 이런 비교를 하고 있는 동안에, 도대체 그 상(像)에서 인정하지 않을 수 없었던, 아름다움은 대부분 그 암호랑이와 같은 표정에 의존하는 게 아닌가 하는 의문을 자기자신에게 던져 보았다. 대저 생활력이라고 하는 것은 부정(不正)한 정열이 있더라도, 항상 우리 속에 경악의 생각과, 일종의 감탄적 생각을 불러일으키는 법이다.

'참으로 애석한 일이로군. 저렇게 예쁜 사람이 부자이기 때문에, 그 지참금으로 인하여 별로 값어치없는 남성으로 하여금 눈독을 들이게 하다니!'

나는 퓨이가리그를 떠날 때, 마음속으로 독백을 했었다.

이르에 돌아오는 도중에 페이레오라드 부인에게도 이따금 말을 걸어야겠다고 생각했는데 어떤 말을 해야 좋을는지 몰라서 이렇게 말해 보았다.

"르송에서는 주민 모두가 미신 배격파들이군요? 놀랐습니다, 부인. 금요일에 결혼식을 하시다니요! 파리에서는 더 심하게 가린답니다. 금요일에 아내를 맞아들일 만큼 용기있는 사람은 없으니까요."

"네, 무슨 뜻인지 알겠습니다. 그 일이라면 나에게 말하지 마십시오. 나 혼자서 결정하는 일이라면 다른 날을 택일했을 것입니다. 하지만 페이레오라드씨가 굳이 금요일에 식을 올리자는 겁니다. 무리가 통하게 되면 순리는 숨게 마련입니다. 그래도 나는 마음에 무척 걸리는군요. 무슨 안좋은 일이라도 일어날까 해서요. 어떤 이유에서 그러는지 모르겠습니다. 그리고 한쪽으로는 왜, 누구나 모두 금요일을 두려워하는 것일까요?"

비너스의 영(靈) 127

"금요일!"

주인이 고함을 쳤다.

"비너스의 날이 아닌가! 결혼식을 하기에는 제일 좋은 날이야! 저어, 선생. 보시는 바와 같이 나는 예의 비너스에 대해서만 생각하고 있습니다만…… 아니, 내가 금요일로 택일한 것도 비너스 때문입니다. 내일, 만약 그럴 마음이 있으시다면 식을 올리기 전에, 우리 두 사람이 비너스에게 희생 제물을 바치지 않으시렵니까? 산비둘기 두 마리를 바치는 것입니다. 그리고 향(香)은 어디에 있더라?"

"어머, 또 무슨 짓을 하려는 겁니까? 페이레오라드!"

너무나 심한 말에 깜짝 놀란 아내가 남편의 말을 막고 나섰다.

"우상에게 향을 피우자는 겁니까? 하느님을 노엽게 하려는 것입니까? 그런 짓을 했다가는 그야말로 동네사람들이 우리를 어떻게 보겠습니까? 비웃을 겁니다. 비웃을 거예요!"

"아마도 장미와 백합의 관(冠)을 비너스의 머리에 올려놓는 것은 허용할 것이외다.

　　Manibus date lilia plenis(손바닥 가득히 백합화를 바치라)14)

　　저어, 선생. 헌법(憲法)은 공문서로군요. 우리는 신앙의 자유를 가지고 있지 못하니까요!"

다음날의 계획은 다음과 같이 정해졌다. 일동은 10시 정각에 준비를 끝내되 몸치장도 다 하고 있을 것—. 초콜릿차를 마신 다음에는 마차로 퓨이가리그로 출발한다. 법률상의 결혼은 시청(市廳)에서 거행한다. 이어서 종교상의 의식은 저택 안의 예배당에서 거행한다. 이어서 점심 식사가 있다.

---

14) 베르길리우스의 《아이네이스》 제6가(歌), 883행.

식사가 끝나면 7시까지는 그럭저럭 시간을 보낸다. 7시가 되면 이르로 출발해서 돌아온다. 페이레오라드씨 저택으로 돌아오는 것이다. 여기서 양가의 가족들이 모여 야식을 먹게 된다. 그런 다음에는 틀에 박힌 스케줄 —. 춤을 못추는 사람은 가급적 많이 먹도록 한다는 것이다.

아침 8시부터 나는 일찌감치 비너스 앞에 앉아서 연필을 들고, 비너스의 머리를 아까부터 벌써 20번이나 사생(寫生)을 하고 있었는데 아무래도 그 표정을 종이에 옮기기는 버거웠다. 페이레오라드씨는 내 주변을 왔다갔다 서성거리면서 뭐라고 중얼대다가는 또 예의 페니키아 어원설(語原說)을 반복하고 있었다.

그러다가 입상(立像)의 대석(臺石) 위에 벵골 장미를 올려놓고 비희극(悲喜劇) 같은 어조로 여신을 향하여 여신의 수호하에 한지붕 밑에서 앞으로도 생활해 나갈 젊은 부부를 위해 기도를 드렸다.

9시경에 페이레오라드씨는 자신의 몸치장을 하기 위해 집안으로 들어갔는데 그와 동시에 알퐁소군이 모습을 나타냈다. 새로 맞춘 예복을 입고 흰 장갑에 에나멜 구두, 도금을 한 단추, 단춧구멍에는 장미꽃 한 송이를 꽂고 있었다.

"집사람의 초상화도 한 장 그려주시지 않으시겠습니까?"

내 데생 위를 기웃거리면서 그는 이렇게 말했다.

"그 사람도 예쁩니다."

마침 그때 앞에서 언급한 바 있는 포옴 코트에서 시합이 시작되었다. 그것은 알퐁소의 주의를 끌었다. 나는 피로했고 또 그 마성(魔性)의 얼굴을 그리는 데 절망했던 터라, 곧 데생을 중단하고 시합하는 사람들을 구경하기로 했다. 그 속에는 어제 도착한 스페인의 나귀 끄는 마부가 5, 6명 섞여 있었다. 아라곤 사람과 나바라 사람으로서 거의 모두가 뛰어난 재주를 가지고 있었다.

그래서 이르 지방의 선수들은 알퐁소군이 그자리에 있으면서 코치해 주는 것을 기뻐했다. 그들은 용기백배하여 시합에 임하기는 했지만, 이 새로 온 선수들에게 많이 밀리고 있었다. 이 지방의 구경꾼들은 낭패하고 있었다.

 알퐁소군은 시계를 꺼내 보았다. 아직 겨우 9시 반이었다. 어머니는 아직 머리를 단장하고 있지 않을 것이다. 그는 주저하지 않았다. 예복을 벗어던지는가 했더니 유니폼을 빌려 달라고 했다. 그리고 스페인 사람들에게 도전했던 것이다. 나는 흐뭇한 마음으로, 하지만 다소 놀라면서 그의 모습을 지켜보았다.

 "이 지방의 명예를 지켜야 할 필요가 있습니다."
라고 그는 말했다.

 이때만큼은 나도 이 청년을 아름답게 보았다. 그는 흥분하고 있었다. 조금 전까지만 해도 그토록 신경을 쓰던 몸치장도 이제는 그에게 있어 아무것도 아니었다. 5, 6분 전까지는 넥타이가 구겨지는 것을 겁내어 목을 함부로 돌리지도 않았던 것이다.

 이제는 드라이한 머리도, 그리고 멋지게 주름을 잡은 가슴 장식도 염두에 없었다. 그리고 그의 미래 아내에 대해서도 ─. 아니 만약 필요하다면 결혼식까지도 분명 연기했을 것이라고 나는 믿었다.

 서둘러 샌들을 신고 소매를 걷어올린 그는 자신만만한 태도로, 시저가 디러키움에서 부하 병사들을 수습했던 것처럼 패군(敗軍)의 선두에 선 그의 모습을 본 나는 생울타리를 뛰어넘어 양군의 진영이 모두 잘 보이는 팽나무 밑에 가서 자리를 잡았다.

 선수들의 기대에 반(反)하여 알퐁소군은 제1구를 잘못 쳤다. 더구나 그 공은 스페인측 주장으로 보이는 아라곤 사람이 친, 경탄할 만한 힘에 눌려서 지면(地面)에 닿을락말락하게 날아가기는 했지만 ─.

 40 안팎의 단단한 체구에, 6척 장신에다가 근골형인 거인으로서

올리브색으로 탄 피부 색깔은 거의 그 비너스의 청동색(靑銅色)과 같은 정도의 농도(濃度)를 가지고 있었다.

알퐁소군은 분연히 라켓을 땅 위에 탁 쳤다.

"빌어먹을! 이놈의 반지 탓이야! 손가락을 짓눌러서, 틀림없는 공을 실수하고 말았어!"

그는 힘을 들이어 다이아몬드가 박혀 있는 예의 반지를 뽑았다. 나는 그것을 받으려고 다가갔다. 그러나 그가 생울타리를 넘어 비너스가 있는 곳으로 다가가는가 했더니 그 반지를 여신의 무명지(無名指)에 끼워놓은 다음 다시 경기장으로 들어갔고 이르 진영의 선두에 서서 자기 포지션을 지키는 것이었다.

그는 얼굴이 창백해졌는데 침착을 되찾았다는 듯 결의를 굳힌 표정을 짓고 있었다. 그런 후로는 단 한 번의 실수도 하지 않았다. 스페인 사람들의 기세는 완전히 꺾였고 패색이 짙어졌다. 구경꾼들까지 열광했다. 모자를 공중에 던지면서 환호성을 지르는 자가 있는가 하면 어떤 사람들은 알퐁소군에게 달려가서 손을 잡으며,

"도련님이야말로 이 지방의 명예입니다!"

라고 소리치기도 했다. 진짜 적군을 물리치기라도 한 것처럼 말이다. 그가 이토록 열렬하게 진정어린 축사를 받아야 하는지는 의문으로 남았다. 패전한 자들이 분개하는 모습은 더더욱 그의 승리의 영광을 빛내 주었다.

"다시 한 번 할까? 하지만 자네에게는 핸디캡을 붙여주기로 함세."

승리를 자랑하는 그는 그 아라곤 사람에게 말했다.

나는 조마조마했는데 그러면서도 알퐁소군이 좀더 겸손한 태도를 취해줬으면 좋겠다는 생각을 했다. 상대방이 받은 굴욕감은 차마 보아줄 수가 없었다.

그 거인인 스페인 사람으로서는 상당한 모욕감을 느꼈을 것이리

라. 시커멓게 탄 피부 밑에서 핏기가 서있는 눈을 나는 보았다. 이를 갈며 비통한 모습으로 자기 라켓을 내려다보고 있었는데 이윽고 흥분된 목소리로,

"Me lo pagarás(두고 보자)."
라며 조용히 내뱉었다.

페이레오라드씨의 목소리가 아들의 승리를 잠재웠다. 주인은 아들이 새 마차 준비를 재량껏 하고 있을 것으로 생각했는데, 그자리에 없자 크게 놀랐다. 그리고 아들 손에 라켓이 쥐어져 있고 땀에 흠뻑 젖어 있는 모습을 보았을 때는 더욱 놀랐다.

알퐁소군은 집안으로 달려가서 얼굴과 손을 씻고, 다시 새 예복을 입고 에나멜 구두를 신었다. 그리고 5분 후에는 일동 모두가 퓨이가리그로 향하는 가도(街道) 위를 서둘러 마차로 달렸다.

마을의 포옴 선수 전원과 구경꾼들 다수가 환호성을 지르며 우리 뒤에서 따라왔다. 우리를 태운 마차를 끌고 있는 건장한 말들은 이 앞뒤 가리지 아니하는 카탈루냐 무리들 앞에 서서 가까스로 달릴 정도였다.

우리는 퓨이가리그에 도착했다. 행렬은 시청 쪽을 향하여 행진을 시작하려고 했다. 그때 알퐁소군이 이마를 탁 치는가 했더니 나에게 낮은 목소리로 말했다.

"큰 실수를 저질렀습니다! 반지를 잊고 왔습니다! 비너스의 손가락에 끼워둔 채로요······. 에잇! 지긋지긋한 비너스 같으니라구. 어머니에게는 절대 비밀로 해주십시오. 스스로는 알아차리지 못하실 테니까요."

"누구든 사람을 보내면 될 게 아닌가?"
나는 이렇게 말해 보았다.

"글쎄요······. 그게 어렵습니다. 제 하인은 이르에 남아 있고, 이

곳에 따라온 것들은 아무래도 신용할 수 없습니다. 1천2백 프랑의 다이아몬드이니까요! 눈이 먼 놈들은 한두 놈이 아닐 것입니다. 그뿐만이 아닙니다. 내가 덤벙댄 일을 그자들이 어떻게 생각하겠습니까? 가만있지 않고 입방아를 찧어댈 것이니까요. 아마 나를 경멸하겠지요. 여신상의 남편이라는 등 떠들어대지 않겠습니까……. 누가 훔쳐가지만 않으면 좋겠는데요. 다행스러운 것은 그놈들은 우상을 무서워한다는 점입니다. 손 닿을 곳까지 가까이 갈 용기는 없거던요. 뭐, 대단한 일이 아닙니다. 다른 반지가 또 있으니까요."

법률상 및 종교상의 두 의식은 아주 성대하게 치르어졌다. 그리고 마드모아젤 드 퓨이가리그는 자기 남편될 사람이 자기를 위해 사랑의 증표를 희생시켰다는 것을 모르는 채, 파리의 바느질꾼인가 누군가가 주었다는 반지를 받게 된 것이다.

그런 다음 일동은 식탁에 둘러앉았다. 식탁에서 일동은 마시고 먹고 노래까지 불렀다.

모두가 시간을 끌면서…… 나는 신부를 위해, 그녀를 둘러싸고 폭발하는 고급스럽지 못한 기쁨에 대하여 안됐다는 생각을 했다. 그래도 그녀는 내가 생각했던 것보다는 견실한 태도를 유지하고 있었다. 그녀의 당혹은 체면을 손상시키지도 않았고, 그렇다고 해서 억지로 꾸미는 것 같지도 않았다.

아마도 용기란 것은 곤란한 사태와 함께 용솟음쳐 오는 것인지도 모르겠다.

언제 끝날지 모르겠다고 생각했던 점심 식사가 끝났을 때는 4시였다. 남자들은 밖으로 나와서 정원을 산책하고 있었다. 이 저택의 정원은 아주 훌륭했다. 나들이옷을 걸친 퓨이가리그의 농부 아내들이 정원의 잔디 위에서 춤추는 것을 구경하는 사람도 있었고, 이렇게 해서 우리는 두어 시간을 보냈다.

그 사이에 부인들은 신부를 둘러싸고 있었고 신부는 그녀들에게 혼수품을 하나하나 구경시켜 주었다. 그런 다음 신부는 옷을 갈아입었는데 그 아름다운 머리에 깃털로 장식한 모자를 쓴 것을 나는 재빨리 바라보았다. 대저 여성이란 처녀 시절에는 관습에 따라 금지되어 있던 장식일지라도 그런 장식을 해도 좋은 때가 오면 재빨리 몸에 장식하는가 보다.

이르를 향해 출발하기 위하여 일동이 마차에 오른 것은 거의 8시가 가까워서였다. 그리고 출발하기에 앞서 비장한 장면이 전개되었다. 마드모아젤 드 퓨이가리그의 백모님은 어머니 대신 역할을 했는데, 연세가 상당히 높고 신앙심이 깊은 부인이었다. 그러나 워낙 노쇠하여 우리와 함께 갈 수가 없었다.

출발할 때에 그녀는 조카딸에게 시집살이에 대해서 설교를 하기 시작했다. 그 설교에 이어서 필연적으로 그칠 줄 모르는 눈물이 쏟아졌고 포옹이 계속되었다. 페이레오라드씨는 이 이별의 그림은 사비느 약탈(略奪)15)과 똑같다고 말했다. 그래도 어쨌든 우리는 출발했다. 오는 도중 각자가 신부의 마음을 되돌리기 위해 웃도록 힘을 써보았지만 그것은 모두 헛수고로 끝났다.

이르에서는 야식이 우리를 기다리고 있었다. 그 야식 자리에서는 — 오전 내내 그다지 고급스럽지 못한 여흥, 사람들이 기뻐하며 즐기는 방법이 내 마음을 해쳤다고 하면 — 이자리에서 특히 신랑과 신부를 대상으로 하는 농담과 비아냥대는 놀이는 더한층 나를

---

15) 로마 건국 이후, 여성이 부족했었기 때문에 로물루스가 궤계(詭計)를 꾸미어 이웃나라인 사비느인을 속이고 여성을 약탈했는데 그것이 빌미가 되어 로마와의 사이에 전쟁이 시작되었다는 전설이 전해오고 있다.

불쾌하게 만들었다.

　신랑은 식탁에 앉기 전에 잠시동안 모습을 감추었었는데, 바라보니 창백한 얼굴, 얼음처럼 차갑고 진지한 얼굴을 하고 있었다. 쉴새없이 코리우르의 고주(古酒)를 마시고 있었는데 이것은 브랜디에 뒤지지 않는 독한 술이다. 나는 그 신랑 옆에 자리를 잡고 있었으므로 주의시킬 의무가 있다고 생각했다.

　"괜찮겠나? 술이란 것은……."

　나는 한자리에 있는 손님들과 조화를 이루게 하기 위해 바보스런 말을 그에게 했던 것이다.

　그는 내 무릎을 툭 치면서 작은 목소리로 이렇게 말했다.

　"식탁에서 모두 일어선 다음, 저와 잠시 이야기 좀 하시지요."

　그 엄숙한 어조는 나를 놀라게 했다. 나는 전에 없이 그를 주의깊게 바라보았다. 그리고 그의 안색이 이상하게 변해 있는 것을 알아차렸다.

　"기분이 안좋은 것 같은데?"

　"아닙니다. 그렇지 않습니다."

　이렇게 말하고 그는 다시 술을 마시기 시작했다.

　이러는 사이에 '와아!' 떠드는 소리와 함께 박수 치는 소리가 울려퍼지면서 11세가량의 어린이가 식탁 밑에서 기어나오며 방금 신부의 발목에서 풀어 가지고 나온, 연분홍 리본을 일동 앞에 내밀었다. 이것을 신부의 발리본이라고 하는데, 즉석에서 이것은 여러 갈래로 잘려졌고 젊은이들에게 나누어 주었다. 젊은이들은 그것을 단춧구멍에 꽂았다. 이것은 어느 계층의 구가(舊家)에 지금도 남아있는, 예로부터의 관습에 따른 것이다.

　이것은 또 신부에게 있어서는 눈이 빨갛게 붉어지는 기회가 된다……. 그러나 그녀의 당혹은, 페이레오라드씨가 일동에게 엄숙할 것을 요구하면서 신부를 위해, 카타로뉴어(語)의 시(詩)를 몇행 낭음(朗吟)함으로써 절정에 이르렀다. 본인의 말에 의하면 즉흥시라고 한다. 만약 내가 틀림없이 알아들었다면 그 내용은 다음과 같은 의미가 된다.

"이는 웬일일까, 여러분. 내가 마신 술이 이중의 것으로 보이게 하는 것인가? 이 집에 두 개의 비너스가 있는데……"

돌연 신랑이 겁먹은 표정으로 얼굴을 들었다. 그 행동이 또 일동을 웃겼다.

"그리고……"

페이레오라드씨는 계속했다.

"우리집 지붕 아래서 두 개의 비너스가 있다. 하나는 송로(松露)와 같이, 땅속에서 내가 이것을 발견했고, 또 하나는 하늘 위에서 내려와 지금 그 띠를 우리와 나누었네."

발리본에 대해서 이렇게 말했던 것이다.

"내 아들아, 로마의 비너스와 카타로뉴의 비너스 중, 어느 것을 취할 것인지 어서 고르라. 그렇구나. 아들 녀석은 카타로뉴의 여신을 골랐구나. 실로 그편이 고급이지. 로마의 것은 검고 카타로뉴 것은 하얗지. 로마의 것은 차디차고 카타로뉴 것은 옆에 올수록 모든 것을 불사른다."

이 결구(結句)는 굉장한 환호, 귀가 먹을 것만 같은 갈채, 입이 찢어질 것 같은 폭소를 불러일으켰으므로, 나는 당장에 천장이 우리 위로 무너져 내리는 것을 각오했을 정도였다. 식탁 주변에는 진지한 얼굴은 셋밖에 있지 않았다. 신혼부부의 얼굴과 그리고 내 얼굴이다. 나는 두통이 심했다. 그리고 무슨 이유에서인지 모르겠지만 결혼식이란 것은 나를 우울하게 만든다. 그래서 이런 자리에는 더 이상 있고 싶지 않다는 생각이 들었던 것이다.

최후의 대구(對句)가 시청 직원에 의해 노래로 불려졌다. 그것이 그 장소의 분위기에 맞지 않았다는 것을 나는 여기서 말하지 않을 수 없는데, 그것이 끝나자, 일동은 신부가 일어나 나가는 광경을 보고 즐기게 될 것이다. 신부는 이제 곧 자기 방으로 안내될 것이니 말이다. 시각은 벌써 한밤중에 가까워 있었던 것이다.

알퐁소군은 어느 창틀 앞으로 나를 데리고 가더니 시선을 돌리면서 이렇게 말했다.

"이렇게 말하면 바보라고 하실는지 모르겠습니다만…… 그러나저러나 저 역시 그 까닭을 전혀 알 수가 없네요……. 마법에 걸려든 것 같습니다! 실로 꺼림칙하기 그지없습니다!"

이때 처음으로 내 머리에 떠오른 생각은 이 청년이 몽테뉴라든가 마담 드 세비니에가 말한 것처럼, 불행에 속하는, 무엇인가 불행으로 겁을 먹고 있구나 하는 것이었다.

'모든 사랑의 영역은 비극적인 이야기로 가득 차있는 것이며 운운……'

이라는 말 말이다.

이런 종류의 사건은 머리가 있는 사람에게만 일어나는 것이라고 생각했었는데……라고 나는 마음속으로 독백하고 있었다.

"알퐁소군, 자네는 코리우르 포도주를 과음했던 거야. 그러기에 주의를 주었건만……"

"예, 다분히 그점도 있겠지요. 하지만 문제는 더욱 두려운 문제입니다."

그의 목소리는 도중에서 쉬고 말았다. 이 젊은이는 정말로 취했구나라고 나는 생각했다.

"예의 반지 건은 알고 계시지요?"

잠시 침묵한 다음 그는 이렇게 말머리를 꺼냈다.

"아아 그래, 그것이 어떻게 되었다는 건가? 누가 가져갔다는 건가?"
"그게 아닙니다."
"그럼 자네가 가지고 있다는 거로군?"
"그렇지도 않습니다…… 저는…… 제가 그 비너스의 손가락에서 그 반지를 뺄 수 없었습니다."
"그랬었군. 힘을 충분히 기울여가면서 빼지 않은 모양이지?"
"아닙니다. 그렇게 했습니다……. 그런 게 아니라 비너스가…… 그 비너스가 손가락을 오므리고 만 것입니다."
 그는 핏발이 선 얼굴로 나를 응시하고 있었다. 넘어지지 않도록 창틀에 몸을 기대면서ㅡ.
"그런 건 걱정할 것 없지. 반지를 너무 깊숙이 끼어준 것이라구. 내일 못 뽑는 도구든가 무엇으로 빼내면 돼. 그러나 조심하지 않으면 여신상에 흠집이 생길 걸."
"그게 아니라니까요. 비너스가 손가락을 오므리고 있는 겁니다. 꼭 오므리고 있다니까요. 아시겠습니까?…… 형식상으로는 제 아내인 것입니다. 제가 반지를 끼워 주었으니까요……. 그 반지를 돌려주려고 하지 않는 것입니다."
 나는 돌연 온몸에 찬물을 끼얹은 듯한 느낌이었다. 그순간 소름이 오싹 끼쳤다. 그리고 다음 순간에는 상대방이 뿜어내는 한숨이 내 얼굴에 닿으면서 취기(醉氣)까지 날아오는 바람에, 모든 감동이 흔적도 없이 사라지는 것이었다.
 이 젊은이가 완전히 취했구나라고 나는 생각했다.
"선생님께서는 고대의 연구가이시니 그런 입상(立像)에 대해서 잘 아실 게 아닙니까?"
 신랑은 금방 울음이라도 터뜨릴 듯한 어조로 덧붙였다.

"……틀림없이 뭔가 저도 모르는 요지경 같은 것이…… 마법이 있는 것입니다. 가서 확인해 보세요."

"좋지, 나하고 같이 갈까?"

"아닙니다. 선생님 혼자 가시는 편이 좋을 것 같습니다."

나는 거실에서 밖으로 나왔다.

야식을 먹고 있는 사이에 날씨는 바뀌어 있었다. 장대같은 비가 쏟아지기 시작한 것이다. 나는 우산을 빌리러 가다가 문득 생각을 고치고 발길을 멈추었다. 취객이 한 말을 확인하러 간다는 것이 바보스러웠기 때문이다. 그것뿐만이 아니었다.

아마도 그 젊은이는 순진하기 짝이 없는 시골 사람들을 웃기기 위해 뭔가 짓궂은 장난을 나에게 하려는 것인지도 모를 일이었다. 큰 재난을 당하는 것은 아닐지라도 비맞은 생쥐꼴이 될 것이고 또 감기에 걸리기 십상일 것이다.

문앞에 서서 억수같이 쏟아지는 비를 흠뻑 맞고 있는 입상을 한 번 힐끗 바라본 나는 거실로 들어가지 않은 채 내 방으로 올라갔다. 나는 침대에 누웠지만 잠이 오지를 않았다. 하루 사이에 있었던 여러 가지 광경이 차례로 머리속에 떠올라왔다.

그 예쁘고 청순한 소녀가, 난폭한 취한(醉漢)의 손에 걸려들고 말았다는 생각이 들었다. 재산을 보고 하는 결혼이란 얼마나 비열한 것인가? 나는 몇번이고 마음속으로 반복해가며 이런 생각을 해보았다. 시장(市長)이 삼색 띠를 두르고, 사제(司祭)가 어깨에 비스듬히 성구(聖具)를 두른다. 이것만으로 금방 세계에서 제일 순진한 아가씨가 미노타우로스16)에게 던져지는 것이다!

사랑하고 있지 아니한 두 명의 인간 — 두 명의 연인이 목숨을

---

16) 그리스 신화의 반우반인신(半牛半人神).

걸고 사랑을 맹세하는 그순간에, 그처럼 사랑하고 있지 않은 두 사람은 각각 서로에게 무슨 말을 할 수 있을까? 한번 예의에 벗어나는 짓을 한 남성을 본 여성은 그 남성을 사랑할 수 있을 것인가? 첫 인상이란 것은 지워지지 않는 것이다. 나는 확신한다. 그 알퐁소군은 분명 증오당하기에 충분할 것이라고 —.

이렇게 독백을 하고 있는 사이에 온 집안이 시끌벅적해졌다. 여러 사람들이 집안에서 우왕좌왕하는 소리가 들려왔다. 여러 개의 문이 열리고 닫히는 소리가 들리는가 했더니, 뒤이어 마차가 나가는 소리, 그리고 계단 쪽에서 여러 명의 부인들이 오가는 발짝 소리가 내 방 반대쪽 복도 끝으로 향해 가는 것 같았다.

그것은 아마 신부가 자기 방으로 들어가는 행렬이었을 것이다. 그런 다음 일동은 계단을 내려가고 말았다. 페이레오라드 부인의 방문은 닫혀 있었다. 가엾게도 그 소녀는 얼마나 혼란에 빠져 있을 것인가! 나는 그렇게 혼잣말로 지껄였다. 나는 언짢은 기분으로 잠자리에 들었다. 혼례가 치르어지는 집안에서 독신자는 실로 바보 역할을 연출한다.

그리고 잠시동안 사방은 쥐죽은 듯 조용했다. 그러더니 돌연 계단을 올라오는, 무거운 발짝 소리가 그 고요를 흔들어 놓았다. 목조 (木造) 쪽의 계단은 유난히 삐거덕거렸다.

"예의를 모르는 녀석이야!"

나는 나도 모르게 소리질렀다.

"틀림없이 저 계단에서 굴러떨어지고 말 거야."

모든 것이 다시 고요를 찾았다. 나는 머리회전도 시킬 겸 집히는 대로 책을 집어들었다. 현(縣)의 통계표였는데 그것에는 부록으로 프라드군(郡)의 고올시대(時代) 예배기념일에 관한 페이레오라드씨의 비망록이 금상첨화격으로 붙여져 있었다. 나는 3페이지째를 읽다가 잠에 빠져들었다.

꿈자리가 뒤숭숭하여 몇번이나 잠을 깼었다. 아마도 새벽 5시쯤 되었으리라. 벌써 20분 이상이나 이전부터 눈을 뜨고 있었지만—몇시나 되었을까 생각하는 순간에 닭이 울었다. 밤은 분명 밝으려 하고 있다.

바로 그때이다. 나는 분명, 자기 전에 들었던 것과 똑같은, 그 무거운 발짝 소리, 그리고 똑같이 계단이 삐걱대는 소리를 들었다. 아무래도 이해가 되지 않았다. 나는 하품을 하면서 알퐁소군이 이렇게 이른 아침에 일어날 이유를 여러 가지로 추측해 보았다. 그러나 아무래도 그럴 만한 이유가 떠오르지 않았다.

그래서 또 눈을 감으려는 순간, 다시 내 주의는, 기묘하게 쿵쾅거리는 발짝 소리에 신경을 곤두세울 수밖에 없었다. 잠시 후 그 소리에 섞이어 초인종 소리, 거칠게 문을 여닫는 소리가 들려왔고 이어서 시끌벅적한, 사람들의 목소리도 들려왔다.

'저 모주망태가 어디에 불이라도 질렀나.'

침대에서 뛰어 일어나며 나는 이런 생각을 했다.

서둘러 옷을 갈아입고 복도로 나가 보았다. 복도 끝쪽에서 우는 소리가 들려왔다. 그리고 억장이 무너지는 듯한,

"아들아! 아들아!"

외쳐대는 또 다른 울음소리가, 다른 목소리들보다 더 크게 울려나왔다. 무엇인가 알퐁소군의 신상에 불행한 일이 일어난 것은 분명했다. 나는 신혼부부의 방으로 달려갔다. 그 방에는 이미 사람들로 가득 차있었다.

제일 먼저 내 눈에 들어온 광경은 반나체로 침대 위에 누워 있는 신랑의 모습이었다. 침대 나무는 부러져 있었다. 이미 연색(鉛色)으로 변해 있는 신랑은 살아있는 기미가 없었다. 어머니가 그옆에서

울부짖고 있었다. 페이레오라드씨는 흥분한 나머지 우왕좌왕하면서, 코로뉴수(水)를 찍어다가 아들의 관자놀이에 문지르기도 하고 코 밑에 소금을 얹어보기도 했다.

그러나 어찌하랴! 아들은 벌써 숨이 끊어져 있었던 것이다. 방 한 쪽 구석에 놓여 있는 긴의자 위에는 무섭게 경련을 일으키는 신부가 있었다. 쉴새없이 뜻도 모를 절규를 하고 있는데, 힘이 센 두 명의 하녀가 겨우 붙잡고 있는 터였다.

"엄청난 일이로군요. 대체, 어떻게 된 겁니까?"

나는 소리쳤다.

나는 침대 옆으로 다가가서 이 불행한 청년의 몸을 안아 일으켰다. 이미 경직되었고 차디차게 식어 있었다. 악물은 이와 거무스름한 안색은 무시무시한 죽음의 괴로움을 대변하고 있었다. 보통 죽음이 아니라 단말마의 괴로움, 무시무시했었던 죽음이란 것은 겉으로도 충분히 나타나 있었다.

그래도 옷에는 피 한방울 묻어 있지 않았다. 셔츠 옷깃을 헤쳐 보았다. 그러자 가슴에 연색(鉛色)의 흔적이 있었다. 그 타박상은 옆구리에서 등줄기로 이어져 있었다. 쇠붙이의 고리 같은 것 속에 넣어져서 옥죄인 것이라고밖에 볼 수가 없었다.

그때 내 발이 융단 위에 있던 무엇인가 딱딱한 물건을 밟은 것 같은 느낌이 들었다. 몸을 구부리고 보니 그것은 예의 다이아몬드 반지였다.

나는 페이레오라드씨와 그의 부인을 그들의 방으로 데리고 갔고 신부도 그곳으로 오게 했다.

"신부 혼자 남아있게 해서는 안됩니다. 간호를 해줘야 할 의무가 있다구요."

나는 이렇게 말하면서 그 두 사람을 그곳에 남겨둔 채 밖으로 나왔다.

 알퐁소군이 살인행위의 희생자가 된 것이며, 범인들은 밤에 신부 방으로 침입할 수 있는 방법을 알고 있었던 것은 의심할 여지가 없다고 나는 생각했다. 가슴에 입은 타박상, 둥그스름한 고리 모양을 그리고 있는 그 상처는 나를 어리둥절하게 만들었다. 곤봉이라든가 철봉 따위로는 도저히 그런 상처를 만들 수가 없다.

 그때 돌연 나는 이런 이야기를 들었던 것을 상기해 냈다. 발렌시아에서 무뢰한이 돈을 받고 살인 청부를 맡은 일이 있는데 그는 사람을 죽이기 위하여 자디잔 모래를 가득 담은, 길고 가느다란 가죽 주머니를 사용했었다는 것이다.

 그리고 나는 예의 아라곤 사람, 즉 당나귀를 끌고 왔다가 포옴 경기를 하고 패했던 그 사람과, 그 사람이 내뱉듯 한 말을 떠올렸다. 하지만 곰곰이 생각해 보니 그 정도의 가벼운 농담을 한 자가 이처럼 무서운 복수까지 했다고는, 도저히 생각할 수가 없었다.

 나는 집안을 두루 돌아다녀 보았다. 파손된 흔적은 없는지 이곳저곳을 찾아보았지만 어디에서도 그런 흔적은 발견되지 않았다. 만약 그 방면에서 하수인들이 침입한 것이 아닐까, 찾아보았지만 확실한 징후는 아무것도 찾아볼 수가 없었다. 그리고 어젯밤에 내린 비가 온통 지면에 스며들고 괴어 있어서 확실한 흔적을 찾아낸다는 것은 도저히 불가능하겠다는 판단이 섰다.

 그래도 지면에 깊숙이 나있는 발자국 몇개를 나는 발견했다. 그것은 두 개의 반대 방향으로 나있었는데 같은 선(線) 위에 있었으며 포옴 코트와 경계를 이루고 있는 생울타리 귀퉁이에서 시작하여 이 저택 입구에서 끝나고 있었다. 그것은 알퐁소군이 입상(立像)의 손가락에 끼워져 있었던, 예의 반지를 빼러 갔을 때에 난 발자국일는지도 모를 일이었다.

하지만 생울타리는 그 장소만 바깥쪽보다 나뭇가지가 늘어져 있었다. 그렇다면 이곳으로 하수인이 생울타리를 뛰어넘은 것이 틀림없다. 입상 앞을 몇번이나 왔다갔다했는데 그것을 좀 자세히 보기 위해 나는 발길을 멈추었다. 이때의 일을 나는 고백하겠는데, 악의(惡意)를 가지고 내려다보는 그 표정을 나는 몸을 떨지 않고는 바라볼 수 없었다.

방금 전에 목격한 무시무시한 몇몇 광경으로 머리 속이 가득 차 있던 나는, 이 집을 기습한 불행을 바라보며, 은밀히 쾌재를 부르는, 지옥의 여신을 바라보는 것 같은 생각이 들었던 것이다.

나는 내 방으로 돌아와서 점심때까지 그곳에 틀어박혀 있었다. 그런 다음 아래층으로 내려가서 주인들의 용태(容態)를 물어보았다. 그들은 어느 정도 안정을 찾고 있었다. 마드모아젤 드 퓨이가리그는 ― 아니, 알퐁소군의 미망인이라고 해야 맞겠지만 ― 의식을 회복하고 있었다. 그뿐 아니라 마침 이곳 이르 지방을 순찰중이던 페르피냥 지방검사(地方檢事) 앞에서 이야기까지 하고 있었다.

검사는 그녀의 진술을 정식으로 청취했다. 검사는 나에게도 진술해 줄 것을 요구했다. 나는 알고 있는 것을 모두 이야기했다. 그리고 예의 아라곤에서 온 당나귀 모는 사람에 대한 나 자신의 의심도 숨기지 않고 이야기했다. 검사는 즉석에서 그 사나이를 체포하라고 명령을 내렸다.

"알퐁소 부인에게서 뭔가 단서가 될만한 이야기를 들었습니까?"
진술이 끝나고 서명을 한 다음, 나는 검사에게 물었다.
"가엾게도 저 젊은 분은 정신이 좀 이상해졌습니다."
검사는 슬픈 미소를 띠면서 말했다.
"정신이 이상해졌다니까요. 완전히 폐인이 되었습니다. 이런 말을 하더군요. 커튼을 닫고 침대 위에 누운 지 5, 6분쯤 되었을 것으로 생각될 무렵 방문이 열리면서 누군가가 들어왔었다고 그녀는 말하는 것입니다. 그때 알퐁소 부인은 침대의 벽 옆에서 벽쪽으로 얼굴을 돌리고 있었답니다. 자기 남편이 들어온 것이라고 생각했었기 때문에 몸도 움직이지 않았다고 합니다.

그러자 잠시 후 침대에 무엇인가 아주 무거운 물건이 얹혀지는 것 같았었다고 합니다. 소름이 끼칠 만큼 무서웠지만 돌아다볼 용기가 나지 않더랍니다. 5분, 아니면 10분…… 그녀에게는 그 시간을 정확히 기억할 만한 판단력도 없었습니다. 어쨌든 그정도의 시간이 그런 상태로 경과했습니다. 그런 다음 그녀는 몸을 움직일 생각이 아니었는데도 몸이 움직여지더라나요.

어쩌면 침대 속에 들어온, 어떤 사람이 몸을 움직이게 했는지도 모르겠다는 것입니다. 그녀는 뭔가 얼음처럼 차가운 것이 자기 몸을 더듬고 있는 것을 느꼈다고 합니다 — 얼음과 같았다는 것은 그녀의 표현을 그대로 말한 것입니다만 — 그녀는 온몸을 벌벌 떨면서 침대와 벽 사이의 이불 속으로 파고들어갔습니다.

그러자 잠시 후에 두 번째로 문이 열리고 누군가가 들어왔는데, 그는 '벌써 자는 거요?'라고 말했습니다. 그것은 그녀의 남편 목소리가 분명했다는 것입니다.

잠시 후 커튼이 열렸습니다. 그리고 '앗!'하는 외마디 소리가 들려왔다는 것입니다. 그러자 자기 옆, 침대 위에 누워 있던 자가 상반신을 일으키는가 했더니 손을 앞쪽으로 내미는 것 같더라는 것입니다. 그래서 그녀는 돌아보았구요……. 그런데 남편은 침대 옆에 무릎을 꿇고 앉아 있는데…… 머리가 베개 높이 정도에서 보였는데 녹청색(綠靑色)을 띤 거인 비슷한 자의 두 팔이 남편을 꽉 끌어안고 있더랍니다.

그녀는 그렇게 말을 했는데 똑같은 말을 몇번이고 되풀이하는 것입니다. 정말로 보기에 딱하더라니까요…… 그녀의 말로는 그 거인을 본 적이 있었다고 하는데…… 상상이 되십니까? 예의 청동으로 조각한 비너스였다는 것입니다. 페이레오라드씨의 입상(立像)이 그 거인이었다는 것이라구요…… 아니, 대체 그것이 이곳에 나타난 이후로 이 지방에서는 누구나 모두 묘한 말을 하고 있습니다.

그건 그렇고 이 가련한 여인의 이야기를 계속하겠는데 그 광경을 보자마자 그녀는 의식을 잃고 말았습니다. 아마 그전부터 정신에 이상이 있었을 것 같습니다만 — 어느 정도나 시간이 흘렀는지 그녀로서는 도저히 짐작도 안된다고 하는데 어쨌거나 제정신이 들었을 때, 그녀는 또다시 환영(幻影)을 아니, 입상(立像)을 보았노라고 그녀는 여전히 말하고 있습니다.

그 입상은 꼼짝도 않고 있었는데 두 다리와 몸체의 아래쪽은 침대 속에, 그리고 상반신과 두 팔은 앞쪽으로 뻗어 자기 남편을 끌어안고 있었다고 하는군요. 남편도 꼼짝않고 있었다는 것입니다. 그때 닭 우는 소리가 들려왔습니다. 그러자 입상은 침대에서 빠져나갔는데 시체를 내려놓고는 밖으로 나가 버렸다는군요. 알퐁소 부인은 초인종을 눌렀고, 그 다음에 일어났던 일은 아시는 바와 같습니다."

예의 스페인 사람이 붙잡혀 왔다. 그는 아주 침착했으며 대단히 냉정한 태도였는데 머리회전도 잘되는 사람인 듯 답변을 척척 해나갔다.

그 사나이는 자기가 했던 예(例)의 말을 부인하지 않았다. 오히려 반대로 그 말에 대하여 설명을 해나갔다. 내일 피로가 좀 가시면 다시 한 번, 오늘의 승리자와 포옴 경기를 해서 이기겠다는 뜻 이외에는 다른 뜻이 없었던 것이라고 말했다. 지금 생각이 났는데 그는 그런 다음 이런 말을 덧붙이는 것이었다.
 "아라곤 사람이라면 모욕을 당했을 때 복수하는 것을 내일까지 미루는 짓은 하지 않습니다. 알퐁소씨가 나에게 치욕적인 언행을 했다면 나는 그자리에서 상대방의 아랫배를 단도로 찔렀을 것입니다."
 이 사나이의 신발과 정원에 남아있는 발자국을 비교해 보았다. 그의 신발이 훨씬 컸다.
 마지막으로 이 사나이가 묵었던 여관 주인은 이 사나이는 자기 당나귀 가운데 병든 놈이 한 마리 있어서, 밤새도록 천으로 문질러 주고 약을 먹이곤 했다고 증언했다.
 그뿐 아니라 이 아라곤 사람은 이름이 꽤 알려져 있는 사나이로서 이 지방에서는 상당히 발이 넓은 처지였다. 그는 매년 이 지방으로 장사를 하러 오곤 했었다. 그러므로 수사당국에서는 오히려 미안하게 되었다며 그를 석방했다.
 알퐁소군이 살아 있었을 때, 그를 마지막으로 보았다는 하인의 진술을, 필자는 잊어버릴 뻔했다. 그를 마지막으로 본 것은 알퐁소군이 아내가 있는 방으로 막 올라가기 직전이었다. 알퐁소군은 그 하인을 불러놓고 근심어린 표정을 지으면서,
 "선생(필자)이 어디에 있는지 알고 있나?"
라고 물었다는 것이다. 하인은,
 "그분을 본 지 오래인데요."
라고 대답했다고 진술했다. 그러자 알퐁소군은 한숨을 크게 내쉬면서 1분 이상이나 아무 말도 하지 않다가 이렇게 말했다는 것이다.
 "흐음 —, 그래? 그분도 데려간 게로군!"
 나는 그 하인에게 알퐁소군이 그런 얘기를 할 때 다이아몬드 반지를 끼고 있었더냐고 물어보았다. 하인은 생각만 할 뿐 대답을 하

비너스의 영(靈) 147

지 않다가, 한참 후에서야,

"아무리 생각해 봐도 끼고 있지 않았던 것 같은데요…… 하지만 저는 그런 점에 주의를 기울이고 있지 않았었기 때문에 잘 모르겠네요."
라며 애매한 대답을 했다.

이 하인에게 여러 가지를 질문하고 있는 사이에 그 알퐁소 부인의 진술이, 이 집안에 퍼져 있었던 미신적인 공포를 나 자신으로 하여금 느끼게 했다. 지방 검사는 엷은 미소를 띠면서 나를 바라보았다. 나는 물론 굳이 자설(自說)을 주장하려고 하지 않았다.

알퐁소의 장례가 끝난 지 몇시간 후, 나는 이르 지방에서 떠나가려고 했다. 페이레오라드씨의 마차가 페르피냥에까지 나를 데려다 줄 것이다. 쇠약해진 몸을 가까스로 일으키면서 이 가련한 노인은 나를 문앞까지 배웅하겠다고 고집을 부렸다. 우리는 묵묵히 정원을 가로질러 걸었다.

노인은 내 팔에 기대어 겨우 몸을 지탱하면서 걸었다. 작별할 때 나는 최후의 눈길을 비너스에게 보냈다. 주인은 비록 이 비너스가 가족의 일부에게 준 공포와 증오의 감정을 자신도 알고 있다는 말은 하지 않겠지만, 이 무시무시한 불행에 대하여 언제까지나 기억나도록 만드는 물건은 한시 바삐 없애야겠다는 생각을 할 것임은 나로서도 충분히 예측하고 있었다.

나는 그것을 박물관에 기증하라고 권할 생각이었다. 내가 이 중요한 용건을 말하지 못하고 주저하자 페이레오라드씨는 기계적으로 내가 바라보고 있는 비너스를 힐끗 바라보았다. 노인의 눈이 그 입상을 향했는가 했더니 갑자기 눈물을 흘리는 것이었다. 나는 그에게 작별의 포옹을 하고 돌아서면서 끝내 한마디 말도 하지 못한 채 마차에 올랐다.

내가 출발한 후로 나는 이 신비적인 비극의 종국이 달라졌다는 이야기를 들을 수가 없었다.

페이레오라드씨는 몇달 후, 그 아들의 뒤를 따라 죽어갔다. 유서에 의해 그의 수기(手記)는 나에게 유증(遺贈)되었다. 나는 언젠가는 이것을 공표하게 될 것이다. 예의 비너스 명(銘)에 관한 비망록은 끝내 발견되지 아니했다.

추기(追記)

친구인 드 페어는 최근 페르피냥에서 편지를 보내어, 예의 입상은 이미 존재하지 않는다는 요지를 알려왔다. 남편이 세상을 떠난 후 페이레오라드 부인이 제일 먼저 마음먹은 것은 이 입상을 녹이어 종을 만드는 것이었다. 이렇게 해서 이 입상은 새로운 형태가 되어 이르 교회에 봉사하게 된 것이다. 하지만 드 페어는 이렇게 덧붙이고 있다.

"아무래도 악운이 이 청동의 소유자에게 따르는 것만 같소. 이 종이 이르 마을의 하늘에 울려퍼지게 된 후로 이미 포도가 두 번이나 얼었다는 것이오."

진홍색 커튼

 아주 오래된 이야기인데 나는 물새 사냥을 하기 위해 서부 프랑스의 소택(沼澤) 지대를 향하고 있었다. — 그곳에까지 가려면 꼭 지나가야 하는 지방에, 당시에는 아직 철도가 부설되어 있지 않았었기 때문에 나는 류에유성(城) 가도(街道) 합류점을 지나가는 *** 합승마차를 탔었다.
 그때 그 객실 안에는 나말고 한 사람이 타고 있었을 뿐이었다. 모든 점에서 두드러지며, 나 또한 몇차례 사교장에서 만난 일이 있었던 인물 — 여기서는 드 브랏서르 자작(子爵)으로 부르기로 하겠다. 어쩌면 쓸데없는 걱정이 되는지도 모르겠다.
 왜냐하면 파리의 사교계에서 이름을 떨치고 있는 사람들 가운데 수백 명이나 그의 진짜 이름을 자기 이름 위에 붙이는 수가 있으니 말이다…….
 때는 저녁 무렵, 5시경이었다. 태양은 벌써 기세가 한풀 꺾여 있었다. 그래서 그 빛을 평원과, 포플러 그늘 밖으로 드러내놓고 있는 가도(街道) — 그 먼지투성이 가도에만 드리우고 있을 뿐이었는데 그 가도 위를, 우리를 태운 사두마차(四頭馬車)가 전속력으로 질주해 가고 있었다.
 우리는 마부(馬夫)가 채찍을 들어 말을 때릴 때마다, 힘센 말 엉덩이의 근육이 부풀어 오르는 것을 바라보고 있었다. 마부(馬夫) — 그것은 나그네길을 떠나는 첫 번째의 한 채찍을 높이 쳐들며 소리치는, 인생의 삽화와도 같은 것이 아닐까.

드 브랏서르 자작은 그때, 이미 자기 채찍을 들어서 칠 입장이 거의 아니었다……. 그러나 그랬기에 비록 빈사(瀕死) 상태의 부상을 당했다 하더라도 그것을 단념하거나 인정하지 않고, 살아 있기를 주장하면서 죽어간다고 하는, 영국인에게라야 어울리는 그런 기질이었다(그는 영국에서 자라났던 것이다).

사교계에 있어서도, 그리고 책 속에서도 무경험과 우행(愚行)이라고 하는, 행복한 청년시절을 보낸 사람들에게는 젊음이 가지는 자부심을 모멸하는 습관이 있다. 그 자부심의 형태가 진부할 때, 그러한 모멸에도 도리가 있다는 것인데 — 만약 그렇지 않을 경우 — 즉 반대로 실망을 바라지 않고 도리어 당사자를 고무(鼓舞)하는 자존심과 같이 숭고한 것일 경우 — 그것이 전혀 무분별한 것이 아니라는 등의 말을 나는 하고 있는 것이 아니다.

그런 것은 무익하기 때문이다. — 그런 때야말로 그것은 숱한 무분별과 마찬가지로 아름다운 것이 된다!……. 워털루에 있어서 영웅적이었던 불멸불굴(不滅不屈)의 근위병혼(近衛兵魂)은 우리를 감동시킬 총검(銃劍)의 그 시취(詩趣)를 가지지 않은 노경(老境)을 앞에 두고도 역시 영웅적인 것이다.

그리고 군인풍으로 단련되어진 사람들에게 있어서는 그 무엇에도 굴복하지 않는다는 것이 워털루에서와 마찬가지로 문제의 모든 것이기 마련이다!

굴복하지 않았던 그 드 브랏서르 자작(아직 살아 있다. 어떻게 살아가고 있는지는 나중에 이야기하겠다. 알아둘 가치가 있겠기 때문이다)은, 따라서 *** 합승마차에 내가 올라왔을 때, 젊은 여성들의 말 그대로, 잔인한 사교계의 사람들이 무례하게도 '늙은이 미남'으로 흔히 불러온 바 있는, 바로 그 모습이었던 셈이다.

몇살로 보이느냐밖에 모르는, 이 연령이라는 문제에서 언어라든가 숫자로는 납득하지 않는 사람들에 대해서도 드 브랏서르 자작이, 마치 델릴라가 삼손을 속였던 것처럼, 그들을 한 다스는 속였을 것임에 틀림없는 그 드 V *** 후작(侯爵) 부인은 세월 이상으로 악마가 붉은색을 띠게 해준 드 브랏서르 자작의 턱수염 가닥을 금색과 검은색 체크무늬의 커다란 팔찌 속, 파란 천 위에 넣고, 이것 보라는 듯이 몸에 지니고 다녔다……

단지 늙었건 늙지 않았건 간에 사교계가 붙여준 그 '미남'이란 표현의 이면에, 그것이 통상 떠올려주는 경박함이라든가 협소함 등을 생각하지 않으면 안된다. 우리의 드 브랏서르 자작의 참모습을 잘못 파악하는 결과가 되겠기 때문이다.

그에게 있어서는 정신·행동거지·용모 등이 모두 — 브랜멜(조지 브랜멜, 1778~1840년, 영국 댄디의 典型. 도르비에게는 評傳的 작품이 있다)이 발광하는 것을, 이 눈으로 보았고, 또 도르제이(알프레드 기욤 가브리엘 도르제이 백작, 1801~1853년, 프랑스의 군인. 브랜멜에 필적하는 댄디의 典型. 도르비는《댄디즘과 브랜멜에 대하여》속에서 그에 대하여 언급하면서 상찬했다)의 죽음에 입회했었던 바로 내가 아는 한, 최고의 댄디란 말에 어울릴 만큼 의젓하고 풍성한 멋쟁이이며 더구나 귀족적인 침착성을 갖추고 있었다.

실제로 드 브랏서르 자작은 참된 댄디였었다. 그렇다. 조금만 댄디가 아니었더라면 틀림없이 프랑스의 원수(元帥)가 되었을 것이다. 젊었을 때부터 그는 제1 제정(帝政) 말기의 가장 빛나는 장교 중 한 사람이었던 것이다.

그가 뮤라(1767~1815년, 나폴레옹 1세의 이복동생. 나폴리 왕·

프랑스의 元師)풍(風)과 마르몽(1774~1852년, 이탈리아·이집트 원정에 종군. 이탈리아 총독·元師)풍(風)을 겸비한 용감성을 가지고 남들보다 월등히 싸웠다는 것은 그의 연대(聯隊) 시절에 함께 참전했었던 동료들로부터 몇번이나 들은 바 있다.

그는 군고(軍鼓)가 울리지 아니하는 때에는 아주 냉정하고 질서 정연한 두뇌의 소유자였으므로 — 그는 극히 단시일 내에 군인 계급의 최고위에 올랐을 것임에 틀림이 없다. 그러나 그 댄디즘이 문제였다!……. 장교로서의 갖가지 자격, 예를 들면 규율의 관념, 복무의 방정성(方正性) 등등과 댄디즘을 짜맞춰 보면 그 결합 가운데서 장교측에 무엇이 남을 것인가, 그리고 그것이 화약고처럼 분출할 것인지 아닌지는 용이하게 이해될 것이다!

그의 인생에 있어 몇번이고 엄습당할 뻔했던 기회에, 장교로서의 드 브랏서르 자작이 폭발되지 않았던 것은, 즉 그가 모든 댄디와 마찬가지로 행복했었기 때문이다. 마잘란(1602~1661년, 루이 14세 시대 부르봉朝 전성기 최고의 정치가)까지도 그를 발탁했었을 것이다. — 그리고 그의 조카들 또한……. 그러나 조카들에게는 다른 이유가 있을 것이다. 즉 그가 멋지다고 하는…….

그에게는 개인보다도 오히려 무인(武人)에게 있어 필요한 단려(端麗)함이 있었다. 왜냐하면 미(美)가 모자라는 젊음이란 없는 것이며, 군대로 말한다면 실로 프랑스의 젊음, 그 자체였으리라! 그 위에 각별한 부인들뿐 아니라 그를 둘러싸고 있는 — 그 사악한 여자들까지도 매료시키고 마는 이 미모는, 드 브랏서르 대위(大尉)의 머리 위를 덮어주는 유일한 비호(庇護)는 아니었던 것이다.

내가 믿고 있는 바로는, 그는 노르망인(人)의, 즉 정복왕 윌리엄 민족의 후예였을 것이며, 실로 사람들의 소문으로는 숱한 정복을 한 것 같다…….

진홍색 커튼

황제가 퇴위한 후 그는 자연히 부르봉측으로 옮겨갔고 백일천하 사이에도 또 극히 자연스럽게 그쪽에서 계속하여 충성을 다했었다. 그리고 다시 부르봉가(家)가 꽃을 피웠을 때, 자작은 샤를 10세(당시는 황태자)에.의해 성왕(聖王) 루이의 기사(騎士)로 서품되었던 것이다. 왕정복고의 전기간을 통하여, 그는 덩그레임 공작 부인이 왕을 알현하러 가는 도중, 그에게 우아한 말을 걸지 않는 한, 단 한 차례도 취리히궁(宮)에 입궁하지 않았었다.

불행이 매력을 압살하고 만 것같이 보인 그녀는 그 사람 덕택으로 다시 매력을 되찾을 수 있었다. 이러한 고마움을 알고 있다면 대신(大臣)은 황비(皇妃)가 이토록 눈길을 주고 있는 이 인물의 승진을 위해서라면 어떤 일도 싫어하지 않았을 것이다.

그러나 사교계의 그런 최상의 바람직한 의향을 가지고 있었다 하더라도 군무사찰(軍務査察)차 찾아온 총무시찰 장교에 대하여 — 그것도 열병(閱兵) 당일에 — 전투 대형(隊形)을 취하고 있는 그의 연대(聯隊) 군기열(軍旗列)의 면전에서 검(劍)을 휘두르고 만, 이 격앙할 댄디에 대하여 무엇을 할 수 있었을까?······. 군법회의에 회부될 것을 가까스로 면한 것이 고작이었던 것이다.

드 브랏서르 자작은 군규(軍規)에 대하여 이처럼 어이없는 경박한 짓을 도처에서 저질렀다. 장교가 완전히 그 본분을 되돌리는 야전(野戰)을 제외하고는 그는 결코 군규에 속박당하는 일이 없었던 것이다.

예를 들면 무기한 영창행을 각오하고 주둔지를 빠져나가 가까운 도시로 기분전환을 하러 가서는, 그를 경애하는 병사가 누군가를 통하여 어서 돌아오라는 연락을 취해도, 행진이나 열병이 있는 날까지 안돌아온 일이 몇번씩이나 있었던 것이다.

그렇기는 했지만 그의 상관들은 모든 군율이라든가 관례를 본성적으로 혐오하고 있는 인물을 자기 휘하에 거느리고 있다는 점에 다소 불안감을 가지고 있기는 했지만 반대로 부하·병사들은 그를 사모했었다.

병사들에게 있어 그는 실로 탁월한 인물이었던 것이다. 그가 병사들에게 요구하고 있었던 것은 다른 게 아니었다. 그 10시간의 휴가라든가 기타 실제로 걸작인 몇가지의 프랑스 고요(古謠) 속에 정확하고 또한 매력적인 모습을 갖추고 있는 '옛 프랑스 병사'의 전형(典型)을 체현(體現)하고, 그 이상 없을 만큼 용감하며, 비유나 농담을 좋아하고, 또 대단한 유협자(遊俠者)일 것이었다.

걸핏하면 부하들에게 결투를 장려하기도 했는데 그의 주장에 의하면 그렇게 하는 것이야말로 군인정신을 길러주는 최선의 수단이라는 것이다.

"나는 정부가 아니다. 그러므로 병사들이 서로 용감하게 싸우더라도 그들에게 줄 훈장 따위는 가지고 있지 않다. 따라서 내가 총원수(總元帥)로서 줄 수 있는 훈장(사실 그는 개인적으로는 아주 유복했었다)은 통틀어 장갑이라든가 교환용 혁구(革具)라든가, 어쨌든 군규에 위배되지 않으면서 그들을 장식해 줄 수 있는 것이 고작이다."

라고 말하는 그였다. 그 때문에 그가 통솔하고 있던 중대는 당시 상당히 순량했었던, 다른 근위사단 중대를, 그 군장(軍裝)의 화려함으로 압도하고 있었다.

이렇게 해서 그는 자부(自負)와 호기(浩氣)라고 하는 두 가지의 영구불변의 도발로, 전자(前者)는 그것이 띠고 있는 언행(言行)에 의해, 후자는 그것이 불러일으키는 선망(羨望)의 염(念)에 의해, 언제나 들뜨게 마련인 프랑스 병사의 개성이란 것을 극도로 앙양시키고 있었던 것이다.

이런 점에서 추찰해 보더라도 사단의 다른 중대가 그의 중대에 대해 질투했던 것을 알게 될 것이다. 필시 병사들은 그의 중대에 들어가기 위해 서로 결투하기를 앞다투었고, 또 그곳에서 전출되지 아니하도록 결투를 앞다투었을 것이리라.

그것이 왕정복고하에 있어서의 대위 드 브랏서르 자작의 아주 특이한 지위였다. 그리고 당시 모든 것을 용서하는 영웅적 행위를 나타내는 방도는, 제정시대처럼 매일 아침마다 있을 까닭도 없었으므로, 비록 화형(火刑)에 처해지는 한이 있더라도 목숨을 걸 것임에 틀림이 없는 부적(不適)의 각오로, 상관들을 따돌리고, 또 동료들을 경악시키는 불복종이라고 하는 말탕가르(敗者가 倍增으로 돈을 거는 遊戱法)가 도대체 얼마나 더 계속될는지는 아무도 추측할 수 없고 예견할 수 없었을 것이다.

그런 때 그 1830년의 혁명이 있었다. 그것은 그의 동료들로부터는 만약 있었더라면이란 전제하에서이지만 — 심로(心勞)를 덜어주었고, 또 무모한 대위인 그로부터는 하루하루 그를 위협하고 있었던 면관(免官)이라는 모욕을 제거해 주었던 것이다. 예(例)의 '영광의 3일간'으로 심한 상처를 입은 그는 경멸하는 오를레앙가(家)의 새 왕조하에서 군무(軍務)에 종사하기를 떳떳한 것으로 보지 아니했다.

7월혁명이 오를레앙가(家)의 인간을 결국에는 통치할 수 없게 되기는 했지만 국가 지도자의 지위에 취임할 때, 대위는 드 베리 공작(公爵) 부인이 개최한 최후의 무도회에서 춤을 출 때 받은 상처가 화근이 되어 마치 적군의 돌격이라도 받은 것처럼 침대에 누워 있었다. 그런데 군고(軍鼓)가 울리자마자 일어날 틈도 없이 그는 중대(中隊)에 합류했던 것이다.

상처로 인하여 장화를 신을 수 없었기 때문에, 마치 무도회에라도 가는 것처럼 비단 양말에 에나멜 구두를 신은 모습으로 그 소란

속에 뛰어들었다. 그 모습 그대로 그는 큰 거리 일대를 소탕하는 임무를 받고, 바스티유 광장에서 휘하 정예부대의 선두로 행진했던 것이다.

바리케이드가 아직 구축되지 않았던 파리는 의혹에 가득 찬 무거운 양상을 띠고 있었다. 사람이라고는 그림자 하나 보이지 않았다. 태양은 다시 다음번 내습에 대비라도 하는 것처럼, 화염을 일직선으로 그 거리에 쏟아붓고 있었다. 창문이란 창문은 덧문까지 모두 닫혀 있고 당장에라도 죽음을 토해낼 것 같았다……

드 브랏서르 대위는 병사들을 건물에 가급적 가까이에까지, 넓게 2열로 전개시키어 대열(隊列)이 정면에서 쏘아대는 총격을 받을 수밖에 없도록 배치했던 것이다.

— 그리고 전무(前無)한 댄디였던 그는 그 도로의 중앙을 걸어 나갔다. 바스티유에서 리슈류가(街)에 이르기까지 수천 개라는 소총과 권총, 기병총(騎兵銃)으로 저격당하면서 그는 스스로 다소는 자만이기도 했던 그 넓은 가슴임에도 불구하고 총탄을 맞지는 않았다. 드 브랏서르 대위는 미녀가 무도회장에서 자기 유방을 과시라도 하는 것처럼 총화(銃火)에 가슴을 들이대고 있었던 것이다.

그러나 리슈류가(街)의 모퉁이인 프라스카티(대혁명 후기의 執政官 시대에 나폴리 사람 가르치에 의해 창설된 환락장으로서 제정 시대까지 남아있었고, 당시 상류사회의 사교장이 되기도 했었다) 앞에까지 와서 앞쪽에 구축되어 있는 최초의 바리케이드를 철거하기 위해 중대원에게 자기 배후로 집결하라는 명령을 내리는 순간, 그 넓은 가슴과 어깨에서 어깨로 띠고 있던 기다란 몇개의 은(銀)장식 끈에 의해 이중으로 도발적이었던, 화려한 흉판(胸板)에 탄환 한 발을 맞았고, 그와 동시에 날아온 돌을 맞아 팔이 부러졌던 것이다 —.

그러나 그는 개의치 않고 바리케이드를 철거하고 열광하는 부하들의 선두에 서서 마드리느가(街)에까지 진출했다. 그곳에서는 폭동에 휩싸인 파리에서 도망치려고 사륜마차에 타고 있던 두 명의 귀부인이, 당시 아직 건설중이었던 마드리느 교회(1764년에 개시되었던 공사는 1840년에 완공되었다)를 둘러싸고 있는 석재(石材) 위에서 피투성이가 되어 누워 있는 근위사단 장교를 발견하고는 마차를 제공해 주었던 것이다.

부인들에 의해 당시 드 라규즈 원수(元帥 : 마르몽 元帥. 1774~1852년. 나폴레옹에 의해 侯爵으로 서품되었다. 용맹을 떨치던 장군으로 알려져 있다)가 있던 글로 카유(파리의 제8구에 있으며 세느강, 라 모토 피케街에서 샹 드 마루스 일대를 차지하고 있는 주택지구)로 후송되자, 원수에게 군인 어조로 그는 이렇게 고했다.

"원수 각하, 저는 아마도 앞으로 2시간의 생명밖에 남아있지 않을 것입니다. 그러나 그 2시간 동안 저를 각하의 뜻대로 어디에든 배속시켜 주시기 바랍니다."

하지만 그는 모르고 있었다……. 생명은 2시간 이상 있었던 것이다. 그를 관통한 탄환은 그를 죽이지는 못했다. 그와 알게 된 것은 그로부터 15년 이상이나 지난 후의 일인데, 그무렵에도 총창열(銃創熱)이 일어나면 그에게 단호히 금주할 것을 권하는 의사와 그 약을 경멸하고 있었으며, 보르도 포도주에 의해 자기자신을 확실한 죽음에서 구해냈다고 주장하는 그였다.

포도주 말이 나왔으니 말인데 실제로 그는 술통을 바닥내는 모주망태였다. 어떤 일에서도 댄디였던 그는 음주란 점에 있어서도 다른 모든 일에 있어서와 마찬가지로 그 나름대로의 댄디였다. 더구나 그 음주법은 마치 폴란드 사람은 저리 가라였다. 자기 사용(私用)인 고급 보헤미아 크리스털 잔을 만들도록 했는데 그 잔이라니! 보르도

한 병이 다 들어가는 것이었는데 그는 그것을 단숨에 들이키는 것이었다!

그리고 또 같은 분량을 더 주문하여 마셔 버린다. 사실이 그러했다! 그러나 힘이란 것이 모든 형태에서 쇠해져갈 때, 남는 것은 자만(自慢)이 강해지는 것뿐일 것이다. 그는 그런 점에서 바츠손피엘(1579~1646년. 앙리 4세의 총신. 연대장에서 스페인 公使, 후에 육군 元帥. 리슐리외의 政敵)풍(風)으로서 포도주를 마시고 쓰러지는 일 따위는 없었다. 예의 보헤미아제(製) 술잔으로 12잔까지 계속 마셔대는 것을 본 일이 있는데 안색 하나 변하지 않았던 것이다.

또 고결한 분들이 개최하는 '대향연'에서도 자주 그를 보았는데 목구멍이 탈 정도로 술잔을 거듭 기울인 후에도 그는 군모(軍帽)의 앞면에 장식을 장착하는 군인 특유의 동작을 하면서 무인풍(武人風)의 전아(典雅)함을 다소 보이면서,

"다소 얼근한 정도로군."

이라고 말할 뿐, 미훈(微醺)을 넘는 경우는 결단코 없었던 것이다.

지금부터 전개해 나갈 이야기를 고려하여, 그의 사람 됨됨이를 이해해 주기 바라는 나이기에, 16세기라면, 이 생기넘치는 어법(語法)에 의해, 용감하고 냉소가(冷笑家)라고도 할 수 있는 이 19세기의 댄디를 이야기 사이에 7명의 귀부인들과 만나게 해주는 전말도 동시에 꼭 이야기하지 않으면 안되겠다.

그는 그녀들을 시적(詩的)으로도 '수금(竪琴)의 일곱 현(絃)'이라는 이름을 붙여주었는데, 물론 나는 그 원래의 패덕성(悖德性)을 이야기할 때, 이런 음악적이고 경솔한 수법을 인정하는 것은 아니다. 그러나 하는 수 없는 일이다.

만약 대위 드 브랏서르 자작이 지금까지 내가 이야기해 온 그대로의 인물상(人物像)에서 다소라도 벗어나는 일이 있다면 이 이야

기는 자극이 적은 것이 될 것이며, 나로서도 그것을 이야기하고 싶어지지 않을 것이다.

 류에유성(城)의 가도(街道) 합류점에서 *** 합승마차에 올라탔을 때, 설마 그곳에서 그 사람과 만나리라고는 전혀 예기치 못했던 것은 분명하다. 만나지 못한 지는 상당히 오래되었지만, 지금은 당대의 일류 인물이며, 더구나 지금 살아가는 인간과는 크게 다른 인물과 만난 것은, 함께 보내게 될 몇시간인가의 기대도 있어서 나에게는 큰 기쁨이었다.
 드 브랏서르 자작은 프랑수아 1세 밑에서 갑옷을 몸에 입고 근위 사단 장교의 날씬한 파란색 프록을 입고 활달하게 행동했을 것인데, 그 태도와 몸매는 어딘지 모르게 당대의 득의만만한 젊은이들과는 다른 점이 있었다.
 그러나 오랜 세월에 걸쳐 계속해서 빛을 발해왔던 이 장려전아(壯麗典雅)한 태양의 낙조(落照)는 아직도 지평선에 오르고 있는 시류(時流)를 탄—아주 비소(卑少)한 초승달을 한층 더 창백하고 가냘픈 것으로 보이게 하였다.
 그 상반신은 그 니콜라이 황제(1796~1855년, 러시아 황제 니콜라이 1세. 재위 1825~1855년)의 수려함을 방불케 하는 미모였는데, 황제에 비하여 표정에 있어서는 이상성(理想性)에서, 또 옆얼굴에 있어서는 그리스적 성격에서, 한걸음 양보한 그는 체질에 의해서인지—아니면 누구도 알아낼 수 없는 화장법(化粧法)에 의한 신비의 덕택인지, 머리털과 마찬가지로 지금도 아직 검디검으며 짧은 턱수염을 기르고, 그 턱수염은 남성적으로 생생한 색합(色合)을 양쪽 턱 높게까지 펼쳐지고 있었다.
 여성의 팔처럼 하얗고 주름 하나 없는, 가운데가 높직한 이마—

그리고 투구라도 쓰려는 것처럼 다소 뒤로 젖혀서 머리를 늘어뜨리고 근위병의 갈색 제모(制帽)가 한층 넓고 한층 자랑스럽게 보이는 고아한 이마 밑으로 드 브랏서르 자작은 마치 미궁(眉弓) 아래에 박혀 있는 것과 같은 두 개의 반짝이는 눈을 숨기고 있는데, 더없이 음울한 파란 색깔 눈은 첨예하게 재단된 두 개의 사파이어처럼 예리한 빛을 안와(眼窩)에서 내뿜고 있었다.

그리고 그 눈이야말로 천착하듯, 상대방을 바라보기도 전에 본질을 꿰뚫어보는 눈인 것이다. 우리는 악수를 하고 환담했다. 드 브랏서르 대위는 호령을 한번 하면 연병장 구석구석에까지 잘 들릴 것임에 틀림이 없는 우렁찬 목소리로 천천히 이야기했다.

앞에서 설명한 것처럼 유년시절에 영국에서 자라난 사람이었으므로 아마도 그는 영어로 이야기할 생각이었으리라. 거드름을 떨지 않는 침착한 이야기를 하는 그는 말투에도 아주 특수한 짜임새가 있었는데, 대위가 좋아하는, 그것도 다소 외설스런 농담조차도 빠뜨리는 일이 없었다.

그는 소위 재치있는 화제 역시 빠뜨리는 일이 없었던 것이다. 드 브랏서르 대위는 언제나 도를 지나치는 일이 없었다. F……백작 부인의 말인데, 이 사랑스러운 미망인은 남편을 잃고 요즈음 검은색과 보라색과 흰색밖에 몸에 걸치지 않는 것이오, 최저의 반려(伴侶)로 생각하는 일이 없게 하기 위하여 그에게는 이 이상 없는 절호의 반려로 생각토록 할 필요가 있었던 것이다.

그러나 실제로는 그렇다 하더라도 잘 아는 바와 같이 포브르 상 주르망에서는 전혀 무엇이든지 융합되어 버리는 법이다.

마차 안에서 하는 잡담의 장점 중 한 가지는 서로 이야깃거리가 끝나면 언제라도 중지한다는 것인데, 더구나 그것이 남에게 방해가 안된다는 것이다. 살롱에서는 그런 자유가 없다. 예의란 것이 그런 때에도 이야기를 계속하지 않으면 안되는 의무를 지워준다. 단지 이야기를 하기 위해서든가, 상냥스럽게 굴기 위해 비록 천성적으로는 말수가 적더라도 어리석은 사람들은 서로 선하품을 해대고 손짓 발짓까지 하면서 머리를 짜내고 있다.

대화의 헛됨과 권태에 의하여 우리는 말하자면 무지(無知)의 위선(僞善)을 자주 행하고 있는 것이다. 합승마차 속에서는 모두가 각각 자기자신의 껍질 속에 틀어박혀 있기는 하지만 각자가 향수하고 있는 침묵 속으로 들어가 그 몽상을 깨고 대화에 이끌리는 것도 무례가 되지 아니한다……

단, 불행하게도 일생의 우연은 무서울 만큼 평판적(平板的)이기 때문에 지난날(지금까지 한 이야기에 의해 지난날이 되었는데) 몇번이고 — 오늘날 같으면 몇번이고 열차에 타는 것 같지만 — 합승마차에 탔었는데 흥미를 불러일으킬, 생생한 대화 상대를 만날 수 없었던 것이다.

드 브랏서르 자작은 먼저 가도(街道)에서 있었던 몇몇 가지의 사고에 대한 이야기와, 풍경에 대한 말초적인 이야기, 이전에 우리가 해후했던 사교 모임의 추억이 되살아나는 듯 갖가지 이야기를 나와 나누었다 — .

그러나 이윽고 낙조가 그 황혼 속에서 침묵을 우리에게 쏟아부어 주었다. 하늘에서 일직선으로 떨어져 내리는 것같이 생각될 정도로 신속하게 찾아온 가을밤은 그 냉기(冷氣)로 우리를 재촉했던 것이다.

우리는 여행하는 나그네에게 있어 베개구실을 해주는, 좌석의 딱딱한 귀퉁이에 관자놀이를 댈 만한 곳을 찾으면서 망토로 몸을 쌌다. 자작이 객실 그의 쪽 귀퉁이에서 잠을 자고 있는지 여부는 알 수가 없다. 그러나 어쨌든 나는 내가 있는 쪽 자리에서 꼼짝도 하지 않고 있었다.

 몇번이고 왕래했던 일이 있어서 마차가 달리고 있던 그 길은 그다지 흥미가 없었다. 앞으로 달려감에 따라 뒤쪽으로 사라져가는, 즉 밤중의 어둠 속을 역방향으로 질주해 가는 것처럼 보이는 창밖의 경치에 나는 거의 주의를 기울이지 않고 있었다.

 이전보다 상당히 단축되기는 했지만 지난날의 그 먼길을 기억하고 있는 마부(馬夫)들이 '끝이 안보이는 길'이라고 부르는 이 먼길가에 점재하는 몇몇 작은 마을들을 우리는 지나가고 있었다. 밤은 불 꺼진 난로 속처럼 캄캄했다. 그 암흑 속, 마차가 통과하는 이름 모를 마을들은 이상한 모양을 드러내고 있었으며 마치 땅끝을 여행하고 있는 것과 같은 착각을 일으키게 했다……

 이런 종류의 정조(情調)는 눈앞에서 소멸된 사물에 대한 최후에 받는 인상(印象)의 기억과 마찬가지로 이미 현재에는 존재하지 않으며, 또 두번 다시 되돌아오는 일도 없을 것이다. 현대에는 그 마을들의 입구에 역(驛)이 들어서 있는 철도 덕택에 다시 출발하게 위해 즉시로 말을 바꾸어야 하는 합승마차를 질주시킴에 따라, 차례차례로 후퇴해가는 마을 거리의 그 파노라마도 그다지 신기한 것이 아니었다.

 통과한 이 작은 마을들의 대부분에서는 가로등이라고 하는 심야의 사치품은 아주 드물었다. 그래서 그때까지 달려온 밤길과 마찬가지로 거의 아무것도 확실하게 보이지 않았던 것이다.

 물론 도중의 가도(街道)에서는 적어도 하늘이 나름대로의 넓이와 크기를 가지고 있었기 때문에 희미한 빛을 던져주고는 있었지만 마을 안에서는 즐비하게 들어선 집들이 서로 포옹하기라도 하듯 접근해 있으며, 그 집들이 그림자를 좁은 길에 던지어, 2열로 늘어선 지붕 사이로 손바닥만한 하늘이 보이고 별들이 몇개 보일 뿐이었다.

인간이 보이는 곳이라고는 — 어딘가 여인숙의 문에서 — 이어서 달릴 말을 구하러 온 사람이, 완강하게 거부하며 반항하는 말을 나무라거나 휘파람을 불거나 하며, 마구(馬具)를 챙겨 얹는 마부 소년 정도였다. 그러나 그런 일들이 잠 속에 빠져 있는 마을에 한층 더 신비성을 주고 있었다……

그밖의 정황을 말한다면 잠에서 깨어 창문을 열고, 정적 때문에 한층 더 잘 들리는 목소리로 합승마차의 승객이 마부에게,

"여보시오, 지금 대체 어디를 지나는 중입니까?"

라고 묻는 질문, 언제나 똑같은 그 질문이 들려올 뿐, 주위에는 생명이 있는 물체라고는 아무것도 없는 듯, 들려오는 것도, 보이는 것도 없었다.

이러한 잠자는 마을 속으로 들어오면 잠자는 사람들로 가득 찬 마차 안에서는 어쩌면 누군가 아직 꿈꾸는 듯한 사람이, 나와 마찬가지로 객실 창문을 통하여 한밤의 어둠에 어슴푸레하게 보이는 집들의 정면을 분별하려고 하든지, 아니면 밤이란 것은 잠자기 위해 있는 것이라고 생각하는, 단순하고 엄격한 도덕으로 속박되어 있는 이 작은 마을에서 이처럼 늦은 밤까지 등불을 켜놓고 있는 창문에 눈길을 보내며 이상하다는 생각을 했을 것이다.

피로하여 동물성 졸음이라고도 할 수 있는 졸음 속에 남들 모두가 빠져 있을 때, 한 인간만이 그처럼 눈을 뜨고 있다는 것, 거기에는 — 단순한 불침번이 아니라면 — 언제나 어떤 장엄한 것과 관계되게 마련이다. 커튼이 드리워진 창문 뒤쪽에 있는 등불이 생명과 사고(思考)를 표시하고 있다면, 그곳에서 사람을 눈뜨고 있게 하는 이유를 알 수 없는 것은, 현실적인 시미(詩味)에 몽환적(夢幻的)인 시취(詩趣)를 부가(附加)하는 법이다.

적어도 나는 — 통과해 가는, 잠들어 조용한 마을에서 — 한밤중

에 등불을 켜놓은 창문을 볼 때마다, 반드시 그 빛의 틀 속에 이념의 세계를 떠올리며, 또 그 커튼의 배후에 인간 상호간의 드라마와 깊은 연관성을 상상하곤 한다.

그리고 지금도 — 그렇게 많은 세월이 흘러간 지금도 나는 아직 그 장소에서 영원히 우수(憂愁)에 찬 빛을 내고 있는 창, 생각을 떠올리는 몽상 속에서 다시 아련히 눈앞에서 살아나는 창문이 머리속에서 떠나지 않으므로,

"그 커튼 배후에는 대체 무엇이 있었을까?"
라며 혼잣말을 중얼거리곤 한다.

한편 내 기억 속에 제일 강하게 남아있는(그 이유는 곧 알게 될 것이다) 창문 중 하나는, 그날 밤, 우리가 통과한 *** 마을 거리에 있는 창문이었다. 그것은 — 내 기억이 정확하다면 — 우리의 마차가 말을 바꾼 숙소 위쪽의 세 채가 나란히 서있는 집의 창문으로서, 말 바꾸는 시간보다 더 시간을 끌면서 지그시 바라볼 수 있었던 창문이었다.

마차 바퀴 중 한 개에 고장이 생겨서 마차 목수를 깨워가지고 데려오지 않으면 안되었던 것이다. 조용히 잠든 시골 마을에서 마차 목수를 깨우고 그 노정에서는 경쟁상대가 없는, 한 대의 합승마차 — 그 마차의 나사못 한 개를 죄기 위하여 데려온다는 것은 몇분 안에 해결할 수 있는 일이 아니다 — 더구나 우리가 마차 안에서 잠들어 있었던 것처럼, 자기 침대 속에서 깊은 잠을 자고 있는 마차 목수라면, 그를 깨운다는 것은 더욱 용이하지 않을 것이다.

객실의 칸막이 판(板)을 통하여 다른 손님들의 코고는 소리가 들려왔다. 아는 바와 같이 합승마차가 정지하자마자 하차(下車)하고 (왜냐하면 프랑스에서는 이르는 곳마다 비록 마차의 특별석이더라도 내렸다가 타는 습관이 퍼져 있었기 때문에) 다시 승차할 때에 자

기네들은 빈틈이 없다는 것을 과시하고 싶어하는 특등 승객들까지도 내리는 사람은 한사람도 없었다.

마차가 정차했던 숙소가 닫혀 있었던 것은 사실로서 아무도 그곳에서 저녁 식사를 먹지는 않았다. 이미 그전에 중계지에서 식사를 끝냈던 것이다. 숙소는 우리와 마찬가지로 졸음 속에 빠져 있었다. 어떤 소리도 그 깊은 정적을 흔들어 놓지 않고 있었는데, 단 한 가지, 숙소의 넓은 안뜰을 누군가가(남자인지 여자인지 확인할 길이 없는 어둠 속이었는데) 쓸고 있는 단조롭고 피로한 듯한 빗자루 소리가 들려왔다.

포석(鋪石) 위를 쓰는 빗자루 소리도 무척 졸린 듯, 아니 죽도록 잠자고 싶은 것 같았다. 거리 쪽으로 나있는 다른 집들과 마찬가지로 어두웠는데 그중 한 개, 등불빛이 새어나오는 창문이 있었다……. 그리고 그곳이야말로 내가 지금도 기억하고 있으며 또 소록소록 그 추억이 떠오르는 바로 그 창문이었던 것이다.

이중으로 내려진 진홍색 커튼의 두께를 신비적으로 통하여 새어 나오므로, 그 등불이 과연 어느 정도나 밝은 것인지 알 수 없었지만 그집은 이층집으로서 상당히 큰집이었으며 — 더구나 아주 높은 곳에 세워져 있었다…….

"묘한 일이야! 저 커튼은 여전히 쳐져 있으니!"

드 브랏서르 자작이 독백을 하듯 말했다.

나는 마차의 어두운 좌석 속에서도 그가 나를 바라보고 있기라도 하다는 듯, 그의 쪽으로 고개를 돌렸다. 그러나 말과 가도(街道)를 비추기 위해 마부석(馬夫席) 아래에 걸어놓았던 각등(角燈)은 방금 꺼진 후였다…….

잠자고 있는 것으로 생각했었던 그는, 실은 잠자고 있지 않았으며, 나와 마찬가지로 그 창문에 흥미를 느끼고 있었던 것이다. 아니,

오히려 나 이상이었으리라. 그것이 왜 그렇게 되어 있는지를 그는 알고 있었으니까!

한편 그가 나에게 이야기를 건 — 실로 단순한 사실이다 — 그 목소리의 너무나 약하디 약한 어조에 깜짝 놀란 나는 즉각 그의 표정을 살펴보아야겠다는 솔직한 호기심에 이끌렸었다. 그래서 시거에 불을 붙이는 척하고 성냥을 켰다. 파란색을 띤 성냥불이 어둠을 물리쳤다.

그는 죽은 사람처럼, 실로 죽은 사람처럼 얼굴이 새파랗게 질려 있었다.

왜 그는 얼굴이 창백해진 것일까?……. 너무나도 이상한 외견(外見)의 창, 그것에 대한 의념(疑念), 그리고 평생을 두고 파랗게 질린 일이 그다지 없었던 인간의 창백한 얼굴 —. 다혈질인 그는 동요했을 때는 정수리까지 빨개질 것인데 —.

또 마차가 흔들릴 때, 나의 팔에 닿았던 그의 단단한 이두근(二頭筋)을 느꼈던 그 전율, 그런 모든 점에서 나는 무언가 숨기고 있다는 것을 직감했다……. 물론 나는 기담(奇談)의 수집가이므로 교묘히 행동을 할 수만 있다면 그것이 어떤 것인지를 알아낼 수 있을 것이란 예측을 했다.

"그럼, 당신도 그 창을 본 일이 있었군요, 대위(大尉). 아주 오래 전부터 알고 있었던 것 같은데요……."

호기심에 대한 위선임에 다름아닌 — 대답 따위는 전혀 요구하지 않는, 무관심한 말투로 나는 그에게 이야기를 걸었다.

"물론 알고 있습니다!"

그는 평소와 다름없는 음성으로 그렇게 분명히 말했다.

독자들도 잘 알고 있겠지만 마음속의 모든 동요(動搖)를 하등(下等)인 것이라며 경멸하고, 세상사를 모르는 그 괴테처럼 경악스러운 일이야말로 인간의 정신세계에 있어, 명예로운 지위에 오를 수 있다는 것 따위도 전혀 믿지 않는 것이 댄디들이다. 더구나 그런 댄디들 중에서도 제일 결연(決然)하고 고상했던 이 댄디의 마음에는 이미 침착성이 되돌아와 있었다.

드 브랏서르 자작은 조용히 하던 말을 계속했다.

"이곳은 자주 지다다니지 않았던 것도 아닙니다. 오히려 피해 다닐 정도이지요. 그런데 세상에는 아무리 애를 써도 잊혀지지 않는 것이 있게 마련입니다. 물론 그런 것이 많은 것은 아니지만 어쨌든 있는 것만은 사실입니다. 나에게도 세 가지 정도가 있습니다. 먼저 최초로 입었던 군복(軍服)입니다. 그리고 최초의 전투, 또 처음으로 알게 된 여자입니다. 아시겠습니까? 나에게 있어 그 창문은 도저히 잊혀지지 않는 네 번째의 것이랍니다."

하던 말을 자르고, 그는 앞쪽의 창을 열었다……. 그것은 화제로 삼았던 그 창을 자세히 보기 위함이었을까?…… 마부의 조수는 마차 목수를 부르러 간 채 돌아오지 않았다. 교대할 말도 아직 중계소에 도착하지 않았고 —.

그때까지 마차를 끌고 왔던 말은 아직 마차에 매어 있는 채였는데 지쳐서 꼼짝도 않으며 머리를 두 앞다리 사이에 박고, 마구간을 그리며 심히 초조하다는 듯 말굽으로 포석(鋪石)을 조용히 건드리기조차 하질 않았다.

우리의 합승마차는 〈잠자는 숲속의 미녀〉에 나오는 숲속 어디인가 공지(空地)의 기로에서 요정들의 마법 지팡이 때문에 못박히고만 마차와 같았다.

나는 말했다.

"상상력이 뛰어난 인간에게 있어 그 창문은 신경이 쓰이는 외관(外觀)을 가지고 있군요."

그러자 드 브랏서르 자작은 이렇게 말하는 것이었다.
"그 창문에 대해서 당신이 어떤 느낌을 가지고 있는지는 모르겠습니다만 나에게 어떤 의미가 있는지는 잘 알고 있습니다. 그것은 내가 처음 이곳에 주둔했을 때, 그 부대의 창문이었습니다……. 그렇습니다! 벌써 35년이나 지났습니다! 그 커튼 저쪽에…… 그토록 세월이 흘렀지만 조금도 변한 모습조차 없고…… 마치 그때처럼 밝게, 그렇습니다. 아주 밝게 등불이 켜져 있고……."
그는 추억을 억제하려는 것처럼 다시 입을 다물었다. 그러나 나는 그것을 들추어내려고 했던 것이다…….
"대위, 당신이 소위(少尉)로 임관하고 힘껏 전술 연구를 했던 그 무렵입니까?"
그러자 그는 대답했다.
"나를 높이 평가하고 있는 것 같습니다. 물론 당시 나는 소위였는데 그무렵, 보내던 밤들은…… 아니, 결코 전술 연구 따위를 했던 것은 아닙니다. 또 가령 그런 부적당한 시간에 램프를 켜고 있었다 하더라도 딱딱한 이야깃거리 따위는…… 즉 그 드 삭스 (1696~1750년. 당시 가장 뛰어났던 프랑스의 元帥. 조르주 상드의 선조이기도 하다)를 읽기 위해서는 아니었습니다."
"하지만……."
나는 라켓으로 되받아치듯 서둘러 말했다.
"그래도 아마 그사람을 닮아가려고는 했겠지요?"
그는 얼른 내 말을 되받아쳤다.
"아닙니다! 당신이 생각하는 것처럼 그 드 삭스 원수의 잠재력에 매료되었던 것은 그무렵이 아니었습니다. 그무렵의 나는 제복(制服)에 핀으로 꽉 묶여 있던 신출내기 소위에 지나지 않았었습니다. 더구나 비록 — 그렇습니다. 어쩌면 내 얼굴 생김새 때문이었을 것 같은데 — 여자들이 그렇게 믿고 싶지 않았다 하더라도 여성에 대해서는 재간이 끔찍이 없었고 또 겁쟁이이기도 했었습니다……. 그 겁쟁이가 어떤 이익이 되었다는 것은 절대로 없습니다만…….

그 위에 그 좋았던 시절에 나는 불과 17세였던 것입니다. 육군학교는 졸업했습니다. 당시에는 — 현재라면 입학할 정도의 나이에 그곳을 졸업했었던 것입니다. 만약 인간의 무서운 소비자였던 그 황제(皇帝)의 시대가 이어졌더라면 아시아의 태수(太守)들이 9세짜리 총희(寵姬)들을 축첩했던 것처럼, 최후에는 12세짜리 병사를 길러낼 뻔했기 때문입니다."

— 만약 그가 황제라든가 총희란 이야기를 시작한 이상 어쩔 수가 없다는 생각에서 나는 이렇게 말했다.

"그러나 대위, 내기를 해도 좋은데…… 그 커튼 저쪽에 당신과 관계되는 여성이 없었다면 당신은 빛이 새어나오는 저 위쪽의 창문에 대한 추억을 지금까지 가지고 있지 않을 것입니다."

"그렇다면 내기는 당신의 승리입니다."

그는 엄숙하게 말했다. 그래서 나는 말했던 것이다.

"그래요. 물론입니다! 확신이 있습니다. 당신 같은 분이라면 주둔한 이래 아마도 열 번은 통과했을 시골의 조그마한 마을입니다. 무슨 방법으로든 어둠 속에서도 오늘 보는 것처럼 등불을 켜서, 당신을 위해 창문을 제공하는 것은, 사닥다리를 사용한 당신에게 사로잡힌 여성이든가, 아니면 그런 것을 위해 당신이 확보하고 있던, 이른바 전진기지와 같은 것 — 그 어느 것 중 하나일 것입니다."

"그러나 나는 전진기지 등, 그곳에 가지고 있지 아니합니다……. 적어도 전술적으로는요."

그는 여전히 엄숙하게 대답했다. 그러나 그 엄숙함은 이따금 그가 하는 농담의 어조였던 것이다.

"그리고 그 정도로 간단히 간파되는 것이라면 어찌 전진기지 운운할 수 있겠습니까?…… 그러나 사닥다리를 사용했든 안했든 간에 여성을 손에 넣는다는 점에 대해서는 아까도 말한 것처럼 나로서는 정말로 불가능한 것이었습니다.…… 따라서 그 장소에서 붙잡힌 것은 여성은 아니었습니다. 즉 나였던 것입니다."

나는 왜 그랬느냐고 그에게 물어보는 자세를 취했다 — 그러나 과연 그 어두운 객실 안에서 그가 그런 태도를 볼 수 있었을까?

"벨크 오브 조옴(네덜란드의 要塞 도시. 오랜 攻擊戰을 견디어냈던 일로 유명하다)의 함락이란 뜻이군요."

나는 말했다.

"그러나 17세의 소위 따위에게는 벨크 오브 조옴의 예지(叡智)도 난공불락의 자제심도 없는 법입니다."

그는 대답했다. 그래서 나는 쾌활한 어조로 이렇게 말했던 것이다.

"그래서 지금도 보디발(《구약성경》에 등장하는 인물로 그의 아내는 요셉과 육체관계를 맺자고 조르지만 거절당한다)의 아내든가 아니면 아가씨가……"

"아가씨였어요."

그는 이상할 정도로 진지한 어조로 말했다.

"대위, 그래서 우선 시작했었다는 거로군요! 그랬던 것은 이쪽의 요셉은 군인으로서…… 더구나 도망칠래야 도망칠 수 없는 요셉이었다……"

"그런데 철두철미하게 도망을 쳤던 것입니다."

그는 더없이 냉정하게 대답했다.

"늦었다는 생각도 있었지만 실제로는 무서웠던 것입니다! 그것은 내가 실제 귀로 들은, 더군다나 그것이 그 네이 원수(元帥 : 프랑스의 원수. 1769~1815년. 나폴레옹 밑에서 여러 차례 무훈을 세웠는데 특히 러시아 원정에서는 중앙군을 지휘했으며 그 공에 의해 모스크바公이 되었다. 백일천하에서는 나폴레옹을 도와 워털루에서 분전했는데 왕정복고 후 반역자로 몰리어 처형되었다)의 말인 만큼 다소 위안도 되는 '공포 따위는 결단코 느낀 적이 없었다고 호언장담한 그 장 푸……(그는 이 音을 떨떠름하게 발음했는데)가 어떤 인간인지 꼭 알아보고 싶다!'라고 하는 의미가 분명히 이해되는 공포였습니다……."

"당신이 그처럼 이상한 감동을 받았던 이야기라면 필시 흥미가 굉장히 깊은 것이겠네요, 대위."

"물론입니다! 흥미가 있다면 들려주겠습니다. 이 이야기는 마치 강철(鋼鐵) 위의 산(酸)처럼 내 인생을 부식시키고, 언제까지나 내 모든 악한 쾌락에 검은 그림자를 드리우고 있을 뿐 아니라 어떤 사건과 항상 연관되곤 합니다. 아아!…… 사악한 것이란 실로 항상 득이 되는 것은 아니지요."

그는 이렇게 덧붙였는데, 그리스의 범선(帆船)처럼 단단하게 동(銅)으로 피복(被覆)된 것이 아닌가 생각될 정도로, 무서울 만큼 쾌활했던 인물이 이때에 보여준 우수(憂愁)의 그림자는 나를 깜짝 놀라게 했다.

그는 열려진 창문을 닫았다. 버려진 것이 아닌가 의심할 만큼, 움직이지 않고 있는 마차 주변에 비록 아무도 없었지만, 다른 사람이 듣는 것이 두려워서인지, 아니면 숙소의 넓은 안뜰의 포석을 왔다갔다하며 청소하는 빗자루 소리를 번잡스런 반주(伴奏)처럼 생각했기 때문일까 —.

나는 목소리의 세세한 뉘앙스에까지 주의를 기울이면서 그의 이야기에 귀를 기울였다. 문이 닫힌 마차 안의 어둠에서는 그의 얼굴이 분간되지 않았기 때문에 내 눈은 여전히 매혹당할 듯한 빛을 내뿜고 있는 진홍색 커튼의 창문에 못박혀 있었다. 그리고 지금 그 창에 대하여 이야기하려는 것이다. 그는 다시 입을 열었다.

"그래요, 나는 17세였으며 육군학교를 갓 졸업했을 뿐이었습니다. 황제가 행하고 있던, 1813년의 원정(遠征)이라고 부르는 원정에서 독일에 진군하라는 군령(軍令), 그것을 나는 당시 사람들 모두가 그러했듯이 의욕을 가지고 대기했던 것입니다.

따라서 제일선 부대의 한 소대 소위로 임명되자마자 시골에 사는 아버지를 포옹할 틈도 없이 밤중에 지금 이곳 마을에 배속되어 합류했던 것이지요. 인구는 겨우 수천 명밖에 안되는 이 작은 마을이었으니 우리들 2대대가 겨우 주둔할 정도였습니다……. 다른 2대대는 가까이에 있는 촌락을 향하여 이미 진발한 후였습니다.

당신은 서(西)프랑스에서 돌아오는 때도 아마 이 마을을 통과했을 것이니 이곳에 산다는 것이, 당시의 나처럼 의무지워진 자에게 있어 어떤 것이었는지, 아니, 적어도 30년 전에는 어떤 것이었을지 짐작할 수 있을 것입니다. 그곳은 나의 데뷰를 위해서인지, 아니면 우연인지…… 그러나 어쨌든 당시의 육군대신(陸軍大臣)과 같은 자가 장본인이었을 것은 틀림없습니다만 — 나를 떠다밀다시피 한 최하의 주류(駐留)였습니다. 허 참! 지루했습니다. 실로 지루했었지요!

그 이후에도 그토록 지루하고 맥빠지는 주류는 어디에서도 경험하지 못했습니다. 단지 나이가 어렸다는 것, 그리고 처음으로 입는 군복의 도취 — 그것 아시겠습니까? 입어보지 않은 사람은 알 수 없는 감동입니다만……. 그 덕택에 견디어내기 어려운 지루함을 가까스로 견디어냈던 것입니다. 실제로 이 시골의 지루한 마을은 나에게 무엇을 해주었겠습니까?

그래서 나는 이곳에 살고 있다기보다 오히려 군복 속에서 살고 있었다고 할 수 있습니다⋯⋯. 토맛산과 피에의 걸작(傑作)이었지요. 마음이 들떠 있었던 것입니다! 내가 열중해 있었던 이 군복은 나에게 베일을 씌워주어서 모든 것을 아름답게 보도록 했던 것이랍니다. 즉 — 아니, 극단적인 말로 들릴는지 모르겠습니다만, 그러나 사실입니다⋯⋯. 이 군복이야말로 나의 참된 주둔지였던 것입니다!

아무런 변화도, 재미나는 일도, 그리고 생기조차도 없는 이 마을에 질려 버리면 장식품 모두를 주렁주렁 붙인 정식 예복을 입는 것입니다. — 그러면 어떠할까요? 권태는 근무장(勤務章) 앞에서 슬금슬금 도망쳐 버리는 것이었습니다! 홀로 있을 때라든가 기다리는 사람 하나 없을 때에는 화장할 것 말고 할 일이 없는 여자처럼 말입니다. 즉 나는⋯⋯ 자기자신을 위해 옷을 입었던 것입니다.

그리고 4시경이 되면 환락을 함께하는 상대방을 구하러 가는 것도 아니건만, 산보하러 나갔고 인기척이 없는 가로수 거리에서 견장(肩章)과 검(劍) 자루에 햇빛이 비추면 홀로 기뻐하며 파리의 젠트거리(후에 이탈리안 大路)라도 걷듯이 가슴을 쭉 폈던 것입니다.

하지만 그무렵에는 그런 여성들에게 은근히 팔목을 잡히고, 뒤에서 '이분이야말로 진짜 사관(士官)님이야!' 하는 등의 말을 듣기도 했었습니다만⋯⋯. 당시 이렇다 할 상업(商業)도, 그리고 산업활동도 없는 이 가난한 마을에는 황제에게 불만을 품고 있던 파산 직전인 구가(舊家)가 있을 뿐이었습니다.

어쨌든 그들의 이야기로는 황제는 대혁명 때, 큰 도둑놈들이 훔쳐간 것들을 완전히 회수해 주지 못했었으니까요. 그러므로 그들로서도 황제의 장교들을 그다지 환영하는 일이 없었던 것입니다. 즉 집회도 무도회도 야회(夜會)도 연회도 없었습니다.

그렇기는 했지만 날씨가 좋은 일요일의 정오 미사가 끝난 후에는, 어머니들이 그 허름한 가로수 거리 밖으로 자기네 딸들을 데리고 산보하며 여봐란 듯이 활보했습니다. 2시, 즉 오후 성경공부 시간까지 그러했습니다. 오후 성경공부 시작을 알리는 종소리가 울리면 스커트 입은 사람들은 모두 사라지고, 가로수 길에는 사람의 그림자 하나 보이지 않는 것이었습니다.

그리고 이 정오의 미사 말인데, 물론 우리는 발도 들여놓을 수 없었습니다. 그러나 왕정복고 때에는 연대(聯隊)의 수뇌들이 반드시 참가하는 전몰자(戰沒者) 미사가 되었으며, 그것이 이 죽음처럼 아무것도 없는 주둔지에서는 최소한 색채가 있는 사건이 되었습니다. 인생에서 여성에 대한 애정이라든가 정열이라든가, 이런 것들이 아주 큰 자리를 차지하는 시기에 있었던 우리로서는 이 전몰자 미사가 절호의 재료였습니다.

분견대(分遣隊) 임무에 임하고 있던 사람 외에는 장교들 모두가 희희낙락하여 교회의 이곳저곳에 자리를 잡고 있었습니다. 거의 언제나 우리는 미사드리러 오는 예쁜 아가씨들 뒤에 진을 치고 있었습니다. 그녀들도 그렇게 해서 얼굴과 맵시를 보여주기를 승낙하고 있었고 우리도 일부러 들으라는 목소리로 어떤 아가씨의 얼굴이, 또는 맵시가 좋다는 등의 품평회를 했던 것입니다.

아아! 전몰자 미사! 언제나 로맨스가 꽃피는 것을 보았습니다. 어머니들 옆에서 딸들이 기도를 하기 위해 무릎 꿇을 때, 의자에 놓은 머프가 연애편지로 불룩해져 있었는데 그녀들은 그 답장을 다음 일요일에 또 똑같은 머프 속에 살그머니 넣어두는 것이었습니다.

그러나 제정시대(帝政時代)에는 전몰자 미사 따위는 없었습니다. 그랬으므로 당연히 이 마을 양가(良家) 아가씨들에게 접근할 기회는 없었으며 우리는 다만 먼곳에서 베일 속에 감춰진 대상, 우리가 꿈속에서 사모하는 대상을 바라볼 수밖에 없었습니다. *** 마을에서 가장 흥미를 끄는 사람들의 이런 무미건조한 손실을 메워줄 만한 것은 아무것도 없었습니다.

고상한 이야기 따위가 있을 리 만무한 술집도 너무 삭막했습니다. 지루하기 짝이 없는 주둔지에서 천천히 향수를 달랠 만한 선술집조차 그러했으니, 견장(肩章)에 경의를 조금이라도 가지고 있다면 그런 곳에 발길을 들여놓을 수는 없는 일이지요……

그리고 지금은 사치 풍토가 도처에 스며들어 있는 이 작은 마을에, 당시에는, 숲속에 가는 것처럼 값비싼 돈을 내지 않고도 장교들이 만족스럽게 가서 식사할 수 있는 호텔도 하나 없었습니다. 그래서 우리들 대부분은 집단생활에 체념을 하면서 그처럼 유복스럽지 못한 마을 집에서 치는 하숙에 분산되어 있었습니다.

그러나 그들은 법을 벗어나는 값으로 방을 빌려주고 그들의 빈약한 식탁과 부족되는 가계(家計)를 보충해 나가고 있었던 것입니다.

나도 그러했습니다. 친구 중 한 사람이 이곳 역마정(驛馬亭)에 방을 얻어가지고 있었는데 그 역마정은 당시 이 거리에 있었던 것입니다. — 아시겠습니까? 날이 밝으면 지금 우리가 있는 집 몇채 뒤쪽의 연백색(鉛白色) 땅에 금빛 태양이 반쯤 얼굴을 내미는데 그 아래에 '일출(日出)!'이란 문자가 새겨져 있는 해시계가 있고 그 정면에 역마정이 보일 것입니다.

바로 그 친구가 가까운 곳에 하숙집을 소개해 주었습니다. ─ 높직한 곳에 그 창문이 나있는 집입니다. 마치 어제 있었던 일처럼 기억이 생생합니다. 하숙집을 얻는 결정권은 그에게 주었습니다. 연상인 그는 오랫동안 그 중대(中隊)에 있었으며 경험이 없이 경솔했던 내 군인생활 출발시에 갖가지로 안내역을 맡아주고 싶었던 모양입니다.

　앞에서 얘기했던 것처럼 내가 믿고 의지했던 군복에 대한 기분만은 예외였습니다만……. 거기에는 또 당신네들 세대가 평화회의라든가 그밖에 인도적(人道的)·철학적 요술 같은 연극에 대해서 가지고 있다가 이윽고는 사라지게 되는 덧없는 감정도 따라다니기는 했습니다만…….

　그리고 초진(初陣)의 전장(戰場)에서 대포 소리가 포효하는 것을 듣고(이런 군인식 어투를 용서해 주십시오), 군사적(軍事的) 처녀성(處女性)을 잃는다는 희망 ─. 나에게는 그저 어느 쪽도 마찬가지였던 것입니다! 나는 이 두 가지 일만을 생각하고 살았습니다. ─ 특히 후자(後者)의 생각인데 그것은 하나의 기대이기도 했습니다. 모르고 사는 삶이기에 인간은 많은 것을 알 수 있기 때문입니다.

　그래서 나는 그야말로 수전노처럼 내일의 나를 애처롭게 여기고 있었던 것인데, 또 시끄러운 장소에서 하룻밤을 보낼 수밖에 없는 인간이 몸치장을 바르게 하는 것처럼 이 지상(地上)에서 몸치장을 바르게 하는 경신가(敬神家)가 어떤 것인지도 잘 알고 있었습니다.

　이미 병사(兵士)들만큼 수도승(修道僧)과 비슷한 것은 없었는데, 나는 바로 그 병사였던 것입니다! 바로 그런 식으로 나는 주둔지와 사이를 맺고 있었던 것이지요.

아까 말했습니다만 하숙집 사람들과 함께 식사를 하는 시간과 매일 거듭되는 군무(軍務)와 훈련시간을 빼고는, 나는 대부분 시간을 내 방의 암청색(暗靑色) 모로코 가죽을 댄 긴의자에 누워서 보냈습니다. 그 차가운 감촉은 훈련 후에 샤워라도 한 것처럼 상쾌한 기분이었으므로 검술(劍術)을 연습한다든가 건너편에 살고 있던 친구, 루이 드 망과 카드를 할 때 외에는 거의 의자에서 일어나지 않았습니다.

루이 드 망은 나만큼 지루해하지는 않았습니다. 마을의 바람기 있는 아가씨 가운데 상당한 미녀를 사귀고 정부(情婦)로 삼았다는 그의 말에 의하면 여가를 잘 활용하고 있었으니까요. 그러나 내가 여성에 대하여 알고 있었던 실력이 그대로 루이의 흉내를 낼만큼 나를 다그치지는 않았습니다.

내가 알고 있었던 것은 야비한 방법 그대로였는데 요즘의 상 시르(루이 14세와 망토농 부인이 1685년에 여자교육을 위해 건설한 학원. 그후 1808년 육군학교가 되었다) 학생이라면 졸업하는 날 다 알고 있을 그런 것이었습니다…… . 그후에서야 자연스럽게 눈을 뜨게 되는 그런 타입이었던 것입니다…… .

상 레미를 알고 계십니까? 마을 안에서 악명으로 유명했던 사람으로 우리는 '미노타우로스(그리스 神話 속의 牛頭人身의 괴물)'라고 불렀었습니다. 자기 아내의 애인을 죽였다고 해서 뿔을 기르고 있었다(아내를 잠자리에서 빼앗긴 주인에게는 뿔이 난다고 하는 속설)는 점뿐만 아니라 거식(巨食)이란 점에서도 미노타우로스였습니다만……."

"예, 알고 있습니다."

나는 대답했다.

"그러나 늙어서 완고해지고 해를 거듭함에 따라 몸이 망가진 끝에 결국에는 못쓰게 된 사람입니다만…… 물론 알고 있지요. 브랑톰(1540?~1614년. 프랑스의 군인·傳記 作家. 主著《名士名將列傳》《艶婦傳》)에 나올 것 같은 그 위대한 좌절자 상 레미였을 것입니다."

"실제로 그는 브랑톰의 인물이었습니다."

자작은 말했다. 그리고 이렇게 덧붙였다.

"아시겠습니까? 상 레미는 27세가 되었을 때도 아직 술잔에도, 그리고 스커트에도 닿지 않았었던 것입니다. 물어보는 이가 있었다면 그는 이렇게 대답했을 것입니다! '27세 때까지에도 여성 방면에서는 갓 태어난 아기와 같이 무지했으며 또 젖은 떨어졌었다 하더라도 아직 우유와 물밖에 마시지 않았었다고요.'"

"그러면 잃어버린 시간을 멋지게 되찾았다는 것이로군요."

내가 이렇게 말하자,

"그렇습니다."

라고 자작은 말한 다음 다시 덧붙이는 것이었다.

"그리고 나 또한 그렇습니다. 그러나 나는 되찾는 데 그다지 고생하지는 않았습니다! 나에게 있어 분별력이 붙은 최초의 시기는, 이 *** 마을에서 보낸 시기와 거의 중복되고 있습니다. 그러므로 비록 상 레미의 소위 절대적 처녀성이란 것은 가지고 있지 않았다 하더라도 이 땅에서 나는 태어날 때부터 그러했었던 고로, 명예를 걸고 맹세합니다만…… 마치 참된 마르도의 기사(騎士)와 마찬가지로 생활하고 있었던 것입니다……. 그 의미를 아시겠습니까?

구질서를 폐지하고 만 그 대혁명만 없었더라면 나는 숙부 중 한 사람으로부터 그 기사령(騎士領)을 상속까지 받았을 것입니다. 그러나 모든 것이 폐지되었다고는 하지만, 나도 이따금은 기사장(騎士章)을 패용했었습니다. 자랑삼아서이지요."
드 브랏서르 자작은 계속했다.
"내가 하숙하고 있던 집 주인 일가족의 이야기인데 당신은 상상하는 것 이상의 중산계급이었었습니다. 한가족이라 해도 남편과 아내, 두 사람뿐인데 동갑내기인 그들은 천박한 면이라곤 전혀 없었습니다.

아니, 그뿐 아니라 내가 교제했던 바로는, 그들에게는 오늘날에는 그들 계층에서 볼 수 없게 된 그 고상함이 있어서, 실로 사라져 버린 한 시대의 잔향(殘香)이라고 해야 할 것입니다.

관찰을 하기 위한 관찰을 하는 나이가 아니었던 나로서는 점심과 저녁, 하루에 두 시간 정도 식사를 함께하는 것이 고작이었습니다. 따라서 표면적인 교섭 생활 속에서 이 두 노인의 과거에 대해 그 이상 알아보고 싶다는 흥미를 나는 그들에게 가지지 않았던 것입니다. 그들의 대화에는 그들의 과거를 들여다볼 만한 것이라고는 아무것도 없었습니다.

대화는 보통 마을에서 일어난 사건이라든가 마을 사람들에 대해서였으므로 그 덕택에 여러 가지를 알 수 있게 되었습니다. 말투는 쾌활하고 상소리도 다소 하는 남편에 비하여 신앙심이 깊은 아내는 사양하는 편이 많은 편이었습니다. 나는 물론 그런 점에 의해 즐거움을 느끼기도 했습니다만······.

그런데 나는 그 남편으로부터 젊었을 때 어떤 이유로 외지에 나간 적이 있었는데 그로 인하여 그를 기다리던 아내와의 결혼이 늦어졌다는 이야기를 들은 기억이 있습니다. 요컨대 온화한 성품이며 아주 침착하게 숙명을 받아들이면서 살아가는 선량한 사람들이었어요.

아내는 남편 옆에서 그를 위해 양말을 뜨고, 음악광(音樂狂)인 남편은 내 방 위쪽의 다락방에서 비오티(Giovanni Battista Viotti : 1755~1824년. 바이올리니스트·작곡가. 파르페도 좋아했다)의 옛 음악을 잘 켜지도 못하는 바이올린으로 켜면서 하루하루를 보내고 있었던 것입니다……. 어쩌면 그전에는 좀더 유복했을 것입니다.

그리고 그는 숨겨두고 싶었던 재산을 잃어버렸기 때문에 부득이 집에 하숙을 치게 되었던 것 같습니다. 그러나 하숙인 이외에는 그런 사실을 아는 사람이 없었습니다.

그들의 주택에 있는 풍부한 촉감이 좋은 의류라든가 보기에도 좋고 묵직한 은기류(銀器類), 그리고 붙박이 가구류―. 그 모든 것은 그 옛날 살기 좋았던 시절의 편안함을 숨쉬고 있었습니다. 그런 것들이라면 굳이 새것으로 바꿀 생각이 안들었을 것입니다.

나 역시 즐거운 기분을 맛볼 수 있었습니다. 식사도 좋았고 식사가 끝난 다음 식탁에서 일어나는 허가를 받을 때쯤 되면 가정부로 일하던 올리브 노파가, '수염을 닦으세요'라고 하는 말을 듣는 것이 더 이상 없이 즐거웠습니다. 아직 제대로 나지도 않은 젊은 애송이 소위의 고양이 수염과 같은 것을 보고 수염이라고 칭해 주는 것은 명예스런 일이었으니까요.

그래서 나도 집주인과 마찬가지로 그곳에서 조용히 반 년쯤 지냈을 무렵입니다. 어쨌든 그후에 만나게 되는 소녀의 존재를 시사하는 말은 한마디도 들은 적이 없었는데, 어느 날, 평소와 같은 시간에 식사를 하기 위해 층계를 내려가니, 식당 구석에 늘씬한 소녀가 방금 돌아온 그집 식구인 양, 모자걸이에 모자를 걸려고 발돋음하고 있었어요. 높은 곳에 자기 모자를 걸기 위해 그녀는 허리를 쭉 펴고 위를 바라보며 그 멋진 지체(肢體)를 늘이고 있었습니다.

늘씬한 지체는 허리를 받쳐주고 있는데, 입고 있으면서 그런 자세를 취해도 외부에 보일 염려가 없는, 당시의 상의와 그 하얀 상의 위에서 가장자리에 장식을 늘어뜨린 녹색 비단 스펜서(일종의 짧은 외투)의 반짝이는 동의(胴衣)가 잘 어울리었습니다(그랬습니다. 그것이 실로 잘 어울렸던 것입니다).

양팔을 아직 공중으로 뻗은 채 그녀는 내가 들어오는 발짝 소리를 듣고 돌아보았습니다. 갸웃하는 목줄기 옆으로 그녀의 얼굴이 보였습니다. 그러나 그녀는 못본 척하면서 모자를 걸고 나자 모자의 리본에 주름이 졌는지를 확인하고 있었습니다. 서서히, 그러면서도 주의깊게 ― . 보는 이가 초조해질 정도로 말입니다.

인사를 할 생각이었던 나는 그녀가 나에게 아는 척해 주기를, 서있는 채로 기다렸습니다 ― . 그렇게 한참을 있은 후에야 그녀는 겨우 그 검은 눈동자로 나를 바라보는 것이었습니다. 티투스(로마 황제. 39~81년. 賢帝로서 仁政을 폈던 것으로 알려져 있다)풍으로 자른 다발이 이마에 흘러내리는 그녀의 머리는 그 머리 모양이, 눈동자에서 주는 것 이상으로 일종의 냉정함을 풍기고 있었습니다.

그런 시각에, 그런 장소에 있는 사람이란 도대체 누구일지 나로서는 짐작도 가지 않았습니다. 집주인 부부와 함께 식사를 하는 인간은 그때까지 한사람도 없었기 때문입니다……. 그러나 그녀는 아마도 식사를 하러 온 것 같았습니다. 식탁에는 식사 준비가 다 되어 있었는데 4인분의 식기가 차려져 있었던 것입니다.

한편 그녀를 만났을 때의 놀라움도, 그녀가 누구인지를 알았을 때의 놀라움에 비하면 아무것도 아니었습니다. 마침 그때 주인 부부가 방안에 들어왔는데 그녀를 나에게 소개해 주었습니다. 기숙사에서 갓나왔는데 앞으로 같이 살게 된 그들의 딸이라고 소개해 주었던 것입니다.

그들의 딸이라니? 그 딸이란 소녀처럼 그들과 닮지 않은 사람도 없었습니다. 세상의 모든 미녀가 이런 사람들에게서 태어나지 않는다는 말은 아닙니다. 그런 예는 잘 알고 있으며 당신도 잘 알고 계실 겁니다. 생리학적으로 말하면, 가장 추한 것이 가장 아름다운 것을 낳을 가능성도 있는 것입니다.

그러나 그녀는 ─. 그녀와 그들과의 사이에는 인종(人種)의 차이만큼이나 심연(深淵)이 가로놓여 있었던 것입니다……

그리고 생리학적으로 볼 때, 당신의 시대의 것인 이 현학적(衒學的) 언사(言辭)를 실례를 무릅쓰고 사용하겠는데 그것은 그녀가 처해 있는, 그리고 그런 젊은 아가씨에게는 어울리지 않는 분위기를 통해서만 알아차릴 수 있는 일이었던 것입니다.

그것은 표현하기가 아주 어려운 일종의 가늠되지 않는 분위기였습니다. '저기 봐! 저곳에 아주 멋진 아가씨가 있다구!'라는 등, 가볍게 말할 수 있는 성질의 것이 아니었습니다. 즉 우연히 만나서 그런 말을 했다가, 나중에는 결코 입밖에 내지 않는 ─ 요컨대 세상에 흔히 있는 예쁜 아가씨란 분위기가 아니었던 것입니다. 그렇습니다. 그 분위기는……

부모뿐만이 아니라 다른 어떤 인간과도 달랐습니다. 그녀에게는 정열이라든가 감정 따위는 모두 없는 것 같았지만, 당신이었더라도 선 자리에서 놀라움으로 그냥 못박혀 버리고 말았을 것입니다. 베라스케스(스페인의 畵家. 1599~1622년. 페리에 4세의 宮廷畵家로서 그레코와 쌍벽을 이루는 스페인 화파의 중심이며 油畵 기교의 완성자이다. 특히 국왕과 왕족들의 걸출한 초상화로 알려졌다)가 그린 '스파니엘견(犬)을 안은 공주(公主)'를 안다면, 그 그림이 오만하지도 않고 경멸적이지도 않으며 모멸적이지도 않은, 단지 무감동적일 뿐인 그 분위기가 어떤 것인지를 짐작할 수 있을 것입니다.

 오만하고 모멸적인 분위기라면 일부러 오만하게 행동하고 모멸을 주게 마련인데, 상대방에게 그 존재를 인식시켜도 좋을 것입니다. 그런데 그녀가 가지고 있는 분위기는 이렇게 말하고 있었습니다. 즉 '나에게 있어 당신은 존재하지도 않는 것이다'……. 털어놓고 말한다면 그 첫 번째 날과 그로부터 이어지는 날들 — 그 사이에 그 용모가 나에게 던졌던 질문은 지금까지도 풀리지 않는 것입니다.

 즉 빠른 말투로 이해하기 어려운 이야기를 하며, 수놓은 모슬린 넥타이에서 목에 난 혹을 드러내며, 아내가 손수 만든 잼과 똑같은 안색(顔色)을 하고 하얀 조끼와 황록색 프록을 걸치고 있는 호인 타입의 뚱뚱보 아버지에게서 어떻게 저처럼 고아(高雅)한 딸이 태어났느냐란 점입니다……. 그리고 남편 쪽에서 그런 의문을 가지고 있었다 하더라도 — 그런 정도로까지는 보이지 않았지만 아내 쪽 역시 그 해답을 낼 수는 없었을 것입니다.

 알베르티느(그것이 마치 하늘이 부르주아들을 조롱하고자 했던 것처럼 하늘에서 강림시킨 그 보통이 아닌 大公妃의 이름이었습니다) — 기다란 이름을 수고스럽지 않도록 부모로부터는 알베르토 불리고 있었는데 그것은 그녀의 용모라든가 사람 됨됨이에 아주 꼭 들어맞았습니다. 그 알베르티느는 부모 중 그 어느 쪽의 딸로도 보이지 않았습니다…….

 이 최초의 식사가 끝나고 곧 이어서 무슨 말을 하는데 고상한 언어를 구사하며 이야기했고, 또 결코 어떤 선을 넘지 않는 것처럼 보였습니다……. 그런데다가 어쩌면 우리가 식사하는 동안에는 그것을 시사할 기회도 거의 없었던 관계이기도 했겠지만 나에 대하여 신경조차 쓰지 않는 총명함도 있었던 것입니다.

아가씨의 존재는 필연적으로 노부부의 세상사 이야기를 변질시키고 말았습니다. 마을에서 일어나는 사소한 스캔들은 화제에서 완전히 사라졌던 것입니다. 식탁에서는 문자 그대로 비가 온다, 맑다 등, 시시한 이야기들이 화제로 올랐습니다.

최초의 그 무감동한 분위기로, 나를 완전히 놀라게 만들었던 알베르티느, 아니, 알베르토가 나에게 해준 것이라고는 그것 이외에 아무것도 없었으므로 나를 그런 분위기에서 무감동하게 만들었습니다…….

만약 내가 그 때문에 태어난 인간으로서, 내가 그녀와 만나는 것이 당연했었더라면, 그녀의 그런 무감동한 태도는 필시 나를 흥분시켰을 것입니다……. 그러나 그녀는 비록 눈길을 통해서조차 내가 말을 붙이며 다가갈 그런 아가씨가 아니었습니다……. 그녀의 부모집에 하숙을 하고, 그녀와 마주 대하는 내 입장은 미묘한 것이어서, 지극히 작은 것조차도 실수로 연결되어서는 안되었습니다.

평소의 생활에서는 그녀가 나에게 있어 어떤 존재가 되기 위해서라면 — 그녀는 나에게서 알맞게 멀고, 또 알맞게 가까웠던 것이니까요……. 나는 이윽고 지극히 자연스럽게, 그리고 어떤 종류의 흑심도 없이, 그녀의 무감동함에 완전한 무관심으로 응하게 되었습니다…….

더구나 그것은 내 쪽에서도, 그녀 쪽에서도 성격에 반(反)하는 것은 아니었습니다. 우리 사이에는 그 이상 있을 수 없을 만큼 냉정하고 예의바르게, 그리고 그 이상 없을 만큼 순수한 대화밖에 없었습니다. 나에게 있어 그녀는 보일 듯 말 듯한 환영에 지나지 않았던 것입니다!

그리고 나는 그녀에게 있어 무엇이었을까요?……식탁에 앉으면 — 그곳에서만 우리는 얼굴을 마주하는 것이었는데 — 그녀는 나보다도 주전자라든가 설탕그릇을 바라보고 있을 뿐이었습니다……. 그녀가 그곳에서 이야기하는 것은 늘 뻔한 이야기인데, 의미가 없는 이야기들은 그녀의 성격을 파악하는 데 아무 단서도 나에게 주지 못했습니다. 그러나 그것이 나에게 무슨 상관이 되겠습니까?

어쩌면 나는 이 조용하고 이상한 미소녀 속에 있는 — 공주(公主)처럼 그 장소의 분위기에 맞지 않는 것을 바라보고만 있으면서 인생을 보내고 있었는지도 모릅니다……. 하지만 그렇지는 않았습니다. 그런 전환기를 맞기 위해서는 지금부터 당신에게 이야기해 줄 생각인 어떤 사건이 필요했습니다. 그것은 비록 천둥과 같은 것은 아니었다 하더라도 번개처럼 나에게 닥쳐왔습니다!

알베르토가 돌아온 지 약 1개월쯤 지난 날 저녁때, 우리는 저녁 식탁에 앉아 있었습니다. 그녀는 내 옆좌석에 앉아 있었는데, 그때까지 그녀에게 그다지 주의를 기울이지 않았었기 때문에, 나를 놀라게 하는 이 일상적인 소소한 일에 대하여 신경도 안쓰고 있었습니다. 즉 그녀가 아버지와 어머니 사이에 앉는 게 아니라 내 옆에 앉아있는 일 말입니다.

그리고 내가 냅킨을 무릎 위에 펴놓았을 때, ……아니, 그때의 그 놀라움, 그 감각, 그것이 어떤 것이었는지에 대해서는 도저히 당신에게 전해 줄 수 없을 것 같습니다. 나는 그녀의 손이 식탁 아래에서 대담하게도 내 손을 잡고 있는 것을 느꼈던 것입니다. 꿈을 꾸고 있는 것으로 생각했습니다……. 아니, 아무것도 믿어지지가 않았습니다…….

냅킨 아래로까지 내 손을 더듬으며 잡는, 이 대담한 손, 그 손의 믿기지 않는 감각에 나는 그저 빠져들 뿐이었습니다. 실로 뜻밖의 일이었습니다.

불이 붙은 내 온몸의 피는 마치 밀려오듯이 심장으로부터 그 손으로 쇄도했고, 마침내는 펌프로 밀어올리듯 미친듯이 심장으로 다시 올라가는 것이었습니다! 눈앞은 새파랗게 보이면서요……. 귀에서는 빠르게 치는 종소리가 들리는 것 같았습니다. 내 얼굴은 보기에 무서울 만큼 창백해져 있었을 것입니다.

당장에라도 기절하고 말 것 같았습니다. — 내 손을 꼭 잡고 있는 손, 소년의 손처럼 다소 크고 힘이 들어 있는 그 손의 포동포동한 살의 감각, 그것이 불러일으켜 주는, 저항하기 어려운 육욕(肉慾) —. 온몸까지 모두 녹아 버릴 것 같았었는데 나는 이 고통스런 손을 뿌리치려고 했습니다.

그러나 그 손은 내 동요를 알아차리고는 더욱 관능적으로 잡았습니다. 마음과 마찬가지로 압도당하고 있는 내 손을, 위엄을 가하며 아주 뜨겁게 그리고 숨막힐 정도로 감미롭게 감싸잡는 것이었습니다…….

그로부터 35년의 세월이 흘렀습니다. 여성의 손에 잡혔었던 내 손이 다소 무감각해졌을 것으로 믿으시겠지요? 그러나 지금도 그때의 일을 생각하면 무분별하게 정열을 불태우는 폭군처럼 내 손을 꼭 잡고 있는 그녀의 손의 인상이 새록새록 되살아나는 것입니다.

죄어오는 그 손이 내 온몸에 스며들면서 수천 개나 되는 전율(戰慄)의 먹잇감이 되고 만 나는, 그 어머니와 아버지 앞에서 그녀가, 부모의 눈을 속이며 대담하게 행동하는, 그리고 다름아닌 내가 지금 경험하고 있는 것, 그것을 무의식중에라도 입밖에 내지 않을까 하여 두려워하고 있었습니다…….

그러나 당장에라도 파멸될 위험에 처해 있으면서, 더구나 믿겨지지 않는 냉정성이 착란을 덮어 숨기고 있는 대담한 이 아가씨에게 져서는 수치일 것이라고 생각한 나는, 아무런 의심도 하고 있지 않은, 가엾은 부모 앞에서 모든 것을 폭로하고 싶은 욕망을 억제하고자 입술을 피가 나올 만큼 깨물면서 초인간적인 노력을 경주하고 있었습니다.

그때까지 알아차리지 못했던 그녀의 다른 한쪽 손을 내 눈이 찾기 시작한 것은 바로 그때였습니다. 그것은 이 위험이 극도에 치닫는 순간, 해가 뉘엿뉘엿 넘어가기 시작했기 때문에 식탁 위에 가져온 램프 손잡이를 잡아 제자리에 놓음으로써 가라앉게 되었습니다⋯⋯. 나는 그것을 바라보았습니다⋯⋯. 내 손은 마치 난로 바닥처럼 되어 버렸고 거대한 불꽃의 칼이 내 온몸의 혈관을 통해서 퍼져나가는 것 같았습니다.

그리고 그녀의 또 한쪽 손은 '그렇다면 여기⋯⋯'라는 식으로 뻗어 있었습니다. 다소 통통하긴 했지만 손가락은 길고 아름다운 곡선을 만들고 있었으며 그 손끝은 램프빛을 직선으로 받고 있었습니다. 그녀의 손은 장미빛을 띠고 있었는데 바탕은 투명할 만큼 하얬습니다. 그 손은 확고하게, 그리고 일종의 우아함을 보이면서 그 비교할 것이 없을 정도의 대담한 동작을 조금도 떠는 일 없이 하고 있었던 것입니다.

그러나 우리는 손을 그대로 잡고 있을 수만은 없었습니다⋯⋯. 식사를 하려면 손이 필요했기 때문입니다. 알베르토의 손이 내 손에서 떨어졌습니다. 그러나 그것이 떨어지는 순간, 손과 마찬가지로 정이 듬뿍 어린 그녀의 다리가 아주 평정하게 정열적으로, 그리고 절대적인 힘으로 내 다리에 밀착했는데, 너무나 짧게 느껴진 그 식사 시간 내내 계속 그런 상태로 있었던 것입니다.

그 식사는 — 처음에는 참을 수 없을 만큼 뜨거웠었는데, 이윽고 익숙해져서 편안함을 느끼게 되는 — 다시 말해서 뜨거운 물 속의 물고기처럼 — 어느 날인가 지옥의 새빨간 불꽃 속에서 죄인들이 몸도 마음도 되살아난 상태로 — 감미로운 기분에 젖게 만드는 열탕욕(熱湯浴) — 그 열탕욕에 나를 들어가게 하는 것이었습니다.

내가 그날 식사를 했는지, 그리고 그때 테이블 아래에서 벌어진 신비적인 드라마에 조금도 의심을 하지 않고 있었던, 온화하기 짝이 없는 집주인 부부와 시시한 세상 이야기를 나누었었는지 어땠는지 그것은 당신의 상상에 맡기겠습니다.

그 부모들은 아무것도 눈치채지 못했습니다. 그러나 어떻게든 눈치채게 될 것입니다. 나는 분명 나 그녀보다도 그들에 대하여 불안감을 가지고 있었습니다. 나에게는 17세 나름대로의 성실성과 동정심이 있었던 것입니다. '그녀는 뻔뻔스러운 것일까? 아니면 미친 것일까?' 등등 자문(自問)을 해보았습니다.

살며시 곁눈질로 그녀를 보았습니다. 그리고 이 광녀(狂女)가 의식(儀式)에 참가하고 있는 대공비(大公妃)와 같은 태도를 조금도 허물어뜨리지 않고 있으며, 또 그 표정은, 다리가 — 내 다리에 대하여 — 수작을 떨고, 말을 걸고 있는 이런 모든 광기(狂氣)와 같은 짓을 하면서도 — 아무 행동도 하지 않고 아무 말도 하지 않는 것처럼 시치미를 뚝 떼고 있는 그 평정함에 놀라고 만 것입니다.

여성이 신중성이 없는 것처럼 묘사되고 있는 호색본(好色本)을 많이 읽고 있었고, 또 육군학교에서 교육을 받은 나입니다. 적어도 공상적(空想的)으로는 자기자신을 미남이라고 생각했으며 문 뒤에서나 계단에서 자기네들 어머니가 부리는 하녀의 입술에 키

진홍색 커튼 189

스를 했을 젊은이들이 그러했듯이 나도 저 잘난 맛에 사는 러브레이스(영국의 작가인 리처드슨의 書簡體 소설 《클러리서 하로우》에 등장하는 탕아의 이름. 轉하여 탕아의 보통명사가 되었다)였습니다. 그러나 이때의 사건은 17세인 러브레이스의 잔잔한 마음을 흔들어 놓을 뿐이었습니다.

그때까지 책으로 읽었던 것, 여성에게 특유(特有)한 것으로 되어 있던 허위라고 하는 천성 — 그녀들의 격렬하고 바닥을 모를 만큼 정열을 싸서 숨길 수 있는 가면(假面)의 힘 — 에 대하여 듣고 있었던 것과, 그런 것들보다도 훨씬 강렬한 것이라고 나는 생각하고 있었습니다.

생각해 보십시오! 그녀는 18세였던 것입니다! 그녀조차도?…… 그녀는 어머니의 도덕심과 경건성이 딸을 위해 선정해 주었던 기숙학교(寄宿學校) — 물론 그곳에 혐의를 둘 이유는 전혀 없는 나입니다만 — 를 나왔던 것입니다.

당혹스럽기 짝이 없는 이런 완전한 결락(缺落), 즉 수치심의 절대적인 결점, 젊디젊은 처녀에게 있어 가장 위험하고 제일 수치심을 느껴야 할 짓을 감행하고 마는 안이한 자제심 — 그녀는 그런 괴물과 같은 언행에 의해 자기 몸을 맡기고자 하는 상대방 남자에게 어떤 행위도, 그리고 어떤 눈짓도 사전에는 보이지 않았던 것입니다 — 그런 것들이 단번에 내 뇌를 가로지르며 감정이 동전(動顚)되어 있는데도 불구하고 확실히 내 정신에 떠오르는 것이었습니다.

물론 이때도, 그리고 그 이후에도 나는 그 일을 계속해서 생각했습니다. 악에 대하여 이토록 두려운 조숙(早熟)을 나타내고 있는 이 소녀의 행동에 진부한 공포를 느꼈던 것은 아닙니다. 그리고 그것은 내가 젊었기 때문도 아닐 것입니다. 그로부터 수십 년

후에도 눈을 한번 맞췄다고 해서 몸을 던져오는 여성 따위는 타락한 여자라고 생각했던 것입니다.

또 그런 일은 반대로 아주 단순하다고 생각하기 쉽습니다. '불쌍한 여자다!'라고 사람들이 말할 때, 이미 그것은 그런 가련함보다는 훨씬 더 조신함을 포함시키고 있는 법입니다. 그리고 결국 나는 가령 겁쟁이가 될지언정 어리석은 자가 되고 싶지는 않았던 것입니다.

그것이야말로 모든 악행을, 양심의 가책 없이 수행할 때 드는, 프랑스적 일대이유(一大理由)입니다. 이 미소녀가 나에게 애정 따위는 가지고 있지 않는 점에 대하여 아무런 의문도 없었습니다. 사랑은 이런 수치심이 없는 것이라든가 대담성을 가지고 진행되는 것은 아닙니다. 한편 그녀가 나에게 경험시키려고 했던 것은 그런 수치심을 없애는 것일 뿐, 또 그 이상의 아무것도 아니란 것을 나는 잘 알고 있었습니다.

그러나 사랑이었든 아니었든 간에……이런 일이야말로 내가 바라던 바였습니다!……. 테이블에서 일어났을 때 내 마음은 정해져 있었습니다……. 조금 전까지만 해도 내 손을 잡으리라고는 생각하지도 않았던 이 알베르토의 손은 마치 그녀의 손이 내 손에 붙어 있는 것과 마찬가지로 내 온몸을 그녀의 온몸에 맞부딪치게 하고 싶어한다는 욕망을 내 마음속 깊이 새겨놓고 있었던 것입니다.

나는 미친 사람처럼 방으로 올라갔는데 다소 냉정을 되찾게 되자 그토록 악마와 같고 도발적인 아가씨와 — 속되게 말해서 재치있게, 사람들 눈을 속이면서 연인 사이로 맺으려면 어떻게 해야 좋을지를 생각하기 시작했습니다.

자세히 알려고는 하지 않았었지만 그녀가 결코 어머니 옆을 떠나지 않는다는 것 — 즉 그들에게는 거실이기도 했던 식당 창가에서 어머니와 함께 바느질을 하는 것이 일상사였다는 점, 그리고 이 마을에는 그녀를 만나러 오는 여자 친구가 없다는 점, 또 일요일의 미사에는 부모와 함께 외출을 한다는 점, 그밖에는 거의 외출을 하지 않는다는 점 정도는 잘 알고 있었습니다.

어떻습니까? 점점 용기를 내야겠다는 생각이 들지 않았겠습니까?…… 존대(尊大)하지는 않았다 하더라도 인생에 있어, 2차적인 흥미밖에 야기시키지 않는 사람들을 다룰 때처럼, 때로는 초연한 의례적(儀禮的) 교제만을 이 선량한 집주인 부부와 맺어왔던 것을, 나는 차츰 후회하기 시작했습니다.

물론 내가 숨기고 있었던 일에 대하여 의심을 품게 하고, 또 그것을 타개해 나가지 않으면 그들과의 관계가 바뀌지 않을 것이라고 나는 나 자신에게 들려주었습니다…….

그러므로 알베르토와 은밀히 이야기를 나누기 위해서는, 내가 방에서 내려올 때라든가, 방으로 올라갈 때, 계단에서 만나야 했는데 계단에서는 남의 눈에 띄거나, 하는 이야기를 남이 들을 가능성이 있었습니다……. 모두가 팔꿈치를 맞대고 있는 — 좁은 공간이 잘 정돈되어 있는 집에서, 내가 할 수 있는 짓이라면 편지를 써 보내는 것이었습니다.

그러면 그 대담한 아가씨의 손은 테이블 밑에서도 그토록 교묘하게 내 손을 찾아냈던 터이므로 내가 건네주는 편지를 받는 데, 그다지 어려운 의식은 필요치 않을 것으로 생각하고 나는 편지를 썼습니다. 그것은 처해 있는 괴로움을 호소하는 편지, 즉 이미 첫 번째 행복을 맛본 사나이가 간원(懇願)하는 듯한, 그리고 명령적인, 또 취한 듯한 편지였습니다.

단, 편지를 전해 주기 위해서는 다음날 저녁 식사 때까지 기다리지 않으면 안되었는데 나로서는 너무 긴 시간으로 생각되었습니다. 그러나 마침내 그 저녁 식사 시간이 되었습니다! 24시간 전에 내 손을 더듬어 잡았었던 그 선정적인 손은, 전날 저녁때처럼 어김없이 테이블 밑에서 내 손을 찾으며 뻗어왔습니다.

알베르토는 내 편지에 손이 닿자 생각했던 대로 그것을 꼭 잡았습니다. 뜻밖이었던 것은 그 무관심하고 태연스런 태도로서 — 모든 사람 앞에서 시치미를 떼며 도전하는 그 베라스케스 공주(公主)와 같은 태도로서, 그녀는 그 편지를 겉옷 가슴 밑에 집어넣은 다음 평연하게 레이스의 주름을 바로잡는 것이었습니다.

눈길을 아래에 주면서 포타주(수프의 한 가지)를 섞는 데 신경을 쓰고 있던 어머니는 물론 눈치를 채지 못했고 바이올린을 켜지 않을 때도 언제나 그것을 생각하며 뭐라고 중얼거리는, 어수룩한 아버지는 그저 난롯불을 바라보고 있을 뿐이었습니다."

"그런 정도라면…… 그런 일 정도라면 세상에는 얼마든지 있을 수 있는 일입니다, 대위!"

나는 쾌활한 어조로 입을 열었다. 그의 이야기는 주둔지에서 흔히 있는 색연(色戀)의 방향으로 다소 빗나가기 시작하고 있었는데 그렇게 되면 이야기가 어디로 흘러나갈는지 짐작할 수 없겠다는 생각이 들었던 것이다.

"아시겠습니까? 불과 며칠 전의 일입니다. 오페라 극장에서 내 이웃 자리에, 당신의 알베르토와 거의 똑같은 여성이 앉아 있었습니다. 그래요, 나이는 18세보다 다소 더된 듯했습니다. 그러나 명예를 걸고 말하겠는데 그토록 기품이 있는 여성도 참으로 이상하더군요.

극이 계속되는 동안 그녀는 마치 대리석 조각처럼 몸 한 번 움직이지 않고 앉아 있었습니다. 단 한 번도 좌우를 돌아보는 일이 없었습니다. 그러나 어쩌면 그녀는 그 완전히 노출시킨 아름다운 어깨 너머로 곁눈질하며 주변을 살피고 있었을 것입니다.
 왜냐하면 내 자리 뒤쪽, 즉 나와 그녀의 뒤쪽에는 그때 무대에서 하는 연기 따위는 그녀와 마찬가지로, 무관심한 젊은이가 있었기 때문입니다. 이 젊은이는 공공장소에서 남성이 여성에게 보이는, 말하자면 적당한 거리를 두고 사랑의 고백 따위의 말을 한마디도 하지 않았음을 보증합니다. 단, 연극이 끝나고 자리에서 일어나는 사람들이 혼잡을 이루는 가운데서 그 귀부인이 모자가 달린 외투를 입기 위해 일어났을 때의 일입니다.
 그녀가 자기 남편을 향하여 아주 분명하게, 그리고 부부 사이로서는 명령조로 '앙리, 외투 좀 주워 주세요!'라고 하는 말이 들리자 머리를 숙이는 앙리의 등 위로, 그녀는 손을 뻗어, 마치 꽃다발이나 부채라도 받아들듯이 태연한 모습으로, 그 젊은이로부터 편지를 받아드는 것이었습니다. 남편은 일어섰습니다.
 실로 가련한 사나이지요! 외투를 — 빨간 새틴 외투를 들고 말입니다. 그 외투도 그의 얼굴만큼 빨갛지는 않았습니다. 작은 의자 밑에서 황급하게 몸을 일으켰기 때문에 당장에라도 뇌졸중을 일으키는 게 아닌가 생각될 정도로 얼굴에 홍조를 띠고 있었습니다 — 실제로 그런 것을 본 다음 나는 예의 남편이, 방금 일어난 일을, 그의 머리속에 숨기고 묻어 버리기 위해, 그 외투를 아내에게 건네주기보다 자신의 머리에 쓰는 편이 낫겠다는 생각을 하면서 그자리를 떴던 것입니다."
"당신의 이야기도 나쁘지는 않군요."
드 브랏서르 자작은 아주 냉담하게 말했다.
"그것이 다른 기회였다면 아마 더 즐거웠겠습니다 — 그러나 바라건대 내 이야기를 끝까지 들어주십시오. 그런 아가씨였으니 나는 내 편지의 운명에 대하여 조금도 불안감을 가지지 않았었습니다. 비록 어머니와 언제나 함께 있다 하더라도 상관없을 것이며, 내 편지를 읽은 그녀는 회신할 수단을 반드시 찾아낼 것이라고 생각했습니다. 우리가 갓 시작했을 뿐인, 테이블 밑의 작은 우편 포스트를 향후(向後) 편지에 의한 대화 창구로까지 생각했었습니다.

  이튿날, 나는 전날에 건네준 내 편지에 대한 명쾌한 회신을 즉각 그장소에서 받게 된다는 확신을, 마음속 깊은 곳에서 애무하며 식당으로 들어가니, 은식기를 차려놓은 순서가 바뀌었고, 알베르토는 아버지와 어머니 사이에 — 즉 이전의 그녀 자리에 앉아 있었습니다. 나는 착각에 빠진 기분이었습니다.

  왜 이렇게 자리가 변경된 것일까요? 내가 알지 못하는 어떤 일이 일어난 것일까요? 아버지가, 아니면 어머니가 무엇인가를 수상하게 생각한 것일까요? 알베르토는 내 정면에 앉아 있었으므로 나는 오직 내 마음을 전해주고 싶은 일념에서 그녀를 바라보았습니다.

  그러나 그녀의 눈은 평소와 마찬가지로 조용했고, 침묵했으며, 그리고 무관심했습니다. 나 같은 것은 안중에도 없다는 듯 나를 바라보고 있는 것이었습니다. 정물(靜物)이라도 바라보듯 조용히, 그러나 아주 기다란 시선(視線)을 나는 본 적이 없었습니다.

  내 내부는 호기심과 후회스러움과 불안과, 그리고 갖가지 흥분과 절망이 뒤섞인 감정으로 들끓고 있었습니다. 섬세한 피부 아래에는 보통 신경 대신, 내 근육에 필적하는 강인한 신경이 통하고 있을 것임에 틀림없는 이 아가씨, 비록 이것이 사랑이든 아니든 이 비밀 자체 속에서는 우리가 서로 은밀한 공범관계에 있다는 것 — 즉 우리가 서로 의지를 통하고 있다는 것을 그녀는 비록 짧게나마, 나에게 고하고, 알리고, 생각케 하는 지성(知性)의

진홍색 커튼 195

번뜩임을 어찌하여 나타내지 않는 것인지, 그것을 알 수가 없었습니다.
  테이블 밑의 그 손과 다리, 그리고 전날 밤, 꽃이라도 받아넣듯이 아주 자연스럽게 겉옷 속에 집어넣은 그 편지, 그것은 실제상황이었던 것일까? 나는 이렇게 스스로 물어보지 않을 수 없었습니다.
  그랬던 그녀이건만 ─ 그러나! 아무 일도 일어나지 않았습니다. 내가 애타게 기다리며 기대했고, 내 눈길에 불을 켜주기를 바랐건만 그런 눈길은 한 번도 주는 일 없이 저녁 식사는 완전히 끝이 났습니다. 그녀의 눈길은 불타오르지 않은 채였었습니다.
  '결국에는 회신하는 방법을 어떻게든 찾아줄 것이야 ─. 테이블에서 일어나 내 방으로 걸어가면서 나는 나 자신에게 들려주었습니다. 그토록 깊어진 이상 어떤 일이 있어도 후퇴하는 일은 없을 것이라고 생각하면서……. 그녀를 두려워하거나 그녀에게 신경을 쓰는 일이 있으리라고는 생각하지 않았습니다. 그러나 물론 솔직히 말해서, 만약 변덕이라고 하면 그녀가 나에게 그런 변덕을 부리는 것이란 생각이 안드는 것도 아니었습니다.
  나는 나 자신에게 이런 말도 들려주었습니다. '만약 부모가 의심하고 있는 것은 아니라 하고, 식기류를 바꿔서 차려놓은 것이 우연이라고 한다면 그녀는 내일, 다시 내 옆에 앉을 것이다.' ─ 그러나 다음날도, 그리고 그후에도 그녀가 내 옆자리에 앉는 일은 없었습니다.
  알베르토는 소(小)부르주아의 식탁에서 지껄이는 통상의 이야기, 즉 시시하긴 하지만 어려무던한 화제(話題)를 이야기하기 위한, 그 믿겨지지 않을 정도의 지루한 어조와 불가해한 표정을 계속해서 나타내고 있는 것이었습니다.

내가 처음으로 사물에 흥미를 가지는 인간처럼 그녀를 관찰했었을 것은 아마 당신도 짐작할 수 있을 것입니다. 그녀가 초조한 빛을 조금도 보이지 않을 때, 나는 그야말로 무서울 정도로 초조해지게 되었습니다! 그것은 격렬한 분노로 변해 있었습니다.

— 아아, 그 격렬한 분노, 그것은 나를 두 개로 찢어놓는 것 같았습니다. 그런데 그것을 숨기고 있지 않으면 안되었던 것입니다! 그녀가 결코 잊지 않았던 그 태도는 우리 사이에 놓여져 있는 테이블의 크기보다 훨씬 더 먼곳으로 나를 몰아냈습니다.

나는 너무나 절망한 나머지 마침내 위험을 각오하고 그녀의 큰 눈을 정면에서 바라보았습니다. 위협하듯 덮치고 정념을 불태운 내 눈길과 마주쳐도 그녀의 눈은 얼어붙은 채였습니다! 그러한 그녀의 행동은 한 가지 수단이었을까요? 아니면 일부러 꾸며 보이는 애교였을까요?

변덕을 부린 다음에 또 부리는 변덕, 그런 것은 모두 어리석은 행위에 지나지 않았던 것일까요? 어쨌든 그 이후로 나는, 이런 여성은 처음에는 감각을 한껏 고조시키다가 나중에는 완전히 어리석은 행위를 하게 된다는 것을 깨달았습니다.

'그순간을 안다면!'이라고 니논(니논 드 랑크로, 1620~1706년, 미모와 才智로 알려졌으며 그의 살롱에는 자유사상가들의 출입이 많았다고 한다)은 흔히 말했습니다. 니논이 말한 순간은 이미 지나간 것일까요? 그러나 나는 계속해서 기다렸습니다. 그러나 무엇을 기다렸을까요? 말을, 신호를 —. 의자를 정리하는 가운데 테이블에서 일어설 때, 낮은 목소리로 위험을 무릅쓰고 속삭여 주기를 기다렸습니다.

그러나 그런 일은 전혀 일어나지 않았으며, 이윽고 나는 광기(狂氣)와 같은 생각, 세상에 존재하는 모든 부조리한 것에 몸을 맡겨 나갔던 것입니다. 이 집안에는 모든 불가능이 우리를 둘러싸고 있다, 그러므로 그녀는 우편을 이용해서 나에게 편지를 보내려는 것이 아닌가 하는 생각으로 내 머리속은 꽉 차있었습니다.

즉, 세심한 그녀는 어머니와 외출하는 기회를 노리어 우체통에 살그머니 내게 보낼 편지를 밀어넣을 것으로 생각했습니다. 그리고 이런 생각을 한 다음에 나는 하루에 두 번씩 우편배달부가 그 집을 지나가기, 한 시간 전부터 신경을 곤두세우고 있었습니다.

어떤 때는 가정부인 올리브 노파에게 목이 잠긴 목소리로 하루에도 몇번씩, '나에게 온 편지 없습니까? 올리브'라며 물었는데 그녀는 언제나 침착을 잃지 않고 이렇게 대답하는 것이었습니다. '없습니다. 편지 온 것 없어요.'

아아! 초조함은 마침내 신경을 너무나도 예민하게 만들고 말았습니다. 배신당한 치욕은 증오로 바뀌었습니다. 나는 알베르토를 미워하기 시작했던 것입니다. 배신당한 치욕과 증오에 의해, 그리고 나에 대한 그녀의 행동을 가장 잘 설명할 수 있는 원인을 이것저것 생각해 보는 동안에 나는 그녀를 경멸하기에 이르렀던 것입니다. 증오는 경멸에 굶주리어 있는 법이니까요!

경멸, 그것이야말로 증오에 가장 잘 어울리는 신주(神酒)입니다. '겁쟁이 여성이야. 한 통의 편지를 두려워하다니!' 나는 나 자신에게 그런 말을 들려주었습니다. 잘 알겠지만 입만 더럽게 욕을 한다 해도, 그녀가 상처받는 일은 없을 것임을 알고 있으면서도 머리속으로 그녀를 욕했던 것입니다. 나는 군인풍의 거친 형용사를 마구 구사하며 그녀를 잊고 말려고 노력까지도 했습니다.

그런 내용을 친구인 루이 드 망에게 얘기했을 때…… 물론입니다. 그에게 얘기하고말고요…… 그녀 때문에 정점(頂点)에 달해 있었던 내 분노는, 내 속의 기사도(騎士道) 정신의 불을 완전히 꺼버렸었으니까요—. 그래서 나는 일어났던 일을 미주알 고주알 루이 드 망에게 털어놓았습니다.

그는 내 얘기에 귀를 기울이면서, 기다란 노란 수염을 쓰다듬고 있었는데 이윽고 천연스럽게 이런 말을 하는 것이었습니다. '나를 본받는 게 좋아! 독에는 독으로 대항하는 게야. 이 마을의 바느질하는 아가씨를 정부(情婦)로 삼아가지고 놀며 그런 건방진 아이는 깨끗이 잊어버리면 돼.'

하기야 우리는 27연대의 도덕가는 아니었으니까요. 그러나 나는 루이의 충고를 조금도 받아들이지 않았습니다. 그렇게 하기에는 너무나도 이 승부에 구애를 받고 있었던 것입니다. 나에게 정부가 생긴 것을 그녀에게 알릴 수만 있다면 그녀의 마음과 오만함을 질투로 채찍질하기 위해 어떻게 해서든지 한명쯤은 만들 수도 있었을 것입니다. 그러나 그녀가 그런 것을 알 리 만무합니다. 도대체 어떤 방법으로 알린단 말입니까?

만약 루이가 역마정(驛馬亭)으로 정부를 끌어들이듯 내가 정부를 끌어들이면, 함께 살고 있는 그 선량한 부부들과는 끝장이 날 것이고, 그즉시 어딘가 다른 하숙집을 찾으라는 간청을 받게 될 것임에 틀림없었을 테니까요.

그야 어찌되었든 그런 짓까지 하면서 예의 무감동 대공비(大公妃)인양 되어 버린, 그 저주스러운 알베르토의 손이나 다리와 다시 접촉할 가능성이 생긴다 하더라도 나는 이 승부를 던져 버리고 싶지는 않았습니다. '오히려 불가능성이라고 하게!' 나를 비웃으면서 루이는 그렇게 말했습니다.

꼭 한 달이 지났습니다. 알베르토와 같을 정도로 건망증이 있는 인간처럼 보이리라, 그녀와 같을 정도로 무관심하게 지내리라, 대리석에는 대리석, 찬 것에는 찬 것으로 대항하리라는 결심에도 불구하고 매복(埋伏)하고 있었습니다. — 사냥에서조차 내가 싫어하는 매복만을 하는 날들을 나는 보내고 있었습니다. 그렇습니다. 내 생활에는 이미 기한이 없는 매복밖에 없었던 것입니다!

저녁 식사를 하러 내려갈 때의 매복하는 기분. 나는 최초의 때처럼 식당에 그녀가 혼자 있기를 기대하고 있었습니다! 식사를 하면서 하는 매복! 내 시선은 그녀의 얼굴을 정면에서, 또는 곁눈질로 바라보면서, 밝은 지옥과 같은 정적을 맛보곤 했습니다. 그녀의 시선은 나를 피하고 있지는 않았지만 이미 아무런 대답도 하지 않았습니다! 그리고 식사가 끝난 다음의 매복하는 기분!

나는 이제 저녁 식사가 끝난 후, 다소의 시간동안, 그 어머니와 딸이 격자 창문 옆에서 다시 작업에 착수하는 것을 지켜보기로 했습니다. 그녀가 무엇인가를 — 예컨대 골무나 가위나 천 조각 따위를 떨어뜨리지는 않을까 기대하며, 그렇게 되기를 노려보고 있었던 것입니다.

그러면 그것을 주워가지고 그녀에게 건네줄 때 그녀의 손에 — 지금까지도 뇌리 속에 그대로 새겨져 있는 그 손에 — 닿을 수 있다며……, 그 다음에는 내 방안에서 매복! 방안에 들어와 있으면, 긴 복도를 그 다리의 — 그토록 절대적인 의지를 가지고 내 다리에 닿았던 그녀의 그 다리의 발짝 소리가 들려오는 것 같았습니다.

매복 장소는 계단에까지 이르르고 있었습니다. 그녀와 만날 것으로 믿고 있었던 그 장소에는, 어느 날 올리브 노파가, 말하자면 보초 서고 있었던 내 앞에 불쑥 나타나, 나를 크게 당황하도록 했습니다. 그리고 또 창문에서의 매복! — 바라보고 있는 저 창문입니다 — 그녀가 어머니와 외출할 때에는, 나는 그곳에 못박힌 듯 서있으면서 돌아올 때까지 움직이지를 않았습니다. 그러나 다른 경우와 마찬가지로 이것 또한 아무 소용도 없었습니다.

그녀가 젊은 아가씨풍의 숄을 걸치고 — 빨강과 하얀 줄무늬의 숄입니다. 무엇 한가지도 잊혀지지 않습니다. 그 양쪽 줄무늬에 검은색과 노란색 꽃이 난무하고 있었습니다 — 외출할 때 그녀는 단 한번도 새침떨기 좋아하는 그 상반신을 돌리는 일이 없었고, 돌아올 때도 여전히 어머니 옆에 바싹 붙어서 걸으며, 내가 눈이 빠지도록 기다리고 있는 창문을 향하여, 머리는 고사하고 눈길 한 번 주는 일이 없었습니다. 그런 것들이 그녀가 나에게 처벌로 주는 괴로운 일과(日課)였습니다!

여성이란 남성이 많건 적건 간에 종처럼 다룬다는 것을 나도 잘 알고 있었습니다. 그러나 그토록까지 심하게 하다니! 내 내부에서 죽었을, 예로부터의 자랑하는 마음이 지금도 다시 분노로 되살아나고 있습니다!

아아! 나는 이미 제복을 몸에 걸치는 행복조차도 생각하지 않게 되고 말았습니다 — 교련(敎練)이라든가 훈련이 있은 후 — 하루의 군무를 끝내면 나는 곧 내 방으로 돌아왔습니다.

그러나 당시 내 유일한 독서물이었던 회상기(回想記)라든가 소설은 보기 위해서는 절대 아니었습니다. 나는 이미 루이 드 망에게도 가지 않았고 검술도(劍術刀)에 손을 대는 일도 없었습니다.

나로서는 인생에 있어 우리의 뒤를 따라오는 당신네들 젊은 사람들이 향유하는, 그 정신활동을 마비시키는 끽연 수단도 없었습니다. 근위군대끼리 북 위에서 브리스케(트럼프놀이의 일종)의 승부를 할 때를 제외하고는, 당시 27연대에서는 아무도 담배를 피지 않았었습니다……

그러므로 나는 — 그것이 사랑인지 무엇인지는 모르겠습니다만 — 마음을 번민케 하기를 마치 옆에 있는 신선한 생고기 냄새를 맡으며 우리 속에 갇혀 있는 어린 사자처럼 되어 있었으며, 이미 이전만큼, 차디찬 커버 가죽이 기분좋게 느껴지는 6평방인치의 긴의자 위에 몸을 함부로 던져 눕고 있을 뿐이었습니다.

낮시간이 그러했으니 밤시간의 대부분도 마찬가지였습니다. 밤 늦게야 침대에 들곤 했는데 잠이 들 수가 없었습니다. 내 혈관 속에 한번 불을 붙이고 이어서 배후에서 불꽃이 타오르는데도 결단코 돌아보지 않는 방화범(放火犯)처럼 멀어져 가고 만 그 무서운 알베르토, 그녀가 나를 잠 못 이루게 하고 있는 것입니다. 그러므로 나는 오늘 밤, 보고 있는 것처럼……."

여기서 물방울 때문에 흐려지기 시작한 눈앞의 창문을 손장갑으로 살짝 문질러냈습니다.

"진홍색 커튼을, 저 창문에 치기로 했던 것입니다. 다른 곳 사람보다 호기심이 많은 시골의 이웃사람들에게 방안 깊숙한 곳까지 기웃거리지 못하게 하기 위해서는 실로 그보다 더 좋은 덧문은 없겠기 때문입니다. 그곳은 — 당시의 — 즉 제정양식(帝政樣式)의 방으로서 바닥재 깐 방법은 헝가리식, 방의 내부는 곳곳에 앵재(櫻材)에 브론즈가 덮여 있었습니다. 침대 네 귀퉁이의 스핑크스 머리와, 아래 다리의 사자다리 부분이 그러했습니다.

그리고 장롱이라든가 책상의 모든 서랍에는 카메오의 사자면(獅子面)이 붙어 있고 그 녹색이 푸릇푸릇한 입에는 구리 고리가 늘어져 있었는데 열고 싶은 때는 그것을 잡아당기도록 되어 있었습니다.

또 구리 격자가 들어 있는 담회색(淡灰色) 대리석 위에 다른 가구보다는 다소 장미빛이 나는 앵재로 된 사각(四角) 테이블이 창문과 화장실 문 사이에 침대를 향하여 벽에 가깝도록 놓여 있었으며 난로 정면에는 먼저 설명한 모로코 가죽의 긴의자가 놓여 있었던 것입니다.

천장은 높고 또 낙낙한 이 방의 어느 귀퉁이에도 중국(中國) 취미의 칠을 한 구석 찬장이 놓여져 있었는데 그중 하나에는 구석지어 어둑한 곳 속에 어렴풋하게 희고 신비적으로 고대양식(古代樣式)의 낡은 니오베(그리스 신화에 등장하는 인물. 탄탈로스의 딸로서 7남 7녀나 낳은 것을 자랑하다가 레토의 노여움을 샀다. 그래서 아폴론과 아르테미스에 의해 자식은 모두 죽었고 그 자신도 슬픈 나머지 돌로 화했다)의 흉상(胸像)이 있었는데, 이것은 속된 부르주아가(家)란 점을 고려하면 놀라운 일이었습니다.

그러나 그 불가해한 알베르토 쪽이 훨씬 더 놀라야 할 일이 아니겠습니까? 경판(鏡板)에 덮이고 위에 누른 맛이 나는, 하얀 유화구(油畵具)가 칠해진 벽에는, 그림도 판화도 걸려 있지 않았습니다.

내가 그곳, 도금이 벗겨진 동제(銅製) 걸이에 무기를 걸어놓았을 뿐입니다 ─ 루이 드 망 중위의 우아한 말에 의하면, 결코 그는 사물을 시(詩)로 노래하는 일이 없었습니다만 ─ 이 하숙을 빌릴 때, 나는 중앙에 커다란 둥근 테이블을 놓고 그 위에 군표(軍票)라든가 서류를 올려놓았습니다. 그것이 사무용 책상이었던 셈이지요. 글을 쓸 때는 그곳에서 썼습니다……

그런데 그날 밤, 아니 오히려 밤마다 나는 긴의자를 그 테이블 옆까지 밀어놓고 램프불 아래서 그 한 달 동안 잠겨 있었던 유일한 생각에 기분을 전환시키기 위해서가 아니라, 도리어 그것에 한층 더 깊이 몰입하기 위하여 소묘(素描)했었습니다. 그리고 있었던 것은 그 수수께끼로 가득 찬 알베르토의 얼굴입니다.

경신가(敬神家)라면 악마가 점지해 준 사람이라고 말할 것이고, 다름아닌 내가 매료당하고 만 악마로서의 그녀의 얼굴을 그리고 있었던 것입니다.

밤은 훤하게 밝고 거리 — 그곳은 매일 밤 두 대의 마차가 서로 반대 방향으로 달리는 것이었습니다. 그렇습니다. 오늘처럼 한 대는 0시 45분에, 또 한 대는 오전 2시 반. 두 대 모두 저 역마정(驛馬亭)에서 말을 바꾸었습니다만 — 그 거리는 마치 우물 바닥처럼 정막에 싸여 있었습니다.

날아다니는 파리의 날개치는 소리까지 들릴 정도로서, 아니 우연하게도 한 마리의 파리가 방안에 있었습니다. 틀림없이 어떤 유리창 구석이든가, 아니면 내가 손잡이를 벗겨놓은, 창앞에 수직으로 늘어져 있는 비단 능직(綾織) 커튼의 주름 속에서 잠을 잘 생각이었을 것입니다.

그리고 그 깊은 완벽한 정적 속에서 나는 유일한 소리는 크레용과 찰필(擦筆) 긋는 소리뿐이었습니다. 그렇습니다. 내가 그리고 있는 것은 그녀였습니다. 그것도 손가락이 지니고 있는 모든 애무와 불타오르는 것 같은 마음을 기울여서 말입니다!

그때 돌연 경첩이 삐걱 소리를 내며 문이 반쯤 열렸는데 마치 자기가 낸 소리에 공포심을 느끼기라도 했다는 듯 더 이상 열리지 않았던 것입니다! 밤중에 깨어있는 사람을 전율케 하고, 또 잠들어 있는 사람이라면 눈을 뜨게 할 소리를 길게 내면서 뜻밖의 시각에 열려진 문이라니……. 그러면서도 닫혀지지 않는 것은 또 뭐냐며 나는 눈을 들었습니다.

나는 테이블 앞에서 일어나 그것을 닫으러 갔습니다. 그런데 반쯤 열린 문은 여전히 조용하게, 그러나 점점 더 열리는 것이 아니겠습니까. 그리고 신음 소리와 같은 날카로운 소리가 조용한 집안에 아직도 꼬리를 끌고 있는 것이었습니다. 문이 완전히 열렸을 때 나는…… 나는 알베르토를 보았던 것입니다!

알베르토! 그녀는 소리를 크게 내면 안되겠다고 사전에 주의를 기울이고 있기는 했지만 아무래도 그 문이 저주스러운 소리를 마구 내는 것을 막을 수가 없었던 것입니다!

아아! 이 무슨 놀라운 일입니까! 환상의 존재를 믿는 사람들은 흔히 환상에 대해서 말합니다. 그러나 어떤 초자연적인 환상도 나에게 이만큼 큰 놀라움을 주지는 못할 것입니다. 문이 열렸을 때의, 그리고 그것을 다시 닫으려고 했는데, 조용한 소리를 내면서 계속 열렸고 그 앞에는 알베르토가 — 그 열려진 문에서 — 나를 향하여 다가오는 것을 보았을 때의 그 두근거렸던 가슴! 어쨌든 나는 18세도 안되었었다는 점을 상기해 주십시오!

아마도 내 공포에 질린 얼굴을 보고 그랬을 것입니다. 그녀는 내 입에서 나오는 놀라움의 절규를 얼른 막았습니다. — 그러지 않았더라면 나는 틀림없이 크게 절규했을 것입니다……. 그런 다음 그녀는, 이번에는 천천히 닫는 것이 아니라 — 천천히 닫으려고 했을 때 경첩 소리가 더 났으므로 이 경첩 소리를 줄이기 위해 — 재빨리 문을 닫는 것이었습니다. — 그러나 역시 날카로운 소리가 분명하게 나는 것이었습니다. 한 번이기는 했지만 — .

문이 닫히자 그녀는 문에 귀를 대고 다른 소리, 더 무섭고 걱정되는 소리가 들려오지 않는지 확인을 했습니다. 그녀는 떨고 있는 것처럼 휘청거리는 것이었습니다. 나는 몸을 숙이며 그녀를 끌어안았습니다."

"하지만 당신의 알베르토에 대한 조치는 아주 좋았습니다!"

나는 대위에게 말했습니다.

"아마 당신은……."

나의 조롱 비슷한 관찰담을 듣지 못했다는 듯 그는 다시 입을 열었다.

"그녀가 내 팔 속으로 뛰어든 것은 그녀가 쫓기고 있었기 때문이었으며 — 공포와 정열로 자기자신을 망각하고 있었기 때문이란 생각은 하지 마십시오. 뒤쫓기던 그녀는 무엇을 하고 있었는지 그것을 내가 알 바는 아닙니다. 원래 여자란 모두 자신 속에 마성(魔性)을 숨기고 있는데, 그와 동시에 그것에게 대항하는 두 가지의 것 — 즉 겁먹는 마음과 수치심인데 — 을 가지고 있지요.

그러나 만약 그 두 가지를 잃게 되면 그 여성은 구극적(究極的)으로 광기(狂氣)에 사로잡히어 자진해서 마성에 몸을 맡기고 만다는 것이라고 흔히들 말합니다. 그리고 당신도 알베르토도 바로 그런 상황에 쫓기고 있었을 것으로 생각할 것입니다. 그건 천만에요. 그런 식으로 생각한다면 당신은 잘못입니다. 흔히 가지는 그런 공포심 따위는 그녀에게는 조금도 없었습니다.

내가 그녀를 팔로 껴안았다기보다도 오히려 그녀가 내 가슴에 밀쳐온 것인데, 이윽고 얼굴을 들고, 눈을 크게 뜨더니…… 그 눈이 얼마나 크던지…… 내가 그처럼 껴안고 있는 것이 믿어지지 않는다는 듯, 그래서 진짜 나인지 아닌지를 확인이라도 하겠다는 것처럼 의심에 가득 찬 눈길로 나를 바라보았습니다.

무서울 만큼 창백한 표정이었습니다. 물론 그녀가 얼굴이 창백해진 것을 본 것은 그때가 처음이었습니다. 그런데도 공주와 같은 표정에 다소의 흐트러짐이 없었습니다. 거기에는 여전히 메달과 같은 부동의 위엄이 있었습니다.

단지 조금 내민 입술에 무엇인가 착란의 표시가 나타나 있었는데 그것은 지복(至福)에 가득 찬 정열의 착란도 아니고 또 그것을 구하는 착란도 아니었습니다.

마음의 이런 흔들림에는 동시에 어째서인지 우울의 그림자가 느껴졌습니다. 그래서 그것은 안보려고 나는 마치 왕자(王者)와 같이 의기양양한 욕망의 힘으로 격렬한 키스를, 예쁘고 정욕을 드러내고 있는 빨간 입술에 퍼부었습니다. 입이 반쯤 벌어졌는데……그러나 칠흑 같은 속눈썹이 금방이라도 내 눈 속에 들어갈 것만 같은 그녀의 검은 눈은 떠있는 채로…… 그랬습니다. 미동도 하지 않는 것이었습니다.

그리고 나는 그녀의 입뿐만 아니라 그 눈동자 깊숙한 곳에서 한 순간 광기(狂氣)가 가로질러가는 것을 보았습니다! 불꽃과 같은 이 키스로 연결된 내 입술과, 입속 깊숙이 들어간 혀에 번롱당하여, 불타오르는 듯 뜨거운 숨을 몰아쉬고 있는 그녀를 나는 힘껏 끌어안자 그 파란색 모로코 가죽의 긴의자에 안고 갔습니다. ― 그것은 이 한 달 동안 그녀를 상상하면서 번민하고 보냈던 내 성(聖)로랑(258년에 殉敎. 전설로는 철망 위에서 숯불에 태워 죽였다고 한다)의 철망이었습니다만……

모로코 가죽은 그녀의 벌거벗은 등 아래에서 정욕을 선동하는 것처럼 삐걱거리고 있었습니다. 그랬습니다. 그녀는 이미 반나(半裸)였던 것입니다. 침대에서 빠져나온 그녀는…… 이곳에 오기 위해…… 믿어집니까?…… 그녀의 아버지와 어머니가 잠자고 있는 방을 가로지르지 않으면 안되었던 것입니다! 가구에라도 닿는 날에는 그 소리로 인하여 부모들이 눈을 뜰 것입니다. 그래서 그런 일이 일어나지 않도록 그녀는 반나로 손을 뻗어 더듬으며 그 방을 빠져나왔던 것이지요."

"아아! 참호 속에서도 그토록 용감해질 수는 없겠습니다. 그녀는 실로 군인의 애인다웠군요."

내가 이렇게 말하자 자작은 다시 입을 열었다.

"그녀는 최초의 밤부터 그러했습니다. 그리고 맹세하고 말하겠는데 나도 그러했던 것입니다! 그러나 그것은 아무 상관도 없습니다……. 여기에 그 복수가 나타났던 것입니다! 그녀도 나도 격렬한 태풍 속에서 우리 두 사람이 놓여진, 무서운 상황을 잊을 수는 없었던 것입니다.

그녀가 나에게 요구하고, 또 나에게 바치러 온 그 지복(至福)의 한복판에서, 집요하리만큼 격렬함과 확고한 의지를 가지고 행했던 그 행위에 그녀는 마치 자실(自失)한 것처럼 되기는 했습니다. 나는 놀라지 않았습니다. 그래요, 나 역시 나를 잊고 있었던 것입니다!

그러나 그녀에게 그런 말을 하지 못했고 또 그런 눈치도 보이지 않았습니다만 그녀가 그 관능적인 유방을 숨막힐 정도로 밀어대는 그순간에도, 나는 마음속에 더 이상 없는 불안감을 느끼고 있었던 것입니다. 그녀가 토해내는 숨결, 두 사람의 입술이 내는 키스 소리, 그리고 고요히 잠들어 있는 그집의 무겁게 가라앉은 무시무시한 정적 ─.

그런 것들을 통하여 나는 어떤 일에…… 그래요……, 그녀의 어머니가 눈을 뜨지는 않았을까, 아버지가 일어나지는 않았을까하여 귀를 곤두세웠습니다. 소리가 나지 않도록 하기 위해, 그녀가 걸어놓지 아니한 예의 문이, 다시 열리고 우리들로부터 이토록 대담한 행위로서 배신당한 두 노인의 메두사(그리스 신화에 나오는 怪女)와 같은 얼굴이 분노로 새파랗게 질리어, 격한 적의(敵意)와 정의의 여신과 같은 모습으로 어둠 속에서 불쑥 나타나는 게 아닌가 하여, 나는 그녀의 어깨 너머로 문 쪽을 노려보고 있었던 것입니다.

사랑의 방문(訪問)을 나에게 알려주고 있던 그 파란색 모로코 가죽의 정욕적인 삐거덕 소리까지도 나를 공포의 전율에 떨도록 만들었습니다.

내 심장은 그녀의 심장에 밀착되어 고동쳤고, 그녀의 심장은 그 고동 소리에 반향하고 있는 것 같았습니다. 그것은 도취를 불러일으키는 것 같았고 또 동시에 그것을 깨우쳐 주는 것 같기도 했습니다만 어쨌든 무서운 생각으로 가득 차있었습니다. 나중에서야 물론 그런 모든 것을 극복하기는 했습니다만……

이 경솔한 행위를 가책 받는 일 없이 반복해 나가는 동안에 나는 경솔한 행위, 그 자체 속에서 차츰 냉정을 되찾아 나가고 있었습니다. 언제 불의를 엄습당하게 될지 모르는 이 위험 속에서 살고 있는 사이에 나는 그것에 무감각해져 가고 있었던 것입니다. 이미 그런 것을 생각하지 않게 되었으며 그저 오로지 행복을 맛보는 것만을 생각하게 되었던 것이지요.

누구더라도 무서워했을 것임에 틀림이 없는 이 최초의 무서운 밤 이후, 그녀는 내가 그녀를 데리러 가지 않게 하기 위함이었겠지만 — 이 젊은 아가씨의 방은 부모의 방에 통하는 출입구밖에 없었으니까요 — 하루 걸러 내 방으로 올 결심을 했던 것 같습니다. 그리고 사실로 그녀는 하루 걸러 찾아왔던 것입니다.

한편 최초의 때와 마찬가지로 그녀는 언제나 자기자신을 잃고 있는 것 같았습니다. 때로는 그녀가 나에게 주는 효과를 그녀에게 주지 못하는 경우도 있었습니다. 그러나 그밤마다 직면하는 위험에도 그녀는 기가 죽는 일이 없었습니다.

내 가슴 위에서 평안하게 있을 때조차도 침묵하고 거의 말하려고 하지 않았기 때문에 그녀가 그때 그토록 미친듯 절규하는 소리를 내는 것이 더한층 의심스러웠습니다.

그런 다음에 침착성을 되찾으면 그때까지 직면했던 위험에서 해방되면, 목적을 달성한 만족감으로 나는 애인에게 말을 거는 것처럼 우리 사이에 지금까지 있었던 일을 — 불가해(不可解)하고 모순된 — 어쨌든 나는 그녀를 현실적으로 이렇게 안고 있으며, 그녀로서도 최초에 보여주었던 그 대담성을 끊지 않고 있었으니까 — 그녀의 쌀쌀한 표정에 대해서 이야기하고 마지막에는 아마도 그저 호기심에서 그렇게 했겠지만, 화목한 사이에 생기기 쉬운, 그리고 질릴 줄을 모르는 '왜?'란 질문을 던지곤 하였습니다.

그녀는 그저 오랜 포옹으로 그것에 답하곤 했습니다. 그녀의 슬픔에 찬 입은 무엇에 대해서도 침묵하고 있었습니다⋯⋯ 키스를 제외하고는 말입니다. 여느 여자라면 '당신을 위해 나는 파멸될 거예요'라고 했을지도 모르고, 또 다른 여자라면 '틀림없이 당신은 나를 경멸하겠지요' 등이라고 말했을는지도 모릅니다. 거기에는 사랑의 숙명을 표현하는 여러 가지 방법이 있는 법입니다.

그러나 그녀는 달랐습니다. 한마디도 안하는 것입니다. 이 무슨 기괴한 일이란 말입니까! 그리고 그 이상으로 이상한 아가씨였습니다! 그녀는 내부에서 덥혀져서 타오르는 두껍고 무거운 대리석 덮개와 같았습니다.

나는 그 대리석이 그 열(熱)로 인하여 쪼개지는 순간이 언젠가는 올 것으로 믿고 있었습니다. 그러나 그 대리석은 강고한 주밀성(周密性)을 끝까지 잃지 않고 있었던 것입니다.

슬며시 다가오는 밤, 그녀는 또 마음을 터놓지 않았으며 말도 걸어오지 않았습니다. 성직자 비슷한 말로 우회하며 말을 걸어도 그녀는 최초로 왔던 때와 같이 항상 완강하게 참회하기를 거부했던 것입니다. 더 이상 말하지 않기로 했습니다.

낮동안에 그것이 한층 더 차가워지고 무관심해지면 해질수록 도리어 몸을 달게 만드는 그 예쁜 입술 —. 그 입술에서 억지로 말을 토해내게 한다는 것은 보잘것없는 말일 뿐일 것이므로 이 아가씨의 성격을 파악하는 열쇠가 될 수도 없을 것인즉 나에게 있어서는 점점 더 수수께끼의 여성이 되어갈 뿐이었습니다. 그녀로 인하여 그 제정(帝政) 양식(樣式)의 아파르토망 속에 스핑크스의 환상이 차례로 나타났다가는 사라지는 것처럼 생각되기도 했던 것입니다."

"그렇지만 대위(大尉)."

라면서 나는 다시 입을 열었다.

"그런 모든 일에도 종말이란 것이 찾아왔을 게 아닙니까? 당신은 굳센 인간이고 원래 스핑크스는 상상상의 동물에 지나지 않는 것입니다. 이 세상에 그런 것은 존재하지 않습니다. 결국 당신은 그녀의 하반신을 감추는 천 밑에 무슨 일은 없는······. 잘 지껄여대는 또 하나의 입을 찾아냈다고 하는 것입니까?"

"종말! 그렇습니다. 종말이 찾아왔습니다!"

당당했던 그 가슴이 숨가빠지게 되어, 지금부터 하지 않으면 안될 이야기를 다 하기 위해, 신선한 공기가 필요했던 것처럼 황급하게 서둘러 객실 창문을 열면서 드 브랏서르 자작은 말했다.

"지금 당신이 말한 그 미소녀의 하반신을 감추는 천은, 그런 일로 인하여 벗겨지는 일은 없었습니다. 우리의 사랑, 우리의 관계, 우리의 음모 — 좋을대로 생각하십시오 — 그것은 우리에게, 아니 오히려 나 자신인데, 아마도 나를 사랑하고 있지 않았고, 그리고 나 자신도 사랑하고 있지는 않았던 이 알베르토만큼, 분방하고 생생한 여성과 만나는 일은 이제 없을 것이라는 느낌을 주고 말았던 것입니다!

내가 그녀에 대하여 품고 있던 것, 그리고 그녀가 나에 대하여 품고 있던 것, 그것이 무엇이었는지 전혀 이해하지 못했었는데, 그래도 이 일은 6개월 이상이나 계속되었습니다! 이 6개월 사이에 내가 이해했던 것은, 즉 그것이 젊은이에게는 상상조차 할 수 없는 종류의 행복이었다는 것뿐입니다.

 나는 몸을 숨기고 있는 사람들의 은밀한 행복을 이해했습니다. 나는 비록 성공할 가망성이 전무하더라도 아직은 강력한 음모자이고자 하는 공범관계의 주밀한 희열이란 것을 이해했던 것입니다. 알베르토는 부모가 있는 식탁에서도, 그리고 다른 곳에서도 변함없이 최초에 만났던 날에 나를 그토록 놀라게 만든 그 '공주'의 태도를 허물어뜨리지 않았습니다.

 너무나 검기 때문에 푸른색마저 나는 머리카락이 약간 곱슬거리며 눈썹을 가리고 있는 그녀의 네로풍(風) 이마는 불의(不義)의 밤에도 아무런 변화없이 그곳에 붉은 기를 띠는 일조차 없었습니다. 나는 그녀에게 뒤질세라 불가해(不可解)하려고 노력했습니다. 그녀는 내가 관찰자들과 옥신각신을 일으키면 몇번이라도 나를 배신했을 것임에 틀림없습니다.

 그러나 이런 멋진 무관심은 실로 내것이었으며, 만약 일찍이 열정이 빈발했었더라면 나에 대하여 그녀는, 열정의 빈발을 지니고 있다는 생각을 마음속 깊은 곳에서 오만하게도, 그리고 거의 육감적으로 느끼며 잘 감당했을 것입니다. 우리말고 이 지상의 그 누구도 그것을 알지 못한다……. 그런 생각은 실로 멋스러운 것입니다! 지복(至福)을 맛본 이후로 나는 줄곧 신중해졌습니다. 친구인 루이 드 망에 대해서조차도 ─.

 그는 어쩌면 모든 것을 꿰뚫어보고 있었는지도 모릅니다. 그 역시 나와 마찬가지일 정도로 입이 무거운 사나이였습니다. 그는 나를 찾아오지도 않았습니다. 나는 아무렇지도 않다는 듯, 정식 군장(軍裝)이라든가 약장(略裝)을 하고 광장을 산보했으며 앙베리알(카드놀이의 일종), 검술(劍術), 그리고 펀치주(酒) 등을 하며 서로 친숙함을 나타내는 습관을 그와 다시 회복했습니다.

물론, 마음이 치통을 앓는 것처럼 아플 수도 있지만, 밤마다 같은 시각에 행복이, 젊은 아가씨의 모습을 하고 당신 곁으로 찾아오는 것을 알고 있다면 하루하루는 그저 단순하고 밝은 기분이 되는 것입니다."

"하지만 알베르토의 부모는 그 7명의 잠자는 어린이(기독교도인 어린이들이 살아있는 채로 동굴 속에 갇혔는데 기적에 의해 계속 잠을 자다가 2백 년 후에 구출되었다는 전설)처럼 잠만 자고 있었던가요?"

　농담삼아, 지난날의 이 댄디의 회상을 예리하게 잘라 버리면서 나는 반(半) 조롱삼아 그렇게 말했다. 끌려들어가고 만 그의 이야기에 너무 말려들지 않는 것처럼 보이기 위함이기도 했다. 댄디를 상대로 하여 조금이라도 경의(敬意)를 받고자 한다면 먼저 농담을 던지는 것보다 더 좋은 방법은 없을 것이니 말이다.

"그렇다면 당신은 진실을 떠나 내가 작가적(作家的) 효과를 노리는 것이라고 생각하는 겁니까?"

라며 자작이 말했다.

"그러나 나는 소설가가 아닙니다. 기름을 주어, 이제는 솜처럼 가볍게 열리는 문은 밤새도록 열려져 있는 일이 없었지만 이따금 알베르토가 모습을 나타내지 않는 일도 있었습니다. 아마도 어머니가 발짝 소리를 듣고 불러들였든가 아니면 아버지가, 더듬거리며 방을 가로질러가는 딸의 동태를 알아차린 것이겠지요.

　알베르토는 그때마다 그 강철 같은 날카로운 머리로 용케도 변명을 했습니다. 기분이 언짢다는 등…… 아무도 모르게 하기 위해 불도 안켜고 설탕 항아리를 찾으려 했다는 등……"

"강철처럼 날카로운 두뇌란, 당신이 믿고자 가장(假裝)할수록, 이 세상에 흔히 있는 일입니다, 대위."

나는 또 입을 열었다. 그리고 이렇게 덧붙였다.
"당신의 알베르토는 결국 매일 밤, 커튼 너머 할머니가 자고 있는 방에서 창문을 통하여 들어오는 연인(戀人)을 맞아들이고, 비록 파란색 모로코 가죽의 긴의자는 없었을 망정, 융단 위에서 가볍게 상상의 날개를 펴고 있던 그 젊은 아가씨 이상은 아니었던 것입니다……

이 이야기는 알고 있을 것으로 생각합니다. 어느 날 밤, 너무나도 행복감에 취해 있던 아가씨에게서 새어나온 평소보다 격한 숨소리가 할머니의 눈을 뜨게 했습니다. 할머니는 그 연인의 심장을 쪼개듯 커튼을 향하여 한마디, 즉 '대체 너, 어떻게 된 것이냐?'라고 소리쳤는데 그 딸은 대답하기를 '속옷이 너무 꼭 낀다구요, 할머니. 시침 바늘이 융단 위에 떨어졌는데 아무리 찾아도 눈에 띄지 않네요.'"

"예, 그 이야기는 알고 있습니다."
라고 드 브랏서르 자작은 대답했는데 그의 알베르토 자신을 그런 이야기에 비유하는 것을 굴욕으로 생각하는 것처럼 보였다.
"그 이야기의 주인공은 내 기억하는 바가 확실하다면 기즈가(家)의 한 사람이었을 것입니다. 그녀는 그 이름에 어울리게(기즈는 영어식 발음으로 가이즈, 즉 '口實'이란 의미가 있다) 그 위기를 잘 넘겼던 것입니다. 그러나 그날 밤 이후로 그녀는 그 연인, 분명 노아르 무티에씨였다고 생각하는데, 그를 위해서는 이미 창문을 열어놓는다는 것조차 잊었던 것 같습니다.

그러나 알베르토는 그런 무서운 사태를 경험한 그 다음날에도 다시 찾아와서 아무 일도 없었던 것처럼 그 위기에 더욱 태연한 태도를 취했습니다. 당시 나는 계산에 아주 서투른 육군 소위에 지나지 않았으며 더구나 그것조차도 착실하게 근무했던 것은 아니었는데 그래도 최저이나마 확률을 계산할 수 있는 인간에게 있어 어느 날인가…… 어느 날 밤인가는…… 파국이 찾아오리라는 것은 분명히 알고 있었습니다."
"아아! 그랬었군요!"
나는 이야기를 시작하기 전에, 그가 했던 말을 떠올리며 말했다.
"당신에게 공포의 감각을 인식시키게 되는 파국 말이로군요? 대위."
"그렇습니다."
그는 내가 가장(假裝)한 가벼운 어조와는 대조적인 묵직한 어조로 대답했다.
"당신은 알고 있을 것입니다. 테이블 아래에서 내가 손을 잡힌 이후로 내 방의 열려진 문틀 속에 그녀가 유령처럼 어둠 속에 나타날 때까지 알베르토는 나에게 감정을 함부로 나타내지 않았던 것을 ─. 그녀는 내 혼에, 어떤 전율 이상의 것, 공포 이상의 것을 경험하게 하였는데 그것은 아직 주위를, 바람을 가르며 날아가는 총탄이라든가, 그것이 날아가는 바람까지 느껴지는 포탄과 같은 인상(印象)에 지나지 않았으므로 비록 전율을 느끼더라도 변함없이 전진하는 것입니다. 그런데! 그것이 이미 그렇지 않게 되고 말았습니다!

그것은 공포가, 완전한 공포, 진짜 공포가 되고 만 것입니다. 더구나 알베르토에게가 아니라, 나에게…… 나에게만 말입니다! 내가 경험한 것, 그것은 실로, 얼굴은 말할 것도 없고 심장까지도 창백해졌을 것임에 틀림이 없는 감각, 연대(聯隊)란 연대 모두를 패주시키고 마는 그 대공황(大恐慌)이었던 것입니다.

이렇게 말하고 있는 나는 샹보랑 연대, 그 용맹으로 이름을 떨친 샹보랑 연대가 공황에 빠진 흐름 속으로, 병장에서부터 장교에 이르기까지 모두가 빨려들어가고, 전원이 그야말로 전속력을 내어 걸음아 나 살려라며 도망치는 것을 목격한 적이 있었던 것입니다! 그러나 이무렵의 나는 아직 아무것도 본 일이 없었습니다. 그리고 나는 미루어 알았던 것입니다. 뜻밖의 일이 일어날 수 있다는 것을……

자아, 들어보십시오……. 그날 밤의 일이었습니다. 우리가 보내고 있던 생활에서는 밤일 수밖에 달리는 없었던 것이지만……. 겨울철의 어느 긴긴 밤이었습니다……. 우리의 가장 조용했던 밤 중 하루였다고 말해주겠습니다. 우리의 밤은 언제나 조용했으니까요. 그밤들은 지복(至福)에 가득 찬 것이었기 때문에 그랬던 것입니다.

우리는 말하자면 장전되어 있는 대포 위에 누워 있었습니다. 터키의 그 지옥의 다리와 같은 심연(深淵)에 걸려 있는 양검(洋劍)의 날 위에서 사랑을 나누면서도 불안감을 조금도 가지지 않고 있었습니다. 보다 오래 사랑하려고 알베르토는 평소보다 일찍 왔었습니다. 그녀가 그런 식으로 올 때 내가 하는 최초의 애무 행위는 그녀의 다리로 향해집니다.

그때에는 이미 녹색이든가 수국색(水菊色) 목달이 신발을 벗어, 소리가 나지 않도록 맨발이 되어 있는 발, 내 환희의 근원이며 두 개의 귀여운 생물(生物)인 그녀의 다리는, 그 부모들의 방에서 반대쪽 끝에 있는 내 방으로 통하는 기다란 복도를 걸어오기 위해 벽돌처럼 차디찬 감촉을 나에게 전해주곤 했습니다.

따뜻한 침대에서 빠져나올 때, 아마도 나를 위해 무섭게 고통치는 동계(動悸)를 억제했던 그녀의, 그래서 나를 위해 얼음처럼 차가워진 그 아름다운 다리를 나는 따뜻하게 해주었습니다…….

나는 창백하고 차가워진 그 다리를 주물러서 따뜻하게 해줌으로써 장미빛이나 빨간색으로 만들어 줄 생각이었는데 그날 밤에는 그 방법이 실패로 끝났습니다. 내 입은 활 모양으로 구부러진, 그 예쁜 발등에, 지난날에는 종종 그곳에 각인(刻印)하기를 좋아했던 진홍의 장미 흔적을 만들어 낼 수가 없었습니다…… 알베르토는 그날 밤, 그때까지 없었던, 침묵 속에서 사랑을 받아들였습니다.

그녀의 포옹에는 일종의 나른함과 동시에 강한 힘이 있었는데, 그것이 나에게는 하나의 언어가 되어 있었습니다. 더구나 그것은 비록 내가 언제나 그녀에게 말을 걸고, 내 광란과 도취의 모든 것을 그녀에게 말하고 있었다 하더라도 그것에 대한 대답은 구하지 않았을 정도로 표정이 풍부한 언어였던 것입니다.

그녀의 포옹에서 나는 그녀의 말을 듣고 있었습니다. 그런데 돌연 그것이 안들리게 되었습니다. 그녀의 팔이 나를 그녀의 유방에 밀착시키지 않았기 때문에, 나는 이따금 있었던 것처럼 실신(失神)의 발작이 일어난 것으로 생각했습니다. 그러나 평소의 경우라면 그녀는 그런 실신의 발작을 일으키고 있는 중에라도 전신을 경련시키면서 나에게 달라붙었었는데……

이런 때에 서로의 지복감(至福感)은 말하지 않겠습니다. 남성들끼리의 대화이니 상관없을 것 같습니다…… 나는 알베르토가 격렬한 육욕(肉慾)의 정점에서 몇번씩이나 몸을 경련시키는 것을 경험했었습니다. 그리고 경련이 그녀를 엄습하고 있는 사이에도 나는 애무의 손길을 멈추지 않았던 것입니다.

나는 평소처럼 그녀의 유방에 얼굴을 묻고 그녀가 내 몸 아래에서 감각을 되찾아, 그녀를 엄습한 전광(電光)이 다시 그녀를 엄습하면서 정상으로 되돌려 줄 것으로 생각하는 확신을 가지고 그녀가 의식을 회복하기를 기다리고 있었습니다……

그러나 내 경험에 의한 기대는 빗나가고 말았습니다. 나는 커다란 눈꺼풀 속에 감추어지고 만 그녀의 눈이 불꽃을 머금은 검은 벨벳처럼 아름다운 눈동자를 다시 보여주는 순간을, 그리고 재빨리 목줄기에 닿았다가 이어서 어깨에까지 더듬어 가는 가벼운 키스에도 움찔하며, 그 광택이 나는 법랑질(琺瑯質)을 부숴 버리기라도 하려는 듯 꽉 문 그녀의 치아가, 반쯤 보이도록 벌린 입으로 감미로운 숨을 내쉬는 그순간을 고대하면서, 나와 결합체로 파란색 긴의자에 누워 있는 그녀를 바라보고 있었습니다.

그러나 그 눈동자는 되돌아오지 않았고 꽉 다문 치아도 벌어지지 않았던 것입니다……. 알베르토의 차가운 다리가…… 그 차가운 느낌이 내 입술 밑에 있는 그녀의 입술까지 올라왔습니다……. 그 무섭도록 차가운 냉증을 느꼈을 때 나는 상반신을 들고 그녀를 다시 한번 자세히 살펴보았습니다.

그리고는 기겁을 하며 그녀의 팔을 뿌리쳤습니다. 한쪽 손은 그녀 자신 위에, 그리고 또 한쪽 손은 그녀가 누워 있는 긴의자에서 방바닥 쪽으로 축 늘어져 있었습니다.

놀라기는 했지만 머리는 맑은 상태 그대로였기 때문에 나는 얼른 그녀의 심장에 손을 대보았습니다……. 그런데 아무것도 느껴지지 않는 것입니다! 맥박이 손목에서도, 관자놀이에서도, 경동맥에서도, 그 어디에서도 느껴지지 않는 것입니다. 이미 죽음이 전신에 퍼져 있었고 무서운 경직이 시작된 것입니다!

나는 그녀의 죽음을 확신했는데 그것을 믿고 싶지 않았습니다! 인간의 머리에는 운명이라든가 뚜렷한 사실이 가지는 명백성 자체에 대한, 어리석은 의사(意思)라고 하는 것이 깃들어 있는 법입니다. 알베르토는 죽었습니다. 그러나 왜?……. 그것을 나로서는 알 수가 없었습니다. 나는 의사가 아닙니다. 그러나 그녀는 죽었습니다.

그리고 나는 아무 손도 쓸 수 없다는 것은 정오의 태양처럼 명백하다는 것을 알고 있으면서도 — 아무 도움이 안되리라고 생각되는 짓을 절망적인 가운데 시도해 보았습니다.

지식도, 도구도, 좋은 수단도 전혀 없는 상태에서 손길 닿는 대로 수건을 그녀의 이마에 얹기도 하고, 또 아무리 작은 소리라도 우리를 벌벌 떨게 했던 그 집안에서, 소리를 내는 위험을 무릅쓰고 과감하게 그녀를 손바닥으로 때려보기도 했습니다.

소령(少領)으로 근무하던 내 숙부 중 한 사람이 뇌졸중 발작을 일으킨 친구를 군마용(軍馬用) 방혈침(放血針)으로 재빨리 찔러서 출혈토록 하여 생명을 구해 주었다는 이야기를 들은 적이 있었습니다. 내 방안에는 무기가 잔뜩 있었습니다. 단검(短劍)을 뽑아든 나는 출혈을 시도하려고 알베르토의 팔을 찢었습니다. 그녀의 그 예쁜 팔을 찢었던 것입니다.

그러나 피는 나오지 않았습니다. 단지 몇방울의 피가 단검에 묻었을 뿐이었습니다. 피는 이미 응고되어 있었던 것입니다. 키스를 해도, 빨아도, 그리고 물어도 내 입술 밑에서 시체가 되어 경직되고 만 그녀의 시체에 생기를 돌려줄 수는 없었습니다. 무슨 짓을 하고 있는지조차 모르게 된 나는, 죽은 사람을 되살려 낸다는 마술사처럼 그녀 위에 엎어져 보았습니다.

물론 그렇게 한다고 해서 그녀가 되살아날 가망성을 바라서는 아니었고 도리어 그렇게 되고 싶다는 마음이 그렇게 시켰던 것이지요. 알베르토의 급사(急死)에 의한 놀람과 혼란에서 해방되지 못하고 있던 나에게 아주 분명한 관념의 하나 — 즉 공포라고 하는 관념이 떠오른 것은, 다름아닌 이때 얼음처럼 차가워진 그녀의 몸 위에 있을 때였습니다.

아…… 그러나 이 얼마나 심각한 공포입니까. 알베르토는 내 방에서 죽어 있습니다. 그리고 그녀의 죽음은 모든 것을 말하고 말 것입니다. 나는 어떻게 되는 것일까요? 어떻게 하면 좋단 말입니까?……

그런 생각을 했을 때 나는 공포로 인하여 바늘처럼 되어 버린 내 머리털을, 그 무시무시한 공포가 서려 있는 현실적 손으로 마구 긁어대는 것 같은 감각에 사로잡혀 있었습니다!

내 척주(脊柱)는 얼어붙은 수정이 녹아나는 것처럼 녹아갔고 이 부끄러운 감각과 싸우고자 하는 내 마음도 그저 발버둥질을 칠 뿐이었습니다.

냉정하지 않으면 안된다……. 어쨌든 나는 어엿한 사나이인 것이다.…… 군인인 것이다. 나는 그렇게 자기자신에게 들려주었습니다. 머리를 꼬고 생각했습니다. 뇌수(腦髓)가 두개골 속에서 빙글빙글 돌고 있는 그때에 나는 자기가 빠져 있는 무서운 상황을 반성하고 또 미친 팽이처럼 돌아가고 있는 내 뇌수를 채찍질하는 갖가지 생각을 정리하고 검토하기 위해, 채찍질하는 그 손을 일시 중지하려고 노력했습니다.

어쨌든 이것저것 모든 생각이 일어났는데, 그런 여러 생각이 일어났다가는, 내 방안에 있는 시체, 즉 이미 자기 방으로 돌아갈 수 없게 되었고, 이튿날에는 어머니가, 장교의 방안에서 능욕당하고 죽어 있는 것을 발견할 것임에 틀림없는 알베르토의 시체로 집중되어지는 것이었습니다.

특히 딸을 능욕한 다음에 죽여 버린 것으로 생각할 그 어머니에 대해서는 알베르토의 시체 이상으로 내 마음을 무겁게 짓눌러 오는 것이었습니다.

죽음은 숨길 수 없는 일일망정, 능욕 쪽은 내 방의 유해(遺骸)

에서 증명될 것인즉 그것만큼은 어떻게 숨길 방법이 없는 것일까? 그것이 나의 문제였는데 내가 머리속으로 주의했던 것은 실로 그 한 가지였습니다. 그러나 생각하면 생각할수록 곤란한 점만 떠올랐고 절대적 불가능성이 늘어만 갔던 것입니다.

그런데 이건 또 무슨 소름끼치는 환각입니까? 이따금 알베르토의 시체가 방안 전체에 가득 차게 되었다가는 이미 밖으로 운반되어 나간 것처럼 보이는 것입니다. 아아! 그녀의 방이 부인 방 건너편에만 위치해 있었어도 나는 어떤 위험이라도 무릅쓰고 그녀의 몸을 자기 침대로 운반해 갔을 것입니다. 그러나 그녀의 시체를 안은 내가, 살아있을 때의 그녀를 대담하게 끌어안던 짓을 과연 실행에 옮길 수 있었을지는 의문입니다.

그야 어쨌든 그녀의 불행한 아버지와 어머니가 노인 특유의 선잠에 들어있고, 더구나 한번도 들어가 본 적이 없기 때문에 모든 것이 낯설 것이고 가구 배치 등은 짐작도 할 수 없는 방을 — 그녀와 마찬가지로 위험을 무릅쓰고 가로질러 간다는 것은……

그런 생각을 하고 있는 동안에도 머리속은 점점 더 혼란해지는데 — 다음날에 대한, 그리고 내 방안에 있는 시체에 대한 두려움이 더욱 나를 초조하게 만들어서 마침내는 알베르토를 자기 방으로 운반해 가라는 광기어린 무모한 생각이, 그 가련한 소녀의 명예를 지키고, 나를 그 아버지와 어머니의 질책에서 면하게 해주며, 나아가서는 결국 불명예로부터 나를 구해내는, 유일한 수단이라고 내 마음을 사로잡게 하는 것이었습니다.

믿어지십니까? 나 자신조차도, 그런 생각을 했을 때, 믿어지지 않을 정도였습니다. 나는 용기를 내어 알베르토의 시체를 두 팔로 들어올리어 어깨에 멨습니다. 이 얼마나 무서운 망토입니까! 그렇습니다. 단테의 지옥 속에서 죄인들이 지고 있는 것보다도 훨씬 더 무거운 것입니다!

 불과 한 시간 전만 해도 내 욕망의 피를 곤두서게 했었는데 지금은 내 뜻에 반(反)해 있는 그 육체의 망토를 한번 운반해 보고 싶었습니다. 그것이 어떤 것인지를 알기 위해서도 —.

 바스락 소리도 내서는 안된다며, 그녀와 마찬가지로 맨발이 되자 나는 그녀를 업은 채 방문을 열고 부모의 방으로 통하는 복도로 나왔습니다. 문은 그 안쪽에 있었습니다. 나는 한 걸음 뗄 때마다 발길을 멎곤 했습니다. 심장의 고동 때문에 이미 아무것도 들리지 않게 되었으면서도 한밤중의 집안을 지배하는 정적 속에서 귀를 곤두세웠습니다.

 기력을 잃어가는 긴 시간이었습니다. 아무것도 움직이지 않았습니다……. 그리고 한 발짝 다시 한 발짝 나아가는 것이었습니다…….

 그러나 부모가 쓰는 방의 무서운 문, 바로 앞에 도착했을 때 — 그녀가 내 방으로 올 때, 돌아갈 때를 고려하여 완전히 닫지 아니한 문, 내가 과감하게 지나가지 않으면 안되는 그 문앞에 섰을 때, 그리고 인생에 대하여 전폭적인 신뢰를 가지고 사는 두 명의 불쌍한 노인들의 조용하고 길기만 한, 두 가지 숨소리를 들었을 때 나는 이미 기력을 상실하고 말았습니다 —.

 어둠을 향하고 반개(半開)되어 있는 그 시커먼 문의 문지방을 도저히 넘어갈 수가 없었습니다. 한층 무서움만 더해져서 도망치듯 내 방으로 돌아와 알베르토의 몸을 다시 긴의자에 눕혀놓고 그 앞에 무릎을 꿇으면서 나는 애원하는 것과 같은 질문을 반복하고 있었습니다.

 '어떻게 하면 좋을까? 어떻게 되어가는 것일까?'라고요. 혼란한 머리속을 6개월간 애인이었던, 이 아름다운 아가씨의 몸을 창문을 통해 집어던지겠다는 잔혹하고 광기어린 생각이 떠올랐습니다.
 나를 경멸하십시오. 나는 창문을 열고…… 지금도 저기 보이는 저 커튼을 열어젖히자…… 어두운 구멍 속을 노려보듯이 길거리를 내려다보았습니다. 왠지 더욱, 어두운 밤이었습니다. 어둠의 바닥에는 포도(鋪道)조차 보이지 않았습니다. '틀림없는 자살이라고들 생각하겠지.' 나는 그렇게 생각했습니다. 그리고 다시 알베르토를 안아올렸던 것입니다. 그때 이성(理性)의 번갯불이 내 광기(狂氣)를 멈추게 했습니다.
 '내일 아침이 되어 내 방 창문 아래에서 그녀가 발견된다면 그녀는 대체 어디서 자살하고 어디에서 몸을 던진 것이 될 것인가?' 나는 그렇게 자문(自問)했던 것입니다. 원하던 행위를 할 수 없게 되자 나는 박살당한 기분이었습니다. 에스파니아 자물쇠 고리를 삐걱거리며 창문을 닫고, 내가 내는 소리에 살아있다는 생각조차 들지 않았지만 어쨌든 커튼을 다시 닫았습니다.
 창문으로 집어던진다든가 계단, 또는 복도에 팽개쳐 둔다고 해서, 영원한 고발자인 시체를 처리하겠다는 모독은, 이 경우 아무 도움도 되지 않았습니다. 시체를 검사하면 모든 것이 밝혀질 것이고 잔혹한 소식을 접한 어머니는 의사나 판사 등이 숨기려고 하는 사실이 있더라도 모든 것을 꿰뚫어 알 수 있게 될 것입니다…….
 새삼 나 자신이 경험하고 있는 일이 너무나도 견디기 어려웠던 내가 방안의 벽에 걸려 있는 무기가 빛을 발하고 있는 것을 보았을 때 의기저상(意氣阻喪 : 나중에서야 황제폐하 특유의 표현이란 것을 알았습니다)이라고 하는 천박한 상태는 권총으로 단숨에 처리해 버려야 한다는 생각이 떠올랐습니다. 그 이상 방법이 없었습니다.

솔직히 말하겠습니다. 나는 17세로서…… 내 검(劍)이 좋았습니다. 군인이 되었던 것은 가계(家系)의 취미와 감정에서였습니다. 나에게는 군인으로서의 큰 꿈이 있었습니다. 그리고 실전(實戰)의 포화(砲火)를 본 적이 없었던 나는 아무래도 그것을 이 눈으로 보고 싶었습니다.

연대에서는 당시 영웅이었던 웨르테르 등을 일소에 붙이고 있었습니다. 우리 군인들의 눈으로 본다면 가련해서 견딜 수가 없었습니다. 여전히 나를 사로잡고 있는 그 지긋지긋한 공포에서 — 자살을 가장하여 빠져나가려고 했던 생각을 멎게 했을 때, 막다른 골목길 속에서 그래도 구원될 수 있을 것으로 생각되는 또 다른 생각이 떠올랐습니다. '연대장을 만나보면 어떨까?' 나는 나 자신에게 그런 생각을 들려주었던 것입니다.

연대장! 그는 군인으로서는 아버지와 같은 존재입니다. — 나는 기습을 당하여 비상소집이 걸린 때와 같이 군복을 주워 입었습니다. 군인으로서의 경계심에서 권총도 찼습니다. 무슨 일이 일어났는지 누가 알겠습니까?

나는 마지막으로 다시 한 번 17세짜리가 가지는 감상(感傷)을 들이어 — 17세라면 누구나 다 감상적인 것입니다 — 죽어 버린 알베르토의 무언(無言)의, 그리고 언제나 무언이었던, 6개월간 나에게 있어서는 도취적 사랑의 표시였던 그 입술에 키스를 하자 죽은 사람을 남겨둔 채 그집의 계단을 조용조용 내려갔습니다……

도망자처럼 숨을 죽이고 한 시간이나 걸려서(실제로 한 시간 걸린 것으로 나는 생각되었던 것입니다) 거리에 면한 문의 빗장을 열고 그 큰 자물쇠에 열쇠를 넣고 돌렸으며, 도둑놈처럼 세심한 주의를 쏟으면서 다시 그것을 잠그자 나는 연대장에게로 도망

병처럼 달려갔습니다.

　나는 화재사건이라도 보고하러 온 것처럼 초인종을 마구 눌러댔는데 그 소리는 적군에게 연대기(聯隊旗)를 당장 뺏기게 되었을 때의 트럼펫 소리처럼 울려댔습니다. 그리고 굴러가듯 안으로 들어가서 가구를 쓰러뜨리며 나아갔습니다. 부관(副官)은 그런 시간에 상관의 방으로 내가 들어가는 것을 제지했습니다.

　그때 내가 내는 태풍과 같은 소리에 잠을 깬 연대장이 모습을 나타냈습니다. 그래서 나는 모든 것을 털어놓았던 것입니다. 시간이 절박했으므로 나는 그에게 필사적으로 나 자신을 재촉하며 요점만을 골라 자초지종을 고백하고 구원을 청했습니다.

　연대장은 훌륭한 분이었습니다! 그는 내가 내뿜고 있는 무서운 소용돌이를 한눈에 꿰뚫어보았던 것입니다……. 그는 자신의 아들들이라고 부하를 부르고 있었는데 그중에서도 나이가 제일 어린 나에게 동정을 베풀어 주었던 것입니다. 나조차도 당시의 나는 동정받을 자격이 충분했었다고 믿습니다.

　그는 가장 프랑스적인 심한 욕설까지 섞어가면서 즉각 이 마을에서 연대를 철수시키지 않으면 안된다든가, 모든 것은 인수했으므로 내가 출발한 다음에는 즉시로 그 부모를 만날 생각인데, 그 전에 나는 여기서 써주는, 그리고 그가 지정해 주는 마을로 가되, 10분 후 역마정(驛馬亭)에서 말을 바꾸게 될 합승마차에 타지 않으면 안된다는 등의 말을 빠른 말로 토해내는 것이었습니다.

　돈을 넣고 오는 것을 잊은 나에게 돈을 건네준 그는 회색 수염을 내 볼에 대주었습니다. 그리고 그 회견이 있은 지 10분 후에 나는 지금까지도 실제로 이 거리의 노선을 달리고 있는 합승마차의 옥상석(屋上席)에(그자리밖에 좌석이 없었던 것입니다) 올라타 있었습니다.

그리고 오늘밤 저처럼 불이 켜져 있는 창, 내가 죽은 알베르토를 남겨두고 온 저 방의 창 밑을 마차는 질주하며 지나갔던 것입니다(그때 나는 어떤 시선을 보내고 있었을까요?)"

드 브랏서르 자작은 이렇게 말하고 입을 다물었다. 그의 목소리는 다소 약해져 있었다. 나는 이미 농담할 생각이 아니었다. 그러나 침묵은 우리 사이에서 그다지 오래 가지는 못했다.

"그래서요, 그 다음에 어찌되었습니까?"

나는 그에게 물었다.

"이것으로 끝입니다!"

그는 대답했다.

"그후에는 별일이 없었습니다. 그리고 실로 그일은 오랫동안 내 호기심을 괴롭혔던 것입니다. 나는 맹목적으로 중대장의 지시에 따랐습니다. 그리고 초조해하면서 그가 취하는 조치와, 내가 출발한 다음의 일에 대해서 알려줄 편지를 기다리고 있었습니다. 한 한달쯤 기다렸을까요. 그달 말경에 연대장으로부터 받은 것은 편지가 아니라, 적군의 모습 위에 그의 단검(短劍)이 그려져 있는 종이뿐이었습니다.

그것은 전속명령이었던 것입니다. 그는 전선(戰線)으로 향하는 제35연대에 합류하라는 명령이었습니다. 24시간 이내에 새로 배속되는 연대에 출두하라는 것이었습니다.

전장(戰場)에는 기분전환되는 일이 얼마나 많았는지 모릅니다. 더군다나 나에게는 처음으로 경험하는 전장이었습니다! 갖가지의 전투, 그리고 전장 이상으로 내가 무게를 두었던 여러 여성과의 정사(情事)와 피로, 그런 모든 것이, 연대장에게 편지 쓰는 것까지도 잊게 만들었고, 알베르토와의 상처투성이인 추억을 흐리게 만들었답니다.

그러나 결코 완전히 빠져나왔던 것은 아닙니다. 그 기억은 적출(摘出)되지 아니한 탄환처럼 내 몸속에 남아있었습니다……

어느 날인가 연대장을 다시 만나게 되고, 그리고 그때 그는 내가 궁금해하는 그동안의 경과를 이야기해 줄 것임에 틀림없을 것이라고 나는 나 자신에게 들려주곤 했습니다. 그러나 연대장은 죽고 말았습니다! 루이 드 망 친구 역시 그로부터 약 한 달쯤 전에 전사했구요……. 실로 경멸당할 일이었습니다만……."

대위는 다시 이렇게 덧붙였다.

"……가장 강인한 영혼 속에서는 모든 것이 융화되어 버리는 법입니다. 아마도 그 영혼이 더없이 강인하기 때문이겠지요……. 내가 떠난 후에 일어난 일에 대해서 알고 싶다는 강한 호기심도 결국에는 사라져가고 나를 안정시켜 주었습니다.

오랜 세월이 흐르는 동안, 나도 많이 변하게 되었으므로, 남들이 잘 알지 못하는 이 작은 마을을 방문하고, 최소한 이곳 사람들이 알고 있는 것이라든가, 내 비극적 정사(情事)의 소문에 대해서 알아볼 수도 있었겠지만 — 내가 한평생을 통하여 우롱했던, 세평(世評)에 대한 사양심과는 분명히 다른, 어떤 것, 즉 두번 다시 경험하고 싶지 않은 그 공포 속의 무엇인가가 나로 하여금 지금까지도 그렇게 하지 못하도록 만든 것입니다."

한 조각의 댄디즘조차 보이지 아니하는 — 이 슬픈 진실의 이야기를 끝낸 이 댄디는 여기서 다시 침묵했다. 이 이야기의 강렬한 인상에 나는 꿈을 꾸고 있는 것 같았다. 그리고 이때 댄디즘의 정화(精華)일 뿐 아니라, 가장 자긍심 높은 양귀비꽃이자 영국에서 빚은 적포도주의 주호(酒豪)이기도 한 이 찬연(燦然)한 드 브랏서르 자작이 — 완전히 별도의 사람, 즉 보기보다 한결 신중한 인물이란 것을 이해했던 것이다.

처음에 그가 그의 생애를 통하여, 그 악한 쾌락에 상처입었던 '검은 얼룩'이라고 했던 말이 떠올랐다! 그때 돌연 그는 내 가슴을 잡으면서 나를 놀라게 했던 것이다.

"저것 보시오! 저 커튼을 보란 말입니다!"

그는 나에게 말했다.

날씬한 아가씨의 그림자가 분명하게 떠오른 그 커튼 옆을 우리는 조금 전 지나왔던 것이다.

"알베르토의 그림자!"

대위는 그렇게 말하더니 괴롭다는 표정으로 이렇게 덧붙였다.

"우연히도 오늘밤은 농담이 다소 지나쳤습니다그려."

커튼은 이미 또렷한 진홍색 사각형(四角形)을 재현하고 있었다. 자작이 이야기하는 동안에 암나사못을 손질하던 마차 목공도 이제 그 작업을 끝낸 후였다. 교대하며 마차를 끌게 될 말도 이미 준비가 끝났다. 그 말은 무엇이 초조한지 앞발을 들어올리면서 발굽으로 계속 불꽃을 튀기고 있었다.

귀걸이가 달린 모자를 쓰고 있는 마부는 명부를 입에 물고 채찍을 들더니, 벌떡 일어나 옥상석(屋上席) 마부 자리에서 한숨을 폭 쉬었다. 그리고 어둠 속을 향하여 출발 신호를 지르는 것이었다.

"이랴! 어서 가자!"

그리고 우리는 전진했으며, 그 신비의 창문 앞을 지나갔다. 나는 지금도 꿈을 꾸고 있다. 그 창문을, 그리고 그 진홍색 커튼을 —.

옥색 눈

작은 거룻배를 젓고 있는 사이에 생각지도 않았던 곳에 도착했습니다.

그때 나는 나를 기다리고 있는 집 쪽으로, 멀리서 오는 소리에도 가슴 두근거리며, 만나고 싶고 보고 싶은 동경(憧憬)의 마음을 조이면서 — 갈대꽃이 만발한 사이로 목을 길게 빼고 있는 백조(白鳥)의 모습을 내 모습으로 착각할 정도로 내가 오기를 기다리고 있는 여성이 있는 곳으로 가는 중이었던 것입니다.

'그런데…… 그런데 말입니다.'

지금 생각해 보면 나는 바람기가 있었던 것입니다.

그 눈이 나를 그곳으로 끌어들인 것이지요. 그 눈은 그때까지 단 한 번도 내가 본 적이 없는 그런 눈이었습니다. 반쯤은 하늘색에, 반쯤은 바이올렛색의 — 자수정(紫水晶)의 푸른 기운 속에 짙은 바다의 벽옥(碧玉)을 녹여서 섞은 것 같은 색깔의 눈 —. 이미 숱한 영혼들이 허공을 헤매는 심경으로 그 속에 빠져서 익사(溺死)하고 말았을 그런 눈이었던 것입니다.

단지 이 날만 그러했지 그 이외에는 아무 일도 없었습니다. 이 매력적인 두 눈의 횃불이 비추고 있는 얼굴 모습도 지금은 그저 아름다운 과거, 고상한 폐허(廢墟)로 남아있을 뿐입니다. 이곳에서 나는 초여름의 우박이 휩쓸고 간 후 더러는 남아있는 삼밭의 아름다움을 보는 것 같습니다. 예를 들자면 늦가을, 최후의 폭풍을 기다리는 포플러라고나 할까요. 또는 좌초당하여 어구(漁具)들을 잃고 만 호화로웠던 범선(帆船)이라고나 할까요.

아침 일찍부터 일어나서 배를 저으며 노니는 사람들을 위한 잠시의 휴식소로 만들어진 — 푸른 잎 우거진, 그리고 벤치가 있는 강가에 배를 대면 나는 오늘 처음 오는 손님 같지 아니하고, 평소부터 잘 알고 지내는 손님처럼 친절한 대접을 받는 것이었습니다.

이윽고 그 옥색 눈을 가진 여인이 나타나면 나는 금방 이 차가운 눈동자의 표현할 수 없는 비밀에 정복당하여 그자리에 주주물러 앉고 마는 것이었습니다. 생각지도 않았던 이 우연의 해후(邂逅)에 내가 올 것을 쓸쓸하게 기다리고 있는 여자에 대한 일 따위는 완전히 잊어버리고 — 가엾은 여인은 끝내 진짜 백조의 모습이나 보고 있었을 테지요.

어느 불가사의한 꿈을 꾸는 심경에 빠져들어서 나는 그때까지의 모든 계획을 잊어버리고 마는 것입니다. 그것은 사슬에 묶이는 것과 같은, 그리고 위에서 뒤집어 씌워지는 것과 같은 지극히 매력이 있는 꿈속의 경지였습니다. 나는 어떤 행선지가 있어서 내 집에서 나온 내 업무까지 잊고 수상산책(水上散策)을 이 교외(郊外)의 포도원 울타리 그늘, 빨간 술잔 앞에서 시치미를 떼고 있었습니다.

그런데 이상한 일은 그 옥색 눈을 제외하고는 무엇 한가지 칭찬할 만한 것이 없었습니다. 그 얼굴은 까칠하게 여위었고 볼은 기미가 있는 것 같을 정도였습니다. 그 몸은 아직 피둥피둥하긴 하지만 그래도 시들어가는 버드나무와 같았습니다. 내 마음을 끄는 것이라고는 단지 밀랍과 같은 손톱이 달린 — 그리고 가늘면서도 긴, 품위가 있는 그 두 손뿐이었습니다.

......CES MAINS PALES
QUI FONT SOUVENT LE BIEN ET PEUVENT
TOUT LE MAL,
더러는 좋은 일도 있지만,
또 모든 나쁜 일도 할 수 있는 여인의 하얀 손

(註 : 베르레느의 詩句)

그것은 보기에 따라 애무와 죄악에 숙련된 손이었습니다.
 그러나 그 손도 그녀에게 있어서는 단지 그 눈의 결과에 지나지 않는 것이었습니다 — 왜냐하면 직접 물체에 접촉하는 관능(官能)과 간접적으로 물체에 접촉하는 관능 사이에는 뗄래야 뗄 수 없는 조화(調和)의 관계가 있는 것이기 때문이지요 — 그래서 그 눈만이 마치 굶주리고 시기심 많은 스핑크스처럼 모든 내 주의(注意)를 끄는 것이었습니다.
 요컨대 무엇일까요? 이 술집 여종업원으로서는 다소 넘쳐 보이기도 하고 또 모자라게 생각되기도 하는 것입니다. 그러나 역시 포도밭 울타리 그늘의 시골 술집의 여종업원입니다. 어쨌든 가련하고 조심성 있는 여성일 것입니다.
 — 그리고 그 옥색 눈은 그때그때 경우에 따라 보고도 못본 체 하는 정도로까지 마음쓰고 있는 것 같았습니다. 푸른 바다색을 띠는 데다가 깊고 또 차가운 옥색 눈은 프레데릭 붉은 수염 대왕(大王)의 묘(墓)가 그 강바닥에 매장되어 있다고 하는 그 칼리 카도니유스의 흐름보다 더 차갑다고나 할까요?
 나를 위한 시중을 끝내고 한산한 듯, 지루한 듯, 팔짱을 끼고 있는 것을 보고 처음에는 이렇게 말해 보았습니다.
 "좀더 나에게 가까이 와서 앉으면 좋겠소. 그리고 당신의 눈이 나에게 좋게 보이도록 나를 뚫어지라고 바라보시구려."
그녀는 나에게 다가오면서 이렇게 대답했습니다.
"내 눈, 무서운 눈이지요!"
"글쎄요, 무서운 눈일까요? 그래도 매력이 넘치는 눈이네요. 그런 눈을 어찌 사람들이 두려워하겠소?"
"내 물처럼 파란 옥색 눈은 무섭지요. 옛날부터 기분 나쁜 눈이었답니다. 물이거던요. 어떤 강에서 떠온 물의 ― 두 방울처럼 보이지요! 우리 어머니도 이것과 똑같은 물의 눈을 가지고 있었답니다. 그리고 어머니가 죽을 때, 그 심장의 고동이 멎는 것과 동시에 어머니의 눈은 두 개의 얼음덩어리로 수수께끼처럼 녹아 버렸던 것입니다. 그리고 볼을 따라 흘러가 버리고 말았답니다.

나는 그것을 보고 있었다구요. 그때 나는 아직 어렸었지만 지금도 매일 아침 머리를 빗을 때면 틀림없이 그 눈의 일을 나는 기억해내는 것입니다. 내 눈도 어머니의 눈처럼 언젠가는 사라지고 말 것입니다. 그렇다면 내가 아직 살아 있을 동안에 이 눈이 나에게서 빠져나가는 갈대숲의 자갈 위로 흘러가기 위해 저 강으로 다시 돌아오지 않을까 걱정됩니다.

나는 운 적이 없습니다. 울면 내 불쌍한 눈은 없어지고 말겠지요. 그런데 딱 한 번 운 적이 있었습니다. 벌써 아주 오래된 일이긴 하지만요, 그것도 딱 한 번 ―. 그 이후로는 어떤 일이 있어도 감동하는 일이 없도록 내 심장을 다부지고 굳세게 가지도록 노력했습니다. 왜냐하면 이 눈이 소중하기 때문입니다.

이 눈이 나의 허수아비(나를 지켜주는)랍니다. 남성들의 욕념(欲念)에 대한 내 무기(武器)입니다. 이제 나이가 이렇게 들어서 추해졌습니다만 그래도 남성들이 술에 취했을 때와, 내 손을 보고 난 다음 15분 정도는 내가 탐난다는 겁니다. 나는 이따금 남자들이 떠들고 있는 사이에 슬며시 그곳으로 찾아나오는 일이 있습니다. 그런 때 나는 이렇게 아래쪽을 내려다보면서 들어올리고 있는 남자들의 손목을 조용히 잡아주곤 하지요. 그러면 모두 조용히 내가 하는 말을 잘 듣는답니다. 그리고 모두들 내 손가락에 살며시 입맞춤을 한답니다.

모두가 호색하는 눈으로 내 피를 끓어오르게 하는 수도 있습니다 — 하지만 내가 얼굴을 들고 기분 나쁘다는 듯, 차가운 이 물의 눈으로 노려보면 모두가 내 손을 놓고 말지요. 나는 말예요, 남자들의 차가워지는 욕념(欲念)이 마침내는 그들의 심장을 얼어붙게 만들 때까지 뚫어지라고 노려본답니다.

그러나 당신께서 들어와서 나를 보았을 때는 우아하고 선량한 분이란 생각이 들어서 그 무서운 눈으로 노려보지 않고 용서해 드린 것입니다."
"아니오. 당신은 나를 용서해 주지 않았소."
내가 말했습니다.
"나도 기분 나쁘게 생각했습니다. 하지만 그것은 아주 이상한 — 일종의 불가사의한 기분 나쁜 생각이었습니다. 왜냐하면 당신의 그 눈 앞에서 나는 벌벌 떨면서 — 당신의 그 눈에 반해 버렸으니까요."
그녀는 격하게 대답했습니다.
"그것은 거짓말입니다. 지금까지 어느 한 사람도 내 눈에 반한 남자는 없습니다. 나는 이 눈 때문에 화(禍)만 입은 사람입니다. 이 세상에서 단 한 사람, 그 사람의 부드러운 한마디 말이라면, 그 말 한마디만 듣는다면 죽어도 좋다고 생각했던 — 그 사람에게서 도망쳐 버리게 된 것도, 실은 이 눈 때문이었습니다.

그런데 지금 당신이 내 눈에 반해 버리셨다니……. 거짓말쟁이!

내 눈을 자세히 보세요. 그리고 이 두 개의 증오의 샘 속에 당신의 연정(戀情)을 빠뜨려서 죽게 하세요."
"내 연정은 아마도 그 샘 속에서 떠오를 것이오."
나는 대답했습니다.
"거짓말쟁이는 당신이오! 당신의 그 반쯤은 하늘색이고 반쯤은 바이올렛색의 눈에 뇌쇄(惱殺)당한 남자는 나 하나뿐이 아닐 것입니다(나의 최초의 인상을 말하리까?) 그 눈 속에는 숱한 영혼이 공중에서 떨어지는 것으로 생각하다가 빠져 죽지 않고는 견딜 수 없었던 눈입니다."
"거짓말! 거짓말! 내 눈이 지옥의 길이란 것은 누구나 잘 알고 있습니다!"
그녀는 노해서 새파랗게 질리며 말하는 것이었습니다.
"그리고 공중에서 떨어지다니요? 남자들이 천사라도 된 줄 아십니까? 공중에서 떨어지다니? 당신은 마치 미치광이 같네요."
"그렇다면 당신은?"
"나도, 그래요 나는 미쳤다니까요."
그녀는 그렇게 말하더니 빙그르 돌았고 어느새 모습을 감추고 말았습니다. 이 기괴한 이야기는 내 뇌리 속에서 평형감각을 잃게 만들었습니다. 나는 손끝이 떨리어 술잔을 가득 채울 수 없을 정도였습니다. 가까스로 마음을 가라앉힌 후에 술잔을 입술에 댈 수 있었습니다.
그나저나 이 얼마나 이상한 여인이란 말입니까! 그리고 또 이 얼마나 상하(上下)의 격(激)한 대조(對照) 속에 이 여인의 지력(知力)과 언어가 있는 것이란 말입니까!
이윽고 이 술집 주인이 내 옆으로 다가오더니 생생한 말로 나에게 이런 말을 들려주었습니다.

"혹 그녀가 실례를 하지 않았습니까? 섭섭하지는 않으셨나요? 손님, 그녀는 투신자(投身者)였습니다. 이곳에서 구해낸 것이 벌써 여러 해 전의 일이지요. 아무도 그녀를 데리러 온 사람이 없었습니다.

그런데 그녀는 돈을 좀 지니고 있습니다. 그래서 그런대로 이곳에 머무르고 있는 거지요. 아무도 그녀를 인정해 주는 자가 없답니다. 입이 좀 험한 게 탈이지 나쁜 여자는 아닙니다. 우리집에서는 중보(重寶)이니까 귀여워해 주고 있습니다.

그녀의 눈과 그녀가 지껄여대는 말에 대해서는 우리는 이제 익숙해졌기 때문에 별로 신경도 안쓰고 지냅니다. 그리고 그녀가 하는 이야기는 전에 책 속에서도 본 적이 있습니다. 어쨌든 그녀의 성품이나 외모와 비슷한 이야기가 있었거든요. 옛날에는 어엿한 가정주부였었을는지도 모릅니다. 그것은 아무도 모를 일입니다."

미라를 만드는 여인

지금도 아직 리비아의 이집트 접경지대 — 무서울 만큼 나이가 많고 또 대단히 현명한 사람들이 살고 있는 지방에는 뎃사리아의 여마술사(女魔術師)보다 더 신비적인 마법이 남아있다고 하는데 나로서는 그것을 의심할 생각이 없다.

뎃사리아의 밤이 어두워지고 남자들이 피부를 변형시키고 멋대로 돌아다닐 때, 달무리를 거울 상자[鏡箱] 속에 받고, 만월(滿月)인 때는 물에 잠긴 별과 함께 은통(銀桶)에 담으며, 혹은 바다의 황수모(黃水母)처럼 튀김냄비로 떠올리거나 하는 여자들을 생각하는 것은 무섭다.

그것은 모두가 두렵다. 그러나 피 색깔의 사막에서, 그리고 리비아의 미라 만드는 사람들과 만날 것을 생각하면 그런 공포감도 많이 줄어들 것이다.

우리들 — 동생인 오페리온과 나는 이집트를 둘러싸고 있는 9개의 기이한 사륜(砂輪)을 가로질렀다. 멀리 사구(砂丘)는 바다처럼 청록색(靑綠色)으로, 또 호수와 같은 유리색으로 보였다. 피그미들도 이 사막지대까지는 들어오지 못하고 있었다.

우리는 햇빛이 일찍이 들어온 적이 없는 어두운 숲속으로 피그미들을 뒤에 두고 들어왔다. 그리고 인육(人肉)을 양식으로 삼고 상호

간에 뺨이 움직이는 소리로 식별하는 구릿빛 인간들은 서쪽 먼곳에 있었다.

리비아를 목표로 해서 가는 길로 우리가 들어선 주홍색 사막은 끝없이 황량했는데 거기에는 마을도 없었고 사람의 그림자도 없었다.

우리는 7일 날, 7일 밤을 계속해서 걸었다. 이 지방에서는 밤이 되면 파랗게 트이고 선선하지만 눈에는 아주 위험하게 마련이다. 이 파란 밤빛이 6시간 동안 동공(瞳孔)을 넓혀주면 이환자(罹患者)는 이제 해뜨는 것을 볼 수 없게 된다.

이것이 이 질병의 특징인데, 단 그것은 얼굴을 가리지 않은 채, 모래 위에서 잠자는 사람만이 걸리게 마련이다. 낮이고 밤이고 걷는 사람들에게는 해 아래에서 눈을 피로하게 만드는 사막의 하얀 먼지 외에는 괴롭히는 것이 없는 것이다.

8일째 되는 날 저녁때, 피 색깔을 띤 광야 위에 고리 모양으로 배치되어 있는 작고 아담한 둥근 지붕을 우리는 발견했다. 오페리온은 그곳을 조사해 보는 게 좋겠다고 의견을 내놓았다. 리비아의 일상에서는 해지는 시간이 이르므로 우리가 그곳에 가까이 갔을 때는 이미 어둠이 깊어졌었다.

이 둥근 지붕들은, 처음에는 출입구가 발견되지 않았었는데, 그것이 모양을 갖추고 있는 고리를 넘자 중키 정도의 사람 키만한 높이의 출입구가 그곳에 있었고, 그것이 모두 고리의 중심으로 향하고 있다는 것을 알았다.

그 문 입구 쪽은 어두웠는데 주위에 나있는 좁은 구멍으로 광선이 새어들어와서 우리의 얼굴을 길고 붉은 손가락처럼 물들여 주었다. 우리는 그 위에 정체 모를 냄새에 휩싸여져 있었다. 마치 향료(香料)와 부패물이 뒤섞여져 있는 것 같은 냄새였다.

미라를 만드는 여인 237

오페리온은 나를 슬며시 잡아끌었다. 누군가가 그 둥근 지붕 한 곳에서 우리에게 어떤 신호를 보내는 것 같다고 했다. 그쪽을 살펴보니 한 여성이 모습은 확실하게 보이지 않았지만 입구에 서서 우리를 부르고 있었다.

나는 망설였다. 그러나 오페리온이 나를 그 여자가 서있는 쪽으로 끌고 갔다. 둥근 천장 아래의 원형(圓形) 방은 입구 쪽과 마찬가지로 컴컴했다.

그리고 그곳에 들어갔을 때, 우리를 불러들인 여자는 보이지 않았다. 우리는 조용한 목소리로 미개(未開)의 언어인 듯한 언어로 이야기하는 것을 들었다.

그런 다음, 또 아까 그 여자가 그을음이 나는 점토(粘土) 등잔을 들고 우리 앞에 나타났다. 우리가 인사를 하자 그녀는 우리들의 나라말인 그리스어를 리비아 사투리로 이야기하면서 환대한다는 뜻을 전했다. 그녀는 나체인 남성 모양과 새 모양으로 꾸민 도기(陶器) 침상을 가리키면서 우리를 그곳에 앉으라고 했다.

그리고 먹을 것을 찾아오겠다면서 또 모습을 감추었는데 지면(地面)에 놓여 있는 등잔불의 약한 빛만으로는 — 도대체 그녀가 어디를 통해서 나갔는지 우리로서는 분별할 수가 없었다.

그 여인은 검은색 머리와 검은색의 눈을 가지고 있었다. 아마포(亞麻布)의 품이 넉넉한 옷을 걸치고 있었고 파란색 띠로 유방을 가리고 있었다. 그리고 그 여인에게서는 생토(生土) 냄새가 나고 있었다.

점토 접시와 탁한 유리 그릇에 담겨 나온 저녁 식사는 관(冠) 모양의 빵에 무화과와 생선 절인 것이 곁들여 있었다. 육류라고는 소금에 절인 메뚜기가 있을 뿐이었다. 수프는 연한 장미색이어서 한눈에 보아도 물을 탄 것임을 알 수 있었는데 그래도 여간 감칠맛이 나는 게 아니었다.

그녀는 우리와 함께 식사를 했는데 생선이나 메뚜기에는 손도 대지 아니했다. 이 둥근 지붕 안에 있는 동안 우리는 그녀가 육류를 입에 대는 것을 본 적이 없다. 그녀는 빵을 조금 떼어먹는가 하면 이따금 과일을 좀 먹는 것으로 식사를 대신하고 있었다.

이처럼 근신하는 이유는 이 이야기를 읽으면 누구나 금방 고개를 끄덕이게 될 것이다. 그런 면에서는 그녀에게 혐오감도 다소 느끼게 되는데 거기에는 다분히 이 여자가 그 속에서 살고 있는 동안, 예(例)의 향기가 그녀로부터 양분의 필요성을 제거시키고, 그 가벼운 미립자(微粒子)로 그녀를 만복(滿腹)시키고 있었을 것임에 틀림없다.

그녀는 우리 형제에 대해서 물어보는 일도 없고, 우리 역시 그녀와 이야기할 생각이 없었던 것은 그녀의 생활방식이 아주 이상했기 때문이다.

저녁 식사가 끝나면 우리는 침상에 누웠다. 여자는 우리를 위해 등잔불을 켜주고 더 작은 등잔불을 자신을 위해 준비한 다음 방에서 나가곤 했는데 나는 그녀가 옥내(屋內) 건너편에 있는 구멍을 통해 지하(地下)로 내려가는 것을 보았다.

오페리온은 내 억측에 대하여 대답하고 싶은 생각도 썩 들지 않는 것 같았다. 그래서 나는 이 생각 저 생각에 좀처럼 잠이 오지 않아서 밤이 이슥해질 때까지 뒤척이고 있엇다.

타들어가는 불꽃소리에 나는 잠이 깼다. 기름이 말라서 심지까지 타들어가고 있었다. 그런데 옆에 누웠던 오페리온이 보이지 않았다. 나는 일어나서 작은 목소리로 그를 불러 보았다. 그러나 그는 이미 둥근 지붕 안에 있지 아니했다. 그래서 나는 어둠 속에 나가보았는데 그때 나는 지하에서 여자들의 한탄 섞인 울음소리가 들려오는 것을 어렴풋이 들을 수 있었다.

 그 메아리는 금방 끊어졌다. 나는 둥근 지붕을 한 바퀴 돌았지만 아무것도 발견하지 못했다. 그러나 땅바닥에서 무슨 작업을 하고 있는 것 같은 — 일종의 진동이 전해오는 것을 느꼈다. 멀리서는 동료를 불러대는 들개의 슬픈 울음소리가 들려왔다.

 나는 빨간 불빛이 새어나오는 구멍 쪽으로 다가갔다. 그리고 한 둥근 지붕 위로 올라가서 내부를 들여다볼 수 있었다. 그때 나는 이 나라와 이 둥근 지붕 마을의 이상한 풍속을 알아낼 수 있었다. 왜냐하면 화톳불이 비추고 있는 그 장소는 시체로 가득 차있었던 것이다. 그리고 우는 여자들 사이로, 다른 여자들이 그릇이며 도구들을 가지고 바쁘게 오가면서 무엇인가 일을 하고 있었다.

 나는 그녀들이 생생한 몸통 중 한쪽을 째고 노란색의, 또는 다갈색의, 녹색의, 파란색의 창자를 꺼내어, 그것을 항아리 속에 담고 — 은으로 만든 작은 갈고리를 코에 쑤셔넣고, 콧날의 연한 뼈를 부러뜨리고, 화살로 뇌수(腦髓)를 긁어내고, 색깔이 있는 물로 시체를 씻고, 로드섬의 향료(香料)·몰약(沒藥)·육계(肉桂)를 칠하고, 머리카락을 묶고 눈썹에는 색고무를 끼고 치아를 색칠하고, 입술을 오므리고, 손톱과 발톱을 깎고, 금선(金線)으로 말고 있는 것을 보았다.

 이윽고 배가 평평해졌으며 주름진 중앙에 배꼽이 움푹하게 패이자, 여자들은 하얗게 주름잡힌 시체의 손가락을 펴고 손목과 발목에 엘렉트론 반지를 끼우고 기다란 아마세포(亞麻細布) 속에 시체를 정성껏 놓고 말아나가는 것이었다.

 이 둥근 지붕의 마을은 얼핏 보기에 가까운 도시에서 시체를 운반해다가 미라를 만드는 마을이었다. 어떤 집에서는 작업을 지상(地上)에서 하는 곳도 있지만 어떤 집에서는 지하에서 했다.

어떤 시체는 입술을 굳게 다물고 있었기 때문에 그 사이에 밀트의 씨앗을 물렸다. 그것은 마치 미소를 잘 짓지 못하는 여인이 이를 드러내려고 노력하는 것 같아서, 그 시체의 모습을 본 나는 너무나도 무서웠다.

날이 새면 곧 오페리온을 데리고 미라 만드는 동네에서 도망쳐야겠다고 나는 결심했다. 그리고 우리가 묵고 있는 둥근 지붕 밑으로 돌아와서, 등잔에 새 심지를 넣고 난로에 불을 붙였는데 오페리온은 돌아와 있지 아니했다.

나는 방안 구석구석까지 돌아다니면서 지하로 통하는 계단 입구에 불을 비쳐 보았다. 그러자 아래쪽에서 키스를 하는 소리가 들려오는 것이었다.

나는 동생 오페리온이 시체를 다루는 여성과 애욕(愛慾)의 하룻밤을 보낸 것으로 생각하고 무심결에 미소를 띠었다. 그러나 회삼물(灰三物) 벽의 내부(內部)로 만들어진 통로로 통할 것이 뻔한 출입구에서 우리를 응대했던 예의 여성이 옥내로 들어오는 것을 본 나는 어찌해야 좋을는지 알 수 없게 되었다.

그녀는 계단 쪽으로 방향을 바꾸었고 내가 그러했듯이 귀를 곤두세웠다. 그런 다음 나에게로 얼굴을 돌렸는데 그 얼굴은 나를 놀라게 만들었다. 그녀의 눈썹이 일그러졌다. 그리고 그녀는 다시 벽 속으로 들어간 것 같았다.

나는 점점 더 깊은 잠에 빠져들었다. 새벽녘에 오페리온은 이웃한 침상에 누워 있었다. 그의 안색은 잿빛과 같았다. 나는 그를 흔들면서 어서 떠나자고 재촉했다. 그는 나를 보았지만 내가 누구인지 모르는 것 같았다.

여자가 돌아왔기에 물어보니 내 동생을 날려 버렸던 역병(疫病)

의 바람에 대해서 이야기해 주었다.

　온종일 그는 고열(高熱)로 고생하면서 전전반측(輾轉反側)했다. 그리고 여자는 그를 줄곧 응시하며 그에게서 눈길을 떼지 않았다. 저녁때가 되자 그는 입술을 겨우 움직이더니 숨을 거두고 말았다. 나는 울면서 그의 무릎을 끌어안았다. 그리고 자정이 지나 2시가 되도록 계속해서 울었다.

　그런 다음 내 혼(魂)은 꿈과 함께 날아갔다. 오페리온을 잃은 고통이 내 잠을 교란시키어 잠을 깨게 했다. 그의 몸은 이미 내 곁에 없었고 여인의 모습도 안보였다.

　그래서 나는 고함을 치며 방안을 헤매고 다녔는데 계단은 발견되지 않았다. 나는 둥근 지붕에서 나와, 붉은 광선이 비추는 쪽으로 올라갔고 눈을 구멍에 댔다. 그리고 나는 이런 모습을 본 것이다.

　동생 오페리온의 시체는 바리때와 항아리 사이에 누워 있었는데 작은 갈고리와 은으로 만든 화살로 뇌수(腦髓)를 꺼내고, 배는 갈라져 있었다. 손톱·발톱은 이미 황금으로 칠해져 있었고 피부에는 토역청(土瀝靑)이 칠해져 있었다.

　그런데 동생 오페리온은 — 누가 우리를 응대했던 여성인지 나도 분별이 안될 만큼 이상하게도 닮은 두 명의 미라 제작인(製作人) 사이에 누워 있었다. 이 두 여인 모두 울다가는 얼굴을 씻어내고 동생 오페리온에게 키스를 하는가 하면 그녀들의 품속에 껴안는 것이었다.

　그래서 나는 둥근 지붕의 구멍에 입을 대고 소리쳐 보기도 하고, 그 지하의 입구를 찾아보기도 하고, 다른 집으로 달려가 보기도 했지만, 아무런 대답도 듣지 못한 채 맑은 밤하늘 속을 헤매고 다닐 수밖에 없었다.

　그리고 내 생각으로는 이 두 명의 미라 제작자는 자매(姉妹)로서

공히 마법사(魔法師)이며 질투심이 깊은 여자들일 것 같았다. 그녀들은 그의 아름다운 육체를 그대로 지켜내기 위해, 내 동생 오페리온을 죽인 것임에 틀림없다.

　나는 머리에 망토를 뒤집어쓰고 이 저주의 나라에서 죽을힘을 다하여 도망쳤다.

저승의 열쇠

> 내가 음부(陰府)의 열쇠를 가졌으니 —〈요한계시록〉1 : 18

해마다 나는 페리에르로 몇시간인가를 지내러 간다. 그곳은 어머니가 세상을 떠나면서 나에게 상속한 꽤 넓은 소유지인 것이다. 그러나 그곳에 내 즐거움은 없었다. 그런 까닭에 페리에르는 팔려고 내놓았으며 벌써 2년간이나 이 고가(古家)의 사진은 인접 도시의 복덕방에도 누렇게 변색되어 걸려 있었다.

때마침 나는 한 방문자가 현지에 가려 하는 것을 알아냈다. 그래서 나는 관리인에게 편지를 썼고, 복덕방에도 편지를 써보냈다. 그러나 단 한 사람의 방문자도 지난날 페리에르에 일부러 가려고 했던 예는 없었다. 나말고는 —. 나는 집을 수리해야 할 필요는 없는지 확인을 해야 했기 때문에 그곳에 갔었다.

그 방문하는 어느 기회에 나는 책상 속에서, 머지않아 읽히게 될 두 종류의 원고 중 한 가지를 발견했다. 지금 여기서, 그것이 나에게 준 감정을 설명할 필요는 없다. 그러나 그것이 언젠가는 반드시 독자들의 눈에 띄게 될 것임을 알아차리자, 나는 즉석에서 그것을 보완해야겠다는 욕구를 일으켰다.

이것이 제2의 원고 원본이다.

1910년

어느 날, 나는 내집 앞, 풀숲 속에 누워 있었다. 그때 삐걱거리는 수레바퀴가 달린 수레 꼭대기에 앉아서, 목장 이쪽 끝에서 저쪽 끝으로 가는, 목부(牧夫)의 노랫소리가 들려왔다. 그 수레는 우리집 암말이 끄는 수레였다. 내 눈에는 그 목부의 얼굴은 안보였다. 내가 누워 있던 곳은 풀잎 색깔이 아직 짙었는데 바람과 햇볕 속에서 힘도 없고 냄새도 없는 꽃들로 뒤덮여 있었다.

그것은 마치 나를 목부의 눈길에서 감추려는 것처럼 내 얼굴 위에 기울어져 있었는데, 살짝 지나가는 미풍에도 움직이면서 방향을 바꾸었다. 그리고 줄기와 가지가 교차하는 곳으로는 맑은 하늘이 보였는데, 내 눈은 그런 것들을 쳐다보다가 피로해져서 눈을 감아야 할 정도였다.

그때 목부의 노래는 풀밭 표면을 불어가는 바람에 날리어 아주 분명하게 나 있는 곳까지 들려왔다. 무엇을 노래했는지 그 내용은 나도 알 수 없었다. 그것은 우리 밭 경계를 이루는 자작나무 그림자 쪽에서 들려왔는데 어떤 때는 멀리서 들려오는 것 같기도 했고 어떤 때는 거의 아무 소리도 안들리기도 했다. 가축들에게 물 먹이는 곳 옆에 있는 큰 웅덩이 속으로 내려가야 했기 때문인데 그곳에서 그는 돌로 된 물먹이 구유 앞을 돌아서 갔다.

몇초 동안 나에게는 바람의 속삭임말고는 거의 아무 소리도 들리지 않았다. 그리고 목부의 목소리가 조금씩 가까이에서 들려왔다. 자작나무 숲으로 가는 넓은 곳에서 나는 슬픈 시골 노랫소리를 들었고 그 작업자의 진로(進路)를 따라 갔다.

나는 나 자신에게 말했다.

'그가 다시 한번 물 먹이는 곳에서 자작나무 쪽으로 가는 것을 기다리기로 하자. 그런 다음에 일어나서 집으로 가자.'

그러나 나는 정말로 가고 싶은 생각은 없었다. 그래서 벌렁 누워 두 팔을 머리 밑에 괸 채 그곳에 있었다. 내가 집에 가서 무슨 할 일이 있단 말인가? 아무것도 없다. 분명 그렇다. 무슨 일이든, 나를 제한하지는 않는 것이며 어디에 있든 상관이 없는 것이다.

나는 생각나는 대로 살아가고 있으며 어떤 규율에도 얽매이지 않는다. 온종일 풀속에서 잠자기를 좋아한다고 해서 나를 혼낼 사람은 아무도 없다. 떨리는 다리로 가로수 첫째 나무에까지 갈만큼 대담했던 우리 어머니도, 나를 나무라지는 않을 것이고, 이웃 도시로 짧은 기간의 여행을 갈 생각밖에 하지 않는 우리 숙부도 혼내지는 않는다.

그러나 무엇인가가 내 휴식을, 하늘 아래에서 부동(不動)의 상태로 충분히 즐기는 것을 훼방하고 있다. 나로서는 무어라 말할 수 없는, 내 기쁨을 가로막는, 불가사의한 불안이 있다.

목부가 물 먹이는 장소 쪽으로 내려가고, 그의 목소리가 이제 내가 누워 있는 곳에까지 들리지 않게 되었을 때, 다른 목소리가 들려오는 것 같았다. 그런데 그 목장 안에는 목부와 나 외에는 아무도 없다는 것을, 나는 잘 알고 있었던 것이다. 나는 몽상가(夢想家)도 아니려니와 바보도 아니다. 나는 대지(大地)란 노래도 하지 않으려니와 이야기도 하지 않는다는 것도 잘 알고 있다.

그러나 목부가 웅덩이 속으로 들어가 보이지 않게 되고, 그의 목소리가 내가 있는 곳까지 들려오지 않게 되자, 다른 목소리가 그의 목소리 대신 들려왔던 것은 분명하다. 도중에서 끊어지긴 했지만 그것은 노랫소리 같았다. 아주 높고 단조로운 목소리였다. 결코 바람 소리는 아니었다.

오히려 바람이 불면, 반대로 그 이상한 목소리는 즉시로 멎었다. 그러므로 마치 어디로 가야할지 모르면서 이동하는 공기(空氣)처럼 희미한 속삭임으로 들렸든지 아니면 전혀 들을 수 없었을 것이었다.
 그러나 침묵과 함께 목소리는 다시 들려왔다. 그것은 산지사방에서 들려왔다. 가까이에서도 멀리서도 —. 그리고 그것이 내 옆 풀 속에서 났는지, 아니면 우리 목장 너머 언덕의 정상에까지 펼쳐져 있는 대초원의 끝 쪽에서 났는지 나는 알 수가 없었다. 그것은 사람의 목소리와 비슷하지 않았고, 지금까지 내가 들어왔던, 그 어떤 소리와도 비슷하지 않았다.
 그러나 여기에 더욱 기묘한 것, 내가 누구에게도 이야기하지 않았던 것이 또 있다. 만약 내가, 그 소리는 그 자체가 불가사의한 것인데, 내가 귀를 기울이자 들려오지 않았다고 한다면 누가 내 말을 믿어 주겠는가? 사실 나는 일종의 무감각에 빠져 있으면서 아무것도 생각하지 않도록 노력하는 것처럼 보였다. 나는 눈을 감았다.
 그러나 그 기묘한 소리가 사방에서 나에게로 흘러와, 내 머리속에서 노래하고 있었다. 나는 미동도 하지 않으면서 기적이 금방 사라지는 것이 두려워 호흡까지 억제하고 있었다.
 그것은 수천 개의 어구(語句)가, 나도 모르는 언어로 나에게 말하고 있는 것 같았다. 그리고 내가 잘 알고 있는 전율(戰慄)과 함께, 소리가 일단 날카로워지는 것이었고 소리는 올라갔다. 내 속에서 애처롭게 울려퍼진 절규는 끝날 때까지 무서운 속도로 올라갔다. 나는 절규라고 표현했는데 그것말고는 어떤 표현법이 있겠는가?
 그것은 우리 가슴에서 용솟음쳐 오르는 절규는 아니었으며, 인간적 감동의 그 어떤 것도 표현하고 있지는 아니했다. 그러나 목부의 목소리가 다시 하늘로 오르기 시작하자 그때마다 그 소리는 일어나는 것이었다.
 그리고 이 불가사의한 소리가 전율하여, 그토록 빨리 하늘로 오르는 것은, 그가 도래(到來)할 것을 예측하는 인간의 목소리, 그것을 향하여, 말하자면 벽에 부딪치는 것처럼 부딪치어 분쇄되는 것을 피하기 위함이었다는 생각을 나로서는 지울 수가 없었다.

"그렇다면 장, 너는 무엇을 생각하고 있니?"
그녀는 내가 그것을 그녀에게 말하는 것으로 생각하는 것일까? 아니다. 그러나 그녀는 내가 불안해하면서도 잠자코 있는 것을 보고, 무엇을 생각하느냐고 물었던 것이다. 그녀의 양심이 그것을 요구하고 있는 것이라고 그녀는 생각되었기 때문이다. 만약 내가 필요성을 느낀다면 그녀에게 털어놓을 기회를, 그렇게 해서 나에게 만들어 줌으로써 그녀의 책임을 다하려는 것이리라. 그래서 나는 대답했다.
"지금은 아무것도 ─ ."
지금 그녀가 얼마나 조용한지를 보라! 그녀는 내 의자 뒤에 한쪽 팔을 올려놓고 내 위로 머리를 숙인다. 나는 내 이마 위와, 바람에 흐트러진 내 머리카락 위로 그녀의 입술을 느낀다. 그런데 벌써 그녀는 일어나서 여러 가지 자질구레한 일들이 그녀를 기다리고 있는 옆방으로 들어갔다.
그녀가 하녀와 함께 손보지 않으면 안되는 깨끗이 빤 내복, 그리고 그녀가 마음속으로 세워둔 계획과 언젠가는 그녀가 생각해낼 일들이 그것이다. 그녀는 집안에 다소 통풍이 되도록 문을 열어놓는다. 덥기 때문이다. 그 때문에 그녀가 종종걸음으로 왔다갔다하는 것이 보였다.
두세 시간 전부터 그녀는, 오디르의 일이 걱정되었다. 오디르는 병이 나서 내 숙부가 소와송으로 데리러 갔었다. 그러나 지금은 이미 그런 것을 생각하고 있지 않는 그녀였다.
최초의 흥분이 지나가 버리자 집안의 일이 그녀를 완전히 사로잡게 되어, 그녀는 그녀가 구멍 하나, 터진 솔기 하나를 모두 찾아내어 손을 보아야 하는 그녀의 옷잇, 수건, 내복 따위밖에 생각하지 않게 된다.

그녀는 그녀의 하얀 블라우스라든가 무명 스커트 속에서 — 그런 자질구레한 일을 찾아서 하며 그렇게 늙어 왔다. 그녀가 그런 식으로 나이를 먹어가는 데는 그만큼 숙련도도 따랐다.

나로서는 그녀가 단번에 백발이 되고, 그녀의 얼굴이 하루든가 한 시간만에 주름투성이가 되고, 그녀의 어깨가 그녀의 남편이 세상을 떠난 후에 남편처럼 둥글게 되었다는 생각이 든다. 그러나 그녀를 그런 식으로 때리고 찢고 한 다음에 인생은 그녀를 평안하게 살라고 결의(決意)했다고도 할 수 있다.

왜냐하면 이 15년간의 날들은 내 어머니에게 있어, 아주 똑같이 흘러갔고, 똑같은 형태로 계절에서 계절로 이어지면서, 그녀에게 온 힘을 기울이도록 하여 그 자질구레한 일들을 하게끔 했기 때문이다.

그 미늘창을 반쯤 닫은 방안에는 누런 상자 위에 내복이 쌓여 있는데 그녀는 속옷과 타월을 집어들고는 그 주름을 펴고 그것을 세심하게 살펴보면서 뭐라고 중얼거렸다. 그리고 그것을 옆에 있는 하녀에게 건네주었는데 하녀는 받는 순서대로 차곡차곡 들고는 받침으로 가지고 가는 것이 보였다.

그런 다음 그녀는 양손에 한 장씩 옷잇을 들고, 팔을 쭉 펴면서 몇걸음 뒤로 물러서더니 침묵했다. 그녀들은 창문 옆에서 옷잇이 찢기지 않을까 걱정을 하면서 옷잇 양쪽 끝에 눈길을 주고 있었다. 그러나 무사했다.

"됐어!"

우리 어머니가 말했다. 그녀들은 그자리에 앉아서 옷잇을 개켰다.

나는 이 모든 일을 내가 있는 장소에서 보았던 것이다. 내가 어렸을 때부터 목요일마다 그것을 보았던 것처럼 —. 그리고 그것이 오늘 내 신상에 어떤 결과를 가져다 줄는지는 모르지만, 그 장면은 나에게 있어 아주 친밀한 것이었다.

이렇게 해서 몇번이고 주의깊게 관찰해 온, 어떤 종류의 일이 있다. 몇년 동안이나 단순하고 자연스러웠던 일이건만 익히 보아온 다음에 어느 날 문득 그와 같은 일이 이상하게 여겨지면서 — 틀림없이 그런 일이 종종 일어났었구나 하는 그런 일 말이다. 그것은 이미 자연이 아니다. 갑작스럽고 기묘한, 그리고 거의 다른 일이 되어 있는 것이다.

그것을 나는 오늘, 실감했다. 쭉 뻗은 팔 끝에 커다란 백포(白布)를 들고 창앞에서 왔다갔다하는 이 두 여인은, 사람의 그림자거나 유령 정도의 인상밖에, 나에게 주지 않았다. 그리고 이 미늘창을 반쯤 닫은 방안에는 실제로 인간이라고는 없고 그 대신 나를 놀리는 환영(幻影)만이 있다는 느낌이 들었다.

하얀 옷을 입은 두 사람 모두 지금은 어둠 속에 있으면서 꼼짝도 하지 않고 어떤 운명적인 것을 바라보듯이 그 옷잇에 눈길을 주고 있었다.

그녀들이 나누는 말도 내 마음을 미혹할 뿐이었다. 아주 낮은 목소리로 말하기 때문이다. 그녀들의 발도, 그 아래의 바닥에서 약간 뒤뚱거릴 뿐이건만 그 신음하듯 하는 신발의 가벼운 소리는, 나로 하여금 내 생명이, 알 수 없는 어둡고 친밀한 마법(魔法)에 사로잡혀가는 것 같은 느낌을 주었다.

나는 일어나 그 방을 나왔다. 그러나 내 발짝 소리는 살아 있었으므로 내 힘을 회복시켜 주었다. 그런 그림자가 보물처럼 간직되어 있는 집안에 틀어박혀 있는 것보다는 눈에 안보이게 대지를 분쇄하는 태양으로부터 그 빛을 받는 구릿빛 하늘 아래에서 — 풀을 시들게 하고 꽃을 마르게 하는, 불타는 듯한 공기 속을 나는 오히려 걸어다니고 싶은 것이다.

플라타너스 그림자가 내 발 밑에 파랗다. 나는 뜨거운 열이 색깔을 빼앗아간 흙 위에서 그것을 겨우 발견했다. 새는 침묵을 지키고 나뭇잎은 움직이지 않으며 그 누구도 호흡을 하지 않는다. 나는 이런 집 앞에 있고 싶지가 않다. 더 멀리, 큰 초지(草地) 가장자리에 있는 자작나무에까지 가고 싶다.

내가 옛날 오디르와 놀았던 곳은 그곳이다. 그 나무 밑으로 헤치고 들어가려면 천천히 원위치로 돌아가서 우리를 기적의 밤과 같은 것 속으로 가두어 버리는, 무겁고 시커먼 나뭇가지를 흔들며 헤집지 않으면 안된다. 왜냐하면 우리 주위에는 잎사귀들 사이로, 초원 위에 쏟아붓는 대낮의 빛이 보이지만, 우리가 황홀하게 손을 마주잡았던 그 장소는 우리의 얼굴조차 분간할 수 없을 정도로 캄캄했기 때문이다.

그때부터 폭풍우가 몇번씩이나 자작나무를 두드려서 상처를 입혔다. 그 그림자는 이제 옛날처럼 멀리까지 드리우지 못한다. 그리고 한쪽으로 기운 것처럼 보인다. 우듬지에서 나온 나뭇가지가 몇해 전에 땅바닥으로 떨어졌기 때문이다.

그러나 그 짙은 잎사귀는 아직도 땅바닥을 쓸고 있는데 큰바람이 부는 날에는 그 힘겐 가지가 바다 위를 달려가는 배 소리처럼 삐걱거린다.

나는 이곳에서 그녀를 기다릴 것이다. 4분지 1시간 후에는 내 숙부의 차가 플라타너스가 있는 곳까지 달려오고 집앞에서 머무는 것이 보일 것이다. 오디르는 주위에 — 아마도 자작나무 근처에 눈길을 줄 것이다. 그러나 그곳에 내가 서있으면서 그녀를 지켜보고 있는 것은 모르는 채로 —. 그녀는 내려온다. 그때 우리 어머니가 문에서 나타나 그녀에게 말한다.

"나를 포옹해다오, 오디르. 장은 산책하러 갔는데 곧 돌아올 것이다."

그래서 나는 얼어붙은 듯 움직이지 않고 서있다. 오디르가 무슨 말을 하는지 듣고 있다. 나는 그녀의 어떤 동작도 놓치지 않을 것이다. 그리고 그녀가 나를 찾고자 하여 좌우로 머리를 돌리기라도 한다면 내 마음은 그 이상 기쁨을 찾아내지 못할 것으로 생각한다. 그리고 나는 나뭇가지를 헤집고 나서면서,

"이곳에 있어. 숨어 있었다구!"

라고 외치면서 그녀 쪽으로 달려갈 것이다.

1925년

우리들 — 즉 그녀와 나는 함께 성인(成人)이 되었다. 그리고 우리가 어린 시절을 보냈던 곳도 이곳이었다.

집은 낡았고 넓었다. 그것은 갈색 지붕이 플라타너스 위로 솟아 있었고, 벽채의 돌은 지출(支出)에 신경을 쓴 건축가의 소극적 안목으로 지었기 때문에 그것이 만들어진 과거 세기(世紀)의 먼 옛날과 마찬가지로 하얗고 정갈하게 보인다. 건축가가 그 지붕 밑에서 거주케 하려 했던 것은 그의 가족들이었으므로 상당히 검소한 재원(財源)을 들였기 때문이다.

그런 까닭에 창 위에는 삿갓돌도 붙이지 않았고, 발코니에도 주물(鑄物) 손잡이가 붙어 있지 않은가 하면 집 구석구석에는 여러 가지 돌 장식품들도 있지 않다. 그러나 위에서 아래까지 확실한 단락이 지어져 있으며, 발코니의 손잡이에 관한 한 창마다 철봉(鐵棒)이 단단히 붙여져 있다.

집안은 음침한 분위기가 감돈다고나 할까? 아니, 그런 것과는 거리가 멀다.

우리 어머니는 우리 두 사람을 함께 길러냈다. 내가 이야기한 건축가의 손녀딸은 그녀의 오빠가 죽자 그집을 상속받았다. 그리고 그녀가 태어난 후로는 결코 다른 곳에서 생활한 적이 없었다. 그러므로 나처럼 그녀도 귓속에 평원(平原)의 속삭임을 가지고 자라났다. 그리고 역시 나처럼 빈 방의 침묵이 그녀를 몇번씩이나 떨게 했을 것임에 틀림없다.

내가 기억해 내는 한, 예로부터 나는 언제나 양순하고 선량하며, 양증도 아니려니와 고집이 세지도 않은 그녀를 알고 있다. 그녀는 나에게 이야기를 한다든가 나와 함께 산보를 할 때에도 내 기분을 혼동케 할 틈도 없이, 그녀에게 주어진 자질구레한 일을 시종 해내야 했었다. 아마도 그녀는 세상을 먼저 떠난 종자매(從姉妹)의 외동딸인, 오디르를 내 소꿉동무로 삼아준 것만으로도 큰일을 했다고 생각했었으리라.

그리고 그녀는 지나가는 길에 우리를 만날 때마다 — 지금도 기억하고 있지만 — 두 손바닥을 서로 마주치면서 안쪽으로 구부리고, 그 다음에는 참새를 쫓는 것처럼 그것을 몇번이고 펼쳐 보이는 손동작과 함께 만족한 표정을 지으며,

"놀러 가거라!"
라고 말하는 것이었다.

우리가 우리의 놀이에 열중하여 땅바닥에 앉아 있을 때도 마찬가지이다. 우연히 그녀가 우리 곁을 지나가다가는 언제나 똑같은 동작, 똑같은 말로 '놀러 가거라'고 명령한다. 그것말고는 우리 곁을 지나갈 때 걸음을 멈추는 일도 없고, 우리가 있는 쪽으로 얼굴을 돌리는 일도 없다.

그녀가 그곳에 있으면서 우리를 지켜보고 있다는 것을 우리에게 알리기 위해 그런 행동을 한다는 것을, 우리 두 사람은 곧 알아차렸

으며, 그후로는 주의를 하지 않게 되었다.
 우리의 놀이는 단순했다. 우리의 큰 기쁨 중 하나는 누구나 결단코 가지를 않는 객실로 미끄러져 들어가고, 그 넓은 방안을 겁없이 기어서 돌아다니는 것이었다. 그곳은 넓은 융단이 두껍게 깔려 있어서 푹신푹신하고 쾌적했다. 하얀 비단 커버가 씌워져 있는 의자와 팔걸이 의자 뒤에 숨으며 무수히 했던 술래잡기 —.
 우리가 머리 위로 귀를 기울였을 때 돌연 들려오던 압살(押殺)당하는 자의 절규가 들려오곤 했다. 그리고 옆방에서 들려오는, 우리 귀에 익어 있는 발짝 소리 —. 그 발짝 소리는 유난히 바쁘게 걸어가는 소리였다.
 놀이에 지치면 우리는 엎드려서 융단 위에 수놓은 꽃무늬를 손가락으로 만지작거리며 놀았었다. 이 융단은 이제 존재하지 않지만 나는 그것을 너무나 주의깊게 뚫어지라고 관찰했었기 때문에 그 정확한 모습이 지금도 내 마음속에 남아있을 정도이다.
 내 생각에 그것은 페르시아 융단의 모조품이었다. 바탕 색깔은 파르스름한데 회색 모래 색깔을 섞은 색깔과 비슷했다. 그러나 바탕 색깔은 조금밖에 보이지 않았는데 촛대에 가지가 달린 것처럼 좌우 대칭으로 뻗어올라가는 줄기가 밀생(密生)하여 이상한 식물의 숲에 덮여 있는 것처럼 바탕은 감춰져 있었다.
 호랑이와 큰 표범, 기타 우리로서는 이름도 모를 숱한 짐승들이 그 기묘한 초목 사이를 메우기도 하고 뛰어오르기도 했다. 대담한 색채가 들짐승들의 모피를 멋지게 보이게 했다. 그러나 신비스러운 큰 식물 속에 있는 그 사람들은 대체 누구였단 말인가? 그들은 나무 옆에 서있는데 그들의 머리를 감고 있는 천, 방한용 속옷, 뒤꿈치 쪽을 끈으로 동여맨 바지 등, 그 이상하고 호화로운 의상은 우리를 경탄케 했다.

그들은 모두 다갈색 얼굴에 검은 턱수염을 기르고 있었다. 어떤 사람은 그들의 공격에서 몸을 숨기려고 하는 붉은 호랑이와 파란 표범 쪽으로, 그들의 키와 거의 비슷한 크기의 활을 겨냥했고, 어떤 사람은 창을 던지려 하고 있었다.

내가 지금까지 써온, 그리고 융단 위에 큰 변화도 없는 20가지 정도의 무늬를 반복 설명한 주제(主題)에 어떤 의미가 있는지는 나도 알 수가 없다. 그러나 내 눈에는 내가 괴로워하는 불가사의한 성격이 보인다.

그것은 오늘날에 이르러서는 무언가 야만적이고 동시에 동양의 고화(古畵) 속에 있는 신성한 것에 비유될 것으로 생각한다. 그렇다. 의식중(儀式中)인 사제(司祭)처럼 모두가 똑같은 동작을 복원(復原)하는 부동(不動)의 사냥꾼들의 태도에 신성성(神聖性)을, 마찬가지로 한창 살육중인 그 평정성(平靜性) 속에 야만성을 말이다.

그럼 오디르는 — 이 사람들, 즉 이 사냥꾼들에 대하여 그녀는 무엇을 생각하고 있었을까? 나처럼 무릎으로 기어서 섬유 속에 두 주먹을 놓고, 그녀는 융단 끝에서 끝까지 천천히 이동해 갔다. 그녀의 곱슬머리는 양쪽 볼을 따라 늘어져 있어서 스파니엘개의 귀와 같다고 나는 생각했다.

"그렇다면……."

그녀가 나에게서 너무 빨리 떠나려는 것을 막기 위해 나는 말했다.

"그들은 모든 짐승을 죽이는 데, 충분한 화살과 창을 가지고 있다고 너는 생각하니?"

그리고,

"그들이 옛날에는 이런 옷을 입었었다고 너는 생각하니?"

오디르는 고개를 저으면서 곱슬머리를 뒤로 젖히려고 무던히 애를 쓰고 있었다. 찌푸린 눈썹 사이로 나를 바라보고 있는 그녀의 회색 눈이 그순간 내 눈에 들어왔다. 그리고 그녀의 머리카락은 다시 볼 위에 막(幕)처럼 늘어졌다.
 "나는 몰라."
라고 그녀는 말했다.
 "첫째, 이것은 진짜 사람이 아니잖아."
 그녀는 나보다 두 살 연하였다. 그리고 아직 나를 그녀보다 훨씬 어른스럽게 느끼도록 만드는 서툰 말로 중얼거렸다. 그 작은 소녀로부터, 내가 말한 것과 다른 대답을 이끌어낸다는 것은 불가능했다. 그런데 어느 날, 내가 다시 한번 화살과 창은 충분했을까라고 묻자 그녀는 여러번 들은 그 질문에 충격을 받은 것 같았다. 그리고 그녀가 내 쪽으로 얼굴을 돌리는 것을 나는 보았다.
 "그들은 짐승에게 활을 쏘지는 않아."
 그녀는 말했다. 나는 웃었다.
 "짐승에게 활을 안쏘다니……? 그러나 그것은 사냥이라구. 안그러니?"
 "아니야."
라고 그녀는 계속 말했다.
 "그들은 짐승을 노리고 있는 게 아니야. 그들이 겨냥하고 있는 것은 바로 우리라구."
 그것은 사실이었다. 그들의 눈은 모두 우리들 위에 고정되어 있었다. 나는 일종의 불안감을 느꼈는데 그것이 나에게 다시 웃음을 강요했다.
 "결국 그들은 그들의 활로 우리를 쏘려는 게 아닌가?"
라며 나는 물었다.
 "그래."
 그녀는 말했다.

"단, 저들은 진짜 사람이 아니라구."

그리고 그녀는 또 반장화(半長靴) 끝으로 융단 섬유 털을 세우면서 그녀의 여행을 시작하는 것이었다.

기묘한 소녀여! 나에게도 다른 사람에게도, 그녀는 무엇을 생각하고 있는지 모르는 얼굴과, 그녀가 비밀을 지키고 있는 어떤 생각으로 가득 찬 눈을 가지고 있는 소녀 —. 때로 그녀의 마음을 드러내는 말을 무심코 나에게 했다고 하면 그것은 부주의의 소치이고, 그녀는 나에게 배신과 같은 부담을 가지는 것을 나는 느꼈다.

그것은 바로 나를 그녀와 연결시키는 끈이기도 했다. 세상 이목에 자기자신을 숨기려는, 이 조숙한 의지를 나는 막연하게 그리고 불가사의하게 상상하며 찾아냈던 것이다.

페리에르에서 우리와 함께 생활했었던 또 한 사람의 인물에 대하여, 이제 얘기해야 할 때가 되었다고 생각한다. 크레망 자롱의 일을 생각하면 나는 언제나 그가 우리집에 처음 왔을 때의 그를 보는 것 같은 생각이 든다. 그것은 두말할 것도 없이, 그후의 그가 어떤 면에서도 변한 것이 조금도 없다는 말이다.

어쨌든 그날, 내가 그에게서 받은 인상은 그만큼 강했다. 그러기에 그 선명성(鮮明性)으로 인하여 내 기억 속에서 결코 떨쳐 버릴 수 없을 정도로 강렬했던 것이다.

자동차 소리가 나를 창가로 데려간 5월인가 6월인가, 어느 날 아침, 바로 아침 식사 시간은 아니었다. 그 창문은 내가 지금 글을 쓰고 있는 바로 옆창이다. 나는 다소 구부리면서 플라타너스 사이로, 지금 같으면 아주 이상한 차로 보이는 모델의 소형 빨간 자동차를 보았다.

차는 멎어 있었다. 뚱뚱한 사나이가 그 차를 운전하고 왔다. 패기가 아주 없어 보이는 그는 상당히 긴 시간, 꼼짝도 하지 않은 것 같앉는데 두 팔을 펼치어 핸들 위에 놓고 엎드려 있었다.
 침묵 속에서, 계단 위쪽으로부터 외치는 어머니의 목소리가 느닷없이 들려왔다.
 "대체 누구야? 어떻게 된 거야?"
 그러자 사나이는 깊은 잠에서 깨어나는 것처럼 머리를 들고 갑자기 온몸을 한 번 흔들더니 똑바로 앉아서 작은 자동차 문을 열었다.
 내가, 있는 그대로인 그를 본 것은 바로 이순간이었다. 내가 본 그의 참모습이라고도 할 수 있으리라. 거기에는 내 눈앞에서, 그가 유령처럼 앉아 있었다고 나는 감히 믿었던 것이다. 그는 크지는 않았지만 강했다. 그는 미동도 하지 않고 있었다. 지금 그는 서있는 채 누군가가 마중나오기를 기다리고 있다.
 두 팔을 그의 회색 상의 주머니 속에 넣은 채 다리를 벌리고 서서 머리를 조금 한쪽으로 굽히고, 중산모(中山帽)를 비스듬하게 쓰고 있는 그의 표정이라니 —. 나는 그의 얼굴을 뜯어보지도 않았고, 아직 그의 목소리를 들어보지도 않았다. 그러나 그에게 어서 떠나기를 부탁하기 위해서라면 그를 1초만 바라보아도 충분할 것이다.
 내 어머니는 반갑게 그를 맞았다. 그러한 어머니의 태도가 나를 절망케 만들었다. 그녀는 그의 곁으로 가서, 그가 내미는 손을 잡았다. 내 마음은 옥죄어오는 것 같았다. 나는 내 옆에서 놀고 있던 오디르 옆을 떠나 아무 말도 없이 내려갔다.
 계단을 내려가던 도중, 나는 어머니가 크레망 자롱의 질문에 대답하는 소리를 들었다. 이 가련한 여성은 차츰 자기자신을 되찾고자 안간힘을 쓰면서도 당황하는 목소리로 이야기를 하고 있었다. 그녀가 빠져 있는 것처럼 보이는 혼란은 나를 괴롭히었다. 내가 돌 위에서 내는 발짝 소리에 뒤돌아보는 그녀를 나는 보았다.
 그리고 내 생애에서 최초로, 그러나 그후로는 종종 발견한 고뇌의 표정을 나는 읽어냈다. 내 존재는 다소 그녀에게 힘을 주는 것처럼 보였다. 그녀의 치아가 드러나 보이는 미소 같은 것을 띠었기 때문인데 그녀의 눈은 변함없이 긴장되어 있었다. 나는 그녀에게로 달려갔다.

"내 아들이에요."

그녀는 말했다.

"아들?"

이라며 자롱이 나를 끌어안더니 그의 얼굴 높이까지 들어올리며 말했다.

"나는 뮤슈 자롱이라고 한다. 너의 어머니의 사촌동생이지. 알겠니?"

그는 술을 많이 마시고 담배를 많이 피우는 사람인 양 쉰 목소리로 말했다. 그가 나를 공중에 들어올렸기 때문에 나는 그의 얼굴을 가까이에서 볼 틈이 있었다. 그런데 나는 눈을 감아 버리고 말았다.

"왜 눈을 감느냐?"

그가 불쑥 말했다.

"현기증이 나니? 그럼 안돼지. 어서 고쳐야 해."

그는 나를 땅 위에 내려놓았다. 그러나 그 동작이 너무 민첩하여 그가 나를 떨어뜨리는 줄 알 정도였다. 그런 다음 그는 또 아까보다 더 잽싸게 나를 번쩍 안더니 자기 눈높이보다 더 높게 들어올렸다.

"어머!"

내 어머니가 말했다.

"무얼 그렇게 무서워하니?"

자롱은 나를 놓아주면서 물었다.

"아마 내가 너를 다치게 하지 않을까 해서 무서워하는 거로구나! 이름이 뭐냐? 네 이름이 뭐냐니까?"

저승의 열쇠 259

그는 두 손을 무릎 위에 놓고 몸을 숙이며 연거푸 물었다.

나는 그를 바라보았다. 그의 얼굴은 무거워 보였다. 살이 두툼하고 기다란 주름이 패어 있다. 경련이 그로 하여금 자주 눈을 깜박이게 했다. 시커먼 귀밑털이 볼을 따라 내려가는데, 그러나 그밖의 얼굴 부분에는 털이 없고, 턱은 반짝였다. 그의 안색(眼色)까지는 분별하지 못했다.

"어서 말해 봐!"

그는 나를 독려하듯 팔을 꼭 잡으면서 말했다.

나는 그에게 내 이름을 대주었다. 그는 머리를 들면서 우리 어머니에게 물었다.

"이 애 아버지도 똑같은 이름이었나요?"

"이 애 숙부하고 같지."

어머니는 정정했다.

"그랬었구먼."

자롱은 일어서면서 말했다.

"그건 미처 생각을 안했었어."

그는 눈을 깜박이더니 주머니 속에서 코안경을 꺼냈으며 그것을 얼른 썼다. 그 도구는 그를 한층 더 추하게 만들었다. 그의 시선은 그순간 나무들 사이로 보이는 우리집 각 부분을 훑어보았다.

"잘 부탁해요."

라고 그는 말했다.

어머니는 머리를 숙였다. 자롱이 주먹을 상의 속에 집어넣으면서 한쪽을 보다가 다른 쪽으로 눈길을 주는 동안 침묵이 흘렀다. 잠시 후 우리는 안으로 들어갔다. 나는 어머니와 그의 뒤를 따라갔으므로 그 사나이 옆에서 어머니가 어떤 불행한 짓을 하고 있었는지 다 보았던 것이다.

그날부터 자롱은 우리집에서 살았다. 이 사나이가 언제 떠날 것인지를 생각하면서 느낀 초조감은 이루 다 말할 수 없을 정도이다. 그러나 1년이 지나고 또 1년—. 그래서 나는 사람들이 말했던 것처럼 그는 자기 발로 페리에르로부터 나가려 하지 않을 것이라며 슬픈 생각을 하고 또 하곤 했을 정도이다. 그는 그 생애를 마칠 때까지 이곳에서 눌러살 작정인 것처럼 보였기 때문이다.

그가 우리 어머니를, 그녀의 아들도 아니면서 '어머니'라고 부르는 습관이 있었던 것을 나는 기억한다. 그리고 나는 모르는 사이에 그렇게 된 습관에 따라 내 숙부도 아닌 그를, 어머니의 먼 친척 중 한 사람에 지나지 않는 그를 숙부라고 부르는 것 외의 호칭이 없었다.

그건 그렇다치고, 감히 말한다면 우리 가정의 습성 속에, 자리잡은 그의 성격적인 행위로서, 그가 받는 무권리(無權利)의 이름을 받고, 혹은 우리 어머니에게 부탁하여 나와 똑같은 지위에 앉는 데 성공했다는 점도 생각할 수 있다. 그가 어머니라고 했을 때, '내 아들이여'라든가 '애야'라고 응답해 주는 데까지는 그는 왜 성공하지 못했을까?

사실 그는 그것을 우리 어머니에게 밀어붙였다. 우선 그 자신은 그다지 크지도 않았건만, 그는 그녀보다는 훨씬 컸다. 그리고 이 점이 사태를 잘 설명해 주고 있다. 그에게 이야기를 하려면 그녀는 머리를 쭉 뻗지 않으면 안된다.

그리고 그때 그녀는 무엇을 보았던가? 뒤로 젖힌 갈색 얼굴과 심히 시커먼 눈—. 그것은 머리의 보통 위치에 있는데 사물을 볼 때면 눈꺼풀 너머로밖에 보지 않는다. 그리고 다부지고 공격적인 턱—언제라도 깨물 준비가 되어 있는 턱—. 그것은 하루에 두 번, 깨끗이 면도를 하여 파랗게 빛나고 있었다.

그렇다면 그는 무엇을 보았을까? 작고 갸름한 얼굴과 새파란 눈,

저승의 열쇠

입술에는 색깔이 없고, 그에게 말을 하면서, 달래려고 하는 자에게 미소를 머금듯 하는 입—. 우리 어머니와 자롱이 이야기를 나누는 일은 드물었다.

그러나 처음 얼마동안은 어머니와 자롱은 몇번이고 긴 이야기를 했는데, 그들이 어떤 이야기를 하는지 알기까지는 내가 16세가 되기까지 기다리지 않으면 안되었다. 그것은 나로서도 잘 알 수 있었는데, 그러기 위해서는 가족이 최후까지 열심히 일해야 하고, 그들의 초상(肖像)이라든가 그들의 보석을 지켜내는 것처럼 끈질기게 지켜내며, 그들이 어떤 시대로부터 다른 시대로 전하고자 하는 그 비밀의 한 가지를 알아차려야 했던 것이다.

그렇다면 이 크레망 자롱은 누구이며, 어찌하여 그는 내 앞에서 그의 이름을 부르는 것을 절대로 금했던가? 무엇에 의해 그는 오만무례한 냉정함을 가지고 우리에게 이야기할 수 있는 것이며, 페리에르의 주인인양 난로 앞에 팔걸이 의자를 놓고 앉아서 난롯가에 다리를 올려놓고 어머니와 나를 그의 좌석 좌우(左右) 좋은 장소에 앉는 것으로 만족케 하며 우리의 불로 자기 몸을 따뜻하게 했었단 말인가?

이따금 어머니가 나를 보고 눈물이 잔뜩 괸 눈을 훔쳐내는 것을 본 적이 있다.

"여기서 뭘하고 있니?"

그녀는 그때까지 본 일이 없는, 당황한 모습으로 나에게 말했다.

"그래, 오디르와 놀러가렴."

그러나 오디르와 노는 것은 이제 옛날처럼 즐겁지 아니했다. 지난날 내가 찬미했던 그녀의 침묵이라든가 그녀의 완강한 태도는 이제 나를 싫증나게 만들었다. 그녀가 나를 지루하게 만든다는 것을 나는 알아차리고 있었던 것이다.

그러나 그녀가 자롱을 어떻게 생각하고 있는지를 알아내는 것은 흥미가 있었다. 그리고 그녀는 마치 그것이 나를 당혹케 하기 위해 남겨진 유일한 방법이란 것을 터득하고 있는 것처럼, 내가 던지는 질문에 대답할 생각은 없는 것 같았다.

그러나 만약 내가 마음을 열고 그녀에게 얘기할 수가 있고, 내가 이 뚱뚱한 사나이에 대하여 가지고 있던 모든 불만을 그녀에게 설명할 수 있었다면 얼마나 기뻤겠는가! 나로서는 이제 그의 존재가 나를 괴롭히고 있는 것 모두를 감당해 나갈 수가 없었다. 때로는 그녀가 나의 자롱에 대한 감정을 분담해 주지 않을까 공상도 해보았다. 그녀의 얼굴 표정 중 어떤 표정이, 그리고 그녀가 그에게 던지는 눈길 등이 나로 하여금 그렇게 믿도록 했던 것이다.

그러나 그 바로 다음에 그녀는 나의 적(敵)에게 미소를 지어 보였고, 어른들 사이에서 흔히 하는 대화의 기본을 말하고 있었으며, 그녀가 거의 모든 소녀들이 지니고 있는, 흉내내기의 재능으로, 바보스런 질문을 그에게 하여, 결국 그녀는 나의 착인(錯認)을 소멸시키고 말았다.

"좋은 날들을 보냈나요?"

그때 자롱은 그녀를 무시하기 위해 웃었다. 그러자 그녀도 그와 함께 웃었다. 왜 그녀는 그런 짓을 했던가? 그런 장난기가 내 속에서 일어나는 모든 미움을 그녀는 알아차리지 못했던 것일까?

그들이 곁눈질로 나를 관찰하면서 웃고 있는 것을 들었을 때, 나로서는 내 시선(視線)이 어두워진 것 같았으며, 나를 부추기는 격분 속에서 그 두 개의 얼굴, 하나는 빛날 만큼 아름답고 또 하나는 바보스럽고 추함을 나는 혼동했다. 그리고 그 목소리는 기묘한 소리로서 멀리서 들려오는 것 같음과 동시에 그곳을 미어뜨릴 것처럼 내 귀에 들려왔다.

저승의 열쇠

이윽고 얼마 안되어 나는 내 목소리가 순종을 하면서 크레망 자
롱의 질문에 대답을 하되, 다소 쉰 내 목소리가 나의 숙부도 아닌,
죽어가는 것을 내가 장송(葬送)할 것인 그 사나이를, 숙부라고 부르
는 것을 들었다.
 이때 오디르에 대하여 무엇을 느꼈다고 말할 수 있을까? 물론 내
가 자진해서 그녀를 후려갈기고 따귀를 쳐서 땅바닥에 자빠지게 하
고 싶을 만큼 그녀는 나를 안절부절못하게 만들었다. 그러나 만약
내가 자롱 옆에서 그녀가 그토록 희열하고 있는 것을 참았다고 하
면, 그것은 내가 그들 사이에 일종의 공범관계(共犯關係)가 형성되
어 있다고 보았기 때문이 아닐까?
 그녀와 이 사나이의 의사소통이라고 볼 수 있는 것은 잠시동안의
일이라 하더라도, 나에게 있어서는 얼마나 부끄러운 일이란 말인가!
그렇기는 하지만 독서할 때라든가 한참 뜨개질을 할 때라든가, 그녀
가 혼자 있는 것을 확인하더라도 그녀에게 이야기를 걸고 싶은 생
각은 그다지 일어나지 아니했다. 혼자 있는 그녀는 나로서는 따분했
기 때문이다.
 그야 어찌되었든 나는 독자(讀者)를 그 복잡한 감정의 미로(迷
路)를 통해 이끌어 가고 싶지는 않다. 그리고 지금 내가 이야기하고
자 하는 사실은, 그 자체가 그런 점에 관한 모든 언설(言說)이라기
보다 웅변인 것이다. 지극히 분명한 한 가지는 내가 자롱을 두려워
했다는 것이다. 그는 힘이 셌고 그의 주먹은 컸다.
 그리고 왜 그랬는지는 모르겠으나 그무렵의 나는 비겁했었다. 나
는 대수롭지 않은 일에도 벌벌 떨었다. 나는 어둠 속에 있는 것이
무서웠다. 예를 들자면 그러했다는 것이다.
 자롱은 때로 나에게 함께 산책을 하자고 했다. 나는 거절할 수도
있었으련만 이상하게도 따라나섰다. 사실 밉도록 싫어하는 자와 산

책을 한다는 것은 이상한 일이 아닌가. 그러나 그런 일이 1주일에 한 번이나 두 번, 나에게는 있었던 것이다.

빨간 소형 자동차가 겨울에도 여름처럼 내가 우리집 창문을 통해 늘 바라보던, 아름다운 전원을 지나가며 우리를 운송했다. 크레망 자롱은 절대적으로 필요치 않은 경우 단 한걸음도 걷는 일이 없었다. 나는 천천히 엄숙하게, 마치 통풍(痛風)으로 고생하는 환자처럼 어딘가 어색하다는 느낌으로 걸었다. 그러나 그의 차 안에 앉아 있는 그는 완전히 딴 사람처럼 보였다. 그는 그곳에서는 최선을 다해 가며 행동했기 때문이다.

그런데 그가 겉옷에 집어넣고 있는 손은 그가 서있을 때면 전혀 쓸모가 없는 도구이지만, 그의 큰 손은 주머니에서 나오면 새 생명을 가진 것처럼 생생하여 열쇠를 돌린다거나, 말고삐를 느슨하게 하는 일들을 나로서는 도저히 따를 수 없을 만큼 경쾌하게 했다.

그가 그것을 나에게 보여주려고 한 것 같기도 한데, 손이 핸들 위에 놓이는가 하면 그 쇠를 부수는 것 같은 크기에도 불구하고 그럴 때에 그것은 이상할 만큼 섬세한 인상을 주는 것이었다. 그가 운전을 잘했던 것은 두말할 나위도 없고, 그가 하려고 마음만 먹는다면 당시의 기관(機關)으로 할 수 있는 한도의 속도로 — 차를 도저히 멈추지 못할 정도의 속도로 — 그는 차를 빠르게 모는 일은 없었다.

그의 기계가 그에게 가져다준 이런 종류의 민첩성은 넓은 의미에서 그가 도보로 걸을 때의 답답한 몸 움직임과 불유쾌함을 보충해 주었고, 보행중 대개는 말이 없는 그의 기풍을 다소나마 개선해 주는 효과가 있었다.

그가 나에게 이야기를 걸 때, 내 대답을 재촉하기 위해서는, 그는 언제나 곁눈질을 하면 되었다. 그리고 내 말이 바람에 휩쓸리기라도 하면 — 그런 일은 흔히 있는 일이었고 우리는 한가롭게 이야기만 했던 것은 아니었으므로 — 그는 내가 알아듣도록 초조한 신음 소리 같은 목소리를 지르면서 나에게도 그런 소리를 높게 내라고 명령했다. 이런 소리로 나눈 대화에서 그는 나에게 부끄럽기는 하지만 불유쾌하지는 않은 기억을 남겨주고 있다.

첫째 나 한 사람을 위해, 소름이 끼칠 것 같은 이야기를 하는 것이 나를 안절부절못하게 만들었다. 예들 들면 내가 오디르에 대하여 생각했던 것 —, 이따금 기억이 되살아나고 나로서는 잊혀지지 않는 문제이다. 그러나 나중에는 내가 지향(志向)하는 바를 침해하는, 이 폭력은 나를 완전히 불쾌하게 만들지는 않았다.

오디르는 다분히 예쁜 눈을 가지고 있다. 그러나 그녀는 나를 따분하게 만드는데, 그것도 나에게 있어 그다지 고통이 되지는 않았다.

이런 식으로 이야기함으로써 내 기분은 안정이 되었다. 오히려 이따금 나 자신이 내는 목소리에 자극되어 무심코 하는 이야기의 방향으로 끌려가는 것을 그대로 맡겨두곤 했다. 나는 거짓말을 하고, 내가 느끼지도 않은 감정을 만들어 내며, 자기 감정을 억제해 나갈 수가 있었다.

"오디르가 당장에라도 그녀를 돌봐줄 부모를 갖는 것이 바람직하다."

라고 나는 몇번이나 말했다.

"그녀가 결혼할 때까지 우리의 품안에 두어야 한다니…… 그런 생각을 하는 자가 누구이겠는가?"

오늘이라도 오디르가 부모를 가지기 위해서는 어디로 찾아나서야 좋을지, 그것을 알기 위해 나는 고민하고 있다. 비록 내 어머니가, 그녀는 이 세상에서 외톨토리라고 몇번씩 나에게 말했어도 말이다. 그러나 그러한 나에게 있어 그런 무뚝뚝한 말투는 이상하게도 힘이 되곤 했다. 오디르의 침묵이 나를 괴롭혔거니와 — 그런 것 모두에게 나는 틀림없이 일종의 복수심을 찾아내고 있었던 것이다.

이런 모든 사건에 대하여 자롱은 대체적으로 응답을 하지 않았다. 그러나 이따금 착한 마음씨를 보여주면서 어깨를 으쓱했다. 나로서는 그가 어떤 이익이 있어서 나를 이해하고자 했던 것인지 정확하게 풀 수는 도저히 없었다. 아마도 그는 내가 말하는 것을 듣고 있지 않았던 것이리라.

홀로 있는 일의 고통에 겨우 견디어 내면서, 그는 그의 산책길에 만약 내가 개를 끌고 가면, 그것을 데리고 가는 것과 마찬가지로 나를 데리고 갔을 것으로 나는 생각한다. 그리고 그의 스파니엘개의 귀를 잡고, 그의 한쪽 옆에서 무언가 소리침으로써 그 존재를 나타내려는 것과 똑같은 이유로 나에게 이야기를 시켰던 것으로 생각된다.

나는 이 모든 것을 그에게 책임지우려는 것은 아니다. 왜냐하면 나도 똑같이 고독의 공포를 가지고 있으며, 마찬가지로 누군가가 내 옆에서 숨쉬고 있는 것을 느끼라는 요구를 지니고 있다.

그리고 그것에 나는 자롱의 성격 속에 — 적어도 당시 그의 성격과 내가 생각할 수 있었던 것 속에 — 내가 미워하는 것을 정당화시키기에 충분할 정도로 중상화(中傷化)된 특징을 인정한다고 하는, 굉장한 과오를 범하고 있었던 것이리라. 그리고 나는 그렇게 되어 있었으므로 보통이 아닌 이상(異常)으로서, 내가 자롱을 특정한 때에, 특정한 상황에서만 미워하고 싫어했다는 것을 서둘러 첨가해둔다.

어느 날, 산보를 나갔다가 돌아왔을 때, 나는 그것을 알아차렸다. 내 기억은 어떤 내적(內的) 질서에 의한 사태도, 그것에 수반되어 있는 외적(外的) 상황이, 즉시로 마음에 떠오르지 않는 한, 생각해 내지 못하도록 되어 있다.

이렇게 해서 어느 가을날 아침, 자롱의 빨간 소형차 안에서 포플러 가지를 손에 들고 내려오는 나를, 나는 분명하게 본다. 나는 비가 그쳤을 때 새가 물을 먹으러 오는 주물(鑄物) 수반(水盤) 옆에 잠시 서있는다. 이런 자세로 나는 20가지의 사고(思考)를 머리속에서 생각해 본다.
"왜?"
라고 나는 자신에게 말한다.
"그가 그토록 나를 불유쾌하게 하건만 왜 그와 함께 외출을 하는 거냐?"
그리고 그 질문에 나는 얼른 자답(自答)한다.
"하지만 그는 이제 그토록 나를 불유쾌하게 하지는 않아."
"뭐라고?"
그때 깜짝 놀라서 안절부절못하는 그 또 한 사람의 대화자(對話者)가 나를 부르는데 그 목소리는 내 속에서 울려퍼진다.
"자롱이 너를 불유쾌하게 하지 않는다고? 하지만 눈을 들어, 누가 그 사람 옆으로 다가오는지 봐라."
그래서 나는 눈을 들어 하얀 무명 원피스를 입은 오디르를 본다. 그녀는 미소를 유발할 만큼 아름답다. 그녀는 내가 있는 쪽으로 다가오는데 그녀의 눈길은 내 얼굴 위를 스쳐갈 뿐, 그녀가 흥미를 가지고 있는 것은, 내가 아니라 그녀가 '안녕'이라며 인사를 하러 가는 그 우스꽝스럽고 비열한 자롱인 것이다.
나는 금방 얼굴이 빨개진다. 내 심장은 동계(動悸)가 심해지고 나는 돌연, 그 내가 잘 알고 있는 혼란을 느낀다. 그러나 그 이유는 그 순간까지도 수수께끼처럼 생각되었는데 그때 그녀가 불쑥 폭로한 것이다.
세 사람의 인간관계 속에 이상한 것이 존재했었다는 것을 결국 나도 알게 되었다. 이 소녀는 혼자 있을 때라면 나는 관심을 가지지 않으며, 그녀를 보기 위해 얼굴을 돌리는 일도 없거니와 말을 거는 일도 없다. 다른 크레망 자롱과 보낸 한 시간은, 오히려 그녀가 내 마음을 안절부절못하게 만들지 않아서 흥미가 있었다.

오디르와 이 사나이, 이 두 사람이 함께 있으면 그들은 변한다. 그렇다. 모든 동작이 나로서는 눈꼴이 신, 별도의 존재로 그들은 변형되고 만다. 나는 내 뒤쪽 정맥(靜脈) 속에서 맥박치고 있는 피 소리를 듣는다.

그들은 두 사람 모두 꿈속의 인물들처럼 내 앞에 있다. 그들의 눈초리도, 그들의 말도, 이미 살아 있는 인간의 눈초리와 같지 않고 살아 있는 사람의 말과 같지가 않다. 그러면 그들은 어떻게 된 것일까? 나에게는 이제 있는 그대로의 그들은 보이지 않는다.

그들의 얼굴은 겹쳐져 있다. 그들은 가면(假面)을 쓰고 어떤 배역을 연기하고 있다고도 말할 수 있으리라. 그러나 나는 놀람과, 또 두려움이, 나에게 그곳에 있으라고 명령한 장소에서 움직이지 아니한다.

그러나 이 나를 사슬로 묶어 놓은 마법(魔法)은 오래 가지 아니했다. 처음 느낀 고뇌에 급격하고 과잉된 힘과 같은 무엇이 이어졌다. 나는 침묵을 지키고 있었는데 내 속에서는 모든 것이 웅성거렸다. 나는 입을 열지 않았지만 나만이 들을 수 있는 일종의 포효가 계속 들려왔고, 그것이 불어나더니 내 두개골 밑에서 울려퍼지는 것이었다. 그렇다면 나는 어떻게 된 것일까?

나는 아무것도 아닌 것이다. 이 부르짖음도 이 격렬함도 나에게서 나오지는 않는다. 내 손이 떨리고 땀이 뺨으로 흘러내릴 정도로 나를 상기(上氣)시키고 있는 이 격분과도 나는 관계가 없다. 그러나 나는 남의 분노를 두려워하는 것 이상으로 그것을 두려워한다. 그것을 억제할 수도 없고, 그것에서 도망칠 수도 없기 때문이다.

그녀는 그곳에 있다. 점점 더 오만해져서 악마와 같이 떠들어댄다. 나는 겸손하게 따르고 내가 두드리기를 그녀가 바라면 두드리고, 그녀를 수의(隨意)로 해방시키지 않으면 안된다. 괴물과 같은 죄수가 있는 — 그의 어깨로 벽을 흔들어 대는 — 너무 좋은 감옥에 있는 것과, 나는 마찬가지였기 때문이다.

양보할 수밖에 없었다. 그 이상 나로서는 할 수 없었기 때문이다. 그때 나는 떨기 위해서밖에 존재하고 있지 않았다. 나는 내가 거역을 하더라도 괴롭지 않은 — 눈에 보이지 않는 고깃덩어리인 것이다. 그것이 외친다. 체열(體熱)이 너를 습격할 때 네 정맥(靜脈) 속에서 피가 노래하는 것을 너는 들은 적이 있는가?

그것은 어느 정도까지는 올라가지 아니하는 극히 작은 코맹맹이 소리로서 — 그러나 긴 이야기를 즐기는 듯이 이야기한다. 그런데 내 피는 내 몸속을 돌아다니면서 나에게 외치되, 연못이라든가 또는 그 어떤 것도 마셔 버리는 바다로 떨어져 가는 사람의 절규와 같은 무서운 소리를 내며, 내 머리속을 올라갔다 내려갔다 한다.

현기증을 느끼고 눈을 감으려고 하지만 그때 내 의지는 어떻게 되어 있었던가. 나는 눈을 감을 수가 없다. 반대로 나는 내 생애에 아무도 본 일이 없는 것처럼, 오디르를 보고 있다. 그녀는 나에게서 2m 떨어진 곳에 있다.

바람이 그녀의 목을 나로 하여금 볼 수 있게 해주듯, 머리카락을 약간 흐트려 준다. 내가 있었던 일종의 회오리바람 속에 모든 사소한 사물을 기록하기에 충분할 정도의 밝기를, 나는 가지고 있다. 아까까지 나의 시각(視覺)은 흐려 있었다. 그러나 지금은 일찍이 없었을 만큼 예리하고 밝게 보인다.

그녀의 귀 뒤에서, 피부 밑을 흐르고 있는 작고 파란 정맥은 얼마나 고상한가. 그것은 꽃 줄기와 비슷하다. 그리고 그녀의 피부에 닿는 태양은 이때 이 소녀의 살갗 위를 비추기 위해서만 만들어진 것이라고 할 수 있을 것이다. 현실적인 것이냐고 내가 마음에 물을 정도로 그녀는 아름다웠다. 그리고 이때 내 마음속에 있는 마귀가 과감하게도 알기 쉬운 어떤 말을 중얼거리는 것이 들렸다.

"그녀는 네 것이다. 그녀를 좋아하도록 하라."

좋아하도록 하라는 것은 파란 정맥이 고동치는 그 얼굴, 그 머리, 그 살을 꽉 잡고 손안에서 힘껏 누르라는 것이다. 그것은 모두가 네 소유인 것이다. 남에게 말하는 저 입과, 그리고 그를 바라보는 저 눈도 — .

나는 내 지옥 속에서 몹시 고민한다. 내 몸은 이미 내 뜻에 따르지 아니한다. 내 손은 스스로 올라가지만 나는 한발짝도 내딛지 못한다. 이제 더 기다릴 수 없게 되어, 결국에는 욕망의 충족이 — 군중이 내는 소리와 같은, 그리고 시끄러운 갈채와 같은 것이 — 내 속에서 울려퍼졌다.

무엇이 일어날 것인가? 자롱이 나를 보고 이야기를 걸려는 듯 멈춰섰을 때, 소녀는 그의 얼굴에서 혼란을 읽어낸다. 사람이 거울 속에서 그의 뒤쪽을 보는 것처럼 — .

그녀는 나를 돌아보았는데 두려워하는 기색도 없다. 놀라지도 아니했다. 냉정하다. 그녀의 눈초리는 이미 어린아이의 것이 아니다. 그것은 깊고 엄숙했다. 그녀의 눈동자는 새카맣게 되었다. 만약 이 침묵이 없었더라면 그녀는 나에게 이야기를 걸어올 것으로 생각했는데, 모든 것의 위쪽에 펼쳐져 있는 이상한 침묵이 있었으며 내 속에서도 밖에서도 이미 아무런 소리도 들리지 않는다.

생활은 해가 뜨기 전, 잠자던 자가 눈을 뜨고 새벽녘 초자연(超自然)의 평화 속에서 나 자신의 숨소리에 놀라는 때처럼 정지하고 있다. 그녀는 나에게 무엇을 말하는 것일까? 나에게는 해가 어두워지고 모든 것이 위축되어, 그녀의 배후에 아연 사라지려고 하는 기분이 들었고, 또 나에게는 이제 하얀 얼굴이 강바닥과 같은 곳에서 떨며 눈초리를 움직이지 않는 두 개의 어두운 눈밖에 보이지 않게 된다.

그리고 얼마 후, 나는 병에 걸려 쓰러졌다. 그다지 심한 편은 아니었지만 최소한 두 달 이상은 누워 있지 않으면 안되었다. 인생은 때로 책이라든가 기록문서와 비슷하여 어느 시기에서부터 다른 시기로 넘어가는 추이(推移)를 스스로 변통하게 마련이다. 그러므로 나는 이 움직이지 못하는 두 달을, 두 개의 장(章) 사이에 있는 틈새에 비유하는 것이다.

그러나 한 책 속의 이 틈새에는 저자가 암시(暗示)만 하는 숱한 것들이 담겨져 있다. 그런 까닭에 내가 그것을 잃어버린 것은, 전혀 다른 상황 속에서 건강을 회복한 것은 짐작이 갈 것이다.

내 어머니는 내 옆에서 하루의 대부분을 보냈다. 내 상태가 실제로 그녀를 겁먹게 하였고, 그녀는 대단한 상상력을 가지고 있었으므로, 내가 처음 그녀에게 준 경고(警告)로부터 긴장을 풀지 아니했다. 내 예후(豫後)의 최후 시간까지 그녀는 내 방에서 애를 썼는데, 마치 내가 바닥에 떨어진 베개를 주워올리지 않으면 안된다든가, 멀리 있는 물컵을 잡으려고 노력한다든가 등등 돌연 발생하는, 치유하기 어렵고, 도지기 쉬운 상황을 그녀는 두려워하고 있는 것 같았다.

나는 처음에는 그녀가 나를 초조하게 만드는 계속적인 방법은 그녀의 깊은 사랑이라고 생각했다. 그때는 재삼(再三) 나의 열을 높이었다. 그리고 그녀의 강인한 권유는 그녀가 나에게 마시라고 강요한 약제(藥劑)와 거의 똑같은 해(害)를 나에게 주었다.

그후 그녀는, 이전의 우활(迂闊)한 방법을 자각하고, 나 역시 자신의 독립성을 인정했는데, 나는 병중(病中)이었으므로 그녀의 열의는 성과를 거두지 못했고, 나에게는 밤말고는 휴식이 주어지지 않았다.

이상한 일은 — 아마 상상도 할 수 없는 일이겠지만, 그녀는 나에게 낮동안에 잠자는 것을 절대로 허용하지 않았다. 내가 눈을 감고, 머리를 뒤로 젖히고 있는 것을 보는 것이, 그녀로 하여금 겁을 먹게 했다.

그러므로 내가 기분이 안좋아서 전날 밤 잠을 조금밖에 자지 못했을 경우 등에, 다음날 아침 햇빛을 받으며 감미로운 잠의 유혹에 잠깐 졸기라도 하면 어머니는 불안한 기색으로 내 셔츠 소매를 잡아당기면서,

"장, 장! 어떻게 된 거냐? 너, 졸고 있잖니? 기분이 나쁘냐?"
라며 흔들어댔다. 내가 움직이지 않는다는 것은 그녀를 깜짝 놀라게 했다. 그녀는 내가 죽은 것으로 믿었고, 그녀의 불안을 진정시키기 위해 큰 소리를 질렀다. 그렇게 해서 나를 의식이 있는 생활로 되돌려놓는 것이었다.

그러나 그것은 이제 그만두기로 하자. 그리고 내가 이 이야기를 유아(幼兒) 시절의 이야기에서 벗어나려면 이제 그만두어야 할 시기이다. 나는 병중에 큰 변화가 일어났었다고 나는 말했다. 그 중요한 것은 어린이로서 누워 있던 내가 건강을 되찾았을 때 어엿한 사나이가 되어 있었다는 점이다. 그것은 외형(外形)의 것을 의미하는 것이 아니다.

내가 견디어내지 않으면 안되었었던 은둔(隱遁)은 열매를 맺었고, 나의 열망을 억제하여, 명령이라든가 존경은 하지 않지만 사랑하고

있는 내 어머니의 변덕에까지 순종함으로써, 내 허영심을 없애주어서, 한마디로 말한다면 내 속에 있는, 우쭐대고 싶어하는 싱싱함을 모두 떨쳐 버린 것이다. 그때 나는 16세가 되어 있었다.

어쨌든 이런 변화는 내 어머니의 눈에 이미 비쳐진 것일까? 나에 대한 그녀의 태도가 이제 전과 같지 않다는 것을 나는 깨달았다. 내가 이전에 그녀에게서 느낀 일이 없는 어투로, 그녀는 나에게 이야기를 걸어왔고 뭔가를 빙자하여 내 의견을 구했으며 그 대답을 들었다.

어느 날 그녀가 갑자기 털어놓은 것은 그녀가 사물에 대하여 지루함을 느끼어, 그것을 나에게 고백하는 데 충분할 정도로 — 내가 어른이 되어 있다는 것이었다.

"어차피……."

그녀는 이렇게 말문을 열었다.

"네가 알지 않으면 안될 일이 있다. 왜 지금까지는 안되었는가 하면……."

그리고 그녀는 크레망 자롱의 이야기와, 그녀가 우리와 친척이 된다고 믿으려 했던 이 사나이가 어떻게 해서 우리집에서 살게 되었는지를 이야기했다.

"생각해 봐라."

그녀는 설명했다.

"그는 낭트의 파스칼리스가(家)의 종제(從弟)라고 자기소개를 하는 거야. 그것은 너에게는 대단한 일이 아닐 것이다. 너는 태어난 이후 파스칼리스 따위는 본 일도 없을 테니까. 하긴 나도 그렇다. 하지만 결국 그들은 네 아버지의 가족과 연관되어 있으며, 그들에 관한 일을 몇차례인가 나에게 그가 이야기한 것을 기억하고 있다. 나는 2년 전에 파스칼리스에 편지를 써보냈는데 회답은 받지를 못했어. 그것은 그다지 이상한 일이 아닌데, 어느 날 자롱이 이야기한 것에 의하면 그들은 스페인으로 이사하기 위해 낭트를 떠났는데 그후로는 그들을 보지 못하게 되었다는구나."
"그가 이곳에 오기 전에 엄마는 자롱에 대해서 들은 적이 없었나요?"
"있었지."
라고 어머니는 대답했다. 그녀는 잠시 생각하다가 입을 열었다.
"그렇게 생각한다."
나는 어찌하여 그가 사기꾼이 아니란 것을 확인하기 전에, 자롱을 그녀의 집에 받아들였는지 그점에 대하여 물으려고 했는데 그녀는 내가 하고자 하는 말을 알아차린 듯 얼른 이렇게 이어서 말하는 것이었다.
"내가 무엇을 어떻게 할 수 있었겠느냐. 불행한 사람을 쫓아 버리는 습관은 나에게 없었어. 그는 나에게 자신이 실패했다는 것, 너의 아버지와는 젊었을 때 친구 사이였다고 이야기했어. 그것만으로도 내 마음을 움직이게 하는 데 충분했었단다."
"그렇지만 만약 자롱이 엄마를 속였다고 하면……"
그녀는 어깨를 한번 으쓱해 보였다.
"그런 여러 가지 의문을 내가 가지지 않았었다고 하는 게냐? 만약 그가 나에게 거짓말을 할 수 있다면 마찬가지로 진실을 말할 수도 있다고 나는 생각하고 있다. 결국 — 왜 그는 네 아버지의 친구가 아니라고 하는 게냐? 그것을 생각하면 생각할수록 나는 네 아버지가 그에 대한 이야기를 한 적이 있다는 생각이 드는 거야."
그녀는 탄식했다.
"결국 난처하게도……"

라며 그녀는 잠시 생각하다가 말했다.

"그는 눌러살게 되었고 나는 그 사람처럼 뚱뚱한 사나이를 밖으로 내쫓을 만한 여자가 아니다. 그 다음 일은 너는 몰라. 내가 그에게 잔소리를 할 적마다 그는 네 아버지의 이야기를 하는 술수를 써서 나를 울리는 거야. 결국 언제나 이기는 쪽은 그였어."

"잔소리를 하다니…… 엄마, 엄마가 자롱에게 잔소리하는 것을 들은 적이 없는데요."

"아들아, 네 앞에서는 내가 그에게 이야기하지 않는 것을 너는 잘 알고 있지. 적어도 그때가 되기까지는 그것은 아무 소용도 없다고 나는 생각했었다. 하지만 네가 나를 도와줄 수 있는 날은 그렇게 멀지는 않을 것이야."

내 호기심은 어머니가 한 말의 사실에 의해, 어떤 불유쾌한 상황일는지 모르는 것 속에 몸을 두게 되는 공포보다도 강하지는 못했다. 아마도 그것은 아름다운 감정이라고는 할 수 없다. 나는 그녀의 비밀을 지켜주기 위해 여전히 침묵하고 있기도 했고, 또 어머니의 눈길을 피하고 있었다. 그러나 그녀는 일종의 과장된 동작으로 두 손을 모으면서 다시 말했다.

"내 아들이 크레망 자롱에게 말할 수 있는 날이 그다지 멀지는 않다. '당신의 강박(强迫)은 이제 우리를 두려워하게 할 수 없어, 당신은 페리에르에서 나가'라고 말이다."

그녀는 이 최후의 말을 하면서 벌떡 일어나 나를 바라보았다. 이 가련한 여인은 자롱 앞에서는 나보다도 더 약하고 더 겁쟁이였다.

나는 내 침대 옆에 서서 분노에 눈을 이글거리고 있는 그녀를 보고 많은 것을 알 수 있었다. 그녀의 볼에 핏기가 서게 한 분노는, 자롱 앞에서는 신묘하게도 억제하여 감추는데, 그가 없는 지금은 그녀의 반감을 마음대로 터뜨리게 하여, 그녀가 너무나 오랫동안 마음속에 담고 있던 증오를 한꺼번에 폭발시키게 했던 것이다.
 "당신은 페리에르에서 나가라."
라고 그녀는 내 역할을 연기하면서 내가 자롱인 것처럼 내 쪽에 손가락질까지 해가면서 그 역할을 계속했는가 하면 더욱 강한 목소리를 질렀다.
 "당신은 오랫동안 우리 어머니를 악용했어. 우리 어머니가 남을 신용하기 좋아하는 점과 착한 점과 마음 약한 점을 악용했단 말야! 5년이라는 긴 세월 동안 이곳에서 편안하게 지낼 수 있도록 당신에게 허용되어 있었어.
  당신 마음대로 행동을 했고, 당신의 시거와 당신의 식사밖에 생각하지 않으며 당신이 우리 어머니에게 끊임없이 약속했던 그 돈은 한푼도 지불하지 않았을 뿐만 아니라 그와는 반대로 거금을 그녀로부터 탈취하는 짓도 서슴치 않았다구. 그것도 당신은 이제 당신의 운(運)이 안닿는 투기로 내버리고 말 것이야……."
 나는 한마디 말도 없이 이 이상한 말을 듣고 있었다. 내 어머니의 성격상 이런 화법(話法)을 쓰는 일은 거의 없었다. 당돌한 수치심에 사로잡히어 나는 감히 그녀를 보려고 하지도 않은 채 잠시동안 눈을 내리깔고 있었다. 그녀의 궤변, 그녀의 표정, 그리고 이 모든 과잉된 희학은 나를 당황케 하여 얼굴을 새빨갛게 만들었다. 얼굴에 손을 대보니 뜨거워서 살이 타는 것 같았다.
 최악의 2분간이 지나갔다. 자신의 의지를 이끌 힘이 없는, 대부분의 사람들처럼 내 어머니는 계속해서 재잘거리고 있었다. 그녀는 어디서 이야기를 끝내야 좋을지 모르게 된 것인지 또는 그것은 알고 있었다 하더라도 이제 그녀의 혀를 억제할 수 없었던가 보다.
 "당신은 저질 중 아주 저질인 사람이야!"
 그녀는 추궁했다.

"남편과 사별한 다음 아무도 의지할 데가 없는 여자에게서 돈을 뜯어내는 남자가 얼마나 불명예스러운지 당신은 이해해야 해! 그 여인은 당신에게 학대받고도 당신에게 말대꾸조차 하지 않아. 그만큼 그녀는 당신의 폭력과 당신의 난폭한 행동을 두려워하고 있는 것이라구."

그때 나는 우리 어머니의 감색 서지 스커트와 내 눈앞에서 움직이고 있는 주름투성이의 두 손밖에 보지 않았다. 그리고 그녀가 엉뚱한 동작을 한 것은 바로 그때였다. 그녀의 비참해진 혼(魂)의 모든 것과, 그녀 속에 있는 소심하고 어리광스러운 것 모두를 요약하는 동작이었다. 그녀는 이 상상상(想像上)의 크레망 자롱에게 계속해서 욕을 하며 고함을 질렀다.

"자아, 이제 나는 질렸어! 당신은 툭하면 얼굴을 찡그리고 소리를 지르곤 했어! 당신이 상대하고 있는 것은 이제 여자가 아니야. 그리고 당신은 나를 협박하지는 않아. 당신은 어서 이 페리에르에서 떠나! 썩 꺼지란 말야!"

그러나 그녀 자신도 약하다는 것을 깨달은, 이 명령에 한층 더 권위를 주기 위해 그녀는 지난날 그렇게 했듯이 돌연 두 팔을 벌렸다. 일찍이 그녀가 지나가는 길에 나를 발견하면 '놀러 가라'고 나에게 명령했을 때처럼 ─. 나는 이 동작을, 참새를 쫓는 동작으로 보았다. 나는 더 참을 수가 없어서 침대 위에 있는 채 허리를 구부리며 신경질적인 웃음소리를 내며 웃었다.

성취되어가는 것에 우리가 아무것도 변하게 할 수 없는 사실 중에는 무언가 두려운 것이 있다. 어떤 행위가 미래에, 그래서 말하자면 우리 앞에 있는 한, 우리에게는 그것을 할 수도 있고 하지 않을 수도 있는데 시간의 부당한 마술에 의해, 그것이 우리의 뒤에 있고, 우리가 그것을 그후에 손이 미치지 못하는 곳에 두어 버리는 일도 있을 수 있다.

 1초 전이었더라면 무엇이든 간단히 훼방받는 일 없이 해치웠을 것인데도, 이제는 지상(地上) 최대의 권력이 있으며 그 앞에서는 누구든간에 영원히 부동(不動)이다.

 만약 내가 신자(信者)였더라면 나는 마음속으로 이때에 대한 기도 제목을 찾았을 것이다. 나는 하느님에게 이런 기도를 했을 것이다.

 "주여, 그런 일이 되지 않도록 해주시옵소서. 이 불행한 여인의 비운(悲運)을 제가 비웃지 않게 해주시옵소서."

 그렇기는 하지만 나는 어머니의 수다가 그쳤을 때 심히 웃었다. 그리고 그녀의 침묵은 내 웃음에 종지부를 찍는 것과는 거리가 멀었고, 내 웃음을 확대시키는 것 외에는 다른 결과를 가져오지 못했다. 나는 그때 이불 속에서 아무리 애써도 그치게 할 수가 없었던 일종의 딸꾹질이 지금도 들려오는 것만 같다.

 그것은 실로 신경이 쓰이는 것이었으며, 이런 일이 실제로 일어날 수 있는 것일까, 악몽의 미끼가 된 것은 아닐까 하는 생각을 할 정도였다. 그런데 때마침 나 자신의 음성이 이 정경의 진실성에 대한 새로운 증거가 되었다. 내 어머니는 돌연 내 앞에서 무릎을 꿇고 내 이불 속에 얼굴을 파묻으며 울어댔다. 내 웃음은 금방 멎었다.

 "내 아들아!"

 내 어머니는 잠시 후 나를 놀라게 할 정도의 확신을 가지고 말했다.

 "내가 무슨 이야기를 할 것인지 네가 알면 너는 나를 바보 취급하지 않게 될 것이다."

 그녀는 눈물을 닦으며 일어서서 내 침대 발치에 앉았다. 이제 그녀는 아주 냉정해졌다.

 "나는 아주 단순하게 너를 의지하고 있단다."

그녀는 또 말했다.
"너는 아직 너무 어려. 너에 비하면 자롱은 너무너무 강해. 그는 나에 대하여, 우리에 대하여 언제라도 사용할 수 있는 무시무시한 무기를 가지고 있단다. 그가 나에게서 돈을 빌어가고 절대로 갚지 않는 까닭에 나는 떠름한 표정을 지었다만은, 만약 그가 원한다면 우리의 전재산을 단 한시간에 내 손에서 그의 손으로 옮겨놓을 수가 있어. 알고 있다. 작고 불행한 사람이란 것을 —. 네가 누워 있는 이 침대도 마음만 먹는다면 그는 이 침대에서 너를 쫓아낼 수가 있는데 — 그래도 너는 아무 말도 할 수 없는 거야."
그녀는 또 말했다.
"네가 그에게 용감하게 대들 수 있는 것을 가정(假定)하면서 나는 마음이 들떠 있었단다. 하지만 우리는 용감하지 못해. 내 아들아, 너도 그렇고, 나도 그래. 그 결과 저 사나이에게 말해보았자 아무 소용도 없다구. 왜 그런지 알겠니? 왜 그런지 알고 싶니?"
나는 놀랄 뿐 아무 대답도 할 수가 없었다.
"그렇다면 내가 그것을 너에게 얘기해 주마."
라고 우리 어머니는 나를 얼어붙게 하는 냉정함으로 계속 말했다.
"좀더 후에 너에게 털어놓겠다고 생각했던 비밀을 너는 알게 될 것이다. 하지만 내가 처해 있는 입장으로 볼 때, 나는 이미 견디어낸 것보다도 큰 굴욕에는 참아낼 수가 없어. 그래서 더는 네 아버지의 집안에는, 그리고 나에게는 너에게 하는 이 말이, 실제로 발견되지 않을 만큼 — 부끄러운 무엇인가가 일어났었던 것을 알지 않으면 안된다."
그리고 그녀는 이야기를 잠시 끊으면서 생각을 정리하려는 듯 눈을 감았다.
"이야기가 굉장히 길어지겠다. 그러나 이제부터가 아주 중요한 대목이야. 네 숙부 중 한 사람이, 누구라고는 말하지 않겠다만, 어떤 사업 준비를 하기 위해 상당한 돈이 필요하게 되었지. 네가 태어나기 6개월쯤 전, 즉 네 아버지와 내가 결혼한 지 2년도 채 안되었을 때에 일어난 일이다.

그무렵 네 아버지는 당장에 필요했던 페리에르의 집수리에 착수했었단다. 네 할아버지께서 널빤지 붙이기와 지붕 잇기 등에 소홀하셨기 때문이지. 그래서…… 너에게 몇번 이야기한 일이 있다만은…… 나는 결혼을 한 다음날 비가 바닥을 적셔놓은 다락방에서 넘어져 한쪽 다리를 뻴 뻔했었단다."
다시 침묵이 흘렀다.
"그래서……."
그녀는 이야기를 계속했다.
"그때 우리가 가지고 있던 거의 모든 돈은 수리공사에 쓰고 말았어. 만약 그것과 반대되는 주장을 하는 이야기를 듣게 되거던, 네 엄마가 너에게 이야기해 주면서 맹세한 것을 떠올리면 될 것이다. 네 숙부는 파리에서 살고 있었지. 그는 우리에게 1만 7천 프랑을 빌려 달라고 하기 위해 이곳에 왔었단다.

내 아들아, 그것은 거금이란다. 네 아버지의 사업은 — 나중에는 그를 위한 일이 되었지만 — 그런 상태였던 네 아버지에게 있어서는 실로 막대한 돈이었다. 그래서 그는 거절했었지."
잠시 말을 끊은 그녀는 다시 입을 열었다.
"그의 형제가 그에게 말한, 그 사업이란 것은 돈을 수중에 넣기 위한 구실일 뿐, 성공과 연결될 아무런 조치도 하고 있지 않다는 것을 차츰 알게 되었다. 하지만 네 숙부는 건달이었는데 그런 건달에게 양심을 기대한다는 것은 무리이지. 그 가련한 사나이는 그후 홧술을 퍼마시더니 몇달 동안은 소식이 없더라구. 그러더니

1888년 7월의 어느 날, 네 숙부가 실종되었다는 것을 우리는 알게 되었다.

그 다음날 네 아버지는 낭트의 파스칼리스씨로부터 편지를 한 통 받았단다. 그는 돈많은 무역상이며 네 아버지의 먼 친척이 되는 사람인데 친척 이상으로 네 아버지하고는 좋은 친구 사이였단다. 그 파스칼리스씨가 우리에게 알려온 것은, 네 숙부에게 돈을 꾸어주었는데 형편이 허락하면 6개월 이내에 갚아 달라는 것이었지. 그 편지를 읽고 우리는 생각했거니와 너도 생각을 좀 해봐라.

네 아버지는 즉시로 파스칼리스씨에게 해명을 요구하는 편지를 썼단다. 파스칼리스씨는 깜짝 놀라며, 네 아버지가 2주일 전에 써 보낸 편지에서 네 숙부에게 돈을 꾸어주면 가급적 빠른 시일 안에 네 아버지가 갚아주겠다고 했으며, 그 편지를 지금도 가지고 있다는 회답이 왔단다."

그녀는 한숨을 길게 내쉰 다음 이야기를 계속했다.

"놀랐다, 놀랐어. 네 아버지는 다시 한번 황급하게 편지를 써서 그 가짜 편지임에 틀림이 없는 그 편지를 보내 달라고 파스칼리스씨에게 부탁을 했지. 그러나 파스칼리스씨는 거절하면서 이 편지는 다른 어떤 것보다도 증거가 되는 것이므로 자기가 가지고 있어야 한다는 것이었다.

이렇게 해서 실추된 네 아버지의 신용과 체면은 채찍으로 얻어 맞은 것 이상의 영향을 받게 되었단다. 그래서 네 아버지는 행리를 수습하여 파스칼리스씨에게 한마디 하기 위해 낭트로 가셨지. 그러나 사태는 더욱 악화되었다. 파스칼리스씨는 버럭 화를 내면서 네 아버지에게 그 문제의 편지를 보여주더라는 거야.

가련하게 된 네 아버지는 그 가짜 편지를 보고는 미칠 것 같았단다. 거기에는 그의 필적이 적혀 있었는데 편지로서의 상궤(常

軌)를 벗어난 내용이 반증(反證)이 아니겠느냐며 너의 아버지는 따졌대. 그리고 이성(理性)을 거의 잃고 있었던지라 한푼도 반제할 수 없다고 주장하는 한편 이런 올무에 걸리도록 했지만 그것은 결코 자기 책임이 아니라고 고함을 질렀다는구나."
어머니는 분을 삭이느라고 애를 쓰다가 다시 이야기를 이어나갔다.
"파스칼리스씨는 너의 아버지에게 대답하기를 마지막 한푼까지 꼭 갚아야 한다, 그렇지 않으면 이 사건은 세상에 알려지게 될 것인데, 너의 아버지와 너의 숙부를 낭트에서 제일 존경받고 있는 가족을 먹이로 삼기 위해, 공모하여 돈을 뺏은 악당이란 소문이 여기저기서 자자하게 날 것이라고 하더란 거야.
　결국 이런 식으로 일이 발전되어 친한 사이였던 두 사람은 서로 모욕을 주고 협박을 하다가 헤어졌단다. 너의 아버지는 그를 집으로 데려오기 위한 첫차를 타기 위해 역으로 달려갔었다는구나. 그러나 플랫폼에서 약한 이성(理性)의 빛이 내리쬔 모양이야. 그는 열차를 그냥 보내고 그의 적(敵)의 집으로 달려갔단다."
그녀는 고개를 끄덕이면서 다음 이야기를 이어나갔다.
"그 편지를 돌려받는 데 돈을 얼마 주어야 했는지 아니? 파스칼리스씨는 너의 아버지에게 너의 숙부가 가져간 돈과 똑같은 액수를 반제하라고 요구했다는구나. 이 파스칼리스씨는 돈 앞에서만은 인정사정없는 사람이란다. 그는 치미는 화가 가라앉을 때까지는 어떤 타협도 받아들이지 않았을 것이야. 너의 아버지도 그런 점은 잘 알고 있었을 것이다.
　그자리에서 너의 아버지는 수표에 서명을 하여 건네주었고, 파스칼리스씨는 가지고 있던 문제의 가짜 편지를 꺼내어 맞바꾸었단다. 너의 아버지는 그 종잇조각을 손에 넣는 데 3만 5천 프랑을 지불했어. 너의 숙부는 손 하나 까딱하지 않고 자기가 하고 싶은 것을 요구했었다는 사실이 너로서도 충분히 알 수 있을 것이다. 네 아버지는 그 종잇조각을 페리에르까지 가지고 왔는데 나로서는 읽어볼 수가 없었다. 우리는 마치 어린아이처럼 울면서 그것을 불태워 버렸다."
그녀는 눈물을 글썽이며 말을 끊었다가 다시 입을 열었다.
"너의 아버지는 그 돈을 만회하는 데 6년이란 세월이 걸렸다. 그것이 상실(喪失)이란 것을 알기에는 너는 아직 너무 젊어. 그런데 이것이 제일 혐오스런 일이 아니었단다. 네 숙부는 성질이 나쁜 것과 마찬가지로 교활하기도 했지. 그는 그의 생각을, 상상이 가능한 한 주의를 경주하며 준비했던 거야.
파스칼리스씨가 조금이라도 의심할 것을 피하기 위해 두어 통의 편지를 먼저 보낸 다음에, 그가 부탁하고 싶은 본론을 꺼냈던 거야. 그 편지 속에서, 내가 너에게 이야기한, 그 사업에 대해서 그는 상세하게 설명을 했단다. 사업이라고 해도 — 실은 너도 잘 알다시피 아무 근거도 없는 것이지만……
페리에르로 보내는 파스칼리스씨의 편지는 어처구니없게도 네 숙부가 매수한 하인에게 날치기당하고 말았던 거야. 그런 다음 네 숙부가, 이쪽에서 파발꾼이 출발하는 퐁테느에 잠입했었다는구나. 그곳에서 그의 그 저주스러운 편지를 그가 보냈던 거야.
결국 파스칼리스씨는, 네 아버지로부터 온 것으로 되어 있는 그처럼 많은 돈을 빌려 주라는 내용의 마지막 편지를 받았을 때 별로 놀라지도 않았다는구나. 그는 방문하겠다는 통지를 한 네 숙부가 오기를 기다렸다가 그에게 거금을 건네주었고, 함께 점심을 먹었는데 그런 다음 너의 숙부는 자취를 감춰 버린 거란다."
어머니는 다시 눈시울을 적시었다.
"이 박정한 사나이가 필적뿐 아니라 네 아버지의 자기 표현 방식까지 흉내를 내는, 그 교묘한 수단을 생각 좀 해봐라. 식자(識者)만이 가짜와 진짜를 판별할 수 있는 것이란다. 그야 어쨌든 나로 하여금 치를 떨게 한 것은 ― 네 아버지의 생명을 죽는 날까지 계속해서 해친 것, 그것은 내 아들이여, 그가 정신의 혼란중에서 최후의 편지와 함께 되사들이려고 생각하지 않았던, 또다른 편지였단다.

 네 아버지는 그것을 아마 보지도 못했을 것으로 생각해도 좋을 것이다. 그는 그 가장 중요한 것을 손에 넣기 위해 혼신의 노력을 다했었지. 그것은 다른 편지의 내용을 상상할 것을 우리에게 허용하는 것이었다. 그러나 네 숙부가 생각했던 것을 누가 알 수 있겠느냐? 분명 그 편지를 전부 손에 넣기 위해서라면 너의 아버지는 하늘과 땅을 몽땅 뒤흔드는 일도 마다하지 않았을 것이다.

 그는 낭트에 돌아가서 편지를 돌려달라고 파스칼리스씨에게 탄원했다. 파스칼리스씨의 대답은 '그것은 없어졌다. 아마도 폐기되었을 것이다, 그것을 어떻게 했는지 나로서는 모르는 일이다'라는 것이었단다. 너의 아버지는 그에게 돈을 보냈다. 파스칼리스씨는 자기를 공갈협박배로 보느냐고 반문하면서 너의 아버지를 문전에서 쫓아 버렸다는구나.

 가련한 너의 아버지에게 있어 이런 일들은 실로 십자가였고 연옥(煉獄)이었을 것이다. 그래서 그는 세상을 떠난 것이다. 내 아들아, 단말마적인 헛소리를 하는 중에서도 그는 파스칼리스씨에게 탄원을 하고 있었다. 나는 하인들을 다 내쫓고 문도 창문도 모두 닫아야 했다. 그는 모든 것을 말하려고 했던 것이다."

그녀는 잠시 침묵했다.

"그래서요? 숙부는 어떻게 되었나요?"

나는 물었다.

"네 숙부란 사람 말이냐? 소문에는 그가 중앙아메리카로 정착하러 갔다고 하더라만 나는 믿지 않는다. 그는 아직도 프랑스에 그대로 있을 것이라고 생각한다. 가명을 쓰면서 말이다. 그는 어디에도 가지 않을 것이다. 그는 이 사건을 어떻게 처리해야 좋을는지 잘 알고 있었다. 그에게는 무서운 것이 아무것도 없었어.

당연히 네 아버지가 그에게 돈 주기를 거부하여 국외로 나갈 것을 강요했다고 사람들은 소문을 내고 있었으니까ㅡ. 그래서 그는 잠자코 있으면서 죄에 대하여 변명 따위만 안하면 되는 게야. 우리도 우리의 행위를 정당화하기 위해 우리 이름의 명예를 떨어뜨리는 짓은 할 수가 없지 않니?

우리는 네 숙부가 매수한 하인을 내쫓지도 아니했다. 그는 이곳에서 죽어갔단다. 자롱에 대해서는 어떻게 된 것인지 나는 모르겠다. 파스칼리스씨가 국경을 넘었다는 이야기는 들었다. 4년 전의 일이다. 자롱은 그의 친척이라고 했단다. 결국 그럴는지도 모르지. 그렇다면 그 역시, 내가 너에게 이야기한 것을 모두 잘 알고 있을 수도 있는 일이야.

그가 처음 나와 만났을 때 말한, 첫 번째 말을 너는 알고 있느냐? '부인, 나는 낭트의 페르나르 파스칼리스의 종제(從弟)입니다. 나는 크레망 자롱이라고 합니다'라고 말하지는 않았어. 그게 아니라 '나는 낭트의 페르나르 파스칼리스의 종제입니다'라고 그는 말했던 거야.

나는 그말을 듣자 한기(寒氣)가 나서 죽을 뻔했었다. 그의 서류 속에 네 숙부의 편지가 들어있지 않다고 누가 보증하겠느냐. 그리고 그렇게 할 생각만 먹으면 우리를 도둑놈으로 몰 수도 있는, 그런 사나이를 아무 힘도 없는 내가 거절할 것을 ㅡ 어찌 너까지도 바라고 있단 말이냐!"

"그가 그런 편지를 가지고 있는지 여부를 엄마는 왜 확인하지 않는 겁니까?"
"내 아들아, 나는 자롱이 이야기를 걸어올 때마다 벌벌 떨린다. 너는 그런 것을 눈치채지 못했더냐?"
"어머니, 그가 그런 편지를 가지고 있는지 안가지고 있는지, 그것을 확인하기 위해 엄마는 무엇을 했느냐니까요?"
"어느 날, 그가 없을 때……"
그녀는 천천히 대답했다.
"나는 비상용 열쇠로 그의 장롱 속을 뒤져보았다. 아무것도 찾아내지 못했다만……"
"그렇다면 그의 주머니 속은요?"
어머니는 대답하기 전에 나를 바라보았다.
"자롱의 주머니라니? 어떻게 그의 주머니를 내가 뒤진단 말이냐?"
라고 그녀는 아주 빠르게 말했다.
"하지만 밤에, 그가 잘 때라도…… 그는 잠을 아주 잘 잡니다."
"그렇다면 말하겠는데……"
어머니는 어렵게 입을 열었다.
"그것도 해봤다. 3년 전이다. 오전 2시경, 그의 방으로 몰래 들어간 적이 있다. 겨울이었어. 나는 어찌나 무서웠던지…… 그때 무서워서 놀라 죽지 않은 게 이상할 정도다. 그렇게 해보겠다는 결심을 하기 전에 내가 넘겨야 했던 불안의 몇달 동안을 상상해 봐라. 내가 도둑놈처럼 자롱의 방에 숨어 들어가다니!
 1년 전부터 나는 계획을 실현할 날을 정해두었었단다. 몇주일이 지나 그날이 가까워짐에 따라 나는 틀림없이 미칠 것만 같았단다. 입맛을 잃어서 먹을 수도 마실 수도 없었지. 내가 울고 있는 것을 본 기억은 없느냐? 그무렵이다. 내 아들아, 그정도의 용기밖에 없었다면 계획의 실행을 연기했으면 간단히 해결될 게 아니었겠느냐고 묻고 싶지?"
그녀는 고개를 끄덕이며 나를 바라보다가 말을 이었다.
"한두 번 시도해 보았단다. 그러나 어떻게 설명하면 좋을까? 실행을 늦추기 위한 용기도 없었단다. 나는 연기한 날짜가 다가옴에 따라 지금이라면 아직 실행에 옮길 만한 힘이 남아있다고 생각했었지. 그리고 너무 오래 연기하고 기다리기만 하다가는 머리속에는 한 가지 관념밖에 남아있지 않게 될 것 같았고……. 언젠가는 어차피 결판을 내야 할 일이기도 하고…….

그날 밤 나는 두통을 구실삼아 평소보다 일찍 자는 시늉을 냈다. 하지만 자롱이 자기 방으로 올라간 다음 나는 다시 식당으로 내려가서 코냑을 조금 따라 마셨다. 내가 알코올을 얼마나 싫어하는지 너도 잘 알겠지만 ─ 뭔가 나에게 힘을 실어 줄 물건이 필요했거든.

나는 두 시간 동안 불 옆에서 그것이 완전히 깨기까지 누워 있었지. 12시 반이었다. 나는 또 조금 마셨다. 머리가 빙빙 돌더구나. 그런 다음 나는 그 사나이의 방 바로 옆의 계단에 가서 앉아 있었다. 그는 코를 골고 있었고 ─ 나는 주의를 기울이며 그의 코고는 소리를 들었다. 코냑은 두통을 일으키게 하더구나. 나는 생각했다. 나는 지금 취해 있다, 깰 때까지 잠시 기다리는 게 좋다고 말이다. 마치 살인 등 큰 범죄를 저지르려는 사람처럼 ─.

내 아들아, 어쨌든 나는 조금 기다렸다. 한 시간쯤 지난 다음 일어서서 계단을 대여섯 개 올라갔고 자롱의 방 앞에 섰었지. 그리고 그 방 문을 열었다. 그러는 데까지 꼭 4분지 한시간이 걸렸단다."
잠시 침묵이 흘렀다.

"물론 나는 불을 들고 있지 않았다. 소리가 나지 않도록 기다시피 하며 손으로 이곳저곳을 더듬었지. 캄캄한 어둠 속이니 나로서는 가구가 놓여져 있는 장소조차 짐작할 수가 없었다. 자룡이 웃저고리를 걸어놓은 의자를 찾을 수 없게 되자 멍청히 뒷걸음질을 쳤지. 불이 없는 방안을 헤매본 적이 너는 없겠지?

한번 방향을 바꾸면 어디가 어딘지 전혀 모르게 되는 게 대부분이야. 결과부터 말한다면 나는 몇분 동안 완전히 헤매고 다닌 거야. 문이 어느 쪽에 있는지조차 상상할 수 없게 되었어. 밤은 실로 캄캄했다. 창문의 위치를 분간하는 것도 불가능했으니까. 물론 보름달이 비추는 날을 골랐어야 했는데 그런 것도 생각하지도 않았었다. 나는 강도가 아니잖니."

어머니는 고개를 절레절레 흔들다가 다시 이야기를 이어나갔다.

"나는 융단 위에 누워서 잠시 쉬기로 했다. 흥분이 수족을 마비시키고 심장은 터지는 게 아닌가 할 정도로 강하게 뛰더라. 다소 정신을 차리게 되자 나는 다시 일어나는 편이 낫겠다고 생각했다. 그렇게 하는 편이 길을 쉽게 찾아낼 수 있을 것 같았던 것이다. 몇분 후 그곳에서 나는 일어섰고 두어 걸음 걸어보았다.

자룡은 코를 골아서 그의 침대 위치를 알려주더구나. 그래서 나는 찾고 있던 의자의 위치를 대충 짐작했지. 그리고 나는 두 차례 실수를 했다. 첫 번째는 팔걸이 의자에 부딪친 것이었어.

그때 나는 나 자신이 침대 반대쪽에 와있으며, 한 바퀴 돌아야 목적한 의자 쪽으로 갈 수 있다는 것을 알았다. 다행하게도 나는 자룡을 깨우지 않게 하면서 이때까지 돌아다녔던 거야. 그리고 나는 네가 상상할 수 있는 모든 방법을 동원하여 침대 건너쪽까지 돌아갔었다.

그곳에 당도하자 나는 손을 뻗어보았다. 손끝에 웬 천이 닿기에 나는 그것을 꽉 잡았지. 그런데 그것은 내가 생각했던 자롱의 옷저고리가 아니었다. 내 아들아, 그것은 그의 침대보였었단다. 나는 잡았던 것을 놓고 공포의 탄식이 나오는 것을 억지로 참았다. 그의 발에 내 손이 닿았다고 생각되었기 때문이야. 그때 자롱이 눈을 떴단다."
그녀는 그때 일이 생각났던지 진저리를 쳤다.
"그후 1분간, 내가 얼마나 괴로워했는지 너는 짐작이라도 하겠니? 나는 이 사나이가 침대 위에서 돌아눕는 소리를 들었다. 그런 다음 그의 손이 머리맡의 탁자(卓子) 위에 있는 물건들을 더듬는 것이었다. 마치 뭔가를 찾으려는 것처럼 —. 나중에야 그 의미를 알았다만은 그때는 아무 생각도 없었다. 그만큼 무서웠던 거야.
오랫동안 침묵이 흘렀다. 나는 숨을 죽이며 움직이지 않았다. 자롱도 꼼짝않고 있었다. 그의 호흡 소리가 들리는지 어떤지 분간조차 안될 정도였다. 그 역시 기다리고 있었던 것이리라. 그렇게 몇분이 흐른 다음 그가 다시 코를 골기 시작하는 소리가 들려왔다.
나는 두 손을 좌우로 뻗고 시간을 보냈다. 의자를 찾으려는 것이 아니었다. 그런 생각은 이미 까맣게 잊은 후였고 문쪽으로 가는 길을 조금이라도 확인하기 위해서였다. 내가 그런 식으로 움직이고 있는 사이에 내 손가락이 예의 의자와, 찾기를 이미 포기한 그의 옷저고리 위에 닿는 것이었다.
나는 내가 더듬고 있는 것이 자롱의 등줄기와 어깨 같다는 생각이 들더라. 내 아들이여, 이 불쌍한 도둑 아닌 도둑에게 하느님의 은총이 내리시기를…… 나는 또 얼마나 많은 고통을 받아야 할는지, 앞이 캄캄하더라."
그녀는 눈시울을 적시면서 잠시 말을 끊었다.

"결국 나는 다소나마 용기를 내어 그의 웃저고리 주머니 속에 손을 집어넣었다. 어쨌든 그의 웃저고리를 찾았으니 말이다. 한쪽 주머니에서는 코안경, 또 한쪽 주머니에서는 창칼과 연필과 이쑤시개가 잡히더구나. 그리고 다른 주머니에서는 담배 쌈지와 파이프가 들어있었고ㅡ.

 하지만 종잇조각 따위는 어느 주머니에도 들어있지 않았었다. 그밖의 것들도 없었고ㅡ. 그런 점이 나를 더욱 초조하게 만드는 거였어. 나는 다시 검사를 하기 위하여 바닥에 무릎을 꿇었다. 아무것도 발견하지 못했는데도 이토록 괴롭다니…… 너무너무 어리석다고 해야겠지?"
어머니는 이야기를 끝냈다. 나는 그녀가 눈물 닦는 것을 보았다.
"마지막으로 발견한 게 있었습니까?"
나는 성급하게 물었다. 그녀는 어깨를 한번 으쓱해 보였다.
"무슨 일이 일어났었는지 알고 싶니?"
그녀가 다시 말했다.
"좋다. 내가 그곳에서 그의 웃저고리 주머니를 한참 뒤지고 있을 때였다. 그때 갑자기 코고는 소리가 멎더니 성냥불을 조용히 켜는 소리가 들려오더구나. 나는 침대 쪽을 돌아보다가 나를 바라보고 있는 자롱의 눈과 마주쳤다. 어찌나 놀랐던지 나는 소리칠 힘조차 없더라. 그 자신도 깊은 침묵을 지키고 있는 거야. 하지만 그는 내가 그의 옷 주머니를 뒤지고 있는 장면을 목격했어. 그것은 분명한데도 그는 아무 말도 하지 않는 거야.

 그때 그가 얼마나 무섭게 보였는지 너는 짐작조차 못할 것이다. 나에게는 어둠 속의 그의 얼굴밖에 안보이더구나. 그의 눈은 조금도 움직이지 않았다. 그는 아주 냉정한 표정이었어. 몇초 후에 그는 성냥개비 쪽으로 눈길을 주었고, 그것이 그의 손가락을 태우려는 것을 확인했지.

 그때 그는 마지막으로 나를 보았다. 정면으로 —. 그리고 성냥을 불어서 끄더구나. 하지만 그 이전에, 아니 거의 동시에 그는 한쪽 눈을 찡긋 감아 보였어. 나로서는 어떻게 해서 이 방으로부터 나가야 좋을지 알 수가 없었다. 그때 본능이 나에게 길을 찾도록 해주었던 게 분명해. 나는 미친사람처럼 내 방으로 달려갔고 침대에 몸을 던졌다. 그리고 새벽녘까지 계속 울었단다."
 그녀는 덧붙였다.
 "그는 나를 놀래주기 위해 자는 척했던 거야. 알겠니? 그가 머리맡의 탁자 위를 더듬으며 찾았던 것은 성냥이었다구."
 그리고 그녀는 입을 다물었다. 우리 두 사람은 아무 말도 하고 싶지 않은 몇분간을 지루하게 보냈다. 어머니는 자신을 반성하고 있었고, 나는 이렇게 겁많은 여성이 억지로 용기를 짜내어 공포심을 참아내며 행동에 나섰던 일에 감동하고 있었다. 나는 잠시 후 눈물을 글썽이며 돌연 어머니에게 말했다.
 "내 몸이 나으면, 이번에는 내가 해보겠습니다."
 그녀는 나를 끌어안으며 기운차게 말했다.
 "내 아들아, 나는 그렇게 해주는 것을 원하지 않는다. 만약 자롱이 편지를 가지고 있다면, 내가 원했던 것이 바로 그것이었음을 그는 알았을 것이야. 너도 분명 그렇게 생각하지? 내가 그의 방에 들어갈 때 찾아내려고 했던 것은 그의 돈이 아니잖았어. 그의 돈은 — 그의 주머니 속에는 나에게서 뺏어간 돈이 한푼도 들어있지 않았어. 그리고 그는 결코 나에게 왜 들어왔었느냐며 묻지도 않았고 설명을 요구하지도 않았단다. 그때도, 그후에도 —. 그가 확실히 알고 있었다는 증거지."
 "그날 밤 일어났던 일에 대하여 그도 아무 말도 하지 않았다는 겁니까?"
"한마디 말도 없었다. 그것은 나를 협박하는 것보다 더 나쁘다. 정말이다. 이 사나이가 어떤 점에서, 생각을 깊이 하고 있는지를 이해하기에는 네 나이가 너무 젊어. 그의 방에 숨어 들어갔던 일인데 — 만약 그 일이 분명하게 기억나지 않았더라면 나는 꿈을 꾸었던 것으로 믿었을 것이다. 자롱의 태도는 그 사건이 일어나기 이전과 조금도 달라진 것이 없으니 말이다. 그의 강점이 거기에 있단다.

그가 돈이 필요해지면 너의 아버지 이야기를 들고나오는 철면피와 같은 짓을 하는 거야. 그것이 나를 두렵게 만드는 것으로 생각했는지, 아니면 나를 위로해 주는 것으로 생각했는지는 모르겠다만…….

그런 때면 그는 나에게 아주 상냥하고 부드럽게 이야기하는 거야. 하지만 그의 눈은 전혀 다른 이야기를 하는 거다. 서서히 타오르는 성냥불 앞에서 무릎을 꿇고 있었던 때를 생각해 보라고 말하는 것 같더라니까."
"어머니가 그렇게 짐작하는 것뿐입니다. 안그렇습니까? 어머니."
나는 나 자신을 안심시키기 위해 그렇게 말했다.
"아니, 그게 무슨 말이냐?"
그녀는 힘주어 말했다.
"아까 너는 그 사나이를 문밖으로 내쫓아 버리겠다고 말하더라만 그렇게 하지는 못할 것이다. 그런 날은 결코 오지 않을 것이야. 그는 이곳을 자기네 집처럼 생각하고 있어. 그가 죽는 날까지 살려는 거야."
그리고 그녀는 또 울기 시작했다.
"어머니!"

잠시 시간이 흐른 다음 나는 그녀에게 말했다.
"그에게 이야기를 털어놓는 겁니다. 그 편지에 관한 이야기를 솔직하게 하고 그에게 돈을 주는 편이 나을 것 같습니다. 그리고 이 악몽과 손을 끊는 편이 낫겠다니까요."
어머니는 울음을 그치고 나를 뚫어지라고 바라보았다.
"하지만 만약 그가 그것을 가지고 있지 않다면 — 그 편지 말이다. 그리고 만약 그가 그런 말을 들은 적도 없다고 한다면 — 내가 그에게 그것을 알려주는 결과가 될 게 아니냐. 뭐라고? 네 종형(從兄)인 파스칼리스에게 한방 먹인 방법을…… 너는 들은 적도 없다고? 누군가가 그에게 가짜 문서를 사용하여 3만 5천 프랑을 뜯어냈단다.

 그리고 만약 너의 아버지가 그토록 정직하지 않았더라면 그 파스칼리스란 얼간이는 아직도 그것을 — 그의 3만 5천 프랑을 찾으러 헤매 다녔을 것이야. 딱한 사람이지!"
"이런 종류의 사기 편취에 대해서는……"
나는 그녀에게 말했다.
"법률이 있을 게 분명합니다."
"법률…… 법률?"
어머니는 더 이상 참을 수 없다는 듯 말했다.
"자롱을 저능자(低能者)로 생각하는 거냐? 그가 사소한 말 한마디도 적어놓은 일이 없고, 사소한 협박의 말도 한 일이 없다는 걸 너는 모르니? 우리로서는 그 누구의 증언도 확보할 수가 없고 아무 증거도 없다는 걸 알고 하는 소리냐?"
나는 우리가 무력하다는 생각에 분노가 치밀어오르는 것을 느꼈다.
'좋다!'

나는 결심했다.
'언젠가는 내가 그놈을 죽일 것이다!'

깊은 물이 소리도 없이 흐르고 있다. 내가 결심한 계획은 내 속에서 조금씩 조용하게 펼쳐져 나갔다. 그 사나이를 죽인다. 그것은 그가 우리를 불가능한 상태에 밀어붙인 점으로 볼 때, 오히려 용이한 일이었다.

우리 어머니가 들볶이고 있는 공포의 어려움을 이해하는 데는, 나는 실제로 너무 어렸고 너무 솔직했다. 오늘에 이르러서는 세월의 후퇴에 의해, 그녀는 억제할 수 없는 상상력의 희생 제물이 되어 가련한 여인으로 보일 뿐이다. 그녀보다 강한 성질의 여성이었더라면 받은 타격으로부터 회복되었을 것이지만 내 어머니의 정신 속에서는 흉칙한 날들의 추억이 현실에 머물러서, 그녀가 제대로 떨쳐 버리지 못했던 유귀(幽鬼)를 만들어 내고 있다.

자롱과 같은 사기꾼에게 있어 이처럼 겁많은 마음속에 공포심을 심어주는 것쯤은 유희와 같은 것이다. 편지에 관해 이야기를 할 필요도 없으려니와 위협의 말도 할 필요가 없다. 그는 모습을 나타내든가 이름을 대는 것만으로도 충분하다. 그러면 우리 어머니의 미칠 것 같은 두뇌가 그 뒤를 모두 수습해 준다. 나는 아직 그로부터 나를 해방시키기 위해 사용할 수단을 알지 못하고 있었다. 나는 시간을 들여 그것을 생각하고자 했다.

어머니와의 이런 대화가 있은 지 며칠 뒤에 나는 병상에서 일어났다. 병은 분명 나를 약하게 만들었는데, 앞에서도 설명한 것처럼 나는 나 자신을 완전히 다른 사람으로 느끼고 있었다. 나의 살인계획이 나를 나이들게 만든 것이다. 나는 나 자신 속에서 분명한 것을 보고 있었다.

크레망 자롱을 죽인다는 생각이 떠올랐을 때 두려움조차 느끼지 않았음을 나는 알고 있다. 내 심장은 분명 고동치고 있었다. 그러나 그것은 분노에 의한 것이었다. 그것은 긴장에 의한 것이 아니라 반대로 기쁨 속에 있는 것처럼 태평스러웠다. 그리고 내 가슴을 흔들고 있는 커다란 타격 속에는 무엇인가 관대하고 웅장한 것이 있었다.

자롱은 처음 몇달 동안, 내가 집 앞의 나무숲 속을 산보하고 있었던 무렵에는, 페리에르에 있지 아니했다. 그는 꽤 빈번히 기차를 타고 짧은 거리의 여행을 했다. 그가 하는 일에 대한 비밀을 우리에게 말하지는 않지만 우리들, 즉 어머니와 나는 알고 있었다. 그가 프로방에 갔던 것도, 소와송에 갔던 것도, 더러는 파리에까지 갔던 것도 모두 알고 있었다.

어떤 용무가 그를 이런 도시로 불러낸 것일까? 자롱은 우리의 질문에 대답할 사나이가 아니었다. 그러나 우리의 돈으로 산 시거 연기를 두 번째 뿜어 내는 사이에 우리 앞에서 털어놓는 일도 있었다.

"파리는 날씨가 무척 좋더군."

또는,

"소와송은 역시 아름다운 도시야."

그리고 또,

"프로방은 더러운 도시더라구."

라면서—. 이렇게 해서 그가 우리집에 있지 않을 때, 어디서 시간을 보냈었는지 알게 되었던 것이다.

어느 3월의 아침, 나는 집 앞의 나무숲 아래를 산보하고 있었다. 어머니는 내가 치유된 것을 보고도, 건강상 중요한 점들을 이야기하고 나자, 더 이상 나에게 할 말이 없는 듯했다. 또 나에게 흥미도 없어지자 어머니는 걸레를 들고 집안의 이 방에서 저 방으로 돌아다니며 걸레질을 했다.

그날은 유난히 맑은 날이었다. 나뭇가지는 아직 벌거숭이였지만 풀은 파릇파릇 새 움을 틔우고 있었다. 나는 흙냄새를 천천히 맡았다. 살아있다는 만족감이 말을 하고 싶다는 — 단지 혼자서 말을 하고 싶다는 욕구를 불러일으켰다.

그날 아침 나는 나 자신이 기묘한 인상을 지니고 있다는 생각을 했다. 돌연 머리속에서 내가 강력한 재산을 가지고 있는 것 같은 생각을 했던 것이다. 나는 분명 거듭난 것이며, 비밀스런 존재이며 자신도 분간할 수 없는 폭력으로 가득 찬 미래를 가진 존재처럼 생각되었던 것이다. 그것은 나를 취하게 만들었다. 눈앞에 있는, 본 일조차 없는 모든 것들을 생각하면서 나는 독한 술의 지배하에 있는 것처럼 눈을 감았다.

그로부터 잠시 후, 나는 오디르가 내가 있는 쪽으로 오는 것을 보았다. 내가 병중에 있을 때, 그녀는 한번도 찾아온 적이 없었다. 그래도 그녀는 마치 어젯밤에 이야기를 나누었던 것처럼,

"안녕!"

이라고 말했다.

"길을 청소하는 데 도와주지 않겠어? 각각 반대편부터 시작하다가 나중에는 서로 만나도록 하자구. 너에게는 갈퀴를 빌려줄게."

나는 어두운 표정으로 대답을 하지 않았다. 그녀가 나에게 해줘야 할, 다른 일이 발견되지 않는 것이 내 기분을 상하게 만든 것이다.

"어떻게 된 거야?"

그녀는 말했다.

"왜 대답을 하지 않지?"

"우리는 4개월 동안이나 만나지 못했었는데 그점에 대해서는 한 마디도 없었기 때문이야."

나는 이유를 말했다.

"병이 나를 바꾸어 놓은 걸까?"

"그래."

라고 그녀는 침착하게 대답했다.

"너 여위었어. 키가 크게 보이는 것은 아마 그 까닭일 거야. 안색이 나쁘다구. 네 눈도 그렇고."

침묵이 흐르는 시간이 있었다. 나는 오디르를 바라보았다. 만약 내가 변했다면 그녀는 평소의 그녀, 내가 알고 있는 바로 그녀였다. 분명 그녀는 예쁘다. 그녀의 예쁘고 조용하며 무엇인가 깊이 생각하는 듯한 눈은 나말고도 모두가 매료될 것이다.

그러나 그날의 그녀는 나의 어린 시절의 일부이긴 하지만, 사라져 간 모든 세월에서 내가 그 상징을 사랑하고, 나에게 강력한 감동을 가져다준 미래 속에 어떤 위치를 차지하고 있는 것처럼 생각되었다.

그녀가 그곳에 즉 내 앞에, 현실 속에, 즉 내 현실 속에 있는 것이 아주 기괴하다고 나는 생각했다. 그녀는 자롱에게 이야기를 걸었으므로, 지난날이라면 내가 화를 내는 것도 가능하다. 나는 간신히 그렇게 생각했다.

그녀는 나의 시선을 받아서 멎게 하고 잠시 후 상냥함과 내가 잘 알고 있는 고집스러움을 내세우며 나에게 물었다.

"그런데…… 길 청소하는 것, 도와주겠다는 거야?"

나는 어깨를 한 번 으쓱해 보였다.

"아니 오디르, 도와주지 않을래."

"좋아."

그녀는 말했다.

"나 곧 페리에르를 떠난다는 것, 알고 있니?"

"아니, 그건 몰랐는데."

"너의 어머니가 너에게 이야기해 주지 않았니? 나는 소와송의 아줌마 집에 가서 하숙하기로 했다. 지난번 자롱씨가 어떻게 할 거냐고 나에게 묻더라. 그때 너의 어머니가 그곳에 있었는데 내가 아무것도 모른다는 것을 알아차리셨어. 마드모아젤로는 이제 도움이 안된다고 너의 어머니는 말했었어."

마드모아젤이란 1주일에 세 번, 페리에르에 와서 우리들, 즉 오디르와 나에게 수업을 해주는 가정교사였다. 나는 기쁨의 미소도, 이 순진한 질문도 참을 수가 없었다.

"마드모아젤은 가고 말았니? 그럼 나는 어떻게 되는 거야?"
"너는 파리의 고등학교로 가는 거야."
"누가 너에게 그런 말을 했니?"
"내가 잘못 알고 있는지 어떤지는 너도 곧 알게 될 거야."
오디르는 말했다.
"자, 너에게 갈퀴를 줄거야. 너는 어떤 방향에서든 길을 청소하라구. 나는 반대 방향으로 갈테니."

그녀는 내 손을 잡으려고 했다. 나는 서둘러 자리를 피했다. 실제로 길을 청소할 생각이었다. 그러나 나는 그 소녀와 그녀의 작업을 그곳에 남겨둔 채, 집 뒤꼍으로 달려갔다. 그리고 새로운 사태를 생각하기 위해 혼자서 벤치에 앉았다. 보물을 감정하기 위해서는 적당히 물러서서 보는 것과 마찬가지로 — .

나같은 어린 시골뜨기의 눈에는 파리로 가는 여행 그 자체가 어쩐지 세계일주 비슷한 경이적인 일이었다. 그리고 만약 내가 일찍이 이야기한 — 단지 혼자서 능란하게 이야기했다면 그것은 분명 이날, 이때의 일이었을 것으로 생각한다.

잠시 후, 어머니를 찾으러 가기 위해 집 앞을 지나가는데, 나는 멀리서 길을 쓸고 있는 오디르를 보았다. 그녀는 — 그녀의 손에는 너무 무거워 보이는 갈퀴가 들려 있었고 그 서투른 동작은 나로 하여금 내가 좀 덜 바빴더라면이라며 후회케 만들었던 것 같다. 그녀의 긴 머리카락은 얼굴 양쪽으로 흘러내리고 있었다. 그녀가 너무 열심히 작업을 하면서 머리를 숙이고 있었기 때문이다.

그것은 아주 오래 전의 일이지만, 우리가 함께 거실에 깔려 있던 융단 장식의 기묘한 무늬를 내려다보며 놀 무렵의 일을 나로 하여금 생각나게 하였다. 그녀의 헝클어진 머리카락이 양털 풍경 속에서, 사람이 숨어 있는 이상한 나무들을 쓸어대고 있었고, 오디르의 침묵에 내가 넋을 잃었던 무렵의 일 말이다.

실제로 나의 어머니가 나를 파리로 보낼 계획을 실현할 때가 왔다. 그러나 나는 아직 완전히 회복되어 있지 않았는데다가 대휴가(大休暇)가 앞으로 3개월 반밖에 남아있지 않다는 이유로, 그녀는 나의 고등학교 입학을 내년으로 결정했다. 기대에 어긋났다! 그렇건만 오디르는 며칠 후 소와송으로 떠났다.

그후 2주일 동안을 나는 바쁘게 보냈다. 나의 어머니가 내 간청에 못이기어, 마드모아젤에게 틈을 내어 나를 가르치게 했던 것이다. 내 의무는 내가 혼자서 해낸다는 것을, 단순히 나에게 맡기고, 그것을 내가 이해하면 된다는 것이었다. 크레망 자롱은 오디르가 출발한 다음날 페리에르에 돌아왔다. 그리고 그는 우리집에서 익숙해진 생활로 복귀한 것이다.

우리의 생활 습관이 된 패턴은 그 근저(根底)에서 영구히 변하고 말았다. 그렇다면 나는 그 우리 습관의 준수를 위한 봉이 되고 말았던 것일까? 이토록 많은 것들 가운데서 나는 자기가 새로운 마음을 가지고 있다는 것을 모르고 있었던 것은 아닐까?

실제로 나는 페리에르를 떠날 수 없다는 기만(欺瞞)에 몇시간이나 망연하고 있었으며 오디르가 나에게 그녀의 출발을 고하기 전에,

내가 그러했었다는 것을 이윽고 다시 발견했던 것이다. 나는 범죄를 완수했을 때 페리에르를 떠난다!

다분히 우리 어머니와 크레망 자롱은 같은 시각에, 식탁에 앉는 등, 과거부터 해왔던 것처럼 계속 살아갈 것이다. 그러나 지금 그들 사이에 자리를 차지하는 것은 살인자였던 것이다. 그들이 어쩌면 악의가 없는 아이에 지나지 않을 것으로 생각한다 해도 말이다. 이 외모로 조용한 분위기가 나를 놀라게 한다. 나는 무서운 결심을 했다. 어찌 아무 일도 안 일어난다고 할 수 있겠는가. 다분히 나에게는 내가 하고자 하는 것을, 해낼 만한 능력이 아직은 충분하다고 말할 수 없다.

그러나 내 오른쪽에 앉아 있는 이 사나이는 내 손이 나이프라든가 포크를 사용하고 글라스를 입술로 가져가는 것을 보고 있다. 그리고 그의 것에 비교하면 유연한 손이, 어느 날인가 그를 죽음으로 빠뜨리라고는 ─. 그는 그것을 의심한 적도 없단 말인가? 그것을 그에게 알려주는 무엇인가가 없었단 말인가?

범죄는 그 착상(着想)이 범죄하는 자의 정신에 나타난 순간부터 존재한다. 절대적 심판자의 눈에는 수행(遂行)의 필요가 있는 것일까? 그래서 온종일 보고 있는 두 사람의 인물에게 사람은 범한 죄를 숨길 수가 없다. 반드시 어떤 말이든 눈초리로 자기자신을 배반하고 말 것이다.

내가 자롱을 죽이겠다는 계획을 세웠을 때부터 눈에 보이지 않는 어떤 것이 집안으로 숨어든 것 같은 기분이 들었다. 그리고 호기심에서 용케도 피하기 위해 그놈은 내 속에 숨어서 내 목소리와 내 행동을 자기 것으로 만들었다. 내가 고기를 자르기 위해 나이프를 손에 잡으면 손가락 사이에서 그 은(銀) 자루를 떨게 하는 것은 그놈이었다.

내 눈이 자롱을 향하면 그놈은 나에게 말하는 것이었다.
"그러다 너는 대체 어쩌자는 거야?"
그것은 나 대신 바라보고 있는 다른 것이었다. 그리고 나는 그가 보고 싶어하는 것을 보았을 때말고는 고개를 끄덕이지 않았다.
누군가가 나에게 폭력을 쓰게 했다고도 할 수 없고, 어떤 사나이를 죽이겠다는 생각은, 만약 내가 그에게 약간의 저항이라도 가했다고 한다면, 내 마음이나 머리속에 산류하는 것조차 없었을 것이라고 생각된다. 그것은 돌연 내 속에서 일어난 것이지만 그것을 밀어내는 것은 용이했다.
그러나 나는 그렇게 하려고 하질 않았다. 마음을 끄는 것이 있었고 아름답게 보였기 때문이다. 만약 그것이 내 속에서 일어나지 않았다 하더라도 나는 그 앞으로 달려갔을 것이다.
내 신상에서 계속되었던 정온(靜穩)은 지나간 것들의 중요성에 대하여 나를 속였다. 그리고 오디르의 출발이 내 정신을 잠시 다른 길로 데려갔다. 그러나 내가 말한 것처럼 나는 계속하여 전에 있었던 곳에서 자신을 발견했던 것이다. 그러면서도 나는 분명 똑같은 점에 있었던 것일까? 아니, 다르다. 완만한 작업을 완료했다.
나는 모르는 사이에 많은 지반을 양보하고 말았다. 내가 2, 3일 전의 나에게 본 것과 똑같다고 하는 것이 올바르다면, 마찬가지로 내가 자유롭지 못하다는 것도 사실인 것이다.
독자는 아마도, 나에게 이상한 일이 있음을 발견하고, 나에게서 일어나고 있는 일에 대하여, 내가 큰 공포에 사로잡혀 있다고 믿을 것이리라. 그러나 다르다. 내 새로운 상태는 나를 겁나게 하지 않았다. 매일 나는 내 의지가 약해져서, 말하자면 내 속에서 서서히 자라나고 있는, 그 또다른 의지에 의해 흡수되어가는 것을 느꼈다.
이러기 이전에 나의 육체, 나의 목소리, 나의 동작을 사로잡고, 그 위에 내 심장과 내 두뇌를 바라고 있는, 그 이상한 존재에게, 나는 매일 조금씩 여분(餘分)의 장소를 양보하고 있었다. 나는 내 속에 있는 죄의 생각을 함으로써 그 모든 것에 동의했던 것은 아닐까.

이런 생각은 정신이 받아들이고, 그 다음 생각이 그것을 향하면 다른 생각으로 바뀌면서 배척하는 그런 것은 아니었다. 그것은 나에 의해, 나의 살에 의해 배양되며, 낮이고 밤이고 나에게서 떨어지지 않으면서, 우리처럼 조직화된 것으로서 숨을 쉬고, 이야기하고, 살아 있는 생각이었다.

나는 이미 이것에 의하지 않는 다른 것은 아무것도 바라지 않았다. 내 두뇌의 활동을 인도해 주고, 내 심장의 감정을 정리해 주는 것은 그것이었는데, 나는 이제, 그 내가 빠져든 예속(隸屬)을 인정하고 즐기지 않으면 안된다는 것밖에 남아있지 않았다.

사실 모든 두려움이 사라지고 모든 약점이 금방 방심하면 안되는 강점에 의해 구제되는, 이 새로운 길에 아주 멋지게 인도되어 간 것을 어찌 기뻐하지 않을 수 있겠는가. 나는 내 적(敵)을 죽이기를 원하고 있었다. 그런 계획을 이제 중단할 수는 없다.

이 이야기의 실타래를 풀어서 그 끝으로 가져가기 전에 또 한 가지, 지금까지 읽어온 것보다 더 이상하게 생각되는 점을 어서 얘기해야겠다고 생각한다.

크레망 자롱을 죽이겠다는 결심이 내 속에서 굳어져 감에 따라 이 사나이에 대하여 내가 품고 있던 미움은, 그것이 단계적으로 없어지기까지 줄어갔으며, 내 속에서는 이미 죽이겠다는 욕구밖에 남아있지 않게 되었다.

어쩌면 그것은 처음 보았을 때와는 달리 아주 단순한 것이었던가 보다. 나의 자롱에 대한 불만, 우리의 식탁에 앉아 있는 그를 보는 분노, 나의 굴욕, 나의 초조감, 이 사나이에 대하여 내가 품고 있던 증오를 만들어 내는 모든 부분은, 내 과거의 상태, 자롱이 오디르에게 이야기를 거는 것을 보고 다시 느꼈던 것, 내 질병의 예후(豫後)에 어머니가 나에게 가르쳐 주었던 것 등에서 온 것이 아닐까?

그러나 그렇게 되면 이 참을성 많은 겁쟁이의 존재는, 내가 된 새 인물에게 장소를 열어주기 위해 조금씩 물러서 갔다. 분명 폭력적인 사나이인데, 그 적을 쓰러뜨리기 위해서는 떨지도 않으려니와 유예도 하지 않는, 가장 유효한 수단과 제일 좋은 시기를 알고 있는 사나이이다.

나는 지금부터 살인자이다. 다른 사람들이 그곳에 사랑을 담고 있는 것처럼, 나는 마음에 범죄를 담고 있다. 내 어머니는 나를 안을 때 살인자를 안는 것이다. 자롱은 나에게 이야기를 할 때 그의 살해자에게 이야기를 하는 것이다. 이것은 내가 앞서 이야기했던 바이기도 하다. 우리집에서는 겉으로는 거의 변한 것이 아무것도 없었다고 내가 썼다 하더라도 실제로는 모든 것이 변해 있었던 것이다.

내가 크레망 자롱과 빈번하게 이야기를 나누었고, 그를 따라 종종 외출을 했다 하더라도 놀랄 일은 아니다. 그것이 왜 나쁘단 말인가? 나는 그에 대하여 아무런 감정도 가지고 있지 않았다. 그를 피하기는커녕 오히려 나는 그에게 동료가 되어 줄 것을 요구했다.

그가 하는 말에 흥미를 가지고, 그의 성격에 대해서는 헤아릴 수 없을 정도의 고찰을 더했던 것이다. 그가 죽는다는 사실, 더구나 내 손에 의해 죽는다는 것은, 내 눈에, 그때까지 내가 보았던 것과는 전혀 다른 면모를, 그에게 주고 있었다.

연민(憐愍)이란 면에서는 아무런 흔적도 없지만 호기심이란 면에서는 그의 옆에 있는 것이 기묘하게 즐거웠다. 그런데다가 이따금 나는 스스로도 놀랄 정도로 자롱에게 상냥하게 대해 주었다. 그런 점에서는 그도 놀라는 것 같았는데 내 어머니의 눈초리도 그때는 비난과 함께 일종의 나무람이 있었던 것으로 믿고 있다. 결국 나는 무언가 잘못되어 있었던 것이다.

내 어머니는 건망증이 심했으므로 그녀의 불행을 나에게 털어놓고도 동시에 그런 일이 없었던 양 행동한 것을 나는 분명히 기억하고 있다. 오랫동안 위구(危懼)의 습관으로 인하여 그녀는 불안한 듯한 표정과, 자롱이 큰 소리를 질렀을 때 어깨부터 움츠리는 곤란하다는 처신을 잘 알고 있었다. 그러나 그것은 그녀에게 있어 이제 대단한 것이 아니었다. 그녀는 괴로운 나머지 피난처를 향하여 거의 무관심한 길을 택하기에는 나이가 너무 많았다.

내가 일하지 않는 것을 말할 필요가 있을까? 내 어머니의 정신에는 내 공부가 어디에 있는지, 나에게 물으려는 생각은 결코 없었다. 따라서 그런 점에 있어서는 완전히 자유였다. 하루 온종일 그런 가운데서 나는 내심(內心)으로 큰 정적(靜寂)을 즐기며 하루를 보냈다.

나는 나 자신과 함께 있으면서 평화를 느꼈다. 다른 한편으로 내 건강은 회복되었고 내 힘은 증진되어, 시간이 흐름에 따라 그 감흥의 선동적인 것 모두가 말로는 표현할 수 없는 것처럼 되었다. 그리고 새로운 계절의 더할 나위 없는 즐거움 — 새들, 파란 잎들, 따뜻한 하늘 —. 내가 행복에 대해서 이야기하더라도 놀라지 말기 바란다.

나는 양서(良書)라고 불리는 바람직한 것들을 자진해서 읽는다. 우리 아버지의 서재는 그런 것들로 가득 차있었다. 그러나 오늘 내가 그곳에서 찾아낸 기쁨을 말하기에는 방해되는 것이 많을 것 같다. 아마도 그책들은 무엇인가의 형태로 내가 이야기한, 마음과 정신의 정적에 대답하고 있었다.

그리고 그 위에 나에게는 내가 머리속에서 맴돌게 하고 결코 나에게서 떠나지 않는 살인사고(殺人思考)에도 불구하고 선량(善良)하며 자기를 올바르게 느낀다고 하는 큰 원망(願望)이 있었던 것이다.

만약 내 어머니가, 나의 소일(消日)하는 방법을 나에게 질문했다면, 나는 그녀가 요구하지 않는 것까지도 상세히 그녀에게 대답했을 것이다. 평소 이상의 정확성으로 노력하고 자세한 것의 진리에 경의(敬意)를 표하기를 기뻐하면서도 비록 다른 방면에서 거짓 속에 깊이 빠져들어 있다 해도 말이다.

나 자신과 싸우는 내 양심의 진실이 그곳에 있었을까? 나는 이 어려움을 남에게 맡긴다. 그러나 나는 만약 악마가 존재한다면 선(善)이 이렇게 해서 악(惡)에게 이기는, 무의미한 복수에 폭소(爆笑)할 것이란 것을 잘 알고 있다.

이 정적(靜寂)의 시기에 활동의 시기가 계속되었다. 그렇기는 했지만 과격하지 않은 활동으로 단지 내가 해결하고자 하는 문제는 숙시(熟視)할 것이다. 즉 자롱으로부터 나를 해방시키는, 최선의 방법을 발견해낸다는……. 그 기간 동안 나는 책을 읽을 수가 없었다. 그리고 나는 내가 해야 할 것을 반드시 나에게 들려주는 일을 거르지 아니했다. 일종의 내부(內部) 소리가 명령하는 것에 따르는 것 외에는 움직이지 않았다.

만약 예를 들어 자롱이 함께 외출하자며 나에게 부탁을 하면 그 목소리는 나에게 '승낙하라'고 말했다. 또는 보다 낮게 '거절하라'고 그의 말이 끝나기 전에 말했다. 나는 기꺼이 따르는 것이었다.

어느 날 밤이 되자, 내가 죄를 범하리란 것이 결정되었다. 그 일을 위해 나는 적당한 나이프를 준비해야 했으며, 그것을 조리담당 여자가 채소밭에 나간 사이에 부엌 속에 감추어 둔다. 나는 그런 도둑질을 스스로 하고 나서 오후의 한때를 집 뒤꼍에서 그 나이프를 갈고 날을 세우는 데 소비했다.

  그것을 가급적 반짝반짝하고, 날카롭게 하여 잘 들도록 갈자 두어 장의 수건에 싸서 내 방에 있는 장롱 서랍에 숨겼다. 그런 다음 나는 해가 지기를 기다렸다가 평소와 마찬가지로 어머니와 크레망 자롱 사이에 앉아서 저녁 식사를 했다.

  나는 묵묵히 있었지만 마음속에는 이상한 아주 즐거운 냉정함이 가득 차있었다. 내 어머니는 그다지 이야기를 하지 않았다. 자롱은 게걸스럽게 먹으면서 재미도 없는 이야기를 길게 해댔다. 나는 자신에게 이런 말 하는 것을 막지 못했다.

  '이 사나이는 먹보이다. 그리고 그가 이 고기와 야채를 다 소화시키기 전에 생명이 그의 몸에서 떨어져나가고 말 것이다.'

  자롱이 그때를 기다리며 그의 음식에 대드는 것이, 그런 일종의 열의(熱意)가, 나에게 알려준 평범하고 비속한 고찰(考察)이다. 그리고 나는 자롱에 대해서는 생각하지 않았다. 그를 죽이는 방법밖에 생각하지 않았던 것이다. 그것은 실로 여러 가지가 있다.

  만약 그의 심장을 찔렀을 경우, 나의 타격이 너무 높아지든가 너무 낮아지는 위험이 있다. 제일 좋은 것은 구원을 요청하지 못하도록 목에 상처를 입히는 것이었다. 그리고 최후 순간의 암시(暗示)에는 완전한 자신감이 있었다. 이 사나이 위에 나이프를 쳐들어올렸을 때 주눅이 들지는 않을 것이고 내 일을 잘해낼 수 있다는 것도 알고 있었다.

  내가 순식간에 실신을 한 것은 내 방에 올라갔을 때였다. 발작이 시작되었을 때 내가 어떻게 될 것인지 나는 자문(自問)했다. 반드시 일어날 수 있는 일이었다. 그리고 1분간, 나는 공포심 속에서 사고력을 잃었다. 그러나 그것은 오래 계속되지 않았다. 나는 생각을 얼른 바꾸었기 때문이다.

17세도 채 안된 너무 어린 내 나이가 나를 사형(死刑)의 범위 밖에 두고, 또 죽음을 제외한다면 여하한 처벌도 내 계획이 가져다주는, 신비적 기쁨에 비교될 수 있는 것이 아니었다. 나는 그때 밤의 정적 속에서, 내 목소리를 들었다.

"너에게는 그것이, 네 숙부가 파스칼리스씨에게 써준 편지 때문이라고밖에 말하지 않을 것이다. 그것은 네 기다란 베개 밑에 있는 자롱의 지갑 속에서 발견될 것이다."

"예."

나는 낮은 목소리로 대답했다.

"너는 참을 수 없는 상태를, 어머니의 심한 고통을 멎게 하기 위해 행동을 일으켰지?"

"예."

나는 다소 높은 목소리로 말했다. 목소리는 잠시 멎었다가 심각한 어조로 이어졌다.

"너를 그곳에 밀어붙인 것은 네 어머니라고 너는 생각하는구나."

나는 일어섰고 심히 흥분된 상태로 발을 구르며,

"예."

라고 외쳤다.

반 시간 후에 나는 자롱이 제일 좋은 방을 점령하고 있는, 1층으로 내려가서 계단 중, 지난날 우리 어머니가, 그녀의 적(敵)이 내는 호흡 소리를 듣기 위해, 웅크리고 있던 장소에서 그리 멀지 않은 곳에 자리를 잡았다. 11시경이었을 것이다. 자롱이 10시에 잠자리에 들고, 곧 잠이 든다는 것을 나는 잘 알고 있었다. 실제로 그의 방에는 불이 꺼져 있었다.

나는 나이프를 손에 들고 있었다. 내 어머니가 한 것처럼, 올라가는 대신 나는 자롱의 방문에 당도하기 위해서는 다시 4, 5계단 내려가지 않으면 안된다. 왜 명령된 것처럼 내가 처음부터 그 문에까지 내려가지 않았는지, 지금에 이르러서도 아직 나는 이해하지를 못한다. 무서웠던가? 그렇게 생각하지는 않는다.

그리고 만약 내 손이 떨렸다 하더라도 그것은 초조감 때문이었을 것이다. 그러나 나는 벽에 기댄 채로, 잠자는 자의 힘찬 숨소리를 듣기 위해 숨을 죽이고 있었던 것이다.

그 소리는 얼마나 내 마음을 끌었었던가? 관능적인 쾌락을 가지고 서서히 깊은 선율을 관찰했다. 나는 감미로운 음악처럼 그 소리로 내 귀를, 내 머리를 만족시켰다. 그것을 너무 들었기 때문에 그것은 이미 한 사람의 숨소리가 아니라 어둠의 호흡 그 자체라는 생각이 들었다. 동시에 나는 귀에 익은 내 목소리도 들었다.

"때가 왔다."
라고 그것은 말했다.
"나아가라. 그 세 개의 계단을 오르라. 문을 열고 그의 침대로 달려가라. 나아가라. 오르라!"

나는 움직이지 않았다. 내 사지(四肢)는 이미 시키는 것을 듣지 않았다. 처음에 나는 그것을 알지 못했다. 목소리가 더욱 긴박해졌을 때, 다리를 움직여 보려 하다가 나는 겨우 내 무능함을 알아차렸던 것이다. 이와 마찬가지로 꿈속에서 팔이나 손을 움직이려고 해도 안되는 수가 있었다. 나는 돌로 만들어진 몸속에 갇혀져 있는 인상이었다.

이때 기묘한 일이 일어났다. 내가 몇주일 전부터 듣고 있던 속삭임과 외침의 소리, 그 소리가 갑자기 딱 멎고 만 것이다. 그것은 돌연 사라지고 만 등불에 비유할 수는 없다.

몇분 동안 나는 현기증을 일으켰다. 그리고 돌연, 공포가 나를 엄습했고 그런 다음에야 사지(四肢)의 기능을 나에게 돌려주었던 것이다. 나는 내가 내는 소리에 신경을 쓰지 않으면서 가급적 빠르게 계단을 올라갔다. 내 방에 들어가자 나는 완전히 공포에 떨면서 침대에 쓰러지고 말았다.

나는 갑자기 2개월 전으로 거슬러 올라갔고, 그때 자신이 어떠했었는지를 — 모든 위구(危懼)와 유일한 생각이 혐오와 혼동되어 있었던 죄를 범하고자 했었다는 공포와 함께 떠오르고 있었다.

다음날, 그러나 나는 아주 냉정해져서, 전날 밤, 내가 실패하기 이전의 정신적 경향과 똑같았다. 눈을 뜬 다음, 내 목소리가 나에게 이야기하는 것을 들었다.

"바보 같은 놈!"

이라고 그 목소리는 말했다.

"왜 어제 저녁때, 그 사나이를 죽이지 않은 게야? 절호의 기회였는데……"

그리고 그 목소리는 대단히 경멸하는 어조로 덧붙였다.

"너는 무서웠던 거야!"

'나는 무서워하지 않았던 것 같은데……'

나는 이렇게 생각했다.

'만약 네가 끝까지 말해 주었더라면……'

그러나 이런 나의 생각에 대하여 금방 대답해 주지는 않았다.

"혼자서 걷는 습관을 기르는 게 좋겠다."

라고 그 목소리는 즉각 말했다. 나는 일어나서 옷을 주워입었다.

"너는 오늘 밤에 또 감행할 것이지?"

라고 목소리가 또 말했다.

"오늘 밤에는 네 나이프를 주머니 속에 넣어두라구."

내 나이프 —. 나는 그것을 어떻게 했던가? 나는 혼란 속에서 그것을 잃어버리고 말았다.

"서랍 속에 있어."

목소리가 나에게 대주었다. 나는 서랍을 열었다. 사실이었다. 나이프는 두 장의 수건에 정성껏 싸인 채 그곳에 있었다. 나는 무심코 그것을 그곳에 넣어두었던 게 분명하다.

나는 잠시 후 아래로 내려갔는데 계단을 내려가다가 어머니를 스쳐 지나가게 되었다. 그녀는 옷잇 두 개와 베갯잇을 안고 서두르는 것 같았다.

"안녕! 어머니."

"너였구나."

그녀는 내가 그녀를 난폭하게 잠에서 깨게 한 것처럼 퉁명스럽게 말했다.

"우리 아들이었어. 나는 너에게 키스도 안해 주고 네 옆을 지나칠 뻔했구나. 너는 무슨 일이 일어났는지 모르지? 속죄회 부인이 오늘 아침 나에게 전보를 쳤단다. 오디르가 병에 걸렸다고 ─. 자롱이 소와송에 갔단다. 반 시간 전에 ─ 그가 그녀를 데리고 함께 올거야."

"그녀가 어떻게 되었다구요?"

"나는 아무것도 모른다. 그애는 아주 건강했었는데 말이다. 그애는 참 좋은 애야. 어서 가봐야겠다. 그애 방을 치워놓아야 하니까."

그리고 그녀는 종종걸음으로 사라졌다. 나는 혼자서 점심을 먹은 다음, 나무숲 밑으로 산보를 하러 나갔다. 6월이 시작되고 있었다. 날씨는 맑았는데 아직 9시도 안되었건만 너무 무더웠다. 때마침 미풍이 불어서 길게 자란 목초를 흔들어 놓았는데, 그때 내 눈앞에 펼쳐진 초원은 풀과 흙냄새를 싣고 내 위에서 관능적으로 호흡하고 있는 것처럼 생각되었다.

나는 그날 아침 행복하지 못했다. 나는 우리들 ─ 오디르와 내가 어렸을 때 놀았던, 큰 전나무 숲속으로 몸을 숨기러 갔다. 지금 그 가지 밑에는 표현하기 어려운 고독이 있었다.

아마도 같은 시각에 자롱은 오디르와 한참 이야기를 나누고 있을 것이다. 그것이야말로 나에게는 재미없는 일이었다. 그런 감정을 느끼지 못했던, 기나긴 몇주일인가가 있었는데, 그 지나간 밤부터 나는 또 이따금 옛날의 슬픔 속에 빠져드는 것이었다. 그것은 발작적으로 찾아왔다. 이따금 나는 그것을 거역했다. 보다 많은 경우는 그 약함에 따르고 만다. 실로 조금 저항한 다음, 잠에 빠져들듯이 —.

한순간 후에 나는 들판에서 굴렀다. 풀은 키가 커서 나를 완전히 숨겼다. 태양은 아직 그 근본(根本)까지 적시지는 않고 있었다. 그리고 풀은 그 밑에 밤이슬의 선선함을 모두 지키고 있었다. 내 몸이 물에 젖어 있는 것처럼 생각되었다.

멀리 자작나무 옆에서 들일꾼이 그의 풀 베는 기계 위에 앉아서, 들판 한쪽 끝으로부터 저쪽 끝까지 가며 노래를 부르고 있었다. 꼭 한 시간을 이렇게 흘려보냈다.

눈을 감자 대지(大地)가 나를 밀어올리어, 목적지도 없이 이곳저곳으로, 하늘의 오른쪽 왼쪽으로 데려가는 것 같은 인상을 받았다. 나는 아무것도 생각하지 않았다. 들판 한쪽에서 다른 한쪽 방향으로, 마치 공중에서 유보(遊步)하는 신비적 존재처럼 왔다갔다하는 노래를 나는 듣고 있었다.

그러나 풀 베는 사람이 우묵한 곳, 돌로 만든 가축의 구유가 있는 그곳에 숨고, 그 노래가 이제 들리지 않게 되자 막막한 불안이 나를 사로잡는 것이었다. 나는 외톨이, 틀림없이 외톨이가 된 나 자신임을 느꼈다 무엇인가가 바로 내 옆을 지나갔다. 내 얼굴로부터 몇m 밖에 안되는 곳을 날아간, 그러나 보이지 않는 새와 같이 —.

그런 다음 침묵 속에서 그 이상한 소리가, 땅 위에서 들려오는 그 어떤 소리와도 비슷하지 아니한, 내 머리속에서인지, 들판의 아주 먼곳인지, 아주 가까운 곳인지에서 들려오는 소리가 있었다. 그것은 올라가고 있었다. 분명 그것은 내 목소리였다.

그것은 한 시간 가까이나 침묵하고 있었다. 그날 아침 내가 전나무 밑에 있었을 때 나는 그것을 듣지 못했으며 그것이 나에게 남긴 이상한 공허(空虛)는 나를 번민케 했다. 그러나 이렇게 해서 또다시 올라갔다. 하지만 이 얼마나 이상한 일이란 말인가—. 그것은 이제 이야기를 하지 않았다.

노래를 하고 있다, 풀 베는 사람의 노래를 반복하면서—. 그러나 더욱 예리하고 단조롭게 말이다. 덧붙이고 있다고 할 수도 있으리라. 그리고 단숨에 그것은 전율(戰慄)을 위시하여, 다음에는 놀라운 속도로 상승했다. 돌연 내 귓속에서, 뇌수(腦髓) 속에서, 큰 절규를 들었는데 그와 거의 동시에 언덕을 올라가는, 풀 베는 사람의 소리가 들렸다.

5, 6회 나는 그 절규를 들었다. 그때마다 그것은 보다 큰 절망을, 거의 초인적(超人的)인 광대한 절망을 터뜨려 보였다. 그것은 무엇인가의 말을 목소리로 내려고 하는 벙어리의 절규와 같은 것이었다. 풀 베는 사람의 부재(不在)가 이어지고 있는 사이에 나는 땅에 못 박혀 있는 것 같은 생각이 들었다. 내 피는 내 목의 동맥 속에서 뛰고 있었다. 새가 날아오르는 것처럼, 내 밖에서 느껴지는 그 분노를 나는 두려워했다.

풀 베는 사람이 나를 의식하며 내가 있는 데서 상당히 가까운 곳을 지나갈 때 나는 그를 불렀다. 우리는 몇마디 말을 나누었는데 그가 다시 사라지기 전에 나는 도망쳤다.

나는 우선 집으로 달려갔고 그곳에서 생각을 정리하기 위해 내 방에 들어가 앉았다. 열려 있는 문으로, 복도를 지나가던 어머니가 생각에 잠겨 있는 나를 보고, 내가 그처럼 음울하게 있는 이유를 물으러 들어왔다. 만약 그녀가 그점을 눈치챘더라면 오디르의 병 때문이라고 믿었을 것이다.

그러나 그녀는 3시간 전에 받은 전보에 대해서 이미 벌써 잊어버린 것 같았다. 1천 가지의 자질구레한 일들이 그녀의 정신을 어지럽히고, 또 이 연로하여 멍청해진 머리속에서는 당면한 일로서 검사할 필요가 있는 속옷 세탁물 외에 아무것도 들어있는 것이 없었던 것이다.

몇분쯤 후에 나는 또 외출을 했다. 이 집안에서는 무엇인가가 내 뒤를 따라다닌다. 내 주위에서 곤충이 날아다니며 날개 소리를 내는 것처럼 ─. 잠시 후 나는 나무숲 밑을 산보하고 있었다. 그리고 잔디밭 가장자리에 있는 전나무 밑으로 도피했다. 그곳이 내 목소리가 울려퍼지는 범위의 외측(外側)이라고 믿었기 때문이다.

그리고 사실로 그 나무 밑둥 쪽에서 나는 아무것도 듣지 못했다. 나는 나뭇가지 사이에서, 풀 베는 사람이 바람의 소용돌이로 넘실거리던 키큰 풀들을 베어 버린 지금에 이르러서는, 이미 호흡을 하지 않는 광선으로 하얗게 된 들판을 바라보고 있을 뿐이었다. 마치 그가 자랑하는 목소리로 시종 노래부르면서 즐거운 듯, 그가 그를 암살하고 만 것 같았다.

길고 긴 4분지 1시간이 지났다. 나는 그토록 중대함을, 오디르의 귀환에 오로지 연결시키고 있었던가. 그것은, 나로서는 말할 수 없겠지만, 그러나 나는 아주 신경질적이고 주저앉지 않고는 안될 정도로 지쳐 있는 나 자신을 느꼈다. 내가 이 나무 밑에 있을 때 느낀 것은 여기서 그다지 멀지 않은 곳인, 이 나무 그림자 밑에서 나간다면, 무엇인가 불길한 일이 일어날는지도 모른다는 점이었다.

검은 나뭇가지 사이로 이제는 이미 풀 베는 사람도 없어진 들판이 보였다. 그것은 음침한 모습을 드러내고 있었다. 예를 들면 그 위로 거대한 흉조(凶鳥)가 빙글빙글 돌면서 노려보듯이 ─. 이 얼마나 위태로운 일인가라고 나는 생각했다. 그렇다고 내가 위험을 느낀대서야! 더위는 더 심해졌다. 하늘은 조금씩 내려앉는 것처럼 보였다.

그때 자롱의 차가 나무 밑에 와서 멎는 것이 보였다. 나는 벌떡 일어났다. 어쩌면 오디르는 내가 있는 쪽으로 얼굴을 돌릴 것이다. 그녀가 나를 발견하고 최소한 내가 나무 밑에 숨어 있는 것을 알아차리기를 나는 원했다.

그러나 그녀가 자롱의 도움을 받으며 차에서 내려와 한눈 한 번 팔지 않고 곧장 집으로 향하는 것을 보고 나는 기대가 어긋났다.

오디르는 그날 점심 식사를 하러 나오지도 않았다. 그러나 어머니와 자롱의 대화에 의해 그녀는, 전보를 보고 걱정했던 것만큼 나쁘지는 않다는 것을 알 수 있었다.

전날 밤 그녀는 실신을 했었다. 그래서 속죄회의 부인들은 그녀를 자기네들 집에 머무르도록 할 수가 없었다. 즉 학교는 병원이 아니다, 그리고 이 소녀는 부모 곁에 있어야 간병을 제대로 받을 수 있다고 그녀들은 말했던 것이다.

"다시 말해서 그녀들은 불행이, 다른 학생들을 겁줄까봐 두려워했던 것이란다."

라고 내 어머니는 화도 내지 않고 말했다.

"불쌍한 아이야."

그녀는 낮은 목소리로 덧붙였다.

"어떻게 해야 하는지 모를 일이다."

그때 자롱은 주머니에서 경제신문을 꺼내더니 커피잔을 들면서 읽기 시작했다.
"무엇이 엄마에게 그런 말을 하게 하는 겁니까? 어머니?"
나는 물었다.
"그녀가 다소 좋아졌기 때문인가요?"
어머니는 주위를 의식하며 피하는 눈치였다.
"반대되는 말은 안한다."
라고 어머니는 말했다.
"그러나 오디르가 죽을 때는…… 분명한 이유도 없이 그렇게 될 거라는 생각이 든다."
"그건 왜요?"
나는 다그쳤다.
"너는 그것을 나에게 꼭 대답하라는 것처럼 묻는구나. 우리 아들아, 틀림없이 그애는 왠지 누구에게도 말할 수 없는…… 그런 죽음을 할 것이야. 그리고 나는 그애에 대해서는 아무것도 모른다."
"그래요."
자롱이 신문을 내려놓으며 말했고, 그의 코안경 위로 우리 어머니를 바라보기 위해 머리를 숙였다.
"그애는 당신에게는 완전히 남이니까요."
"그럼, 당신에게는요?"
라며 나는 대들듯이 물었다.
"나에게는……라고 물었나?"
그는 나를 바라보며 말했다.
"나를 이 이야기에 끌어넣는 것은 무슨 이유야?"
나는 대답하지 않았다.
나를 잠시 바라본 다음 그는 어깨를 한 번 으쓱하더니 신문을 접어서 주머니 속에 넣었다. 그리고 그는 일어서서 자기 방쪽을 향하여, 내 어머니와 내 앞을 지나치며 몇발짝 걸어갔는데 깊은 숙고에 잠겨있는 것 같다.

하녀가 커피를 들고 식당에서 나오자 자롱은 식탁 앞에 와서 섰다. 그는 난로에 등을 돌리고 손가락 끝을 식탁보 위에 걸쳐놓으면서 우리에게 얼굴을 돌리고 무언가 말을 하려는 듯 우리를 바라보았다. 내 어머니와 나는 그가 있는 쪽에 눈길을 보냈으나 입은 열지 않았다. 그가 갑자기 무게를 잡으며 우리에게 침묵을 요구했기 때문이다.

잠시동안 망설이다가 그는 코안경을 벗고 우리들에게서 눈길을 떼지 않으며, 그의 겉옷으로 손을 가져갔다. 그리고 속주머니 있는 곳을 뒤지더니 자기 지갑을 꺼냈다. 우리에게 보라는 듯이 말이다. 어머니 얼굴이 새빨개졌다. 그는 미소를 지으며 엄지와 검지로, 지갑 사이에 끼어 있던 두 통의 편지를 꺼냈으며, 그것을 우리에게 어서 보라는 듯 관자놀이에까지 끌어올렸다.

우리 어머니의 행동으로, 어머니가 하고자 하는 이야기의 뜻을 짐작할 수 있었는데, 자롱은 그것은 아무 소용없다고 말하는 듯, 고개를 가로저으며 지갑을 다시 주머니 속에 넣고 난로 옆으로 향했다.

그곳에서 거의 종교적인 엄숙한 분위기로 그는 벽에 걸려 있던 상자 속에서 성냥을 꺼내고, 그것을 돌 위에 문질러 불을 붙이더니 들고 있던 편지에 각각 불을 붙였다. 그는 두 손가락 사이에 한 통씩 들고 팔을 난로 바닥 위로 뻗었다.

종이 가장자리를 타오르는 직선의 불꽃은 움직이지 않는 공기 속에서 떨며 올라가는 검은 연기를 피우며 편지는 서서히 타들어갔다. 거의 다 타버렸을 때 그는 그것을 돌 위에 떨어버리고 우리 쪽으로 돌아오자 식탁 위에 팔을 놓으면서 우리 어머니로부터 나에게로 눈길을 옮겼다. 그러면서 속삭이듯 말했다.

"그런 짓을 한 것은 너나 너의 어머니를 위해서 한 것이 아님을 믿어 주기 바란다."
그는 천장을 손가락으로 가리켰다.
"그녀를 위해서야. 그녀는 소와송에서 돌아오던 도중, 그것을 나에게 부탁했었지."
"그녀가 당신에게 부탁하다니요?"
어머니는 극단적으로 경악한 듯 외쳤다.
"이런 일을 누가 그녀에게 이야기했을까?"
"내가 한 게 아니에요!"
나는 당돌하게 말했다. 자롱은 어깨를 으쓱하며 나를 바라보았다.
"아니다. 그것은 네가 아니었어."
그는 낮은 목소리로 대답했다.
"누가 가르쳐 주어서가 아니야. 그녀는 그냥 몇가지인가를 알고 있었어. 제아무리 비밀로 하려 했어도 그녀는 그것을 알아냈던 거지."
나는 그 이상 듣고 싶지 않았다. 나는 식탁에서 일어나 도망치듯 그자리를 떴다.

오후는 내가 그곳에서 잤는데 방은 무척 더웠다. 찌는 듯한 날씨 때문에 두통을 일으켰다. 윗옷을 입지 않고 있었으므로 나이프를 바지 주머니 속에 넣어 두었었는데 잠자는 동안 나 자신을 해칠지 몰라 그것을 꺼내어 장롱 서랍에 넣어 두었다. 그런 다음 나는 침대에 누웠다.
잠이 들지 않은 채로 몇분인가 흘렀다. 내 속에, 내 머리속에, 졸음을 방해하는 무엇인가가 있는 것을 느끼게 되는 초조함으로 나는 전전반측하고 있었다.

밖에서는 이미 바람이 멈추어 있었다. 지저귀는 새 한 마리도, 모든 것 위에 펼쳐져 있는 깊고 음울한 침묵을 깨러 오지 아니했다.

나는 책을 읽으려고 시도했다. 그러나 내 눈앞에 있는 것이 — 언제나 똑같은 장구(章句)가 내 뇌 속을 우왕좌왕하고 있을 때 나에게는 이해가 되지 않는 것이었다.

'지금 그는 자기 방에서 자고 있다. 지금이야말로 확실하다. 이때를 이용하지 않으면 안돼!'

잠시 후, 나는 책을 내려놓고 일어나 방안을 어슬렁거리며 걸었다. 큰 불안이 돌연 나를 사로잡았다. 나는 이미 전주(前週)의 용기도 없으려니와 냉정하지도 못한 자신을 느끼고는, 몇번이고 신음하면서 가슴을 두드렸던 일을 기억한다.

나는 내 방에서 나가 객실로 내려갔다. 나는 그곳에서 잠시 팔걸이 의자에 앉아 두 팔을 탁자 위에 놓고, 발치에 있는 — 어렸을 때 내 호기심을 일게 했던 그 복잡한 무늬를 보면서 멍청히 있었다. 완전히 냉정했다고는 할 수 없지만, 그 방안에서는, 아까 침대에 누워 있을 때 나에게 계속 이야기했던 목소리에, 나는 그다지 고민하지 않아도 되었다.

여기서는 그것이 나에게까지 완전히 들려오는 것을 방해하는 무엇인가 있다고 해도 좋았다. 나는 4시를 치는 시계 소리를 들은 다음, 어떻게 되어 그렇게 되었는지는 모르겠지만 잠이 들었다.

눈을 떴을 때, 목소리는 바로 내 옆에, 바로 내 귓가에 있었다. 그것은 나에게 소리쳤다.

"오늘 밤 11시에! 오늘 밤 11시에!"

나는 벌떡 일어나서 밖으로 나갔다. 빈 방안에서 목소리가 나에게 외쳤다.

"나이프를 잊지 말라. 가서 가지고 와야 해!"

목소리는 내 옆을 빠져나갔다. 나는 미친 사람처럼 계단을 올라갔다. 그때 오디르와 만났던 것이다.

그녀는 내가 오는 것을 알지 못했었다. 내가 바닥을 마포(麻布)로 짠 즈크화(靴)를 신고 있었기 때문인데 그녀는 갑자기 나타난 나를 보고 공포감을 느꼈던 것이다. 그녀의 얼굴은 내가 깜짝 놀랄 정도로 새파랗게 질려 있었다. 그런 그녀를 보는 것은 실로 뜻밖이었다. 그녀는 벽에 기대어 섰다.

"장이었군."

그녀는 겨우 말했다.

"왜 나를 놀래주는 거야?"

나는 그날 아침 자롱이 그녀에 대하여 한 이야기를 기억해냈다. 그리고 그는 이 소녀 앞에 오래 있으면서 나를 미워하도록 만들었던 것이다.

"나야."

나는 다소 무뚝뚝하게 말했다. 내 목소리는 쉬어 있었다. 내 의사와는 정반대로 목구멍에서 나오고 있었다.

"지나가게 해줘."

나는 덧붙였다.

"올라가지 않으면 안돼."

"그렇겠군."

그녀는 상냥하게 말했다.

"장은 올라가지 않으면 안될 거야. 내일 아침 내 방으로 오라구."

나는 대답도 하지 않고 그녀 곁을 빠져나갔다.

내 방 입구에까지 왔을 때는 너무 빨리 올라왔으므로 잠시 서있지 않으면 안될 정도로 심장이 몹시 두근거렸다. 그런 다음에 나는 안으로 들어갔다. 방안은 어둠에 잠겨 있었다. 누군가가 장롱 앞에 있으면서 서랍 한 개를 닫고 있는 것 같은, 기묘한 인상을 나는 받았다.

그러나 나로서는 공포심을 느낄 여유조차 없었다. 재빨리 도약하다시피 하여 서랍으로 달려갔다. 나는 그곳에서 내가 두었던 채로 있는 내 나이프를 발견했다.

밤이 깊어감에 따라서 불안은 내 속에서 더 심해졌고, 나는 자롱의 방에 내려가기 전의, 남은 2시간을 어떻게 사용해야 좋을지 몰랐다. 오디르는 우리와 함께 저녁을 먹지 않았었다.

나는 내 방에 올라갔었고, 지금 설명한 것 같은 정신상태로 기다리고 있었다. 어머니가 잠들었다. 다음은 자롱이다. 그리고 전원(田園)이 묘혈(墓穴)처럼 아무것도 없게 되는 침묵으로 온 집안이 가라앉게 되기 이전의 잠시의 시간이 지나갔다.

나는 잠을 자기 위해서가 아니라 — 그러나 내 몸을 움직이지 않음으로써 정신 안정을 얻을 수 있다는 희망으로 침대에 누웠다. 그러나 모든 휴식이 나에게는 금지되어 있다는 것이 재빨리 나타났다.

그때 내 고뇌는 깊었었다. 나는 범죄할 결심을 하고 있었다. 내 계획을 수행하는 것은 결코 그렇게 가까운 시각은 아니라는 생각이 들었다. 자롱의 문앞에 서는 순간은 그런 생각과 똑같지는 않았다. 그러나 지금은 무언가가 빠져 있었다. 그것은 일찍이 이 살인을 생각했던 때 느끼고 있었다. 기쁨이었다.

나는 지금 나를 떼어놓을 수 없는 길을 내딛고 있다는 것을 알고 있다. 그러나 그 끝내기 시점에 달하려고 하는 데에 와있었으므로, 나는 유일한 기억이 나를 경악과 혼동시킨, 열의(熱意)와 열중(熱中)을 가지고 내 길을 걷기 시작했던 때에 심히 무서운 슬픔에 빠져드는 것을 느꼈다.

나는 일어나서 몇발짝을 걸었다. 시계를 탁상 위에 놓아두고 있었기 때문에 이따금 시계를 확인했다. 1시간 후에 — 라고 나는 생각했다. 4분지 1시간 후에 나는 저 사나이를 죽이러 갈 것이다. 이런 경우 거의 모두가 자기에게 말하지 않으면 안되는 것처럼 말했던 것이다. 1시간 후에, 4분지 3시간 후에 나는 죽을 것이다.

내 손은 주머니 속에 들어있는 나이프에서 이제는 떨어지지 아니했다. 그 자루는 땀으로 젖어 있었다. 내 속에서 이제 그 어떤 소리도 나에게 이야기하지 않았다. 그때까지 나를 지탱해 주고 있던 모든 것에서 떨어지지 않고 있는 나 자신임을 나는 알았다. 언제부터인가?

입고 있는 것을 다 벗어버리고 맨몸으로 침대에 누워 있을 정도로 더웠다. 그러나 그게 무슨 소용이랴. 어느 시기에는 내려가야 할 것을 —. 일을 끝내고 돌아오면이라고 나는 생각했다. 나는 쉴 것이다. 언제 돌아오겠는가? 왜일지는 모르겠으나 이 생각은 나를 전율케 했다.

나는 창에 팔꿈치를 괴고 있었다. 공기는 아까보다 무겁지 아니했다. 그러나 하늘이 밝아진 듯한 기분이 들었다. 그순간 무엇인가가, 내 속에서가 아니라, 내 주변을 지나간 것 같은 인상을 받았다. 어린이와 같은 공포의 동작으로 나는 문이 잘 닫혀 있는지 확인해 보러 갔다. 그러나 내가 무서워하고 있는 것은 인간의 손은 아니었다. 그리고 나는 그것을 잘 알고 있었던 것이다.

나는 식당의 대형 시계가 10시 반과 또 11시 15분을 신호하는 것을 들었다. 내가 쓸데없이 동요하고 있는 것을 느끼는 대신, 내 심장은 — 나는 믿고 있었지만 보다 완만하게, 평소보다는 약하게 뛰고 있었다.

몇분 후, 나는 문을 열기 위해 열쇠구멍에 열쇠를 넣고 돌렸다.

그 다음 쥔 손을 놓는 순간, 나는 쇳소리 같은 소리를 들었다. 나는 손을 놓았고 뒷걸음질로 문에서 떨어졌다. 나는 통로에 있던 가구인 의자와 탁자에, 마치 그것을 잡고 싶어했다는 듯 더듬거렸던 것을 기억한다. 내 침대로 돌아온 나는 그곳에 쓰러져서 의식을 잃었다.

다음날은 전날보다 더 더운 하루였다. 7시부터 어머니는 우리 모두들보다 먼저 일어나서 조금이라도 신선한 기운이 집안에 남아있도록 덧문을 닫았다. 그 작렬하지 않는 뇌우(雷雨)는 그녀를 불유쾌하게 하여, 몇번이고 그녀로 하여금 하품을 하게 만들었다.

나는 잠시 외출을 했는데 거의 밖에 있지를 못하고 곧 되돌아왔다. 침침한 하늘 속으로 눈길을 주면서 태양을 찾아보았다. 그림자는 내 발밑에서 해쓱하게 드리워 있었다. 그 장소의 대지(大地)가 상처입은 것처럼 —.

밭에서도, 나무숲에서도, 소리라고는 하나도 들려오지 않았다. 내 앞에는 흔들리던 큰키의 풀을 벤 자리가 죽음의 각인(刻印)을 찍은 초지(草地)처럼 펼쳐져 있었다.

나는 아침 시간을 내내 내 방안에서 창문 옆에 앉은 채 보냈다. 덧문 틈으로 때마침 나는 커다란 나뭇잎이 꼼짝도 않고 있는 나무들을 보았다. 그러나 그것들은 내 심장을 멎게 하는 것 같았다. 추억의 파도가 단숨에 나에게 몰려와서 슬픔으로 나를 억눌렀다. 내가 일어설 힘도 얻기 전에 1시간이 흘러갔다. 내 뇌수(腦髓) 속, 내 모든 존재 속에는 무엇인가 외부의 음울하고 비통한 침묵과 호응하는 것이 있었다.

내 손은 성유물(聖遺物)이든가, 내가 행복을 기대하는 부적인양, 내 나이프를 꼭 잡고 있었다. 행복! 지난날 나는 이처럼 비참하고, 이처럼 버림받은 나를 느껴본 일은 없다. 어떤 생각도 이제 내 속에서는 활동하지 않게 되었으며, 그 무엇도 나에게 이야기해오지 않았다. 나는 사막 속에 있었고 내 혼은 그곳에서 말라 죽었다.

　이 세상 그 누구에게도, 내가 전날 밤에 들었던 절규가 무엇이었는지, 나는 묻지 않았지만 나는 누군가가 그 이야기를 해주러 오지 않을까 걱정하고 있었다.

　"그것은 인간의 절규와 닮지도 않았었어."
라고 나는 나 자신에게 말했다. 나는 그것을 많이 상상하고 있었던 것이다.

　"나는 실신을 했을 때, 내 귀에 피가 끓어올랐어. 그때문이라구."
　몇번인가 우연하게도 문이 열리고 또 닫히는 소리를 들었다. 그리고 나에게는 어떤 방에 사람이 침입하는지를 알았는데 그것을 깊이 생각할 마음이 들지 않았다. 그렇기는 했지만 나는 신경을 곤두세웠다. 나에게 이르지 않는다든가 또 동시에 내가 판단할 수 없는 소리는 없었다.

　나는 어머니의 발짝 소리를 알고 있었다. 그녀가 종종걸음으로 계단을 오르내리고 그방에 들어갔다 나왔다 하는 그 종종걸음 속의 공포를 나는 알았다. 이와 마찬가지로 평소에는 그의 팔걸이 의자에서 움직이는 일이 없는 자롱이 왔다갔다하는 소리도 들렸다. 그들은 무엇 때문에 두 사람 모두 조용히 하지를 못하는 것일까!

　4분지 3시간 후에 소리는 멎었다. 그리고 내가 평소처럼 내 속이 아니라, 내 귀에서 속삭이는 소리를 들은 것은 11시 반에서 그다지 시간이 흐르지 않았을 때였다. 나는 떨면서 무엇인가 말하려고 했다. 그러나 그 목소리가 나에게 침묵을 강요했다.

　"소리를 내지 마."
라고 그 목소리는 나에게 말했다.

　"네 어머니가 객실에서 자고 있어. 자롱은 그의 방에서 자고 있다. 지금이 가장 가능한 시기이다. 그리고 너에게는 시간이 그다지 없어."
"그럼 그녀는?"
나는 오디르를 생각하면서 분명한 말로 물었다.
"그녀라니?"
목소리는 내 마음을 얼어붙게 하는 엄격한 말투로 반복했다.
"그녀는 자고 있어. 알겠나? 그녀는 자고 있다구. 일어나 시키는 대로 해."
목소리는 멎었다. 그리고 그때부터 나에게 이야기하는 일이 없었다. 나는 일어났다. 내 나이프는 손바닥 속에서 축축하게 젖어 있었는데 손으로 잡은 자리를 바꾸려 해도 그것은 손가락에 붙어 있어서 바꿔 잡을 수가 없었다.
 종말의 날처럼 어두워졌다. 몇분 전부터 바람은 나를 위협하듯 낮은 신음 소리를 내며 불어왔다. 나는 왼손으로 조용히 문을 열고 두어 걸음 무도장(舞蹈場) 위를 걸어갔다. 어둠이 그렇게 짙어서였을까. 나는 뜻밖에 모르는 곳에 와있는 것 같은 인상을 받았다.
 피가 내 귀에서 종(鐘)의 선율처럼 울고 있었다. 그 고동은 내 마음을 흔들어 놓는 것 같았다. 내 눈앞에는 기다란 복도 끝에 오디르의 방문이 보였다. 내가 아래로 내려가는 대신 걸어간 곳은 그 문의 방향이었다.
 왜, 그리고 어떻게 해서 그 문에까지 갔었는지는 모른다. 단, 바람 소리가 차츰 커지는 공포를, 나에게 불어넣은 것만은 기억을 하고 있다. 바로 그 다음 나는 오디르의 방안, 그녀가 자고 있는 침대 바로 옆에 서있었다.
 그녀는 엎드려서 자는데 베개는 머리로 베고 있었다. 어스름 속에서 그녀의 머리는 하얀 얼굴 주변으로 늘어져 있는 것이 보였다. 나는 그녀가 잠자고 있는 것으로 생각했는데 그녀는 눈을 뜨지 않은 채 곧 나에게 이야기했다. 그녀의 목소리는 겨우 들려올 정도로 조용했다.
"장!"
그녀는 말했다.
"장이었군! 장은 아직도 그 나이프를 손에 잡고 있어? 버리라구."
이런 식으로 그녀가 나에게 이야기하는 것을 들었을 때, 나에게 어떤 일이 일어났는지 나로서는 이야기할 수가 없다. 그 목소리는 나를 순간적으로 나 자신에게 돌아가게 만들었고, 내 손은 나이프를 놓았는데 그것은 내 발밑에 떨어졌다. 무한히 큰 절망이 내 마음을 사로잡았으므로 나는 무엇인가 말하고 싶었지만 아무 말도 할 수가 없었다.
"나중에 슬퍼하지 말도록 해."
라고 그녀는 또 말했다.
"모든 것은 사라져 가는 것, 그리고 내가 장에게 그렇게 말한 것을 기억하고 있지?"
그녀는 잠시 입을 다물고 있었다. 그리고 또 한번 침묵이 흐른 후에 목소리를 바꾸어 이야기했다.
"장에게 손을 빌리고 싶어. 침대 위에 기대고 앉았으면 해. 베개를 등에 받치고……."
나는 가급적 정성들여가며 그녀를 일으켜 앉혔다. 그러나 나는 실로 그런 재주가 없어서 그녀가 괴로웠을 것이란 생각에 마음이 심하게 동요되었다. 그녀가 신음하는 소리를 들었기 때문이다. 그녀는 앉은 다음에 또 말했다.
"창문을 열어 줘."
나는 그녀 옆에서 무릎을 꿇었다.

"왜 창문을 열고 싶다는 거야? 오디르, 지금은 굉장히 더워."
그리고 갑자기 나는 흐느껴 울었다.
"창문을 열어 줘."
그녀는 반복하여 졸랐다.
"지금 창문을 열지 않으면 안된다구."
이 최후의 말은 큰 권위가 있는 어조로 말했으므로 나는 따르지 않을 수 없었다. 나는 창가에 가서 덧문을 밀었다. 바람은 아까보다 강하게 불어서 나무들을 한쪽으로 기울게 했다가 다시 다른 쪽으로 기울게 했다.
"장! 저 전나무가 보여?"
그녀가 물었다.
"아아, 응!"
"저것은 움직이지 않는다구. 다만 기울고 있는 것이야."
"한쪽에서 다른 쪽으로 기울고 있는 거야, 오디르."
나는 그녀가 반복하는 말을 들었다.
"한쪽에서 다른 쪽으로……."
그리고 그녀가 헛소리를 하고 있다는 것을 알았다.
"장! 창문으로 그것을 보고 싶으니 침대를 그쪽으로 밀어 줘."
그 다음에 그녀는 말했다.
나는 곧 시키는 대로 했는데 그녀에게 다음과 같이 묻지 않았더라면 하는 불안감에 사로잡혔다.
"오디르, 너는 죽지 않는다구. 그렇지?"
그녀는 이 질문에는 대답을 하지 않았는데, 창문 앞으로 가자 눈을 들면서 더욱 높은 목소리로 말했다.
"정말로 기울고 있어. 잘 보라구. 장의 눈에 보이는 것은 뭐지?"
나는 그녀 옆에 앉았다.

"저 나무가 보여, 오디르. 전나무가……."
"응, 그래."
그녀는 말했다.
"하지만, 전나무 속에…… 오오, 장, 그래…… 장의 눈에는 안보여? 전나무 속에 사나이가 있어. 검은…… 큰 사나이가."
그녀는 숨을 헐떡이면서 말했다.
"그의 한쪽 다리는 나무 뿌리 바로 위쪽에 있는 두 개의 굵은 가지 사이에 있어. 그의 머리는 우듬지보다 더 위쪽에 있고, 저것은 바로 그사람이라구."
나는 그녀가 무서워하는 것으로 믿고 그녀에게 말했다.
"저 나무 속에는 아무도 없어, 오디르. 나무를 비스듬히 기울게 하는 것은 바람이라구."
그러나 그녀는 주장했다.
"그가 저곳에 있다니까. 그는 활과 기다란 창을 가지고 있어."
그녀는 다시 목소리를 낮추어 말했다.
"저것 봐, 장. 그가 쳐다보고 있는 것은 나야."
이때 그녀는 소리치면서 인사를 하듯 몸을 구부렸다. 그녀의 입술에서 피가 튀어나와 그녀의 가슴 위에 묻었다.
몇시간쯤 후에 나는 1층 방안에 있었다. 내 앞에는 슬픔에 젖은 사나이가 팔을 입에 대고 절규하고 있었다. 그것은 크레망 자롱이었다. 그는 문에서 창문 쪽으로 사슬에 묶이어 끌려가듯 절뚝거리며 위험하게 걸어갔다. 이따금 그는 땀과 눈물이 흐르는, 새파랗게 질린 얼굴로 나를 돌아보았다.
"어떻게 된 거야?"
그는 쥐어짜내는 목소리로 물었다.
"끝장이지?"

그렇다고 나는 고개를 끄덕였다.
"그녀는 너에게 뭐라고 했어?"
"그녀는 말했어요."
나는 이렇게 덧붙였다.
"그녀는 말했다구요. 큰 나무 속에 누군가가 있는 것을 보았다는 겁니다."
"뭐?"
자롱은 방 한가운데에 서서 멍청한 말투로 말했다.
그는 신경질적인 동작으로 머리를 흔들어대더니 다시 걸어가기 시작했다. 잠시 후 그는 팔걸이 의자에 앉았는데 다소 마음이 진정된 듯했다. 단추가 빠져 있는 그의 셔츠는 그의 단단한 목과 가슴을 드러내보이고 있었다. 그는 세차게, 그리고 괴롭게 숨을 내뿜고 있었다.
"하지만 나는 그녀가 죽을 것임을 잘 알고 있어. 그녀 자신이 나에게 그런 말을 했다구. 착하고 예쁜 소녀였는데……"
그는 두 주먹으로 얼굴을 감쌌다.
"그런데 그녀는 나를 위해 너에게 무슨 말을 하지 않았니?"
그는 나에게 물었다.
"아무 말도 안했어?"
"예."
"나무 속에 누군가가 있는 것을 보았다고 그녀는 너에게 말했단 말이지? 그것은 망상이다. 소와송에서도…… 나와 이야기했을 때 그녀는 똑같이 착란을 일으켰어. 그녀는 나를 보고 말했었지. 아아, 자롱씨, 자롱씨였군요. 나는 그가 자롱씨에게 나쁜 말을 한 것으로만 생각했었어요."
이말은 내가 빠져 있던 미혹 속에서 나를 건져냈다. 나는 떨리기 시작했다.

"그녀는 그말을 몇번인가 했었다."

자롱은 또 말했다.

"아마도 그녀는 나무 속에서 보았다고 믿었던 그 사나이를 떠올린 것이겠지. 가여운 소녀."

"예……"

나는 그에게 몸을 굽히면서 말했다.

"그녀는 그밖에 또 뭐라고 했나요?"

"그녀는 말했단다."

자롱은 천천히 말을 이었다.

"그녀는 말했지. 어제 저녁때 그가 자롱씨 방에 들어가려는 것을 말렸다고 했어."

나는 불안 속에서 내 두 손을 꼭 마주잡았다.

"그녀는 또 그때 이런 말도 했단다."

그는 계속했다.

"주의하세요, 자롱씨. 방문을 단단히 잠그세요. 그는 페리에르에 죽음을 끌어들였어요. 죽음은 빈손으로는 돌아가지 않는답니다. 가여운 소녀! 그녀가 이런 말을 하다니 — 상상이나 할 수 있는 일인가?"

그리고 그는 또 신음을 했다. 나는 일어서서 대여섯 발짝 떼어놓았다.

"그녀는 또 다른 말을 하지 않았습니까?"

나는 가래가 끓는 목소리로 물었다.

"그녀는 나 대신 그녀가 선택되게 해 달라고 기도했다네. 그러나 그녀를 죽이기 위해서라면 나이프를 손에 잡을 필요도 없다고 하더군. 하느님은 그럴 생각만 가지신다면 활과 화살로 그녀를 죽일 것이라면서……."
나는 꽥 소리를 질렀다.
"왜 그러는 거야?"
자롱이 물었다.
"당신이 하는 말 — 그말이 무서워요!"
나는 대답했다.
그리고 나는 시체처럼 방바닥에 쓰러지고 말았다.

그날 오후도, 그리고 그 다음날도 큰 비가 쏟아졌다. 교회에서 묘지로 가는 요로(要路)를 — 나는 어느 쪽으로 가야 전진하는 방향인지조차 알아차리지 못한 채 어머니와 자롱 사이를 걷고 있었다.

나는 남자들이 관(棺)을 묘혈(墓穴) 속에 내려놓는 것을 보고 싶지 아니했다. 그리고 그곳에 흙을 퍼넣기 위해 어머니와 자롱의 뒤를 따라 묘혈 가장자리로 다가갔을 때 그곳이 너무 깊게 보여서 잠시 현기증을 일으켰다. 나는 눈을 감았다.

그런 다음 나는 그곳을 떠나기 위해 고생하지 않으면 안되었다. 왜냐하면 관 뚜껑 위의 커다란 십자가상(十字架像)이 내 눈길을 끌었는데 묘 바닥에서 우리에게 팔을 뻗고 있는, 이 하느님의 시선에서 결코 나 자신을 떼어낼 수 없을 것으로 생각되었기 때문이다.

● 원작품명과 작가

이 책에 실은 원작품명과 작가를 참고로 다음에 소개한다.

영혼과의 사랑
  〈La morte amoureuse〉 Théophile Gautier
어느 정신이상자
  不明　Maurice Level
성모(聖母)의 보증
  〈La Caution〉 Anatole France
대서사(代書士)
  〈L'Ecrivain public〉 Michel de Ghelderode
비너스의 영(靈)
  〈La Vénus d'Ille〉 Prosper Mérimé
진홍색 커튼
  〈Le rideau cramoisi〉 Jules Barbey D'aurevilly
옥색 눈
  〈Les yeux d'eau〉 Remy de Gourmont
미라를 만드는 여인
  〈Les Embaumeuses〉 Marcel Schwob
저승의 열쇠
  〈La Célf de la Mort〉 Julien Green

프랑스의 괴담

初版 印刷●2000年	7月 20日
初版 發行●2000年	7月 25日

編譯者●金 永 玖
發行者●金 東 求
發行處●明 文 堂
　　　서울특별시 종로구 안국동 17~8
　　　대체　010041-31-0516013
　　　전화　(영) 733-3039, 734-4798
　　　　　　(편) 733-4748
　　　FAX 734-9209
　　　등록　1977. 11. 19. 제1~148호

●낙장 및 파본은 교환해 드립니다.
●불허복제·판권 본사 소유.

값 7,000원
ISBN 89-7270-621-3 03860

新譯 後三國志

인간 군상의 다채로운 대서사시

보라! 천추의 한을 품고
불모의 땅으로 피했던 촉한의 후예들이
다시 칼을 갈고 힘을 길러 중원에서 벌이는
지혜와 용맹의 각축전을……

제1권 망국원한편 제4권 진조멸망편
제2권 와신상담편 제5권 권세변전편
제3권 촉한부흥편

李元燮 譯/신국판/전5권/값 각4,500원

新譯 反三國志

모든 正史는 거짓이다!

反三國志는 正史의 허구를
날카롭게 파헤친
三國志 속의 반란이다.

역사의 수레바퀴가 어디로 굴러가는지
그 누구도 알 수 없다.
단지 우리는 예측할 뿐이다.
전후 사백 년을 거쳐 번영을 누린 한제국도
후한 말 쇠퇴일로를 걷게 되는데……

周大荒 著/鄭鉉祐 譯/전3권/값 각4,500원

小說 楚漢誌

역사 속의 명작!

역사의 뒤안으로
사라져 간 영웅들

바야흐로 수많은 영웅 호걸들이
우후죽순처럼 일어나 천하의
패권을 놓고 다툴 때
역사의 수레바퀴를
돌려놓은 자는 누구인가?

金相國 譯/신국판/전5권/값 각3,500원

儒林外史

사회, 정치풍자소설의 古典 유림외사

《阿Q正傳》의 작가 루쉰이
중국 풍자소설의
효시라고 극찬한《儒林外史》!
《삼국지》·《수호지》를
능가하는 다양한
인간군상들의 활극장!

중국 풍자소설의 진수!

부귀공명의 언저리를 장식하는 아부·교만·권모술수,
그리고 그 속에 우뚝 선 청아한 인격자들!
유림외사는 인간이 보여줄 수 있는 최고의 아름다움과
추함에 대해 풍자의 칼을 대고 있어, 개인주의의 첨단을
달리고 있는 현대인들에게 깊은 감동과 지혜를 준다.

吳敬梓 著/陳起煥 譯/신국판/전3권/값 각3,500원

后宮秘話

삼천삼백년의 장구한
중국역사를 화려하게,
피눈물나게 장식했던
후궁·궁녀들의
사랑·횡포·애증, 그리고
권모술수의 드라마!

경국지색들의 실체 해부

중국의 역대 제왕들은 어느 궁녀를 사랑해야 할지 몰라
기상천외의 방법들을 생각해 내고, 후궁과 궁녀들은
제왕들의 눈에 들기위해 눈물겨운 사투를 벌이게 된다.
은나라의'달기'에서부터 청말의'서태후'까지,
역대 왕조의 흥망에 지대한 영향을 끼쳤던 여인들의
파란만장한 일대기!

成元慶 編著/신국판/전3권/값 각3,900원

小說 만다라

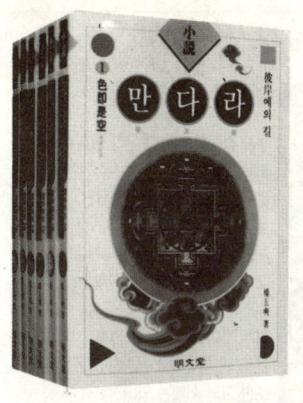

彼岸에의 길

마침내 빠져들고야 마는 화엄의 세계

1 색즉시공 色卽是空
2 공즉시색 空卽是色
3 진공묘유 眞空妙有
4 일체법공 一切法空
5 반야대오 般若大悟
6 대도무문 大道無門

미녀가 부르는 유혹의 노래는 욕정으로
중생들을 물들이고 그 속에서 피어나는 열반의 꽃!
당신은 과연 진정한 불자인가? 탕자인가?
이 책을 보신 후 느껴보십시오

참된 종교, 참된 인생의 길을 알고자 하는 분들에게
진정한 生의 의미를 던져주는 불교 소설의 쾌거!

權五奭 지음 / 신국판 / 전 6권 /

복수의 화신인가!
비운의 황제인가!

박연희 장편소설 황제 연산군

조선팔도에 採紅使를 띄워 미인색출에 나
연산군의 파란만장한 一代記!

멋진 풍류와 아름다운 여인의 팔베개를
갈아 베면서 폭군 연산은 마침내 잠들었다.
황제 연산군의 파란만장한 生과 死!
인간적인 고뇌와 심층적인 고독 속에
그를 둘러싼 여인들의 웃음과 절규가
박진감 넘치게 전개된다.

역사가 만들어
낸 수많은 드라마중
황제 연산군은 시대를 초월한
불후의 명작입니다.

신국판 / 전 5권 /

시대를 초월한 역사의 선각자 추사 김정희

'97 문화유산의 해 특별기획

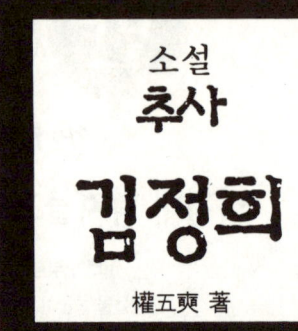
소설 **추사 김정희**
權五奭 著

추사 김정희

추사 김정희 하면 누구나 글씨로서 떠올린다. 그러나 추사는 유학은 물론 불교와 유학을 절충시킨 불교 학자이며, 금석학의 개척자, 시인으로서도 탁월한 선각자이다. 그는 경학·음운학·천산학·지리학 등에도 상당한 식견을 가져 청나라 거유들은 그를 해동제일통유라고 칭찬하였다. 또한 그의 서체는 역대 명필을 연구하여 그 장점을 모아 독특한 추사체를 완성하였다.

이 책을 읽는 순간 눈빛이 달라진다.

역사를 보는 지적인 즐거움과 흥미진진한 최고의 소설

'해동제일통유'라고 칭송받은 추사 김정희! 그의 학문과 예술의 빛을 통하여 이시대의 지성을 새롭게 일깨운다.

權五奭 著/신국판/전10권/값 각7,000원

세계 역사상 최고의 여성 권력자, 서태후!

우리들의 상상을 초월한다.

세계 제일의 대왕조에 군림한 최강의 여황제, 서태후의 일대기!

세기의 화제작 드디어 출간 전12권

중국 최후의 대왕조를 단 한 사람의 여성이 장악했던 그 스케일의 크기와 용맹함과 위대함은 우리들의 상상을 초월한다. 서태후는 세계사에서도 그 유례가 드문 여걸이었다.

- 제1권 열하(熱河)의 대결
- 제2권 승자와 패자
- 제3권 황제의 사랑
- 제4권 깊은 궁중의 독(毒)
- 제5권 청궁(淸宮)의 빛과 그림자
- 제6권 전쟁과 굴욕
- 제7권 모자군신(母子君臣)
- 제8권 황제의 패배
- 제9권 의화단의 폭풍
- 제10권 끝없는 원한
- 제11권 새로운 정치의 길
- 제12권 자금성의 황혼

실록 소설 **西太后**

高陽 著/정성호 譯/값 각 7,000원